# 汴京春深

卷·陸

## 共劫難

小麥 著

# 好評推薦

《汴京春深》是極少見的寫實又引人入勝的史話感世情小說，在這個繁雜時代難得能讓人沉下心去讀的作品，小麥以細膩真實筆觸描寫大宋汴京千年畫卷，讀來猶如生活其間，跟著書中人物經歷他們人生的喜怒哀樂，隨著他們的情緒而共鳴，起承轉合無不有著雋永氣息，令人感受大宋文化千年來經久不衰的魅力，手不釋卷，脈脈留香。

——晉江S級作者 聞檀

著有《良陳美錦》、《首輔養成手冊》、《嫡長孫》等多部古代言情小說現象級作品

這是我看小麥的第一本小說。我還記得當時欲罷不能，不眠不休看這本小說的感覺。小麥以老辣細緻的文筆娓娓道來，營造出一種濃厚的真實感，大到時代背景、文化民俗，小到普通百姓的生活百態，一群熱血少年的故事彷彿真的讓你置身在歷史洪流之中，隨著小九娘他們一起成長，一起進入小麥打造的那個波瀾壯闊的時代……。

——網路讀者 五月

《汴京春深》讀了三次，第一次讀言情，喜歡小兒女的萌動與成長，義氣與愛情。第二次讀歷史，重新理解北宋的文官體制與庶民社會的文明高度，忍不住拿出《蘇東坡新傳》與之對照，小說出入歷史虛實之間，十分巧妙。第三次讀人性與政治，如何在汙濁的朝堂爭鬥廝殺間，不忘利民報國初心？作者從小庶女的視角出發，編織出集合情愛、陰謀、黨爭、家國情懷的精彩小說。

——網路讀者 春始

《汴京春深》像一幅優美的畫卷，借作者如椽巨筆展現宋朝的生活、社會和文明，一讀再讀之下不由佩服小麥做功課之深，每個細節都經得起推敲。小說又像一首動聽的樂曲，九娘、六郎、太初等一眾出色的孩子，哪怕賣餛飩的凌娘子甚或只出場幾次的小丫頭，都各有各的精彩，最終編織成這恢宏篇章。最讓我感慨的是小說雖以古代為背景，表達的核心卻有難能可貴的現代性，九娘對自己的接納和她在城破時保護一方百姓的擔當，這二者所呈現的智慧不相上下，同樣令人欽佩。

——網路讀者 辛夷

《汴京春深》讓我喜歡的，不僅僅是裡面描寫的主角們跌宕起伏的愛情和親情，還有更多的友情。在小麥妙筆下，徐徐展開的汴京畫卷中，九娘和身邊少年少女們的共同成長，種瓜得瓜，更讓我掩卷長歎。

如果人類確實需要某種情感關係作為安全港，在我看來，友情是不可缺少的一種，有時甚至超過愛情和親情。愛情裡面有排他，有動物性，有本能，而友情它完全取決於一個人的自由意志和本質。沒錯，我說的是太初。

生命中能存在至少一個無條件希望你好、你也無條件希望對方好的朋友，你的自我肯定與自我價值感都會爆棚吧！說實話，我的第一反應是立刻把這本書推薦給正在青春期情緒激盪中的女兒。

——網路讀者 WendyLee

這是看小麥的第一本書，就是從這本書開始成為作者的粉絲！《汴京春深》不但文字優美，情節清新，更是妙句橫生，讓人忍俊不禁。裡面的每一個角色都塑造得栩栩如生，有血有肉：重新面對自己的王玞，堅韌的六哥，清風明月一樣的太初……一一如同親見。

在歷史脈絡上的改編，巧妙避開了正史的局限，帶給讀者爽快的故事，讓我們輕鬆地在作者開展的闊美北宋歷史背景裡，偷窺那些或許存在過的人、事、物、情！推薦大家一定要看。

——網路讀者 下午茶

已經想不起是怎麼入了麥大的坑，從《汴京春深》追到《大城小春》再到如今的《萬春街》。猶記得久不追書的我那會兒經常半夜餵奶拍嗝時看更新了沒有，彼時初為人母，讀到九娘對蘇昉的舐犢之情感同身受，常忍不住濕了眼眶……。而後隨著九娘和六郎一對小兒女的成長，隨之展開的一整幅大宋江山圖，汴京兒女英雄夢，真的把大家帶入了那個波瀾壯闊的歷史畫卷與之同呼吸共命運。

《汴京春深》是我唯一一本一刷再刷的古言重生文，每重刷一次都有新的感悟，文中每個人物都栩栩如生，常常讓我覺得自己就站在他們身邊，有時一臉姨母笑地看著他們成長，有時又為他們的遭遇熱淚盈眶，酸楚不已。

——網路讀者 黎一凡

這麼多年看過不少歷史古言。私以為一個小說作者，發表多少作品和發表形式其實不是關鍵，最重要的是當梳理宋朝背景作品的時候，這位原作者的作品是不是必須被提及，無法被繞過或者被一筆帶過。自看過《汴京春深》以來，我越來越認同這個觀點。

——網路讀者 清景無限

——網路讀者 凱羅

# 自序

七年前，作為一個賦閒在家的家庭主婦，我終於決定實現學童時期閃閃發亮的夢想：寫一本小說。

之所以選擇以北宋為小說背景時代，是希望吸引更多大陸的年輕人去瞭解那個時代。曾經受歷史課影響，我也認為宋朝乃積弱之朝。所謂的大宋與西夏、遼、金等諸強並存，完全不大也不強，不復大唐萬國來朝的磅礡氣象，更有歲貢之辱靖康之恥，莫須有罪名殺岳飛，奸臣一籮筐昏君無數，想想就來氣。隨著年歲漸長，我卻越來越喜歡宋朝。

起因十分好笑，論壇上有一個穿越帖，詢問大家如果穿越你選擇穿越去哪個朝代？我想來想去選擇了宋仁宗時期。為何？毫無疑問，那是歷史長河裡中國最接近民主憲政和工業革命的時代。戶籍遷移自由、女性財產繼承權、取消宵禁、商業和個體經營的極度發達、銀行業的雛形、科舉考試資格取消出身限制、出版與新聞自由、國民私有財產受到保護、老幼福利慈善制度、王在法下……以上種種都讓我心生感歎：原來中國人類文明曾經抵達過那樣的高點。

這個高點，並不是指國家或軍事力量強大，而是一種自視與包容。宋朝清醒地認識到自己這個帝國不是世界的中心，只是世界的一員，於周邊諸國的外交政策無法高高在上頤指氣使，於國內的治理上倚重士大夫集團，向三權分立靠攏，限制皇權。例如北宋的皇宮是歷朝歷代裡占地面積最小建築成本最低的，屢次擴張計畫都因為拆遷會擾民而擱置。

文明的構建基礎離不開文化，毫無疑問，宋朝的高度文明也催生出了無數自由的靈魂，在詩詞文學、書法繪畫、瓷器刺繡、飲食建築、科技醫療等全方位抵達了中國歷史的巔峰。

文化沒有高下之分，只有差異之別，但文明卻有落後與先進的鴻溝。宋朝滅亡於鐵騎之下，不只是農耕文明敗與遊牧文明，也是文明被野蠻摧毀的過程。在此之後，元、明、清，都是極為鮮明的中央集權時代。元、清是殖民時代，無論從國民的個人權益還是女性的權益來看，無論從法制還是風俗的角度去考量，都在全方位地退步。這是人類文明的落後。

這就是《汴京春深》誕生的重要緣由之一，希望讀者能喜歡我展現的北宋生活畫卷，從而對宋朝產生興趣。

其次我很想呈現一群少年的成長歷程，以及重生的女主角如何重新認知自我，如何敢於接受一段實力相當彼此滋養的愛情。出於已婚已育婦女的小心眼，我從蘇軾髮妻王弗和元祐太后孟氏身上得到了塑造女主角的靈感，但當故事開始後，角色獲得了獨立的生命，開啟了他們自己的故事，我不再是創造者而是敘述者。簡中連載兩年，經歷了國際搬家，不免有創作上的小遺憾，好在最後順利完結，也獲得了許多讀者的認可和喜歡，更多人因此購買了《東京夢華錄》等我推薦的書籍，可謂意外之喜。

寫作《汴京春深》的過程對我而言也是一場難得的學習體驗，因為追求背景的立體和真實，經常需要參考各種參考書籍，有時糾結於某個細節六七個小時，終於釋疑，在文中卻只不過用了短短十幾個字甚至一個字也沒用上，而整個探索的過程如同蜘蛛結網，從點到線到面，不得不閱讀更多的書籍，最後自己也沉迷其中，獲得了書寫以外更大的快樂和滿足。

《汴京春深》連載到第四個月時，突然登上了晉江金榜第一，二〇二一年底交由上海讀客文化在各大電子閱讀平臺上出版，二〇二二年在沒有人宣傳推廣的情況下，陸續登上了各大榜單，在番茄小說的總榜、古言榜、出版榜蟬聯冠軍超過半年之久，在微信讀書、掌閱、咪咕、七貓等平臺上均取得了不俗的成績，並於年底授權了影視版權。二〇二三年喜馬拉雅上架了《汴京春深》的有聲小說，上架兩週，前五十集便登上了小說榜第十一名。

非常高興能與時報出版合作，希望臺灣的讀者能喜歡《汴京春深》。

小麥

二〇二三年一月三十日

• 服飾參考書籍：《中國古代服飾史》周錫保 著。

• 地理參考書籍：《中國歷史地圖集》譚其驤 主編；《汴京遺蹟志》等等。

• 文民俗禮儀生活參考書籍：《東京夢華錄》、《夢粱錄》、《武林舊事》、《江南野史：南唐書》、《老學庵筆記》、《蘇東坡集》、《東坡志林》、《蘇東坡傳》（林語堂 著）、《蘇東坡新傳》（李一冰 著）、《宋遼西夏金社會生活史》、《宋朝人的吃喝》（汪曾祺 著）、《唐宋茶業經濟》（孫洪升 著）等等。

• 官職參考書籍：《宋代科舉與文學》（祝尚書 著）、《資治通鑑》、《宋史》、《宋會要》、《宋會要輯稿》、《宋代蔭補制度研究》（游彪 著）、《宋樞密院制度》（梁天錫 著）等等。

• 戰爭參考書籍：《武經總要》（曾公亮、丁度 等撰）、《中國城池史》（張馭寰 著）、《中國兵器史》（周緯 著）、《北宋武將群體與相關問題研究》（陳峰 著）等等。

• 朝政參考書籍：《北宋中央日常政務運行研究》（周佳 著）、《宋代女性法律地位研究》（王揚 著）、《宋代的政治空間：皇帝與臣僚交流方式的變化》（日本平田茂樹 著）、《祖宗之法——北宋前期政治述略》（鄧小南 著）、《宋代司法制度》（王雲海 主編）。

# 第二百二十四章

外頭既無亮光，也無人聲，暗暗的，靜靜的。

忽然地道內最後兩盞油燈熄滅了，此處擠滿了人，一片漆黑，也無半分聲響，上頭漏下一陣風，在這半圓的空間裡打了個轉，使得悶熱的地道內舒服了許多，凝住的空氣也重新開始流動。一束暗淡的星光從洞口照了下來，落在石梯上的阮玉郎面容上，一層銀光，如玉似冰，又像薄薄的秋霜裝飾了他。

阮玉郎轉過身看了高似一眼，展開雙臂，將心胸命門全露給了他。

高似不動聲色，抬眼看了看上方，仔細聽了聽，轉頭對趙栩輕聲道：「上頭應該並無伏兵。」

趙栩心中一動，秀眉一挑，比了個射箭的姿勢，粲然一笑。高似點頭不語，卻示意他拔劍出來。

趙栩笑得更是開心，手一翻，一泓秋水亮在他手中。

高似反手解開背上一個粗布包袱，露出一柄半舊的手刀，黯沉的刀身看上去像沒開過刃，在趙栩手中劍的映照下，勉強看到刀身上一條暗紅色的線，自刀柄處蜿蜒向上，直至刀尖。

見高似防備之心不減，阮玉郎的唇角還沒勾起，就抿了回去，他姿態優雅地拾階而上，彷彿是去踏春賞花的，而不是私闖大內禁中。看著他玄色道袍的衣角消失在黑暗中，高似雙手緊握的手刀倏地豎起，刀背貼著右肩，一步步跟了上去。

趙栩只憑目測，已看出這石級在營造上的細微特殊之處。石級最底層起步的第一級高五寸，第二級卻高了六分左右，第三級又回到了五寸高。這地道只出不進，如有追兵，自上而下，先高忽低，常人因邁步上下樓梯的習慣，十有八九會在這高度不同的石級上摔作一堆。但這個對於阮玉郎和高似這樣的高手，毫無作用。

十二級臺階，出了五種不同的高度，高似走得很穩。最後一級將至，趙栩仍然找不到機會出手，隔著衣衫，他看得出高似軀體上每一塊肌肉的運轉都在巔峰狀態，隨時能爆發出船上一拳擊潰阮玉郎長篙的力量。

身後果然傳來一些磕磕碰碰的聲音，卻無人說話。高似和趙栩全神貫注在前面人的身上，都沒有回頭，更沒有停留。

阮玉郎站在洞口不遠處，一個身穿內侍服飾的男子在和他低聲說著什麼，那男子背對著他們，躬身而立，狀甚恭敬。不遠處傳來禁軍換班的呼喝聲。

趙栩略一看，這是東宮六位夾道中的一扇角門內，往東宮牆外，東南是晨暉門，這裡和皇太子宮只隔了兩道院牆。他轉身看向和阮玉郎說話的那人，那人已逐漸走遠。

十幾人依次出了地道，餘人卻還留在地道裡等著接應。木板無息地合了回去。

阮玉郎過來輕聲告訴高似：「陳素母女剛從福寧殿出來，去了雪香閣。我陪郎君過去。」他聲音越來越低，輕不可聞。

阮玉郎竟然知道阿予所住雪香閣的位置，趙栩手中劍握得更緊。伏兵必然盡在雪香閣，等著坐實他血緣有疑一事。他絕不能讓阮玉郎引高似去雪香閣。

高似身上鼓足的氣勁略鬆，緊繃的上衣微微貼服了下去。

機不可失，失不再來。

趙栩手中秋水突變閃電，一劍直奔高似後心。

高似被阮玉郎大力一推，趙栩一劍刺穿了他左肋。他低頭看著肋下穿透過來的劍尖，倏地又一陣劇痛，劍抽了回去，血汩汩而下，看不清楚那血，感受得格外分明。

「有刺客——！」黑夜裡響起趙栩穿雲裂石之音。

皇城大內晨暉門上立刻響起了號角聲，不遠處傳來禁軍呼喝之聲。

阮玉郎和趙栩戰在一起，輕笑道：「你殺高似，不怕九娘死？」趙栩心志，果然堅不可摧，機變智謀也天馬行空無跡可尋，可惜無論他怎麼掙扎，結局都一樣。

趙栩手上不停，劍招如飛：「你不在，誰能困得住我家阿妧？你有命出宮再說！來人！有刺客——」

高似慢慢轉過身盯著趙栩，心口似乎已經被刺穿了一個血洞，空空的。有什麼他小心翼翼地捧在手心的，突然就碎了。他扭頭看向遠處宮牆，她就在那邊，近在咫尺，伸手可及，高似待要飛身而起，趙栩一劍又抵眉心。

叮的一聲，高似手中刀格住趙栩的劍，雙目已通紅：「你要殺我？你不信我！」

趙栩冷若冰霜，四劍四字：「要殺！不信！」無論如何都不能讓高似脫身而去。只有戰，眾目睽睽下戰，才能洗清他的身世之疑，才能擺脫闖宮之罪。

燈火漸近，吆喝聲、兵器相撞聲、鼓聲紛沓而至，遠遠傳來：「有刺客——！東宮六位有刺客——！」

阮玉郎唇邊勾起詭異的笑容，寬袖舒展，右手短劍連點，直擊趙栩咽喉和心口：「郎君只管去雪香閣，我替你教導兒子。」

高似手刀一震，揮出萬千暗影。趙栩一聲悶哼，已中了一刀一劍，幸虧這二人都沒有殺死他的意思，一得手就散去了大半勁力。

高似手腕一翻，擋住阮玉郎的劍：「不許傷他！我去去就來。」他身形疾退，幾步就到了夾道宮牆下的暗影之中。趙栩咬牙又受了阮玉郎在他背上的一擊，強忍著一口血，趁勢衝向高似。

「你還是留下吧。」阮玉郎笑著，幾乎貼地平飛，一劍刺向趙栩膝蓋間。

「他留不如你留——！」冷峻的聲音響起，比這句話先到的還有一聲弦響。

騰身而起的高似在半空中驟然停了一剎，一掌拍在宮牆上，整個人斜斜避開。突突突三聲，三枝烏龍鐵脊箭如流星般連續扎入宮牆內。

阮玉郎腳尖輕點，身子驟然拔起，人在空中，他看著地面上幾枝箭，微微皺了皺眉。身後殿前司禁軍已經和阮小五等人混戰在一起。

趙栩大喜，孟在來了！他全然不顧身後的阮玉郎，一劍如影隨形，依舊直奔高似後心。

「捉拿阮玉郎——捉拿高似——護衛燕王殿下——！」

喧譁聲響徹皇城大內，近百年，宿衛禁軍第一次遇到謀逆重犯闖宮，皇城司、殿前司、入內內侍省，全都被驚動了。

阮玉郎見趙栩暴起，顯然是看穿了雪香閣的謀算，又有孟在來援，縱然他後手連連，卻也有些麻煩。現今整個大內已被掀翻，他不怒反笑：「六郎，你以為攔住高似就行了？」

他玄色道袍在夜空中如鵬鳥展翅，寬袖中朝連人帶銀槍激射而來的孟在擲出三枚蒺藜火球，袍袖再展，左手已多了一簫。

「碰不得！」趙栩棄下高似，翻身後退，短劍行雲流水，旋出大大小小的圓圈，把三枚火球滴溜溜兒在劍身上滾動，他手腕一震，三枚球飛向已越過宮牆的高似。

高似掉頭一拳，三枚蒺藜火球被激盪開，滾落到遠遠的地面上，燒了起來。他又看了趙栩一眼，往西北方雪香閣飛奔去。

孟在攔住了阮玉郎：「我來，你去！」

趙栩精神大振：「好！」

身後傳來孟在的喝聲：「小心孟存孟仲然！」

阮玉郎眉頭一跳，一劍隔開孟在，洞簫貼近唇邊，一簇銀針從簫尾蓬地射出。

趙栩頭也不回反手揮劍，腳尖已點上宮牆，膝彎處微微一麻，還是中了幾針。他勉強提氣上了宮牆，高似身影就在不遠處。趙栩一回頭，見晨暉門、東華門各處禁軍潮水般湧來，不再停留，追向高似。

雪香閣臨近延福宮，在大內西北。先帝寵愛趙淺予，將這三進的小院子賜給了趙淺予住，麻雀雖小五臟俱全，後院裡還有一個小池塘，旁邊堆壘了高高的太湖奇石，端午節的艾葉菖蒲被手巧的宮女們編織成長長一條，從太湖石頂端垂掛下來，一路繫著五彩斑斕的小艾人和五毒物，旁邊立燈昏黃燈光下，也看得清清楚楚，平時棲息在池塘裡的幾隻烏龜遠遠地躲開了。

陳素和趙淺予在廳堂裡，坐也坐不住，憂心忡忡聽幾個女史說了外頭最新的消息，一聽到還沒趙栩和九娘的下落，趙淺予就抱著陳素哭了起來：「怪不得哥哥同我說那些話！他肯定知道自己要出事——」

陳素緊緊摟著她：「別胡說，舅舅和張理少都在救他呢。母子連心，我沒什麼不妥，你哥哥肯定沒事！」她信六郎和九娘，柔儀殿那夜千轉百回驚險萬分，六郎和九娘都能化險為夷，這次也不會有事的。

她定定神，轉向那兩個女史：「魯王的事，張理少還說了什麼？」

「張理少知道奴是燕王殿下安排在主主身邊的，特意讓奴轉告太妃：魯王一事無妨，殿下有功無過。請太妃放寬心。」

陳素鬆了一口氣，她聽見向太后教官家說維護六郎的話，恨不得磕頭磕出血來才能表述出自己的感激之情。

外頭廊下掛著的鷯哥忽地喊了起來：「萬福金安！萬福金安！」

廳裡的人都一震，趙淺予鬆開陳素，看向廳外。鷯哥還在喊個不停。

病容憔悴的太皇太后慢慢走了進來，趙棣躬身扶著她。向太后牽著官家趙栫的小手，面帶疑惑。簇擁著他們的是二府的幾位相公、御史臺的鄧宛，還有身穿親王喪服的宗親，陳素卻從來沒見過。趙淺予看到六娘和孟存父女倆忐忑不安地跟在後頭，嚇了一跳。

陳素強作鎮定，起身給太皇太后等人見禮。

太皇太后轉頭對向太后道：「五娘，今夜一試以後，誰做皇帝，老身不再過問。」

向太后猶豫了一下，看向幾位相公，點了點頭：「便依娘娘所言。」

「將那人帶上來。」太皇太后沉聲吩咐，面上露出一絲厭惡之情。她轉頭道：「阿嬋，到我身邊來。」

六娘吸了口氣，應道：「是！」

外面兩個內侍引著一個女子緩緩入內，那女子身形婀娜，有些行走不便，卻穿了宮中太妃的喪服，走近了，對太皇太后、向太后及官家行了跪拜大禮：「民女拜見太皇太后、太后娘娘、陛下！」

六娘一震，微微抬起眼，見跪著的人匍匐在地，雙手交疊平放在額前，手指還瘀青著。

「起來吧。」太皇太后淡然道：「抬起頭來。」

「民女遵旨。」

四娘慢慢抬起頭來，眼眸低垂。六娘死死咬住唇，盯著許久不見的她。臉頰還有些腫脹，不知道是不是在獄中吃了苦。

陳素顫聲道：「娘娘！為何要找人冒充妾身——」她渾身發冷，面前的人乍一看，就好像年輕時的自己，只是更加柔弱，惹人見憐。

向太后一震，看了趙棣一眼，想到太皇太后在福寧殿的話，這樣才能了結宮中朝中內外的心結，讓太皇太后和趙棣死心，也免得陳氏受傷，她心一橫，安慰陳素道：「你莫怕，你和阿予跟著我，不會有事的。」只要陳素和那高似的確無染，今夜一過，水落石出，她也再也不用提心吊膽了。

「孟嫻？」趙淺予猛地喊了出來：「你明明在大理寺獄裡的，怎麼跑來這裡？五哥！你是不是要害小娘娘！大娘娘，您別信五哥！」她轉頭吩咐：「來人，快去找大理寺的人——」

太皇太后厲聲喝道：「大膽！傳我旨意，將雪香閣服侍的人全部押去後頭。」

雪香閣的兩個女史見趙淺予已被兩個不知何時出現的帶御器械押住，緊握的手只能鬆開，被進來的禁軍們押了下去。

陳素咬牙拉住趙淺予，向太后示意兩人稍安勿躁。

幾位相公轉開了眼。趙昪皺起眉，看向外頭，此事特意避開定王殿下和張子厚，看來不妙。再看到一臉茫然的「大宣」孟存，趙昪心頭更加沉甸甸的。

「好了，留她在這裡，我們去後頭等著吧。」她將手伸向六娘。

六娘強忍驚駭，躬身扶住了太皇太后。眾人跟著太皇太后往後室走去。

幾個女史打扮的皇城司女親從官輕手輕腳進來，扶著四娘坐到榻上，讓她靠在引枕上，倒了茶水，在她手邊擺上了針線籃，熄滅了廳內其他的燭火，將案几上的燭臺挪開，廳內昏暗下來。廳內站著的幾個人影子在地面上輕微搖晃著。

四娘摸了摸針線籃裡頭的嬰孩肚兜，提了起來，大紅蜀綢上花開富貴已經繡了一半，這些和她身上的衣裳、髮髻上的銀釵，都是從陳太妃殿裡取來的，這件肚兜看來是做給陳太初的弟弟或妹妹的。

妹妹，她倒也有一個好妹妹。拜她所賜，她既失心愛之人，又險些喪命，今夜也該還些回來了，讓她先嘗嘗身邊人一個個死去的滋味。

# 第二百二十五章

兔起鶻落間，高似在宮牆和殿閣之間忽隱忽現。他不需要輿圖，每一條通道，每一棟樓閣，每一堵院牆，都在他心裡，清晰無比。演練過無數次，他不知道自己什麼時候會來，只知道會來。他不知道陳素會住在哪裡，只知道就在這裡。

一切都沉寂下來，但又不是真正沉寂。遠處士兵在呼喊，鑼鼓喧天，沉重又帶著戰場上絕不會有的拖沓。他甚至能聽見弓箭離弦時的那一聲聲，充滿離別的不捨，這是他最愛的聲音，纏綿悱惻。還有他自己的心跳聲，快速有力又瘋狂，血液流動的聲音，如河水奔流出海，從趙栩刺穿之處流出。他腳下不停，單手已脫下外衣，隨意將傷口包了幾圈。

星光、火光，樹影、牆影，在高似身上不斷變幻，浮光掠影像要拚力追回已逝去的似水流年。

「彼蒼者天，殲我良人！如可贖兮，人百其身！」當年蘇瞻在屋頂為王玞招魂後，下來時啞著嗓子念了好幾遍，失魂落魄。

有時，他從州橋買了鹿家鱔魚包子，一步步從御街邁向皇城，害怕自己有一天也會說出這兩句悼亡詞。他在二府八位裡，將大內輿圖上所有殿閣通道禁軍宿衛一遍遍地記在心裡，甚至金水河和五丈河在大內的長度寬度深度，他都想方設法從工部打聽出來。他一次次揣摩能安然帶她離開皇城的法子。

誰也擋不住他，能擋住他的，只有裹足不前的他自己。

趙栩追過隆佑殿，剛要越過院牆，兩根長棍交叉攔住去路。早間才被召回的劉繼恩在不遠處率領幾十個皇城司兵卒靜靜守著，火把通明。太皇太后、向太后兩宮有旨：攔截燕王殿下。

兩個帶御器械躬身道：「殿下，多有得罪了。」他們聽令攔人，卻不能使用兵刃。他們知道趙栩文武雙全，卻想不到他厲害到這般地步，兩人頃刻間險些中劍，只能竭盡全力纏住趙栩。幸好這位殿下的身法突然慢了下來。

趙栩膝彎發麻，險些跪倒在地，幸虧兩個帶御器械不敢傷他半分。阮玉郎簫中的針只怕有毒。他當機立斷，立刻收了劍。

兩個帶御器械一怔：「殿下？」

趙栩往地面一趴，反手撩起下裳：「我右膝彎下五分的地方中了刺客暗器，怕是有毒，先替我把毒剔乾淨。」

帶御器械歷來是軍中挑選出來的最厲害之人，雖然眼前這位殿下行事令人無從捉摸，聞言立刻執了火把，蹲下細細查看。趙栩膝彎下的小腿肚已青腫一片，三個針眼極小。

劉繼恩帶著皇城司的人一擁而上，團團圍住，火把聚到一起，照得這一片如同白晝。

趙栩伸出短劍，周邊人瞬時齊齊後退了幾步。

「火，過來！」趙栩扭頭喝道，他一雙桃花眼掃過周遭人，往昔未語先笑的眉梢眼角要靠一張萬年寒冰臉才壓得住，這一眼如刀鋒一樣銳利，看得人人心中發毛。

帶御器械立刻放低了手中火把：「殿下是要此時此地就剜出來？」

趙栩把手中劍在火上來回燙了幾下，心中急得不行，面上卻露出一絲嘲弄：「不然怎麼辦？留著做臘肉？」他將劍柄遞給那人：「剜乾淨些，別留殘餘。」阮玉郎的這毒並不霸道，這是要把他送到趙棣手中了。

皇城司士兵再圍上來，不遠處殿前司的人已經呼喝著往這邊而來。劉繼恩手握上了刀柄。

趙栩催促道：「快些！」

「殿下，小人動手了，還請殿下忍著點。」那人鎮靜地撕下半幅衣裳：「劉都知，還請速速稟報娘娘、官家，燕王殿下遭刺客暗器所傷，需立刻請御醫官——」

「方紹樸！我只要方紹樸。」趙栩喝道。兜兜轉轉，他居然還能回到方紹樸手裡，只是情勢更加兇險了。他一聲悶哼，額頭砰地撞在地面上。幸好另一個帶御器械死死按住了他的右腿。

旁邊的士卒好些人看著那不停抽動的腿，鮮血淋淋的傷處，都欽佩地看向趙栩。

「讓開——讓開！」外圈傳來兵器出鞘的聲音。

「大理寺少卿在此，皇城司退開！」有人大聲呼喝，毫不客氣。

張子厚！趙栩雙手緊握。張子厚在這裡，雪香閣會有誰？

張子厚一路小跑著進來，再看到地上的趙栩，帶御器械還在擠壓傷處，轉頭道：「方醫官，快些。殿下怕是中毒了。」

他身後的方紹樸背著藥箱氣喘吁吁地衝了進來：「讓開讓開，放——放著我——我、我來！」他跟著張子厚先一路奔去東宮六位，再一路狂奔過來，一蹲下身，腿一軟，差點摔在趙栩身上，被人一把扶住了。

「殿——殿下！沒——沒事的。放—放心！」方紹樸伸手沾了血，放入口中一舔，舌頭麻得更加說不利索話。「毒、毒毒性不不不大。」他打開藥箱。

「季甫——」趙栩只覺得那塊肉被烈火灼到似的，咬牙喊道。

張子厚立刻趴在了地上，湊到趙栩旁邊：「臣在！」

「高似去了雪香閣，我娘在，趙棣和娘娘也在。你快去！另外速速通知皇太叔翁。」趙栩壓低了聲音，嘴唇幾乎貼上了他的耳朵。

張子厚一個激靈，不好！高似無論做什麼，只要去了，陳太妃就百口莫辯。他立刻爬了起來，吩咐帶御器械道：「刺客尚未全殲，殿下的安危，託付給你們了。」

劉繼恩上前一步，拱手要說話。

張子厚看也不看他一眼，揮手讓孟在派給他的人手糾纏住了劉繼恩：「護住殿下！」他帶上大理寺的人往西北雪香閣方向拔足飛奔而去。

雪香閣的飛簷斗拱就在高似眼前，院牆外的禁軍們都被東南角的捉拿刺客吸引了，雖然還在巡邏，卻圍在了雪香閣東南院牆外。

高似繞到西邊，側耳傾聽後，飛身躍入院子中。他趴伏在院子中太湖石最高處，院子內小池塘中月色旖旎。回頭望，不見趙栩的身影，再回過頭，正廳的八扇百花紋槅扇門掩了一半，昏黃燈光透出來。院子裡一片漆黑，沒有服侍的人，只有正廳一豆燈火，窗紗上影影綽綽。一剎那，他有些情怯，又心潮澎湃，垂頭看了看腳下一塊石頭壓著的一串端午應節物，忍不住蹲下身子，輕輕撈了起來。

還是這樣的編法。陳素在家時，她家門上一到端午就掛著長長兩串這個。後來他做帶御器械時也留意到她的住處掛著這些。如今她的女兒也這般似她。

高似輕輕放下這串物事，一念間突然想起多年前，他護衛著先帝趙璟去到陳素的住處，時常也只剩下一盞燈，那時候陳素通常在替六郎做一些貼身衣裳。趙璟不喜人通傳，有時站得遠遠的看一會就走，有時進去了，有時沒進院子忽地返身就走。就算進去了，有時喝一盞茶說幾句話後也會突然離去。他察覺到陳素小心翼翼地喊著恭送陛下那句話背後的如釋重負。

他暗暗地高興，陳素認得他，雖然她裝作不認得他，但她的確不記得以前那一夜的事了。驀然趙栩那一劍刺中他後說的話，疼得厲害。

要殺，不信。那她呢？

他不再猶豫，飛鳥投林一般撲入廳內。

兩個皇城司的女親從官還沒有來得及驚呼出聲，已被刀背敲暈。羅漢榻上的四娘翻過身，半坐起來，掩面驚呼了一聲：「誰？」她壓低了聲音，只露出了眉眼。心突突跳得厲害。舅舅說她眉眼間其實肖似陳家人，去掉她那份輕愁籠煙就能瞞過十多年沒見過陳素的高似。

高似！就在十步以外。她方才所有的信心籌謀，在這個高大魁梧目光如電的男子面前，剎那煙消雲散。廳裡被一種壓抑的沉重籠罩著，她呼吸困難手腳發麻，甚至想按照先前安排的兩個最簡單的字都問不出口。

高似緩緩收起手刀，鐵塔一般的身軀站在廳中，擋住了大半燈光。他看了四娘一眼，目光投向榻後的八扇雨中聽荷落地大繡屏。

四娘肌膚上滲出雞皮疙瘩，一片一片。

「是——你？」她死死掐著羅漢榻上的藤席，指甲劇痛，終於勉強問出這兩個字。

「不是你。」

三個字說得並不響，甚至很隨意。四娘卻被震得回不過神來。他說什麼了？誰不是？

廳中的空氣像被突然吸進一個漩渦，四娘險些被掀下羅漢榻，魂飛魄散。

暗黑的刀影自上而下，自遠而近，帶著奔雷之聲，撲面而來。

八扇繡屏從中裂開，連著羅漢榻也被砍成了兩段，通向後室的槅扇門震動不已。

後室燈火亮了起來，裡頭的床、屏、桌椅早已撤走，烏泱泱全是人。趙昪只盼著太皇太后等人還沒明白高似那三個字背後的含義，趕緊道：「二位娘娘！請帶官家先退避。」高似武藝實在太過驚世駭俗。

太皇太后冷笑道：「你們個個都覺得那女子肖似陳氏，高似卻只一眼一句話就認了出來。若無私情，作何解釋？」

一室死寂。六娘慢慢將顫抖的右手離開了太皇太后手肘，忍不住側目看向另一邊的趙棣。

趙棣垂眸看向地面，強壓住興奮和歡喜。先生神機妙算！誰能想得到孟四娘的真正用處？除了他，連孟四娘自己也不知道，要不然那楚楚可憐的纖纖弱質，又怎麼敢在高似刀下假冒陳氏！除了死還是死，可惜可憐。

正如先生所料，憑高似大趙第一神箭手的本事，百步外的蚊子他都能分得清公母，這麼近定能看出心上人的真偽。只要他看破了孟氏，看破了後室伏兵，就已經坐實了他和陳氏的關係。也只有先生這般明修棧道暗渡陳倉，算準了太皇太后和相公們這些聰明人的心思，才能助他通天。

聰明人，總會更相信複雜的辦法，總是想得更多，總要自己一眼看出旁人看不出的才肯認定。

向太后萬般無奈地喟歎了一聲，看向陳素。

陳素拚命搖頭道：「妾身不知！委實不知原因！妾身願同他當面對質！」她聲音顫抖，全身顫抖，死死抓著趙淺予。

高似垂目看著抖如篩糠的四娘，皺了皺眉，並沒有取她性命。他一步躍上羅漢榻，踢開四娘，起手又是一刀，槅扇門斷成四截，咣啷墜地，三尺進深的過道露了出來，裡頭兩個半人高的大花瓶也倒在地上，暗夜裡看不清裡頭插著什麼花，碎了一地。

盡頭處後堂的大門緊閉，裡面已亮了燈火。

陳素你在哪裡？可有性命之憂？高似如一頭獵食中的猛獅，直撲向通道。

「護駕——護駕！」後屋內燈火驟亮，有人高呼出聲。

大門轟然斷裂，木屑四濺。

高似橫刀站在昏暗的門外，這幾刀後，肋間傷處疼得厲害，但他沒有退路。

他一人，和朝廷內外宗親宰執們對峙。他一人，和整個大趙朝廷對峙，面無懼色。

陳素不顧頸中橫著帶御器械的利刃，往前掙了一掙：「你為何要陷害我！」

他陷害她？高似肋間更疼了。她還身穿喪服，趙璟大祥❶還沒過，那身衣裳真是刺眼，更刺眼的是大開著的每扇窗後冰冷精鐵箭頭。

侍衛親軍們團團護住了室內眾人。謝相、朱相對視一眼，驚覺這小小後室裡的人手不一定能擋得住高似，兩人看向太皇太后身側的四位帶御器械。

趙棣斜斜擋在太皇太后身前，喊道：「高似你速速棄刀就擒！不然陳太妃性命不保——啊？」

一刀天外飛來，直撲向趙棣面門。兩位帶御器械立即飛身迎上。

「殺了陳氏！」太皇太后厲聲下令：「傳旨，捉拿燕王趙栩——」

---

❶大祥：漢魏以來時君行喪皆以日易月，皇帝、皇太后、皇后死後，二十五日或二十四日即舉行大祥祭禮。

# 第二百二十六章

「不許殺——」向太后大喊。

「不許殺。」趙楟稚嫩的聲音立刻跟著響了起來，陳太妃是很好的小娘娘，這個不用大娘娘說，他早就明白。

「誰敢傷陳太妃！」張子厚的怒吼從東窗外頭傳了進來。

帶御器械手中佩刀一收又立刻一放，陳素頸間已傷，她顧不得，六郎呢？六郎你千萬別來！

「護住官家！」謝相等人簇擁著太皇太后、向太后、趙楟退向樓梯口。趙昇暗暗叫苦不迭，誰想出來的這餿主意，雪香閣後室並不寬敞，眾多禁軍在內，反而施展不開，連個可退的後門都沒有，完全不顧兩宮和官家的安危。只有高似一人就這麼忙亂，阮玉郎再來，一個不慎，大趙朝廷內外上下就被一鍋端了。他眼皮一跳，看向趙棣，蹊蹺之事，出自蹊蹺之人。

無比混亂的一瞬，弓矢離弦聲不斷，緊湊沉悶。如此近距離，箭近乎直線飛出，把高似方才所站立的地方扎成一片密密麻麻的箭林。

高似再度退回前廳，前廳裡早湧入殿前司金槍班的禁軍，長槍斜指，密密麻麻，無路可退。有伏兵，被趙栩說中了。他不該來，也被趙栩說中了。他不是不明白，就是不甘心。

高似手中刀擋住身前潮水般攻來的十幾杆金槍，再退回前廳後室之間的夾道。孟在獨自橫槍站在箭林之前，面容冷峻：「阮玉郎已死於地道毒煙烈火，高似，可敢和孟某一戰？」

阮玉郎假死，還是被趙栩說中了。陳素記得他，依然記得他，開口卻問他為何陷害她和六郎。肋下的傷口越來越疼，還有許多地方也在疼，有刺痛，有抽痛，越來越痛。高似很多年沒體會過這種感覺，他幼時早就習慣忘記「疼痛」這種感覺，還真的做到了。時隔幾十年，今夜終於忘記的疼悉數回來到他的身體內，排山倒海。

太皇太后蒼老憤怒的聲音傳來：「還不動手殺了陳氏!?你們都糊塗了不成？陳氏身為先帝宮妃，和契丹賊人有染，玷汙大趙後宮，混淆皇家血脈——」她的話已經不算話了？竟然個個敢反駁敢不當回事！

咣啷一聲，高似棄刀於地，走近孟在，雙膝跪地：「在下實乃女真二太子完顏似，今夜不得已擅闖大趙皇宮，為求見貴國太皇太后、太后、皇帝陛下，有秘事稟報！」

他聲如雷鳴，震得前廳後室所有人耳朵嗡嗡響，甚至雪香閣院牆外嚴陣以待的將士們都聽得清清楚楚。

趙棣一呆，這是怎麼回事，先生可沒有提起過！

趙栩一瘸一拐趕到雪香閣的時候，處處依然是激戰後的痕跡。大理寺的胥吏從方紹樸手中接過他，小聲將先前發生的事告訴了他。

「完顏似？」

「是，說是二太子。女真使者們今日一早就在宮外求見朱相，沒能見著，一直等在東華門外，中書省已經去宣召了。」

趙栩緩緩踏上樓梯，想起高似在北婆臺寺時堅持要入宮的神情。他又怎麼會不給自己留一條退路呢？能在蘇瞻身邊十幾年的人，又怎可能任由阮玉郎擺布利用。高似只需亮出這個身份，變私為公，反能保住性命，看來他原先就計畫擄走娘跟著女真使者的車馬回驛亭，再行北上。但他為何會當眾自首？是為了護住娘？

一步一步，趙栩聽見內侍在通報：「燕王殿下駕到——」

二樓面南處設了新搬來的四扇半人高素屏，太皇太后和向太后帶著趙梣坐在屏風後，趙棣、六娘肅立在一旁。趙淺予滿臉是淚，靠著陳素，被孫尚宮帶人貼身「服侍」著。聽到趙栩來了，陳素又急又擔心，卻動彈不得。

趙栩上了樓，見屏風前左邊按班站著宰相們和新晉「大宣」孟存。右邊上首坐著定王和兩位老親王，其次站著御史中丞鄧宛和張子厚、孟在。

中間地上跪著被牛筋五花大綁著的高似。聽到趙栩的腳步聲，他的背佝僂得更低了些。

「快，給六郎看座。」定王高聲吩咐道。

屏風後傳來太皇太后的聲音：「慢著，陳氏的事情還沒了呢。人證已經有了，就該定下她的罪！」

趙栩上前行過禮後，對定王躬身道：「多謝皇太叔翁關心，六郎還受得住。」他轉向屏風：「不知道娘娘所說的小娘娘一事是何事？何罪之有？」

定王冷笑道：「怎麼，就憑幾個字，就斷定有私情混淆血脈了？聽說這位二太子喊了好幾十個字，要找太皇太后、太后、官家，這又該怎麼斷定？」

「皇叔你的心偏到西京去了嗎？諸位相公們可都是親眼所見，此人一眼就看出那人不是陳氏——」太皇太后問道：「朱卿，謝卿，你們可見到了？」

趙栩和張子厚對視一眼，垂下眼眸。

張子厚出列拱手道：「不錯，娘娘所言有理，人的心還真都是長偏了。不過既然是諸位相公們親眼所見親耳所聞，敢問這位二太子見了那假冒陳太妃的女子後，究竟說了什麼？謝相素來不偏不倚，還請告知我等不在場之人。」

謝相仔細想了想：「說了不是你三個字。」

張子厚看向朱相：「朱相，蘇相離任，您是我朝相公之中最具君子之風的了，您還記得他說的是不是這三個字？」

朱相皺著眉點了點頭。

張子厚恍然大悟，看向高似：「二太子，你所說的，其實是你來雪香閣，找的不是這個女子？你可認出她是誰了嗎？」

高似搖頭：「我沒認出她。我找的不是她。是二位娘娘和皇帝陛下。」

屏風後的趙淺予哭出聲：「早說了小娘娘冤枉——有人要陷害她陷害六哥！六哥——」

太皇太后看向趙淺予，目光泠泠，神色恖恖：「閉嘴。」

張子厚卻看向御史中丞鄧宛：「有人喊冤，鄧中丞可聽到了？」鄧宛猶豫著點了點頭。

太皇太后冷哼一聲：「張子厚，你不必特意引導高似為陳氏母子開脫。究竟是怎麼回事，這許多人親眼所見，親耳所聞，難不成都冤枉了陳氏？倒是你和趙栩結黨營私，圖謀帝位，鄧中丞也該知曉一二。」

謝相等人見太皇太后直接給張子厚扣了這麼大的罪名，都面色微變。只有趙昪抬了抬眼皮，要論嘴皮子，太皇太后恐怕還不是張子厚的對手。

張子厚笑了起來：「娘娘所賜罪名，臣卑陬，愧不敢當。微臣以開封府試第一名師從楊相公，二十年來從縣令做起，在戶部、吏部、集賢院、臺諫、樞密、大理寺均有任職，習慣獨來獨往。先帝曾有言，張子厚雖出自楊相公門下，最終卻做了個剛狷純臣。鄧中丞，若張子厚有結黨營私，還請千萬別客氣，儘管重重彈劾下官！只是天下冤獄，大理寺皆管得，這百官和後廷重案，更是大理寺職責所在。若要下官有冤不管，被人陷害了太妃和皇子，下官他日有何面目見先帝！」

太皇太后被他搬出先帝，反駁不得，聽他輕飄飄一句話繞回陳素身上，氣得肝都疼了。

張子厚見趙栩目光落在趙昪身上，不等太皇太后開口，朝趙昪拱手道：「敢問趙相，是哪位高人仙師未卜先知，料定了高似定然會至雪香閣？」

趙棣抬起頭：「張理少，高似會來闖宮，乃孟氏四娘告知娘娘的。」

張子厚冷笑道：「孟四娘乃先帝秘旨欽犯，被關押在大理寺獄中，何時能傳遞消息到宮中，還能神不知鬼不覺地離開大理寺，不是神仙是什麼？」

趙棣笑道：「大理寺無寺卿，卻並不只有你一個少卿。她是阮玉郎的外甥女，既然因此獲罪入獄，必然會知道不少秘密。有些事，用刑問不出，換個法子，不就說出來了？」他朝屏風後躬身道：「還是娘娘想得周到。」

六娘垂眸看著自己裙底下露出的宮靴靴尖，想不出爹爹被宣召入宮是為了什麼，看到大伯，她覺得心安了許多，為何爹爹卻露出了不安的神情。

張子厚也笑了：「孟四娘身為罪女，出獄才幾日？臣日日出入大內，從不知雪香閣是淑慧公主的住處，更不知雪香閣所在位置。孟四卻能算準陳太妃今夜會來淑慧公主的住處，而不是回自己的住處？」

他看向若有所思的二府相公們：「諸位相公可見，高似闖宮，可能是孟四娘所言，可陳太妃行蹤，卻另有人洩露出去。二太子，你又如何知曉今夜太皇太后、太后、陛下會一起來這淑慧公主的住處？阮玉郎在宮中的奸細究竟是誰？」

「阮玉郎請在下幫他擒住燕王趙栩，他答應帶在下入宮。地道入口也是由宮中那人打開的，太皇太后、太后、陛下在雪香閣，也是他宮中那人所說。我並未見到那人的模樣，因為燕王奮力反抗，還刺傷了我。」高似抬起頭：「在下並不知道雪香閣乃淑慧公主住所。今日入宮，在下實屬不得已，並無惡意，未傷害任何人。諸位應該知道，以我之力，殺一個人易如反掌，對或不對？」

他慢慢轉過頭，看向趙栩。

若他要害趙栩，易如反掌。可他不會。他永遠不會。

趙栩漠然看著高似。那又如何？即便高似現在要保護他，要幫他，他並不會感激他，也不會原諒他。

# 第二百二十七章

趙昇清咳一聲，朝謝相等人拱手道：「諸位相公，今夜的確蹊蹺，此處樓閣後室連個後門都沒有，甚是不妥。若非燕王殿下及時喝破刺客，地道裡進來百人千人萬人也有可能，又有奸細引路，大趙前朝後廷豈不被逆賊一網打盡？」

趙昇所言，謝相也有所察覺，現在殺了完顏似，於事無補，還會令女真和大趙反目。女真如今軍威極盛，大軍勢如破竹，端午節後已逼近契丹上京道。契丹頹勢難挽，朝中還在觀望，自然不宜交惡。若能囚禁住這個戰功彪炳的女真二太子，既暗中助了契丹一臂之力，也能減少日後女真對大趙的威脅。

二府幾位相公低聲商議了幾句，定下先把後廷宮闈事放在一旁。

謝相道：「完顏似，大趙和女真，素有邦交。你身為臣屬之國的二太子，竟然勾結阮玉郎和西夏，破我大趙秦州城，害死軍民數萬，絕不能就此善了。你不通過使者請求覲見，無法無天擅闖大內，究竟所為何事？你既然自稱並無傷人的意圖，可認得出阮玉郎在宮中的眼線？」

趙棣心中七上八下，不知道高似對自己和先生所圖知道多少，更不知道他臨陣倒戈會說些什麼。他不安地垂下眼眸，寄望於先生所說的萬無一失之法。

高似在棄刀的剎那，就已經棄了自己的命。他聲音渾厚，沉穩有力：「不瞞諸位，我棄父姓耶律，從母姓完顏，畢生心願就是掃平契丹。大趙和契丹為兄弟之國，女真卻是大趙臣屬國，聽聞大趙有意出兵助契丹攻打女真，我女真部受契丹欺壓奴役近百年，難道繼續任人宰割？既是國與國之戰，國與國爭利，完顏似破秦州，圖謀和西夏結盟攻打契丹，為的是我女真同胞，何錯之有？如今被擒，成王敗寇，在下毫無怨言。」

國與國之戰，國與國爭利，何錯之有。趙昇暗歎一聲，若是蘇瞻在此，不知會有多心灰意冷。他那般信任高似，卻被其利用，真是誤以山雉為鳳凰。

「在下今夜前來，只因阮玉郎言之鑿鑿，只要前來闖宮面聖，吳王殿下明日就能即位，願同我女真結盟攻打契丹。」高似看著太皇太后，怒道：「卻未料到竟然是要借在下陷害舊日恩人，毀其清白，害其性命，此事卻萬萬不可！故願以某之性命，平息大趙之怒，請勿插手我女真部和契丹之爭！」

室內驟然一靜，落針可聞，瞬間譁然。

趙棣嚇得魂不附體，叫了起來：「他陷害我！他為了陳太妃和六郎陷害我！」

二府幾位相公看著趙棣慌張的神色，心中都信了幾分。高似是怎樣本事的人？是殺敵破陣，奪一國城池的萬夫莫敵之將。甘願束手就縛，若只是為了陷害吳王，卻說不通，更和他破秦州的意圖相背。若是為了報恩或恥於被利用來陷害女子，卻還說得過去。

張子厚不等太皇太后開口，追著問：「完顏似，若要證明你所言非虛，你可知道阮玉郎在宮中接應之人究竟是誰？」

高似皺眉搖了搖頭：「未曾見到面容，在下不認得。」

「我認得。」有人突然接口。

眾人大驚，看向趙栩。

「那奸細，此時此刻，就在此地。」趙栩的聲音冰冷。目光如刀，投向屏風後頭。

趙棣覺得臉上面皮繃得疼，想乾笑兩聲，喉嚨發緊，發不出聲音。

太皇太后冷笑道：「你只管指出來便是，怎麼，難不成要嫁禍給五郎？」高似為了陳氏，這是連命都不要了，沒有姦情才怪，還想陷害五郎，真是以為她老眼昏花了！

趙栩緩緩走近屏風，受傷的地方越來越麻，整條右腿快失去知覺。那毒的毒性不大，不會致命，卻麻得厲害。

「我不會認錯人。孫安春，是你。」趙栩目光如刀，落在福寧殿供奉官孫安春的身上。

縱然有帶御器械在，屏風後依然立刻亂成一片，六娘扶著太皇太后往相公們那裡退去，向太后一把抱起趙梣，被帶御器械護衛起來。屏風倒在地上，也無人去扶。

陳素摟著趙淺予退到趙栩身邊，握住他的手。趙栩拍了拍母親的臂膀，輕聲道：「放心，我沒事。」示意她們退到定王那邊。

趙棣面色大變，卻站在原地沒有動。

屏風後只剩下了趙栩、趙棣、孫安春。

向太后顫聲道：「快，拿下孫安春！」兩個帶御器械身形微動，已擒住孫安春的雙臂，按住了他的肩膀。

原本垂首肅立在趙栲身後的孫安春毫不掙扎，慢慢抬起了頭，臉上毫無驚慌，依舊唇角上翹帶著隨和的笑容。他年過半百，五官平平，常年笑眯眯，是個隨時湮沒在周遭事物中的老內侍。

「是小人給壽春郡王打開了地道入口，是小人告訴壽春郡王陳太妃今夜來了雪香閣。」孫安春的聲音細弱，臉上露出一絲可惜，看向趙栩身後跪著的高似：「二太子待陳太妃可謂情深意重，寧可棄械被俘，自曝身份，也要保住陳太妃的性命。壽春郡王所託非人，功虧一簣，可惜。」

太皇太后只覺得血直往頭上衝，眼前金星亂跳。孫安春！是她親手選出來的內侍，在她宮中歷練了四年，才派到大郎身邊伺候大郎，幾十年來一直安分守己忠心耿耿的人，竟然是阮玉郎的人？

趙栩突然問道：「你既然開了口，不如全說了，儘管說仔細些。阮玉郎也該交待過你要說什麼做什麼吧。」

孫安春臉上更加謙卑，躬身道：「郡王的確交待了，今夜若徑行直遂，吳王殿下得以即位，小人自然還在福寧殿，安安分分地做上幾年，便可告老還鄉。」

趙棣面色大變，轉頭看向身後。眾人目光均落在他身上，意味不同尋常。高似所言，眾人還將信將疑，可孫安春竟然也這麼說！

「如今出家敗御，他又是如何交待的？」趙栩不動聲色。

「二太子變生意外，殿下又認出小人來，小人願從實招供。小人知道得實在太多，不說也沒機會再說了。」他謙卑地笑了笑：「殿下當真要聽？小人只怕娘娘既想聽，又不願意聽不敢聽。」他身子又彎低了幾分。

太皇太后一個趔趄，死死抓住了六娘的手：「孫、安、春！你夥同逆賊背主——你從實招來，快招！」她有什麼不敢聽！她一生行事，件件為了大郎，樁樁為了大趙江山。她甚至一念之仁，沒殺郭玉真趙瑜母子才養虎成患了！

趙栩轉過身，看了太皇太后一眼。憑他的目力和記憶，昏暗中只一個背影和走路的姿勢，就認出了孫安春。他想到太多的事，只是不知道他「認出」孫安春，是不是依然是阮玉郎的計中計。然而，就算是，他也必須認出孫安春。

趙栩他這是什麼意思？太皇太后被他這一眼看得有些氣血上湧，他在指責自己？

「娘娘，小人所認的主，一直是元禧太子和壽春郡王，從未變過。」孫安春還是一團和氣，細弱的聲音也帶著笑意：「小人的爹娘，都是元禧太子時的東宮舊僕，因阮氏案被牽連遭絞殺。小人被叔叔嬸嬸趕出家門，流落街頭，所幸被郭郡主找到，落戶到了陳留。不久，小人自願入宮做內侍，原是為了打探壽春郡王的下落，陰差陽錯，後來竟然入了娘娘的眼，被挑選中服侍了先帝。」

若沒有在東宮做了幾十年的爹娘，若不是他從小耳濡目染，他又憑什麼能入了高氏的眼？孫安春笑得更加卑微：「娘娘，小人對娘娘從無違逆，先帝吃什麼，喝什麼，做什麼，想什麼，娘娘不是都一清二楚嗎？郭太妃和先帝的逆倫情事，也是小人及時稟報給娘娘的。」他特意加重了及時那兩個字。

太皇太后渾身發抖，驚懼悔恨憤怒，交織在一起。她有些喘不過氣來，頭暈得厲害，嘴唇不停翕動，說不出話，鼻翼也不停扇動著。六娘只覺得手臂被她掐得極疼，見她臉上漲得血紅，看了看一旁的兩位面露憂色的尚宮，輕輕喊了聲：「娘娘，可要宣院使來？」

太皇太后想搖頭，卻連脖頸也動彈不了。上次暈倒後御醫官再三懇請她勿動怒勿勞累勿多思，可眼前如何做得到？

「娘娘怕是碰過柔儀殿那塊飛鳳玉璜了？如今中毒已深，只怕時日無多了。娘娘一生痛恨郭太妃，不想最後卻要死在郭太妃所持的玉璜上頭。」孫安春歎息了一聲：「崇王殿下也是多事。他不動手，那夜就是燕王殿下弒父殺君，何需多費這許多周折。」

太皇太后低聲嘶吼了一聲，雙眼一翻，倒在了六娘身上，被眾人趕緊扶著坐下。牽涉兩位先帝和不倫醜事，諸相公皆抿緊雙唇，不發一言。

趙栩默默看了看她：「傳方紹樸上來，派人去請院使。孫安春所言，還得娘娘親眼所見親耳所聞，才做得數。」

方紹樸匆匆上樓，取了針，往太皇太后人中戳去。

一聲痛呼，太皇太后醒了過來，眼神有些渙散。看清面前蹲著的趙栩，露出了嫌惡之色，搖了搖頭。不可能，她只是有些氣虛血瘀，乃這兩年太過勞累費心所致，御醫院從未有人提起過中毒。

趙栩看著自己這位心神大亂的祖母，心情複雜，慢慢站起身：「孫安春，我爹爹的死可是因為飛鳳玉璜上的毒？」

孫安春道：「殿下所言正是，那毒，正是元禧太子昔日所中的毒，不從口入，禍從手起。那毒、那玉璜，還有壽春郡王，都是託吳王殿下的福才能帶入宮中的。娘娘忘了是誰提醒您孟四娘的事了？」

趙棣雙腿一軟，一個趔趄，撞在地上的屏風上，摔倒在地。轉頭他爬了起來，奔了幾步，跪在了太皇太后和向太后面前：「不！娘娘！五郎不知道先生是誰，怎會是阮玉郎？還有什麼郡王什麼元禧太子，五郎完全不知！孫安春一定是六郎的人！他在陷害微臣！」他抬眼看見太皇太后的神情，嚇得匍匐在地。

趙栩皺起眉，阮玉郎今夜綢繆得十分周全，一旦有變故，竟連趙棣也捨棄了，難怪先前自己那般勸他撇開趙棣和自己合作，他也不為之所動。孫安春被擒後，他還有什麼後手？

一網打盡？這四個字浮現了出來。趙栩警惕地看了看四周。元禧太子故舊一黨，先是東宮案，再是逼宮謀逆案，牽連者甚眾，說不定宮中還有不少阮玉郎的屬下，孫安春的話，這皇城大內又要腥風血雨杯弓蛇影好一陣子了。

孟在和趙栩對視一眼，立刻匆匆到樓梯口喚來手下的將領，低聲叮囑著。

孫安春看著孟在的背影，笑了笑：「娘娘您最喜愛的吳王殿下為了即位，認郡王為先生，許以平反阮思宗一案，許郡王三公封號入朝，特意將諸位引來雪香閣，好看二太子待陳太妃情深似海。二太子您看，那為了權勢的人，終究還是比您為了美色更靠得住，只可惜陳太妃——。」

張子厚聽著話頭不對，喝道：「娘娘，諸位相公，孫安春既已供認不諱，當速速了結此事。臣奏請拿下吳王！」

「且慢，讓他說完！」太皇太后渾濁含淚的雙眼緊盯著孫安春：「說！你還知道什麼！」她看也不看趙棣一眼。

# 第二百二十八章

趙栩頸後一片冰涼，汗毛倒豎，渾身血液卻開始沸騰。一個念頭在喊著讓他動手殺了孫安春，另一個念頭卻想聽他究竟要說什麼。

太皇太后的聲音陰森可怖：「你們守好孫安春，免得被人滅口。孫安春你說清楚罷，你究竟知道些什麼？」她振起最後一點精神頭，看向定王：「這等醜事，遮掩不得。說清楚了，老身才好放心安心去見列祖列宗和大郎。免得總有人以為老身疑神疑鬼，私心過重，要加害自己嫡親的孫兒。」

她料不到經柔儀殿驚變後，趙棣竟敢變本加厲地欺瞞於她，想到他生母錢氏身為自己的遠房姨侄女，幾十年來恭順謹慎不敢行差踏錯，太皇太后老眼更是酸澀。這個扶不起的阿斗，還得替他留一條後路。日後就算是親近五娘的十五郎一直在位，江山還是姓趙。

定王呵呵了一聲：「娘娘，眼前的這兩個都是你嫡親的孫兒呢。不過本王老眼昏花，只認得六郎是個好的。五郎還說自己不知道什麼元禧太子壽春郡王，看來比我還老？忘性太大了？柔儀殿那夜我還沒忘呢。」

趙棣被高似和孫安春連番揭出來他最怕的事，這時才想起自己口不擇言，自己給自己挖了坑，趕緊磕頭哭道：「娘娘！五郎陡然蒙冤遭害，一時急於分辯——」

太皇太后沉聲道：「有罪還是無罪，由不得你說。來人，先將吳王拿下，交由大理寺張子厚審理。請皇叔大宗正司會審。幾位相公，你們看可要派禮部同審？」

眾人想不到太皇太后竟然撇開陳太妃和燕王，先處置吳王，並無徇私護犢之意，皆心中一凜，肅容聆聽。

朱相立即躬身行了一禮：「娘娘心念朝廷國家，出以公心，當機立斷，大善也。吳王殿下冤不冤，理應由大理寺等部審定，依臣看，禮部應一同參與。只是張理少嫡女永嘉郡夫人乃吳王殿下的侍妾，理當避嫌，還是讓賀敏主理才是。」

趙昇看了朱相一眼，同為大理寺少卿的賀敏為人內斂，同各部及宮中並不親近，卻在理少位子上穩當當坐了四年多，他聽令於太皇太后，能把孟四娘從張子厚手中悄聲無息地弄出來，可見也有他的本事。太皇太后主動提及把吳王交給張子厚審理，實際上是把吳王送到賀敏手中好替他脫罪，看來未必是出以公心，只是先發制人而已，他擔憂地看向趙栩。

趙棣癱倒在地上，想到先生一再交待自己少說話，遇事只需哭，恨不得咬掉自己多嘴的舌頭。眼見大理寺胥吏將趙棣押了下去。太皇太后吸了口氣，環顧四周後，看向孫安春：「說！可惜陳太妃什麼？」

孫安春看著高似，此人憑他身手只要逃脫掉，大事即可定，竟然臨陣毀約倒戈，罪不可赦。他笑得詭異：「可惜陳太妃辜負了二太子深情厚意。您從郡王手下幾次三番救了燕王性命，待燕王視如己出，更要帶他回女真共用榮華富貴。不知二太子闖宮那次，就算和陳太妃有過春風一度，憑什麼認定燕王是自己的兒子——」

陳素汗毛倒豎，怒不可遏，嘶聲喊道：「胡說！沒有的事！你胡說！你要害六郎——」她渾身發抖，淚流滿面。

趙栩雙目赤紅，虎狼一般盯著孫安春，猛然拖著沒了知覺的右腿上前一步，眾人大驚。

「殿下莫衝動！」謝相高呼。

「六郎你想殺他滅口嗎？」太皇太后寒聲問道。

趙栩盯著孫安春，感覺到身後高似呼吸急促，聽到母親壓抑著的驚呼，強行壓下翻騰的氣血，停住了腳。

孫安春被帶御器械押著退了兩步，面上依舊一團和氣。

幾位相公目光在一身喪服，梨花帶雨的陳素身上略作停留，轉開了眼。

定王突然笑了兩聲，似乎被嗆到了，咳嗽起來：「這就是阮玉郎要你說的？你親眼所見？何時何日何地？你一個福寧殿的內侍，三更半夜去各殿閣巡檢？你見到了還有命活到現在？是你見鬼還是我們見鬼了？」

太皇太后寒聲道：「皇叔此話有失偏頗，方才說五郎的時候，皇叔來不及地坐實五郎之罪，輪到陳氏母子，皇叔為何處處袒護為之開脫？」

朱相拱手道：「娘娘和殿下莫要鬥氣，此人既出此言，必有原因——」話未說完，卻被張子厚打斷了。

張子厚問道：「欲加之罪何患無辭？張某的女兒給吳王殿下做夫人，卻也不敢徇私枉法，方才吳王殿下是做賊心虛不打自招，陳太妃一介弱女卻憤然訴冤。定王殿下的話，沒毛病。娘娘您說得更對，冤不冤，有罪沒罪，由不得他說。既有指控，何不對質當場？」

他言辭鋒利，連消帶打，說得眾人都接不上話。太皇太后似乎聽見自己胸腔的氣流亂竄的聲音。

「高似，你第一次闖宮，究竟是何年何月何日，可還記得？」張子厚深深看向高似，他敢賭高似絕不會害趙栩。

高似喉頭滾動了幾下，沉聲道：「在下少年時落魄於開封街頭，蒙陳太妃一飯之恩，須臾不敢忘懷，確有仰慕之情。後來於元豐十五年的端午節前夕私闖皇宮禁中——」

太皇太后立刻打斷了他：「口說無憑，不可採信。去秦州調取軍中記錄的一百多人，不是盡被他戮殺了？不是為了遮掩他二人醜事，是何原因？」

「那些日子在下一直在截獲西軍各路軍情，並不知那路人馬的來龍去脈。」高似說道：「大內守備森嚴，當時在下抵京兩日不得而入，恰逢端午節前夕內諸司的內香藥庫走水，才趁亂闖宮，暗中窺探，記得那夜陳太妃有些不舒服，請了醫女把脈，確診有了兩個多月的身孕。因此在下記得很清楚。想來這兩樁事宮中應該都有記載。」

高似看向定王：「後來在下突然出現，陳太妃驚嚇過度，暈了過去。在下絕未行不軌之事。」她那時已不受趙璟寵愛，腹痛得厲害，也沒資格請御醫官，他原只是難忍相思，千里奔襲，火燒內諸司，趁亂想看她一看，知道她懷了身孕，忐忑不安地離去。時隔多年後，才因故起了那個念頭，念頭一起，就入了魔，再也放不下。

陳素聽到高似這番話，愣了一愣，心別別跳得厲害，卻不願看高似一眼。

謝相和趙昪對視一眼，猶豫要不要去派人去殿內省尚書內省調檔，牽涉宮內走水，工部營造也有存檔，並不難查證。

向太后卻突然開口：「他所言非虛。內香藥庫的確是那年端午前一夜走水的，燒毀了兩屋子的大食香料，其中還有娘娘最愛的鶯歌綠伽南香。而六郎是元豐十六年正月裡足月而生！」

眾人都鬆了一口氣，太皇太后手指輕顫，只抿唇不語。

張子厚克制著喜出望外之心，沉靜自若地道：「冥冥中自有天意！有娘娘金口，可見燕王殿下天潢貴冑不容惡賊誣陷。今日就該奉行先帝遺命！諸位相公，可有違誓者？」

「不可！」太皇太后霍地站了起來，怒喝道：「就算六郎是先帝親生的，陳氏私會此人卻也是鐵證如山，私會在先，隱瞞在後，哪一條按宮規都當絞！有此行為不檢的生母，趙栩怎可即位！」

「胡攪蠻纏！」定王勃然大怒：「高氏！你還敢說自己一心為大趙、為大郎、為江山社稷？你就是看不得六郎這張臉！陳氏有什麼錯非死不可？她有孕在身，難不成不顧腹中孩兒去成全你看重的什麼狗屁貞潔剛烈？我看你不是蠢就是壞！大郎說得對，你早就該去西京賞花。你是自己去還是讓這兩個侄子送你去？」

相公們頭一次見到暴跳如雷嗓門震天口吐俚俗的老定王，連勸都來不及勸。眼睜睜看著太皇太后滿臉紅得異常，渾身抖如篩糠。

「哈哈哈，哈哈哈。」孫安春忽地發出了桀桀笑聲，宛如夜梟：「天意！天意？」原本怎麼也說不清的事，竟然因半路殺出的向太后變得清清楚楚。郡王是遺漏了什麼還是天意難違？他看看趙栩，對太皇太后笑道：「娘娘不用擔心。燕王殿下中了郡王的腐骨之毒，右腿已然廢了。當年曹太后不也說過，這世上難道還有瘸子能做皇帝的嗎？哈哈哈。」

他幾句話，室內氣氛再次急轉直下，一片混亂。

「方紹樸！傳方紹樸——！」張子厚和定王異口同聲喊道。

孟在樓梯也不走，一撐欄杆已飛身躍了下去。身後傳來一片驚呼。

「娘娘——娘娘！」向太后和六娘趕緊扶住暈過去的太皇太后，卻不知道她是被定王罵得暈過去的，還是聽到趙栩中毒一事歡喜得暈了過去。

孟存動了動有些僵硬的脖子，看著自己秀麗端莊的女兒，想起隆佑殿裡太皇太后對自己說的話，一顆心從雲霄落回了地面，茫然無措起來。禪位詔書他已經駕輕就熟地擬好，如今他該如何是好？若被知曉了他的所作所為，母親和大哥又會如何，方才大哥對自己視若無睹，難不成已經疑心自己了？

「殿下——！殿下——！」眾人又驚呼起來。

孫安春軟軟垂下頭，倒在身後帶御器械的胳膊上。

趙栩左手緊握的短劍尚在滴血，半邊身子已麻的他，緩緩倒在了一旁的屏風上頭。他聲音有些飄忽，卻不減冷酷：「辱我母者，死！」

「六郎！」

「殿下！」

各種呼喊聲在趙栩意識裡漸漸遙遠，越來越模糊不清。趙栩卻鬆了一口氣，娘終於洗清了不白之冤。

「六郎——」

有人在掰開他的手指取下他手中的劍，有人抱著自己在哭。趙栩想安慰她們，他沒事，阮玉郎用的毒只是為了讓他動彈不得，才能由得趙棣折騰，他喜歡折磨玩弄人遠遠多過殺死人。阮玉郎輸得不冤枉，卻不是輸給他趙栩了，是輸給了高似。

鼓盪人心，形勢昭然，然人心莫測。

天終於露出魚肚白，大內沒有變天。五更時分，城門照舊開了。皇城南邊燈火依然通明，各部人員來來往往，大內禁中各宮各殿各閣的宿衛內侍們會合巡檢官驗牌開鎖。

東華門前準備上朝的官員們陸陸續續到了，昨日天災加人禍，不少人一夜未睡，面帶倦容。三衙禁軍四處鎮壓民變，捕獲四千餘人，關去南郊。開封府、兵部、樞密和刑部、御史臺眾多官員忙於此事。城中各處需安撫民心，統計澇災後需修整的民房，遇災人口，賑濟登記，那遭打砸的商家又集結在一起往開封府喊冤。開封府的戶曹、倉曹、法曹、兵曹忙得腳不沾地。加上下轄各縣受災農田甚廣，司農寺、將作監、都水監、戶部、工部得了中書省指令，近千官吏疲於奔命，這幾日便要上呈奏報。

昨夜禁中走水，不少官員已聽說了，消息靈通的還知道女真使者等了一天半夜，終於獲朱相點頭，進了皇城。兵部的一位侍郎被不少人纏著問，朝廷是否有意攻打契丹。

這邊眾人正依次校驗腰牌進東華門，來得晚的幾個官員面色凝重低聲議論著，好事者一問，才知道六百里急腳遞的金鈴聲剛剛從御街直奔宣德門去了。

日頭漸升，晨風拂幨幌，朝日照樓軒。無聲的琉璃瓦在眾殿之上，日復一日沉默觀望著人事變遷歲月流逝。

雪香閣的太湖石上，金光映照到那五彩斑斕的端午長絡上。遠處的鴿群又開始盤旋。

池塘邊三個少女凝目望著那長絡上逐漸下移的日光，默默無語，都有些疑似身在夢中。

側廳的槅扇門被人推了開來。三人回頭，見方紹樸躬身退了出來，退到廊下轉過身，想扭脖子放鬆一下，扭了一半，見到她們三個，剎那歪著腦袋停住了，半晌才整了整衣冠，對三人一揖。

趙淺予小跑著過去：「我哥哥如何了？」

六娘見九娘只站著不動，便輕輕推了推她：「阿妧？」

九娘緩緩走了過去，看向側廳裡。

# 第二百二十九章

「殿、殿下已經醒了，無、無性、性命之憂，在、在和陳太、太妃說話。」方紹樸躬身應道。

「哥哥！」趙淺予已經風一樣地衝了進去，留下帶著哭腔的兩個字。廊下鳥籠裡的鷯鳥忽地在方紹樸頭頂叫了起來：「哥哥，就你好看，就你最好看。哥哥討厭。」

方紹樸訝然抬起頭，那鷯鳥居高臨下瞥了他一眼，忽地尾巴一翹，屁股往籠外一拱。方紹樸嚇了一跳，右肩已溫熱濕乎乎一團。他臉漲得通紅：「啊？」慌亂地退了兩步，差點摔下臺階。

雪香閣的宮女趕緊過來行禮，帶他出了院子。方紹樸又羞又窘，在垂花門險些又絆了一跤。

六娘和九娘雖然滿腹心事，也被他的糗樣逗得暗笑。

側廳裡傳出趙淺予的哭聲和趙栩說話的聲音。九娘抬頭望著那鷯鳥，阿予應該時常這般說趙栩，被這鳥兒學去了。

她望著鷯鳥，鷯鳥也望著她，又喊了起來：「美人，美人——。」

「九娘子，太妃請您進去說話。」一位女史出了側廳，對九娘行了禮。

這時，西側廳裡又走出幾個內侍和醫女，御醫院的院使和幾位醫官躬身退了出來。昨夜暈倒的太皇太后因不便移動，也暫時安置在雪香閣。隆佑殿的內侍宮女們都被傳喚至此，占了大半個雪香閣。

西側廳的槅扇門又合了起來，兩牆之隔，躺著祖孫二人，明明血脈相連，卻不知道太皇太后心裡的顧忌和厭惡究竟何時累積成為憎恨的？甚至想要置他於死地，卻不管他體內也流著自己的血。就因為這一張臉嗎？還是心頭那根刺經年累月最終隱忍不下去了？

九娘想起昨夜到雪香閣時見到的四娘，輕歎了一聲，隨女史進了東側廳。

沒有無緣無故的愛，也沒有無緣無故的恨。一點一滴，涓涓細流終成河海。

「你背後說我壞話，我可聽見了。」屏風後頭傳來趙栩的聲音，帶著笑，應是也聽到了鵪鳥的聲音。

「誇你好看怎麼是壞話？」趙淺予的聲音還是悶悶的。

九娘繞過屏風，給陳素和趙栩見禮。陳素起身將她拉到榻前繡墩上坐了。

「阿妧。」趙栩桃花眼眯眯笑。他就覺得似乎聽見她的聲音了。

「六哥。」九娘聲音輕柔。

「你可好？」

「你可好？」

兩人異口同聲地問道，室內靜了一靜。兩人不由得相視而笑起來。

「我沒事。」

「我沒事。」

兩人異口同聲地答道，室內又靜了一靜。趙淺予「咿」了一聲。九娘被她咿得心一慌。

「你放心。」兩人卻又同時說了同一句話，一個字不多，一個字不少。

趙淺予眨巴著眼睛看看他們，站起身：「我去看看今日可有人餵過黑雲了。」陳素也站了起來：「你這裡亂成這樣，怕是都忘記餵鳥了，我去看看藥好了沒有。」

衣裙曳地，窸窸窣窣一陣響後，屏風外槅扇門開了，未再合起。

趙栩目不轉睛地看著九娘，九娘垂眸看著他交疊在胸前的雙手。見他修長手指下那張蜀錦薄被，經緯相交，細密無痕，仔細看了看，經線顯出來的是黃地錦盤條瑞花紋。不知為何，心神一恍惚，想起那句「閒拾瑞香花蕚。寂寞，寂寞，沒個人人如昨」。

「可讓醫官替你看過了？」趙栩手指微微動了動：「你昨日那麼折騰，也受了傷。不如我讓院使替你診脈？」

「娘娘著人替我診過了，休息幾日就好。你腿上的毒，方紹樸能否全解？」九娘看著他問。如今趙棣下獄，大局已定，只要腿傷無礙，禪位一事再無波折。

趙栩伸手碰了碰右腿，皺眉道：「還無知覺，不疼。」想到昨日二人一路風雨同行，九娘當著阮玉郎的面坦承心悅自己，趙栩面容上似也開了瑞香花，他心頭一動，問道：「阿妧，阮玉郎未死，你先不要去蘇州了，我不放心。」

這句話說了，趙栩的心提了起來，先前他前途未卜，兇險艱難，寧願她去一個安穩地方。如今局勢已定，他沒法不貪心，總要先將她留在自己看得見的地方才行。

九娘凝目注視著他，她自從前往陳家應對民變開始就放棄了南下蘇州的打算，卻一直未有機會告訴他。趙栩大概只有在她面前才會有忐忑不安小心翼翼？昨日在阮玉郎和高似兩人面前，那樣惡劣局勢下，他也鎮定自若胸有成竹。

他知她，她也懂他。

「阿妧，方紹樸說我這腿不一定好得了。」趙栩開了口：「你可不能嫌棄我。」他笑道：「我的三魂七魄錢財私兵都在你手裡攢著了，我要是瘸了，可更得賴著你了。待我和舅舅收拾完西夏和女真，你再帶我一同下蘇杭罷。我還不曾去過江南。江南風景可好？可有辣食吃？果子必定很多——」

「六郎！」九娘輕聲打斷了他，眼中澀澀，明明知道他有賣慘的嫌疑，卻說不出一個不字。

趙栩收了笑，認真地道：「阿妧，你再喚我一聲。」

九娘一怔，抬起眼。

趙栩吃力地側翻過身，撐起了頭：「再喚我一聲。」他拍了拍右腿：「你方才喊了一聲，覺得腿是麻的，真的，有知覺。」

「六郎？」九娘將信將疑，見他雙眼微眯似乎竭力在感覺腿有沒有知覺，便站了起來：「我請方醫官來看看。」

趙栩眨眨眼，剛要開口讓她再喊一聲，屏風外頭傳來方紹樸的聲音：「下官在！下官來來來了。」

趙栩歎息一聲，仰面躺倒。右腿還真有了知覺，麻得厲害。其他地方卻酥酥麻麻得更厲害。

臨近午間，向太后才帶著趙梣來了雪香閣，先去探望了太皇太后，再來看趙栩。見趙栩人精神尚可，便細細問了方紹樸解毒的事。

方紹樸看了看趙栩，猶豫了一下。

「無妨，你直接告訴娘娘實話就是。」趙栩淡然道，將實話那兩個字說得重重的。

「回稟娘娘，殿下所中的毒十分罕見，尋常排毒法眼下並無大用。殿下右腿還未恢復知覺，下官已盡力而為。」方紹樸躬身答道，這次卻沒有結巴。

向太后一怔，見陳素淚眼漣漣，不由得也落下淚來：「這可如何是好？多久才得好？今日相公們也在問此事。」

趙栩道：「娘娘無需多慮，十五郎同娘娘親近，心地善良，娘娘細心教導即可。六郎就算只有一條腿，保家衛國責無旁貸。今日朝中可有大事？」午時才下朝，恐怕朝中無好事。

向太后拭淚道：「你聽了後，莫急壞身子。今早西軍來報，鳳翔失守，陳太初失蹤——」

趙栩騰地坐了起來：「陳太初失蹤!?」

陳素和一旁的趙淺予也失聲驚呼起來。

「算來已經三天了，如今西夏大軍怕已逼近京兆府。」向太后愁眉不展：「今日二府定了下來，由天波府的穆太君掛帥出征京兆府。」

趙栩一怔：「穆太君年過八十，如何掛帥？誰出的主意？為何不是——」

為何不是舅舅掛帥出征！

一旁吃櫻桃的趙棈接了口：「呂先生說，今早太學有兩千多學生，在宣德樓門前跪著呢，要朝廷赦免什麼的，還要朝廷捉拿小娘娘的哥哥，要不然就一直跪在那裡，飯也不吃水也不喝。」

向太后歎息道：「昨日已捉拿了四千餘亂民，今日士子又鬧事。謝相便提議請穆太君掛帥，陳青隨軍，以掩人耳目，安撫民心。陳元初的事還未了，陳太初又失蹤，眼下朝中也爭得厲害。老身和你皇太叔翁也覺得這個法子好。」

趙栩卻想到二府這樣的安排，還因自己若即位，陳家便成了外戚，按祖制絕不可許以軍權。他胸口一團火又燒了上來，掀開錦被就要下榻。

「六郎！」陳素趕緊一把扶住他，看著他搬起右腿的樣子，禁不住哭道：「你好好歇著罷！」

檐子抬著趙栩出了雪香閣，太后和官家的輦車也往垂拱殿而去。

九娘依依惜別六娘和趙淺予，跟著慈寧殿的女史往東華門而去。一路繚繞宮牆千雉，森聳觚棱雙闕，她心頭沉重得很，陳元初生死不知，陳太初又失蹤不見，秦州鳳翔相繼失守，秦鳳路一大半已落入西夏之手。陳青隨軍出征，卻無決斷之權。魏氏一個人懷著身孕怎能繼續住在相國寺。還有趙栩的腿傷。不知道這眾人拚死辛苦得來的勝利，算不算勝利。阮玉郎又去了何處，做些什麼，女真和契丹之爭又會如何。

蘇瞻在二府八位和趙昪說完話，想著高似的真正身份和趙昪複述的話，心裡難受之極，幾乎是神魂不守地遊蕩到東華門，正遇到九娘。

九娘沒想到蘇瞻還未離宮，看蘇瞻的神色，揣測昨夜見到高似恐怕對他打擊極大，便上前福了一福：「多謝表舅昨夜帶我們入宮。」因陳青離任後並未掛職大學士，無宣召進不了宮。九娘從北婆臺寺出來就和陳青直奔百家巷求見蘇瞻。蘇瞻有資政殿大學士的貼職，聽到所請，當即不問因由，立刻帶他們入宮。

蘇瞻看著九娘，半天才回過神來，想起趙昇所說陳太初失蹤一事，再想到先前田莊見駕那次，陳太初御前那般維護九娘，現在陳太初卻已經是自己的侄婿，九娘卻和趙栩同歷生死，不由得蹙眉道：「陳太初失蹤，你可知道了？」

九娘點了點頭：「表叔將要出征，表嬸一人懷有身孕，住在相國寺很不妥——」

「我同漢臣說過了，阿昉今日會去相國寺，將魏娘子接來百家巷。」蘇瞻當先出了東華門，九娘看著他一貫高大挺直的背佝僂著，背影說不出的落寞，不禁有些心酸，輕聲說道：「多謝表舅。高似——」

蘇瞻猛地轉過身，垂目看著還不到自己肩膀的少女：「你二伯起復後依舊做翰林學士知制誥，又加封了大宣，昨夜恐怕替吳王擬了禪位詔書，如今吳王下獄。你回去同老夫人說，讓你二伯同謝相去說清楚，還是辭官的好。」

高似兩個字，竟連提也提不得了。九娘輕輕點頭應了，剛要道謝，聽見身後傳來一聲呼喊。

「九娘——！」

蘇瞻抬起頭，九娘轉過身，見不遠處一人，戴著的雙腳襆頭已歪歪斜斜，不顧儀態一路小跑而來，卻是張子厚。

# 第二百三十章

仰視白日光，皦皦高且懸。蘇瞻不自覺地挺直了背脊，看向張子厚，皺了皺眉，張子厚何時同孟九如此熟稔了？相識幾十年，極少見到他這麼失態。

張子厚知道九娘出宮，從都堂一路跑過來，遠遠見到蘇瞻和九娘在說話，竟急出了一身汗，臨近了才放慢步子，理了理衣冠。微風拂來，豔陽之下的蘇瞻依舊高大挺拔儒雅倜儻，未戴幃帽的九娘容顏比正午日頭還豔三分，讓人不敢直視，站在蘇瞻身邊十分惹人矚目。

張子厚口中發苦，腳下一停，轉念想到孟九如今是蘇瞻的表外甥女，步伐頓時輕快起來，清雋面容上也多了幾分笑意。

「蘇大資安好。」張子厚拱手道。

「張理少。」蘇瞻淡淡點了點頭，他雖然已罷相，資政殿大學士卻是正三品，位列張子厚之上。

張子厚含笑道：「多謝大資昨夜帶陳青入宮，又在二府八位等了半夜，快回去歇息歇息，張某不送了。」他轉向九娘柔聲道：「殿下讓我送你回翰林巷，正好有些事，我要見一見你家老夫人。」

九娘笑道：「多謝張理少。」她倒也有事想問張子厚。

他這是在趕自己走？蘇瞻目光在張子厚面上盤旋了兩下，見他一掃往日陰鷙沉鬱之氣，意氣風發，和九娘說話甚是親昵，又帶討好之意。想到前些時京中傳聞張子厚遣盡府中姬妾一事，再看一眼九娘的笑顏，蘇瞻便起了警惕之心，不動聲色地道：「可巧我也有事要同梁老夫人說，一同去就是。阿妧不要騎馬了，隨舅舅坐車。」

九娘一怔。張子厚已拱手道：「多謝大資體貼，正好子厚也累得不行，騎馬恐怕會睡著摔下來，多謝有車送我們，一起一起。」

馬車沿著高頭街往南門大街行去。車上氛圍古怪，蘇瞻冷眼盯著張子厚。

張子厚絮絮叨叨說著趙檀案、田洗案，又稱讚趙栩：「趙元永上次歇腳在建隆觀，燕王殿下便從開封府調了所有道觀、寺廟、勾欄瓦舍的交易文書，果然有所發現，要不然昨夜還沒那麼快能找到北婆臺寺。也幸虧你和殿下機智，留下了線索。」

「請問理少，孟嫻如今在何處？」九娘問道。

張子厚皺起眉：「還關押在大理寺，對了，她倒有一封信給你爹爹。」他從袖中取了信輕描淡寫道：「已經拆開檢查過了，你看一看可有什麼異樣。」

九娘展開信，看了一遍，低聲道：「我帶給爹爹就是。」

「沒想到賀敏竟然是太皇太后的人，這次趙棣在他手上，估計會大事化小，小事化了，定不了什麼罪。」張子厚見她有些傷感，便岔開了話題。

蘇瞻聽到賀敏的名字，剛要開口，卻聽九娘輕聲道：「賀敏賀季正是元豐二年的進士，算是司馬相公的門生，因私自上書贊成楊相公變法，被司馬相公貶至儋州做判官。他娘子姓溫，是曹皇后的遠房親戚。溫娘子在儋州生了三個孩子，只活了一個。太皇太后憐憫溫娘子，做主將他從儋州調至河間府，為避嫌疑，官職還降了一等。直到熙寧元年賀敏才進了大理寺，對太皇太后必然感激於心。吳王在賀敏手上，應無大礙。太皇太后歷經四朝，在朝中施恩甚廣，張理少需提醒六哥一聲，不宜硬撼。」

張子厚目不轉睛地看著九娘，唇角笑意越來越濃。不錯，有什麼是她不知道的？她並不是喜歡這些的人，她以前是為了蘇瞻才這般留意著，現在卻全盤托出交付給了自己。他看著蘇瞻眼中的錯愕，說不出的快意，既想立即告訴這個薄倖負心的偽君子，卻又不願意這個秘密多一人知曉。

「九娘你是如何知道賀敏後宅之事的？」張子厚替蘇瞻問了出來，又知道九娘必然自有一套說辭，心中大樂。

九娘目光落在手中信上，淡然道：「在家聽婆婆提起過。」這也不假，她是前世在宮中見過溫氏一回，有心打聽來的。三年前因六娘要進宮，老夫人特意將朝中千絲萬縷和太皇太后相連的官員梳理給了六娘，她也聽了一耳朵，還記下一些前世她不知道的。

「婆婆還說過一些受過太皇太后恩惠的各部各路的官員，我有記下來。」九娘將信收入懷中：「屆時還請張理少帶給六哥，你們仔細看看有沒有用。」

張子厚大喜：「有用！極為有用！」他和趙栩對舊黨、新黨、蔡佑一黨都很熟悉，卻對太皇太后在朝中的勢力知之甚少。若再有賀敏這個級別的官員跳出來，很是麻煩。有梁老夫人這位太皇太后多年心腹之人所言，真是瞌睡有人送枕頭，求之不得。

蘇瞻又看了一眼九娘，悵然若失，轉頭掀開車窗簾，看向窗外。小甜水巷盡頭就是大相國寺，昨日民眾譁變，打砸嚴重，今日太學的學生又去宣德樓鬧事，京中很不太平。來大相國寺燒香拜佛的人家不減反增，大三門前吆喝賣香賣符的格外賣力，馬車減緩了速度，朝東轉上了南門大街。

九娘聽著外頭熱鬧，往日吆喝「夏日香飲子」的都怕沾上西夏的「夏」字，改成了「冰雪香飲子」，她輕歎了口氣，問蘇瞻：「表舅，太學的學生們跪於宣德門，朝廷該如何處置才好？」

蘇瞻凝視了她片刻：「得天下有道：得其民，斯得天下矣。得其民有道：得其心，斯得民矣。得其心有道：所欲與之聚之，所惡勿施爾也。你可知所謂民心究竟是誰的心？」

張子厚冷哼道：「那些刁民愚民之心，不得也罷。以一己之身要脅朝廷，何顏以代民心？身為太學的學生，學問都學到狗肚子裡去了，不辨忠奸，人云亦云，餓死一些才好，免得將來做了官為害百姓。」

九娘沉吟了片刻：「大趙臣民，不出士農工商四類。若為君者，欲得民心乃士大夫之心，方可如臂使指，管束教化後三者。故昨日亂民可抓捕留監，今日太學的學生們卻不可同樣處置？」

蘇瞻點頭道：「正是，我同趙昪也談及此事，二府用穆太君掛帥甚好。都進奏院要早日貼出皇榜告示天下陳家所遭受的冤屈，還需張理少儘早審理田洗案。至於赦免昨日譁變的亂民，這是遲早的事，四千多人關押在南郊，要近萬禁軍看守，犯人吃喝所耗、軍士糧草輜重，一日不少於兩萬貫。最多十日，原也就會陸續釋放出來。先讓這些學生餓上四五日，再由朝廷出面安撫他們，應允釋放一些未曾參與打砸搶的民眾出獄，他們自然也就散了。朝廷和士子也都有體面。」

張子厚見九娘若有所思，冷笑了幾聲道：「這些個學生，在太學裡好吃好喝，挨不到明日就會個個頭暈眼花，饑渴交迫。派上些人夜裡悄悄給他們送些飲食，總有意志軟弱者會吃會喝。再叫些人挑唆那不肯吃喝的去辱罵他們，讓他們窩裡鬥，喊上百姓去看熱鬧，兩三日就能臊得他們斯文掃地鎩羽而歸。那些個亂民無視法紀，打砸私產，輕易赦免不得，需請他們吃上一兩個月牢飯才知道不是什麼熱鬧都能摻和的。至於朝廷的開銷，大資也太小看大趙國庫了，西軍戰西夏，日耗百萬貫，何處擠不出來這兩萬貫？」

九娘微笑道：「張理少這法子，我看使得。若由六哥帶著腿傷被抬到宣德門給眾士子送茶送水，闡明阮玉郎趙檀勾結西夏一事，有高似為鐵證，力保陳家忠勇，再坦言已上書朝廷赦免無知亂民。不知算不算也用上了表舅的法子？」

蘇瞻和張子厚面面相覷，異口同聲道：「一箭三鵰，甚好！」

九娘歎道：「只是六哥的性子，還需張理少好生勸上幾句。若等西京南京的國子監太學呼應著也鬧起事來，倒不好辦了。還有六哥的腿傷——」想到趙栩搬著傷腿下榻，不肯宮女內侍近身攙扶，硬生生拖著傷腿坐上檐子的模樣，九娘心頭刺疼得厲害，眼睛發澀鼻子發酸。他那時一定在氣頭上，為了陳青不能掛帥，為了陳太初失蹤，為了秦鳳路、熙河路的戰局，更為了不知道阮玉郎接下來的手段。九娘看著晃動的車簾，強行屏住了要浮上眼睫的淚。她這世已經哭過太多回，不像她了，她不想在這兩個前世舊識面前落淚。

提到這個，車內靜了下來。張子厚見她眼眶發紅，突覺一盆冰水當頭澆下。

眼前的九娘，心悅之人不再是蘇瞻，而是燕王了。她是孟九娘孟妧，是燕王豁出性命也要救的心上人。

他的阿玞呢？那個山野裡細嗅飛鳳來，揮舞捶丸棒的王九娘呢？那個在樹上背經籍，屋頂看星空的王九娘呢？那個挑眉揚下巴倔強又靈動的王九娘呢？張子厚心裡慌亂得厲害，死死盯著九娘的臉，想找回些什麼，確認些什麼。

蘇瞻見他神情怪異又死盯著九娘不放，輕咳了一聲，抬手去案几上拿點心，大袖故意擋住了九娘的臉：「張師弟為何遣盡府上姬妾？是有娶妻的打算了？」

「季甫，我的字，季甫。」

蘇瞻手一停，詫異地看向張子厚。

「我年少時有一心愛之人，名叫阿玞。她雖錯嫁他人芳魂早逝，我卻須臾不曾忘懷。記之愛之，珍之重之，故字記玞——季甫。」張子厚抬手輕輕按下蘇瞻的手臂，看著九娘的秀致側影，一瞬也不瞬。

九娘一震，緩緩轉過頭，揚起了眉，下巴也微微抬了起來，黑曜石般的眸子蒙上了一層輕霧。

張子厚面上吃了蘇瞻一拳，側倒在引枕上，卻笑了起來。她自然是阿玞，那神情，那言語，不是孟九，是王九。

蘇瞻氣得渾身發抖，死死按住了案几才克制住了自己。他身量極高，方才揮拳，自己也一頭撞在了車頂上，一陣眩暈過後，見到九娘震驚的神情，他深深吸了口氣，別轉開臉，低聲道：「此人自作多情執念不輕，我不想你舅母清名遭汙，你只當沒聽過罷——也別跟阿昉說。」他語帶悽楚無奈，提到阿昉略有些哽咽。

剛剛被壓制回去的淚瞬間凝結在九娘眼中，她有些無措，看著張子厚，為何她前世從不知曉，一個她從未放在心上過的男子，卻把她這般鄭重地放在了心裡頭。如此之重，重到她無法承受。記之愛之，珍之重之，故字記玞——季甫。原來前世，還是有這樣一個人心悅她，愛重她，惦記她。淚滾滾而落，她看不清楚他的面容，她從來沒看清楚過他的模樣。人辜負了她，她何嘗沒有辜負了別人？這樣的辜負，恐怕令他更痛楚吧？

「你隨殿下喚我季甫吧。」他是這樣說過嗎？他知道了什麼？他是不是在暗示她，可她依然沒有在意。

張子厚直起身子：「喚魚池明明是我取的名字，為何變成你同阿玞心有靈犀？你心中既然有別人為何還要答應娶阿玞？我在眉州為了此事打你，你躺在渠溝裡怎麼說的？你說你父命難違，定會好好照顧阿玞，敬她重她愛她。」

蘇瞻喘著氣，從見到高似起，所有的過往都有些崩塌，甚至他失去了言論的能力，他盯著張子厚，喃喃道：「你不懂，你不會懂——」但心頭的痛，痛得無以復加，他不敢再想不敢再提的那個人，那些事，一刀一刀，千刀萬剮，他掩蓋不住。

「她為你勞心勞力，甚至下田種菜幕後聽言，她相夫教子孝順姑翁，事事為你著想，樣樣都為了你這個夫君，你又為她做過些什麼？你不惜自汙博取前程，騙她害她失去腹中胎兒！」張子厚冷笑道：「蘇瞻你可曾坦承過自己的過失？」

「別說了。」九娘輕輕喊出口，聲音卻蒼白無力，微不可聞。

荏苒冬春謝，寒暑忽流易。之子歸窮泉，重壤永幽隔。

逝去的就逝去了，那些痛，她不想再被挖出來，再多痛一回。再多錯也好，憾也罷，已歸窮泉。

蘇瞻失神地看著猶自晃蕩著的車簾：「張子厚，是我對不起她，你儘管還手就是。是我不曾照顧好她，是我根本不懂，懂得太遲。可阿玞是我的妻，是蘇王氏，你——」他轉頭看了看張子厚，沒了方才的憎恨和戾氣，幾乎是有些懇求：「你不能喚她的閨名。你不能。」

「蘇瞻！她尚未病死你就和姨妹眉來眼去，竟然還得了個情種的名頭？我記著她愛重她，終生未娶，因她起了善念收養了你姊姊所生的程家女，為何我稱自己為季甫你也聽不得？」張子厚寒聲問道：「阿玞是我心頭最重之人，我為何不能？」

馬車緩緩停了下來。

# 第二百三十一章

馬車穩當當地停在了孟府第二甜水巷的角門車馬處。正午的日頭照得青石板上滾燙，才片刻間，馬兒輕輕地抬了抬馬蹄，又放下去，蹄鐵輕擊石板發出清脆的響聲。觀音院前躺在樹下睡覺的狗兒懶懶地抬起頭，朝這邊望了一望，又把毛茸茸的腦袋擱回了地面，沒了往常熱鬧的攤販熟悉的吆喝，牠有些疑心自己睡錯了地方。

惜蘭靜靜等了一息，聽不到馬車內傳來鈴聲喚人，又見車廂有些搖晃，立刻躍上車轅，隔著車簾輕聲問道：「九娘子？」

車內蘇瞻揪著張子厚的衣領，正咬牙切齒地在追問：「你給我說清楚怎麼回事——」滿面淚痕的九娘聽見惜蘭的聲音，如夢初醒，應道：「我沒事，你讓馬車再繞一圈罷，停去東角門，離翠微堂近一些。」

她上前用力掰開蘇瞻的手：「表舅你好生問，莫要動手。張理少，你說你收養了程家女？是張蕊珠嗎？」

蘇瞻冰冷的手猝然鬆開，無力地垂落下去，又緊緊捏成了拳。

張子厚理了理衣襟，看向九娘。馬車慢騰騰地在調頭，車窗的簾子一晃一晃，日光漏了進來，時不時照射在跪坐在窗邊的九娘臉上。她臉上淚痕未乾，因剛用過力，臉頰有些微紅，被日光一照，有些透明。張子厚趕緊轉開眼，伸手將窗簾撫平，把自己狂跳的心也撫平了一些，心裡滿滿的，又空空的。他終究還有機會說給她聽這些，可是才說了千萬分之一，不知道她聽了作何想，更不知道他是說給她聽的，還是自己聽的。

「張蕊珠並不是你親生的女兒？」九娘輕聲問道。

張子厚點了點頭，看向蘇瞻：「那年你和阿玞訂了親，我想看著她出嫁，自請做了你的『御』。」

那時候不賴著，他怕以後再無機會見到她。現在提起，除了心酸還是心酸。

九娘默默看著張子厚的側臉，她想不起來了，他是蘇瞻的「御」嗎？她出嫁那天只記得一條條規矩，餓得很，蓋頭掀開時一片賀喜聲中，她就只看見了蘇瞻一個人。

張子厚的聲音在悶熱的車廂裡格外清冽冷淡，只有提到阿玞兩個字時多了份小心，珍貴異常。馬蹄聲規律地響著，淌著時光的河流溯流而上，將車廂內的三個人帶回了二十年前的眉州。

「你們蘇王兩家訂親後來往頻繁，你爹娘甚中意阿玞。」張子厚輕歎了口氣：「她待你蘇家的姊妹們也親近。你娘壽辰那日，她在眉州的匹帛鋪裡聽到程家那幾個妾侍背後非議你姊姊三娘，很是生氣，又返回你家去，應是同你說了。」

他盯著蘇瞻：「我不是撞見她的，我一直跟著她。」

九娘目光凝在張子厚臉上，若是前世她知道自己被人這麼跟著，肯定會極為反感，此時聽到，卻只有傷感，不曾想喚魚池的名字原來是他取的。

「青神離眉州雖不遠，牛車也要走一個時辰，又有山路。我不放心，但凡阿玞要去眉州，我就一路送她來，阿玞要回青神，我就一路跟回去。」張子厚慢慢說道，有些出神。那時候他求親不成，被王方趕出書院，便在眉州蘇家和書院附近都賃了屋子，派人盯著蘇家和書院的動靜。每次遠遠地跟著王家的牛車，他心裡又痛苦又甜蜜，這種折磨一點一滴彙聚著，增加著阿玞在他心底的重量，令得他只想再委屈再痛苦再多為她做一些事。他甚至覺得自己像墨家的弟子，把這份戀慕當成了修行，日夜不休，以自苦為其極，赴湯蹈刃，死不旋踵。

張子厚忽地輕笑起來：「蘇和重，那一年裡頭，阿玞去了七次眉州，你從未接過她，亦從未送過她一回。」

蘇瞻深深呼吸了兩下，心口疼得厲害。身上也黏糊糊的，不知是悶出來的熱汗還是被往事戳心窩戳出來的冷汗。訂親後成親前，阿玞竟然來了眉州七次？他竟未曾去接過她也未曾送過她一回？

九娘也有些恍惚，這個她已經記不太清楚了。但她記得蘇母壽辰那日，也是一個豔陽天，她和爹娘一同去賀壽。蘇三娘歸寧，就坐在她邊上。那時三娘應該已經有孕了，卻一句未提。她無意間看見三娘高領褙子下的瘀青，尋著時機問了一句，三娘急得差點要跪下來，苦苦求她千萬別告訴任何人，尤其是蘇瞻、蘇矚兄弟倆。那日離了蘇家，爹娘看她有些悶悶的，帶她去匹帛鋪買秋衣的料子。她聽到那幾個花枝招展塗脂抹粉的妾侍嚼舌頭，不堪入耳。她怒不可遏，卻被娘勸住了，便堅持回蘇家，將三娘在程家遭虐打欺辱的事告訴了蘇瞻。

蘇瞻握手成拳，死死壓在案几上。三姊為何不願離開程家，他永遠都不明白。她嫁去了最親的舅家，竟會被妾侍們欺凌，更屢遭夫君虐打。可那畜生一跪倒在地苦苦哀求，她就哭著不肯大歸，連和離書都撕了。若那時候他不顧一切強行帶回三姊，是不是就不至於釀成慘劇。

「我那時少年意氣，也未曾想多，既然那幾個女子惹得阿玞不高興，我便派人打了她們一頓。」張子厚也不想隱瞞自己好心辦了壞事。他成年後才想到那些個妾侍平白挨了打，疑心到蘇家頭上，不免會讓蘇三娘的日子更難熬。

蘇瞻氣急道：「你！——」九娘也吃了一驚，難怪蘇瞻那次衝去程家，反而被他姊姊哭著罵了一通趕了出來。

張子厚皺了皺眉：「我見阿玞十分憂心你三姊，便讓人一直盯著程家，後來你姊姊難產，程家也沒人通知蘇家。你又去了成都，我讓人給阿玞送了信，自己先趕了過去，後來看到一個婆子抱著個襁褓從角門出來，跟了她一路，見她要把襁褓丟入眉州河裡，讓人奪了下來，婆子事敗逃了，那女嬰半死不活，我便送去醫館救治。」

蘇瞻渾身顫抖，哽咽道：「程家說阿姊難產，生了個死胎，草草落葬了——」他從成都趕回家，正遇到阿玞陪著母親要去程家，他們到了程家，三姊已在產房裡自盡。

她用腰帶在床頭打了結，繞過自己的脖頸，硬生生勒死了她自己。

「蘇程二族絕交後半個月，那女嬰才勉強活了。」張子厚頓了一頓：「我想著程家要棄她於河中，生母已歿，生父被你打成了廢人，程家她回不得。若送去你蘇家，她偏偏還姓程，半仇半親的，給程家知道了說不定還要生事，便索性養在身邊了。」

這個女嬰，似乎成了他和阿玞之間隱秘的聯繫，加重了他的苦，加深了他的甜，給他的修行增添了華章。他甚至想把她當成另一個阿玞來撫養，看著她長大。但看著她長大後全然不同於阿玞，又會冷淡疏遠她。再後來看到她自作聰明犯蠢時，更是惱火。

蘇瞻紅著眼幾乎咬著牙道：「你竟然讓她嫁給了吳王做侍妾？你就算恨我，她何其無辜——」

張子厚冷冷地道：「我是寧可不做宰相反而要靠女兒攀皇親的人嗎？她骨子裡姓程，那份市儈與生俱來，上趕著替自己謀取榮華富貴。我給她挑的進士、書吏、天武軍的殿直，她一個也看不上。」

車廂內寂靜了片刻後，馬車再次停了下來。九娘默默打響了旁邊懸著的銀鈴。惜蘭撩起了車簾。

九娘目送著蘇府馬車漸漸遠去。蘇瞻連車也不下，應是趕去吳王府了。不知他見不見得到張蕊珠，見到了又會如何。趙棣下獄，張蕊珠對這個突然跑去認親的舅舅會作何反應？九娘突然想起還沒來得及提醒他吳王府和阮玉郎的關係，趕緊低聲叮囑了惜蘭幾句。

張子厚看著九娘：「為何他這次不疑心被我算計了？」

九娘歎息一聲，福了一福：「多謝你當年施以援手，救了蕊珠一命。」

「我施恩只為圖報，而且我的確又算計了他。」張子厚柔聲道：「我還給蘇瞻一個甥女，他總得回報我一個才是。」他說出這句心中所想，面紅耳赤，看了看烈陽當頭，轉身大步進了孟府角門。

九娘看著他的背影，又轉頭看往巷口，遠處的青石板，明明沒有水跡，卻泛出了七彩，海市蜃樓一般。

木樨院裡孟建捏著四娘的信，涕淚交加：「阿妧，爹爹看那位張理少待你很是恭敬，你能否請他通融一二，送這些物事給阿嫻？她也是命太苦了。」

程氏擱下茶盞，冷笑道：「命苦？自己作天作地作死，偏要怪天怪地怪命怪爹娘怪兄弟姊妹？這木樨院三個女兒，偏她一個命苦？她不惹是非，是非偏要來惹她？阿妧沒死在她手裡就是命好？她沒害死阿妧倒是命苦？我看你不如去大理寺陪著你的寶貝閨女同甘共苦。倒能治治你的偏心病。」

孟建掩面泣道：「她若是怨我怪我，我倒也死心了。她若是求我救她，我也沒法子。可這孩子，只說想起沙糖綠豆、甘草冰、雪涼水多好喝，醪糟桂花浮丸子吃了會黏牙，還提醒我夏天少吃些荔枝白腰子。她不知道琴娘沒了，還念叨著琴娘做的三脆羹，這都夏天了，哪裡來的嫩筍做三脆羹呢。」孟建哭得抽噎起來：「她這絮叨叨的，我受不住，受不住，她還求我送把楊木梳子、送些茉莉頭油給她，她原是用犀角梳——」

「好了！」程氏悶聲喝道：「別說了，既是你生的，你受不住，一概送進去不就是了？」她煩不勝煩，聽不得這些，索性站起身去偏房和梅姑對帳去了，揮手讓九娘自行回房。

「阿妧——」孟建卻喊住了九娘。

九娘福了一福：「信已交給爹爹。她早已不是我的阿姊，而是我的仇人。爹爹還是莫開口的好，保不准我會求張理少讓她早些去見菩薩，連那楊木梳子、茉莉頭油也替家裡省下來。」

孟建一愣，看九娘已出了正廳，再看看手中的信，潸然淚下。

九娘整理出梁老夫人往日述說的那些官員資料，又將自己前世記得的和太皇太后親近的誥命們謄了出來，讓玉簪取過這三年的邸報，核對一番過後，發現這些官員們遍布中書、六部、樞密、三衙、臺諫，正三品的也有好幾位。

惜蘭前來稟報說張理少見完了老夫人，在擷芳園的芙蓉池邊等著。

九娘手中筆一停，黯然長歎了一聲。正如阮婆婆所說，兩情相悅，世間難有。不是辜負人，便是被辜負。她又該怎麼同張子厚說清楚，九娘凝筆在半空中，久久落不下去。

三年前芙蓉樹下少年郎，流水淡淡碧天長的景象驀地浮上心頭。

「你這般不愛惜自己，就不太對。」

「你在害怕什麼？害怕自己不夠好就沒人看重你？還是害怕自己不夠好，幫不了你在意的人？」

六郎還說：「你不醜，從小就不醜……」九娘唇角微微翹了起來。

後來，她在那邊傷了他的心，還將喜鵲登梅釵丟進芙蓉池裡。所以在船上他看見她手心的釵子時，歡喜得不行，沒完沒了地摩挲那釵子。他沒問，她也沒說，可他知道她尋回了他親手做的釵子，她也知道他在二哥大婚那夜去芙蓉池撈過這根釵子。她和趙栩，無需言說。

九娘抬起手碰了碰懷裡的喜鵲登梅釵，疾書幾行，收拾停當，帶著惜蘭和玉簪往擷芳園走去。

她心意已決，再無轉移。孤墳愁已歇，塵緣容易絕。今生今世，她只有一人不可辜負，不能辜負，不願辜負。

# 第二百三十二章

夏條綠已密，朱萼綴明鮮。炎炎日正午，灼灼火俱燃。長房的僕婦婆子們在池邊一字排開，個個汗流浹背。杜氏在不遠處的涼亭裡，搖著摺扇，忐忑不安，不知道九娘應付不應付得來這位朝中煞神，想到孟存夫婦還在家廟跪著，夫君和孟彥弼還在宮中未歸，更令她憂心忡忡眉頭不展。

擷芳園芙蓉池邊，依水傍石的木芙蓉林綠樹正當陰濃時。張子厚在樹蔭下挑了一塊平滑大石，坐了下來。日光透過翠綠葉片，在他手中的禪位詔書上投下斑駁光點。詔書上的皇帝玉璽鮮紅奪目。有孫安春在，皇帝玉璽被太皇太后所用不足為奇。

他鬆了一口氣，想起九娘，抬起頭看那芙蓉池，碧波蕩漾，倒映著綠樹粉牆，蟬聲鳴唱，訴說這夏日太長。自先帝駕崩，他加在一起也沒睡過幾個時辰，又因九娘神魂不定，今日大局初定，又得以訴盡心事，被這碧波晃著眼，竟恍惚起來。

似聽到有人在喊：「快些快些，山長說了，給這池子取個好名字，若被採用，必有想不到的福份。你們說，是討師娘做的醪糟方子還是山長珍藏的棋譜好？」

張子厚一驚，心慌得不行，展目望去，師兄弟簇擁在一起，已擬出了好些名字。他這是回到了中岩不成？

「你又不愛吃醪糟，也不愛下棋，怎麼也想要湊熱鬧？」聲音清冷，面容如玉，對面那人抬起頭來，正是蘇瞻。

張子厚只覺得耳鳴眼花，他霍然推開棋盤：「拿筆來——拿筆墨紙張來！」險些一個趔趄摔在蘇瞻身上。

他寫了兩張，手腕懸空抖個不停，那喚魚池三個字寫得極其難看。蘇瞻笑道：「不如我替你寫算了。」

「且開！」他大喝一聲，強行鎮定下來，這次手不抖了，衛夫人的簪花小楷秀麗嫵媚，喚魚池三個字躍然紙上，他慢慢地在落款處添上了張季甫三個字。

「你何時改寫了簪花小楷？」蘇瞻訝然問道：「季甫？你何時取的字？」

張子厚飛奔下山。池邊的竹床上，高大儒雅的王方正笑著翻看學生們取的名字，一手輕輕搖著蒲扇。

「山長——」張子厚整好衣冠，才恭恭敬敬地行到跟前，躬身獻上自己那張。

「喚魚池？」王方抬起頭：「原來你已有了表字，季甫，為何取這個名字？」

「我有一——」張子厚脫口而出，立時改口道：「有天在池邊閒逛，隨口喊了聲魚來，竟真有兩尾魚兒躍出水面，故命名喚魚。」

王方哈哈大笑起來：「竟有這等巧事。」他從身邊取出一張薛濤箋，上頭也是簪花小楷的喚魚池三字，卻無落款。

張子厚眼中一熱，舒出一口氣，也傻笑起來：「可不真是巧──」

一轉眼鑼鼓喧天，他已騎在馬上，胸口紅綠交雜的大花豔麗異常，馬前兩盞燈籠正在引路，前面書院門口，站著的正是喜笑顏開的王方。

「女婿來了，女婿來了──」四周紛雜的喝彩聲，張子厚來不及再想，飛身下馬，跪拜在地。

「季甫不必多禮。」他頭暈目眩地被王方攜了手帶入書院。

堂上張燈結綵，人頭濟濟，那身穿青色大禮服，頭蓋五尺銷金蓋頭的身影在燈下伸手可及。

阿玞，是阿玞。

張子厚心跳如飛，恍恍惚惚地到她身旁，牽起那同心紅綠綢帶，不知所措地走了兩步，旁邊哄堂大笑起來，他一回頭，見自己將綢帶竟把阿玞繞了兩圈險些綁了起來。

「對不住，對不住，我這是頭一回──」張子厚面紅耳赤地把綢帶繞回去，低語道，又覺得自己的話實在可笑，真切地聽見她噗嗤笑出聲來。

紅燭高燃，親友齊聚。洞房裡有人遞上金秤。張子厚只覺得那秤有千斤重，怎麼也舉不起來。哄笑聲中，蓋頭微顫顫地被掀了開來，掛在鳳釵上。

她抬起眼，笑盈盈。傾城傾國顏，含羞帶惱。

一聲厲喝忽地響起來：「你是誰？怎冒充我家阿玞來成親？我家阿玞呢？」

張子厚一身冷汗，茫然四顧。不，不對，這是孟妧。

四周白茫茫霧濛濛，面前端坐的新娘面容模糊起來。

「阿玞——阿玞——」他心如刀絞，撕心裂肺大喊起來，伸手去拉。

「你喚我何事？」一句川音在身後響起，冰冷冷如隔千里。

張子厚大喜：「阿玞，阿玞，是我，今日你我成親——」

「你娶的明明是孟九娘，為何卻喊著我的名字？」她挑起眉頭，揚起下巴，神情決絕又傲然：「我卻不稀罕你這般假情假意。」

她拂袖而去，即將消失在那茫茫四野中。

「阿玞——阿玞，她就是你，你就是她，你聽我說——」他急得滿頭是汗，追得腿肚子都抽筋了。

她忽地停住，轉過身來，英氣的秀眉蹙起，眼中有淚在盤旋：「她是她，我是我，她有她的爹娘兄弟姊妹，怎會是我？君心既轉移，但娶新婦去，不必再念。我爹娘在喚我了，自有要娶我王九娘之人，那人你也認得，姓蘇名瞻字和重。」

「不——不是的，」張子厚驚駭欲絕，悲聲連喚：「阿玞——阿玞——」

遠處傳來鑼鼓笙歌，他卻一動也不能動。

「張理少？張子厚？」九娘蹲下身子，細細凝視著樹下這兩鬢飛霜滿面淚痕的清雋男子，百感交集。這片刻間，他累到倚樹入眠，卻又夢到了前世的自己，這幾聲阿玞，喊得淒楚無望，她滿腹的話實在不忍開口。

張子厚驚醒過來，面前一雙盈盈水眸，正關切地看著自己。她身後碧波泛著銀光，頭上夏蟬還在高唱。夢中一切剎那閃過，清清楚楚真真切切，心痛還在，腿也還在抽筋。

南柯一夢。他竟在光天化日下在此地做了那樣一個夢。他二十多年無數次夢見過阿玞，她從未對自己說過話。

「阿玞？」他吃不准眼前是夢還是真，身不由己愴然淚下。

九娘緩緩搖了搖頭：「理少方才魘著了。我是孟氏阿妧，這是翰林巷孟府。你可要喝點水？」

張子厚怔怔地看著她，忽地頹然道：「你不是阿玞。」她容顏豔麗，年方十五，眉眼間全無阿玞的清麗英氣。

她是她，我是我。阿玞定是生氣了，才入他夢來。

九娘點了點頭：「我是阿妧。理少隨六哥喚我阿妧就好。」

張子厚霍地站起身來，深深吸了幾口氣，暑氣中帶著花葉清香。他膝上的詔書落在地上。她明明是阿玞，卻又不是阿玞。

九娘撿了起來，立於樹下輕聲念道：「門下，咨爾吳王，匡濟艱難，功均造物。表裡清夷，遐邇寧謐……今便遜於別宮，歸帝位於吳王棣，推聖與能，眇符前軌。主者宣布天下，以時施行。」

張子厚轉頭望著身邊的少女，雲一緺，玉一梭，淡淡衫兒薄薄羅，聲音柔美，神情恬淡。阿玞的聲音脆爽，笑起來旁若無人。她的神情總是如火如荼濃烈如川中山水。張子厚伸手扶住芙蓉樹，全身脫力，夏風明明是熱的，拂過他身上，卻肌膚顫慄起來，中衣何時濕透的，他一無所知。

「這是我婆婆給你的嗎？」九娘側頭問道。

她這側頭時的模樣，明明又是阿玞。

「不錯，梁老夫人是個明白人。孟存這翰林學士知制誥擬詔擬得真不錯。」張子厚勉強定了定神，接過詔書，彎腰把詔書浸入池水中，看著墨蹟朱砂漸漸模糊，似乎心事也模糊起來。是他弄錯了，還是阿玞誤會了他？良久，他才把濕透了的詔書拎了出來，隨手擱在石頭上。

看著這個，張子厚從懷中取出一張遍地銷金龍五色羅紙，遞給九娘：「這是老夫人交給我的另一份太皇太后手書，應該是吳王即位後要頒給二府的。你看看。」

「皇帝年長，中宮未建，歷選諸臣之家，以故安定侯、贈太尉孟元孫女為皇后。」九娘一驚：「太皇太后是要將我六姊嫁給吳王？」

張子厚心神漸定，點頭道：「正是，太皇太后打得一手好算盤，立你六姊為皇后，孟伯易成了外戚，殿前司是不能待了，整個孟家也不得不站到吳王那邊，和孟家關聯的蘇家、陳家更是尷尬。以太皇太后的手段，吳王登基後應該會立即起復蘇瞻為相。如此一來，燕王殿下孤掌難鳴，又因高似陳太妃一事，即便性命保得住，此生也要被監禁在宗正寺裡。」

九娘不寒而慄，所幸高似懸崖勒馬未曾釀成大禍，她手下用力，這手書所用羅紙竟撕不破。

張子厚眸色暗沉，伸手接了過去，收入自己懷裡：「你所說的太皇太后可用之人都有哪些？」

九娘將自己整理的資料遞給張子厚：「高似既已投案，表叔也已出征，田洗和趙檀案定論後，理應沒了阻礙。六哥即便腿傷未癒，能否儘快即位？賀敏審吳王案，只怕夜長夢多。」

張子厚點頭道：「今早二府和各部已在集議此事，我出宮時殿下剛到都堂，若有什麼進展，我回宮後儘快給你消息。」他翻了翻手中的紙，猶豫了片刻，突然問道：「你，一直習的是王右軍行書？」

九娘倏地一僵，竟有些反應不過來，只輕輕點了點頭。斑駁陸離的日光在張子厚眼底彙集成無邊深情，有喜有悲有所盼，還有絕望與痛楚。

張子厚從她眸中看到自己的神情，忽覺自己狼狽不堪，退開了幾步。那一句「阿玞，是你嗎？」無論如何都問不出口。

「張理少——」九娘上前兩步，柔聲道：「滎國夫人得理少一腔深情，若泉下有知，當無憾也。縱然陰陽相隔，阿妧也替她深覺幸運。」

「幸運？」張子厚喃喃道。他只怕打擾她令她不便，更怕自己的心思為她不恥，她會覺得幸運？

「天下女子，莫不盼得一心心相印之人白頭到老。奈何世事不由人，鮮有如願者。」九娘看著他，走到他跟前，看入他眼底：「理少你和她陰差陽錯，有緣無份。她一顆真心錯付了別人。若她知曉喚魚池名字是你所取，若知曉有人這般惦記她愛護她，事事以她為先，定然以心換心，至死不負。」

「以心換心，至死不負？」張子厚盯著九娘的小臉，輕輕重複了一句。

九娘坦然道：「理少可知，身為女子者，總以父母之命為先，家族宗祠為念，我們自己的心意，總是放在最後頭。阿妧也曾畏懼世俗禮法，幾次三番傷過六哥的心，他卻不退不讓，以真心待我，甚至不惜前程和性命。我如今明白了自己的心，便也會至死不負他。」

張子厚默然了半晌，看向芙蓉池：「你和殿下——」

她不只是阿玞，她不再是阿玞，她不是阿玞。

她是她，我是我。

烈日下池水中的倒影，恍然映出王玞英氣勃發灑脫無羈的笑容。

「張理少——」惜蘭的聲音在後頭響了起來。

張子厚猛然驚醒，回轉過身：「何事？」

「契丹上京失守，女真立國稱帝的信剛剛送到宮中，殿下請理少速速入宮。」惜蘭垂首稟報道。

張子厚和九娘對視一眼，高似該如何處置越發棘手了。想到阮玉郎拿捏時機之準，兩人更凜然心驚。

目送張子厚匆匆離去，九娘喟歎一聲，無力地在池邊坐下，她渾身疼痛，一刻不敢鬆乏，不知張子厚可明白了她的意思。眼見池水微瀾，想起越國公主耶律奥野，如今怕是面臨國破家亡，不知她是生是死，再想到陳太初、陳元初……九娘抬起頭，看向明晃晃的烈日。

「九娘子，日頭太曬了，回去吧，惜蘭說你身上還有傷，該好生休養才是。慈姑備好了熱水——」玉簪等了片刻，見她頸後如玉肌膚微微發紅，忍不住輕聲道。卻見九娘伸手撿起一片薄薄石片，站了起來，側轉身，微微下蹲。

薄薄的石片在水面上輕快飛躍，噗噗噗連點了十多下，悄然沒入水中。半池的綠樹粉牆暈上開來，水面上十幾個小小漩渦排列得很整齊。

「我厲害嗎？」小娘子轉過身來，裙裾飛揚，臉上帶著笑。

惜蘭和玉簪心頭一鬆，都點頭道：「厲害的。」

九娘笑著大步往垂花門走去，朝不遠處涼亭裡的杜氏揮了揮手：「不是厲害，是厲害極了。快些，我還要一大碗沙糖綠豆冰、雪涼水在浴桶裡頭吃。」

玉簪急忙小跑著跟了上去：「才五月裡，老夫人可不讓小娘子吃冰鎮的——」

「惜蘭，記得給我多放些冰沙，取一些蜂蜜澆在上頭，再給姨娘和十一郎也各送一碗，還有娘親和七姊，還有二嬸，還有大伯娘，還有二嫂和三郎，還有婆婆，全家都要，都要多多的冰沙多多的蜂蜜。」九娘脆聲叮囑著，腳下越來越快。

被那水上漂打散的浮影，又慢慢凝成了一幅畫，近百年來一直如此靜謐，往後亦然。

# 第二百三十三章

木樨院裡蟬唱不斷，大鳴大放。聽香閣的淨房裡，九娘泡在浴桶中，早已泡得滿頭大汗，艾草的香味混合著蒲草和桃葉的味道彌漫在屋內。

「這一身的瘀青怎麼辦才好？看得奴心都碎了。」林氏眼睫上還掛著淚，手上捧著沙糖綠豆涼水，看著霧氣氤氳中濕漉漉的九娘，心疼得厲害。

慈姑用力揉著九娘腰間的一處瘀青：「只能揉開來才好得快一些。」

九娘嘶了一聲，求道：「姨娘，快給我喝一口涼水，少些綠豆，疼死我了。」

林氏湊近了舀了一勺餵九娘喝了：「只能再喝這一口了，你癸水也真是的，這都十五歲了，怎地還不來呢。慈姑，你說要不要跟娘子說說，請大夫來看上一看？」

九娘忙不迭地搖頭：「這有什麼可看的，早晚總要來的，啊啊啊，好慈姑，求求你輕一些。」

林氏趕緊又舀了一勺餵她：「唉，你不懂，奴也是二十多歲才明白過來呢。這東西吧，不來急死個人，來了又煩死個人。像寶相那丫頭月月要疼足四五天，恨不得把肚子都割了去，真是可憐。」

九娘抿唇道：「要是姨娘那個沒來，豈不是又要給我們添個弟弟或妹妹了？高興還來不及，為何會急死呢？」

林氏瞪大美眸，心有餘悸地打了寒顫：「要命了，菩薩保佑奴別再生了。奴生小娘子的時候就險些沒命，生十一郎的時候他又太胖，把奴疼得死去活來。還有，一旦有了身孕，這個不能吃，那個不能喝，成日裡跟個豬一樣，吃著豬食，就看著自己往橫裡長，能有小娘子小時候那麼胖——」她呵呵笑了兩聲，討好地又舀了一勺涼水湊到九娘唇邊：「奴說錯話了，不是說你小時候胖得像小豬，是說奴自己呢。」

慈姑歎了口氣：「寶相那丫頭也該嫁人了，嫁了人就沒那麼疼了。」

林氏想了想：「她不肯嫁人，也不肯從了郎君，說要像梅姑那般做一輩子女使，省得看漢子臉色看姑翁臉色，保不齊還要倒貼嫁妝養家活口。」她放低了聲音靠近慈姑說：「她還說這輩子也不想生孩子。你說奇怪不奇怪？」

九娘側頭道：「這有何奇怪？人各有志，不可勉強。這大趙律法還有女戶的條例呢。天下間的女子，難不成非要仰仗男子鼻息才能活下去？只是她疼成那樣可曾請過大夫？」

林氏道：「娘子開恩，請過大夫的，開了些方子，吃著用處不大。」

慈姑手上停了停，又用力揉起來：「小娘子說得對，寶相那丫頭是個明白人，老奴倒覺得她說得沒錯。就算有了兒女，像阮姨娘那般，又有什麼意思？」想起自己的女兒，慈姑歎了口氣。

九娘抱著慈姑的手臂搖了搖：「慈姑，你有姨娘和我呢。」

慈姑愛憐地看著九娘：「老奴是死而無憾了，就盼著小娘子嫁個好郎君，生上一堆胖娃娃。」想到陳家的二郎，慈姑不免又歎了口氣。燕王殿下待小娘子再好，終究齊大非偶。

說曹操，曹操到。夜間九娘腹痛起來，忍了許久才打鈴喊了玉簪進來。

玉簪見她疼得滿頭大汗，鬢角都濕了，嚇得喊來慈姑照顧九娘，就要去稟報程氏請大夫。

九娘喝了兩口熱水，覺得小腹沉甸甸往下墜，是前世熟悉的那種絞痛，便喊住她們：「不打緊，或許是癸水被姨娘念叨來了。」話沒說完，身下已見了紅。她不禁又疼又好笑：「真被她喊來了。」慈姑摟著她朝天喊了聲：「阿彌陀佛，菩薩保佑小娘子莫再疼了。」

玉簪趕緊喚侍女們重新鋪床換席，自己和慈姑扶著九娘去淨房，一應物事是早就備著的，都現成可用。折騰了小半個時辰，九娘小腹也不疼了，頭挨上枕頭就倦極而眠。

翌日，方紹樸是巳時入的宮，雖然不當班，還是先去內諸司的翰林醫官局轉了一轉，取了幾本醫書，琢磨了幾個祛毒方子，呈給院使看過，用了印，又去六尚局的尚藥安排妥當，才隨一路找來的小黃門往會寧閣而去。

趙栩見方紹樸來了，放下手中的書，屏退了一應人等，接過那幾個方子看了看，卻問道：「你除了瘡腫、金鏃傷折和大方脈小方脈以外，可會替女子看腹痛之症？」

方紹樸一愣，就有些緊張：「下、下官在太、太醫局習學五、五年——」

趙栩擺了擺手：「別急，你慢些，喝口茶再說。」

方紹樸趕緊三口喝完一盞茶，吸了口氣，將要說的話又在心中過了一遍，才拱手慢慢地道：「下官除《難經》、《素問》等大義十道外，下官也習學九科。只是九科裡卻無婦人科，只有產科。雖有研讀不少醫書，卻未曾診過幾位女病人，不敢言會。」

趙栩歎了口氣，目光投到早間從惜蘭那裡送來的信上，皺起了眉頭：「若女子癸水至時腹痛難忍，只論脈經，當如何調理？」

方紹樸看著趙栩，吧嗒吧嗒眨了兩下眼：「《太平惠民和劑局方》有記載，可從調和肝脾溫腎扶陽著手，肝鬱脾虛則血瘀。痛，乃因不通也。可用茯苓、白術、甘草健脾益氣，再用當歸養血，肉桂小茴香——」

「你先擬幾個方子來看看。」趙栩打斷了他：「現在就擬，立刻，馬上。」

「這，這使不得，家父有、有言，不經看診，不知寒證熱證，辨不清虛實，絕不不不可亂開方子，要出人、人命的。」

「寒證。」趙栩毫不猶豫：「四肢不溫，手足冰冷，可是寒證？」見方紹樸還在搖頭，想了想：「你說得有理，如此你今日便去一趟翰林巷孟府，就說是陳太妃憂心前日九娘子大雨裡受了寒，特派你去看上一看。你好生替她診一診。對了，你把寒熱虛實的藥都帶齊了，診斷好就直接留下該用的藥。」

方紹樸半晌回過神來：「下官明白了。」

趙栩拿起手中的書，頭也不抬地道：「你有空把產科、小兒科也好生鑽研鑽研。」

方紹樸眼睛吧嗒吧嗒了好幾下，盯著趙栩發紅的耳尖：「下官也明白了。」

會寧閣裡靜了片刻，趙栩抬起眼：「你這幾個祛毒的方子可有把握？這腿除了麻還是麻。」

院子裡的幾個小黃門垂首肅立，離書房的門窗遠遠的。天上浮雲緩緩飄著，在院子裡投下幾朵陰影。

垂拱殿後閣裡，向太后聽了方紹樸的稟報，看著輪椅裡面色蒼白的趙栩，顧不得二府相公們和各部重臣都在，急道：「怎會不知何時能好？你說清楚說明白些。」

方紹樸躬身道：「臣無能，臣有罪。此毒無解，只能盡力多試一些祛毒的法子，再看有無轉機。」幾位醫官也紛紛躬身請罪。

醫官們退了出去，後閣中氣氛更是凝重。趙昪心中扼腕歎息，卻不知如何寬慰趙栩。二府的相公們，恐怕大半會鬆了一口氣，他們對趙栩殺趙檀和孫安春均深感不安，憂慮趙栩即位後動輒雷霆萬鈞，更懼他性子桀驁，視人命如草芥，有朝一日甚至會視祖訓而不顧，不甘皇權被相權約束，獨斷專行往那暴君路上去。

趙栩在輪椅上對向太后拱手道：「娘娘，請不必擔憂微臣。臣以為，先前柔儀殿權宜之策，至此可擱置在一旁。臣和小娘娘能重獲清白，臣已心滿意足。當務之急，諸位相公們應用心輔佐官家，解西夏、女真之外患，儘早審理阮玉郎相關案件，除前朝後廷之內憂。臣身為大趙宗室親王，當盡一己之力效忠陛下。」

趙栩此話出口，態度已明。後閣裡眾人鴉雀無聲。

片刻後謝相大步出列，朝趙栩深深一揖，對向太后行禮道：「自先帝駕崩，崇王身歿以來，大趙可謂磨難重重。魯王、吳王忘卻宗親之本分，為阮玉郎所惑；燕王殿下腿傷難癒；宣德門前士子們已跪一日一夜；更有京中民變、開封澇災待援。秦鳳路已落入西夏之手，京兆府岌岌可危。更有女真立國稱帝，虎視眈眈。臣等蒙娘娘和陛下信任，當求後廷安穩，前朝順暢，方可上下一心，抵禦外敵。若不其然，豈不是任三光再霾，七廟將墜？」

謝相說得激動，愴然淚下：「今見燕王殿下心懷天下萬民，下官拜服。然殿下蒙不白之冤多時，臣等既奉先帝遺命，不敢忘懷。臣冒天下之大不韙，奏請娘娘，待他日殿下腿傷復原後，還望娘娘和陛下能承先帝之命，依唐虞、漢魏故事，遜位別宮，敬禪於燕王，方不負先帝和萬民。」

趙昪出列行禮道：「謝相所言甚是，臣趙昪附議。」他聲音原本就大，此時更是擲地有聲。他說完就看向一旁的曾相。

曾相被他看得心裡發毛，暗歎一聲也出了列：「臣牢記先帝遺願，臣附議。」

隨著二府幾位相公的表態，御史臺、中書省及六部官員也紛紛附議。向太后掩面而泣：「眾卿莫忘今日所言，不負先帝，不負燕王才好。」

趙栩朗聲道：「宣德門一事，臣願為朝廷前往說服眾士子。還請娘娘、陛下准允。」

自御街到頭，雙闕靜靜拱衛著宣德門。皇城禁軍們未著甲冑，站得筆挺，頸中紅巾也已濕了又乾乾了又濕。

宣德門前可納萬人的廣場上跪滿了身穿白色圓領襴衫的太學學生們。昨日圍觀的百姓也有好幾千人，今早各處皇榜宣示後，已只剩幾百人在旁邊指指點點議論紛紛。雖還未到盛夏，跪了一日一夜的士子們有不少已暈厥了過去，國子監祭酒呂監長帶著國博和太博們一邊安排抬走救治，一邊繼續勸說士子們退散。

「燕王殿下來了。」國子監丞看到宣德門裡緩緩而出的輪椅，輕聲告訴呂監長。

一眾官員趕緊略整衣冠，上前給趙栩見禮。

趙栩身穿緋色親王服，頭戴遠遊冠，臉色蒼白，眸色黝黑，深不見底。

士子們見到趙栩親至，便有人七嘴八舌地喊了起來。

「弒兄者無罪，法理何在？」

「百姓安則樂其生，不安則輕其死，朝廷難道要坐視百姓輕其死則無所不至嗎？」

「陳元初投敵，陳家依然逍遙法外，何以平民憤？」

趙栩默然看著這些疲憊不堪的士子們，待嘈雜聲略輕了些，揮了揮手。

士子們一驚，以為趙栩連他們也要抓捕，剛要譁然，卻見宣德門裡出來幾十個內侍，並無一個禁軍上前。

很快，一字排開的長桌上抬上了盛滿粥的木桶，幾千個白瓷大碗和茶盞一摞摞堆得高高的，粥香在廣場上隨風飄散開來。

又餓又累的士子們不少人咽了咽口水，停止了喧鬧。

趙栩朗聲道：「民惟邦本，本固邦寧。達人無不可，忘己愛蒼生。今日諸位憂國憂民，不惜己身，捨生忘死，勸諫朝廷，實乃大趙之幸，乃萬民之幸。本王甚欽佩各位。因在宮中與刺客打鬥受傷，只能在此謝過諸位。」他在輪椅上拱手向廣場上幾千士子團團一揖。

幾千士子想不到這般詰問燕王，他卻毫無問罪責怪之意，如此以禮相待，和傳言中那位暴戾的皇子截然不同。廣場上頓時安靜了許多。

「然諸位十年寒窗，付出了何等努力才能考入太學？爾等他日皆萬民之喉舌，百姓之父母官，朝廷之忠臣，國家之棟樑。今日自傷己身，豈非傷民傷國之根本？五仞之牆，所以不毀，基厚也，所以毀，基薄也。娘娘和陛下念及此均淚灑殿堂。本王自請前來，為的是保住我大趙的棟樑之才。需知憂民之憂者，民亦憂其憂。還請各位耐心聽本王一言後，能去臺前用些飲食。諸位愛惜己身，亦是愛惜大趙國基。」趙栩運足了中氣，金石之聲，響徹廣場。從御街兩側走近的圍觀百姓也越來越多。

有一些士子伏地大哭起來，深感自己所受暴曬和饑渴之苦，被趙栩一番體恤的話消去了許多。也有那早就心生悔意卻放不下臉面退去的士子，抽噎起來，喊著：「陛下仁慈，娘娘仁慈——」

趙栩的聲音繼續在廣場上響起。秦州失守，高似投案，田洗、趙檀勾結阮玉郎陷害陳家、煽動民心、引發民變，趁亂刺客闖宮行兇，一件件一樁樁有理有據，比皇榜張貼出來的更具說服力。待說到這幾日就會依眾士子所請，釋放被關押在南郊的民眾，廣場上「陛下萬歲，娘娘千歲，朝廷英明」的呼聲已此起彼伏，震天動地。

不少士子站起身來向趙栩行禮，慚愧為奸人蒙蔽，險些冤枉了陳青父子。那領頭鬧事的幾十人見大勢已去，也隨眾站了起來。不少庶民打扮的人趁機擠入他們之中，磕頭謝恩的有，悔不當初的有，送水給士子們的也有，廣場上一派祥和之氣。國子監和太學的眾博士們看著那粥桶水桶前排起了長長的隊，都吁出了一口氣，看著趙栩的眼光也和平常不同了。

千里之外的十三朝古都，曾經的長安城，如今的京兆府，厚重的城牆外，正面臨著自鳳翔一路殺來的西夏二十萬大軍，大戰一觸即發。城樓高高飄揚的帥旗下，主動放棄鳳翔鳳州，將西夏大軍引入關中腹地的秦鳳軍統帥王之純，面容冷峻無波，正在和永興軍路統帥楊中閔商議著軍情。

這時，離京兆府千里之外的西夏都城興慶府城門外，陳太初壓了壓竹笠帽沿，從懷中取出興平長公主李穆桃所給的腰牌，往城門口大步而行。

# 第二百三十四章

陳太初帶著陳家親衛和種家軍的精兵約兩百人，分散而行，從鳳翔經過耀州，繞道慶州，自鹽州進入西夏境內。昨日在靜州聚齊後，方喬裝打扮了分批往興慶府進發。

到了東城門口，一行人見興慶府的護城河闊達十丈，城牆巍峨。城門處西夏庶民男子多禿髮，耳垂重環。守城軍士戴著氈盔，盔頂紅結綬，身穿寬袖戰袍，重甲長戈，盤查十分嚴密，尤其對漢人打扮的過往商旅，但見到陳太初所持腰牌時，立刻恭恭敬敬地行了一禮，用西夏話詢問了一句。

陳太初既不認識西夏文，亦不會說西夏話，索性裝聾作啞連連搖頭。那軍士以為他們是奉長公主之命秘密行事，趕緊呵斥庶民讓路，把陳太初一行十幾人放入城中。

進了城，不少地方都有大趙文字，和西夏文並列而排。街道方方正正如棋盤，頗寬敞，酷似京兆府。酒店茶樓，商鋪攤販，林立於道旁。若不是來往之人服裝打扮有異，倒似回了中原。

按照李穆桃的指點，眾人在城內圍著小小的皇城仔細查看了一番，又往東門口紅花渠邊的高臺寺去，裝作禮佛的香客，細細窺探，又再去了報恩寺、戒壇寺、三香家尼姑庵。直到臨近黃昏時分，才到李穆桃所說的崇義坊一家漢人所開的腳店歇息。

種麟進了陳太初的房內，喝了一碗茶，歎道：「二郎你別說，這興慶府西靠著賀蘭山，東鄰黃河，著實是個好地方，有山有水，水豐草美，倒可和塞上江南秦州媲美，怪不得又叫鳳凰城。若能拿下來納入我大趙江山，嫽的太太，美得很。」最後一句又冒出了陝西土話。

陳太初笑道：「當年秦朝一統天下時，興慶府的確歸天下三十六郡的北地郡所有。直到本朝德宗時才被黨項李氏所占，立國稱帝。此處北控河朔，南引慶涼，據諸路上游，扼西陲要害，易守難攻。可惜憑我們這點人，想拿下興慶府委實太難。種大哥，你覺得這幾個寺廟可有什麼蹊蹺？」

種麟摸了摸自己面上的鬍茬：「白日裡看不出什麼，待夜裡再潛進去瞧瞧。你說那西夏長公主的妹妹，也算是西夏公主，這梁氏為何不把她關在皇宮裡？李穆桃為何覺得梁氏會把她妹妹關在寺院或尼庵裡？」

陳太初給他添上茶水：「梁氏雖然貴為西夏太后，卻是漢人，這一年多往興慶府遷來近千戶漢人，提拔了不少漢臣，黨項貴族世家對她甚為不滿。夏乾帝所娶的妻妾中，大多是黨項各軍司的貴女，如今還居住在宮中，和同為黨項人的李穆桃姊妹更熟稔。她逼著李穆桃一同領兵出征，留她妹妹在宮裡肯定不放心。更何況，李穆桃肯定已經找過一遍了。」

「你說李穆桃打的是什麼主意？會不會設了陷阱？夥計倒能得很，剛才送到我房裡的兵器全都不差。」種麟一路都在想這件事。

陳太初喝了一口暗沉的茶水，將夥計送來的短劍拔劍出鞘看了一看，沉聲道：「的確不差，這家店是李穆桃的，無論是不是陷阱，我都要闖一闖。她待她妹妹很好，不會有假。憑我們這班人的本事，興慶府想要困住我們，卻也不是容易的事。」

種麟拍了拍自己厚實的胸脯，意氣風發：「你說我們索性去皇宮裡把小皇帝給抓了，讓李家斷子絕孫，滅了這西夏可好？還怕梁氏不把元初交出來？」

陳太初鏗鏘一聲還劍入鞘，隨手擱下，看著豪氣萬丈的種麟笑而不語。種麟撓撓頭，站起身來：「走走走，先祭一祭這五臟廟。你這茶省著點喝，那夥計說了，如今趙夏開戰，以往一口羊能換兩斤茶，如今三口羊也換不到一斤茶了。他家每間客房只給這一壺茶。」

陳太初笑著將面前的茶一飲而盡，跟著種麟下了樓。

興慶府比秦州城天黑得還要晚一些，亥時的天還有些光亮，城裡熙熙攘攘，不少酒樓裡還有客人進出。陳太初等人都換上了一身黑衣，等到亥時三刻，見天全黑了，分了四路去探四所寺庵。

紅花渠旁的高臺寺，因建在三丈高臺上而得名，夜晚星空璀璨，高臺寺湖面湖水微微起伏，倒映著高臺寺的點點燭火。陳太初帶著十多人一路躲開巡城的軍士，到了湖邊，和白天迥然不同，高臺寺的高臺下，有十幾隊軍士往回巡邏，五步一崗，十步一哨，每隊軍士也有二十多人。

「二郎？」陳七壓低嗓子喊了陳太初一聲：「竟有這許多人把守，會不會？」

陳太初點頭道：「這是皇家寺院，有人把守也不稀奇，我們繞到寺後去，看看能不能引開守衛，再入內查探。」

「我們帶了三小筒石油，應該夠用。」陳七嘀咕了一聲。

高臺寺的偏殿燒起來後，高臺寺湖的湖面也綴上了一片不斷流動的紅霞。鑼鼓喧天，軍士們紛紛奔走救火。陳太初趁亂潛入寺後的禪院中，在屋脊上頭潛伏挪移，不到一盞茶的功夫，就發現一個小院子裡除了把守的軍士外，還有女子的身影，心中大喜，給身後陳七打了個手勢。

兩個穿著梅花交領窄袖長衫的宮女正用西夏語問院門之外的軍士：「發生什麼事了？可要搬回庵堂去？」

陳七帶著幾個人往那院外牆角下又用了一小筒石油，火一點起，院子裡的軍士們匆匆往外趕了過去。

陳太初悄聲無息地潛入院子，繞過廊下兩個年長的僕婦，翻過女牆，後頭三間禪房，都亮著燈火。

忽地屋裡傳來一聲高喊：「人呢？人呢——？」說的卻是大趙官話，聲音清脆響亮。陳太初一怔，繞到禪房後頭，見那木窗並未糊紙，只有細細木條嵌著。裡面一個少女，背窗而坐，秀髮披散在身後，正趴在桌上，雙手拍著桌面。

「人呢？人呢？」這次她喊的是西夏話。

門鎖咔嚓從外面開了，兩個僕婦走了進來，只站在門口行禮道：「公主又要什麼？」說的卻是一口秦州話，陳太初倒聽懂了。

那少女啪啪拍著桌子：「魚！魚，湖裡有，去撈——」兩條腿也在地上亂蹬一氣。她說話的語氣卻和小孩子在胡鬧一樣。

「公主別鬧了，那水裡的東西如何吃得？您昨天吵著要吃羊肉，喇嘛們已經很不高興了。等回宮了，想吃什麼都有。桌上那麵可以吃，還有些糖果，您先吃飯，吃好了再叫我們。」那僕婦耐心勸慰道，卻不敢靠近少女。

「不——我要魚我要魚！」少女發起脾氣來：「阿姊呢？我阿姊呢？桃花桃花——小魚要吃魚——」她放聲高喊起來。

「長公主隨太后出征打仗去了，過些天就來接您，您別——」話沒說完，少女騰地站起身，那兩個僕婦立刻閃身退了出去，哢嚓又把門鎖了起來。少女慢慢靠近門口，貼著門聽了聽，又開始大力拍門：「我要魚我要魚——」

外邊的僕婦也大聲道：「院子外頭燒起來了，老奴去看看就回。」聽聲音是嫌她煩退遠了一點。

少女又喊了幾句，拍了幾下門，邊喊邊往後窗走來。陳太初嚇了一跳，閃在一旁，不由得疑惑，她這幾句似是故意叫喊，並不像那個一直只有三歲心智的孩子。李穆桃說她做個傻子挺好，又是什麼意思？

一雙嫩白的小手握住細長的窗柵，搖了幾搖。

她是想逃出來？

陳太初側耳聽著周圍動靜，轉身抬起頭，對面屋頂上趴著的陳七對著他比了個沒事的手勢。他從地上撿了顆小石子，從木條縫隙裡扔了進去，輕輕打在她腰間。

那雙手頓了一頓，少女輕輕壓低嗓子問：「誰？」

陳太初探出半張臉，看向窗內。

雖然背著光，但陳太初依然看得清楚，窗裡的少女貼著窗柵的小臉上一雙眼睛極大，正盯著自己眨也不眨。

他剛要開口，那雙眼已淚眼朦朧。

「陳太初！」少女輕聲喊出口，一張小臉緊緊壓在了細木條上，臉頰被擠壓得變了形。她輕呼一聲，縮回了手，這木條縫隙很小，她急著往外伸手，卡疼了手指。

陳太初渾身一震，打了個寒顫，凝目看窗口的她，實在記不起幼時的穆辛夷長的什麼模樣，她又怎麼會認出現在的自己？這種連名帶姓的喊法，在他幼年離開秦州的時候，是有一個小女孩，哭著追著喊著陳太初。後來也曾經有那麼一個少女在冬日雪後的廊下這麼喊過他的名字，脆生生的，決絕又倔強。陳太初眼中一熱，輕聲喚道：「阿昕？」

少女輕輕退開了一些，笑得雙眼彎如月牙：「是我！」她雙頰和鼻頭都被木條壓得微紅，轉瞬瞪大了眼，又壓上了木條：「陳太初!?」

陳太初回過神來，面前的少女絕不是蘇昕。

「穆辛夷，是你嗎？我是陳太初，你姊姊託我來救你。」

少女又笑彎了眉眼，輕聲道：「是我，是我啊。我是阿辛。原來是你來救我了。」她揉了揉眼，背著光，陳太初只看見她眼角似乎有星星點點。

陳太初拔出短劍，橫於木條上頭，手腕一震，木條齊齊斷了開來。他輕輕挪開斷開的木條。屋裡的少女已輕手輕腳搬了個木椅放到窗口，一躬身就輕巧地鑽了出來。

陳太初扶住她跳下地，轉頭看向屋頂的陳七，比了個準備退走的手勢。忽地一雙手從後面繞過他的肩，環住他的腰，柔軟的身子貼緊了他的背。他一僵，手停在了半空，還沒想好是要拉開那小手還是要怎麼才好。

屋頂的陳七愣了一愣，人沒敢動，趕緊伸手捂住了自己的眼睛，他可什麼也沒看見。

穆辛夷將臉緊緊貼在陳太初背上，緊緊地抱著陳太初，一息之後，她濡濕的小臉在陳太初背上蹭了蹭，從他腋下探出頭輕聲問：「你不背我跑？是要抱我走嗎？」

陳太初一動也不敢動，垂目看著她仰起的小臉，含淚帶笑的調皮雙眼，似乎整條銀河都落在裡頭，絢爛深邃。這雙眼，他極其陌生又似曾相識。

「阿辛——」陳太初想說讓她先放開自己，那雙星眸忽地彎成月牙，眨了眨：「蹲低些。」

陳太初身不由己被她拽得低了下去。少女輕輕一躍，雙手已環住他的脖頸，靠在他耳邊道：「快帶我走，隨便你帶我去哪裡。」氣息擾得陳太初耳朵癢癢的，他歪了歪頭，頸後汗毛直豎。

陳太初吸了口氣，從懷中取出早就準備的軟繩，將身後人緊緊和自己縛在一起，沿著牆角疾奔了幾步，提氣躍上屋頂，冷冷看了還捂著眼睛手指卻分得很開的陳七一眼：「走。」

陳七霍地站起，尾隨陳太初迅速往寺後退走。不多時，院子裡傳來驚呼聲。

暗夜裡，人如流星一閃而過。

無可奈何花落去，似曾相識燕歸來。

客棧的掌櫃親自將穆辛夷安頓在最好的客房，對陳太初千恩萬謝。陳太初到了種麟房中，眾人都在等他，想不到事情如此順利，反而有些惴惴不安。

陳太初和種麟細細商量了明日出城的法子，按照和李穆桃的約定，他們只要把穆辛夷安全送到秦州，自然有人帶他們去救關押在秦州秘密之處的陳元初。

陳太初站在樓梯口，看著斜對面穆辛夷的客房已漆黑一片，他雖有很多疑惑想問，但想著去秦州還有不少天要同行，輕輕拍了拍樓梯欄杆，回了自己房間。

推開自己的房門，陳太初一愣，見桌旁的穆辛夷正托腮打著瞌睡，看來等了他不少時間，燭火暖暖地投在她半邊臉上。

穆辛夷睜開眼，靜靜地看著門口的陳太初，笑了起來：「陳太初，你怎麼比我還傻？」

陳太初掩了門，慢慢走到桌邊，坐了下來，摸了摸茶瓶，還是溫的，便給她倒了一碗茶，推了過去：「你，和小時候不太一樣。」

穆辛夷雙手捧起茶碗，咕嚕嚕喝了一大口，半張小臉埋在碗裡，一雙大眼抬了起來，看著陳太初眨了兩眨。

「你還記得小時候悶在紗帳裡嗎？後來你一直——」陳太初輕聲問道。他想不出來，三歲的心智究竟是什麼樣，只能肯定不是眼前的穆辛夷的模樣。

穆辛夷放下茶碗，顧不得唇上水潤：「記得啊，一直記得你。陳太初！你為何說話不算數？」她擰起眉頭，委屈地問。

「不算數？我說過什麼了？」陳太初的確想不起來三四歲的自己曾經說過什麼，連她的模樣都早已想不起來了，看到她才模糊記起那雙極大極大的眼睛，和那跌跌撞撞追著哭著喊陳太初的小女孩重疊在一起。

「是你說要玩紗帳的，是你害得我被悶住的。你回開封前，不是來我家同我娘和姊姊說，等你長大了一定會像你爹爹那樣做個大將軍，然後就回秦州娶我做你娘子，照顧我一輩子的嗎？」穆辛夷瞪大雙眼，探過身子，最後一句話說完，幾乎和陳太初鼻子貼著鼻子。

# 第二百三十五章

清脆的聲音像連珠炮似的。「你別害怕，我沒生你的氣，變傻了也挺好的，人人都對我好極了。我也不怪你，你都把你自己賠給我了，多好啊。」穆辛夷高興地笑起來，坦蕩蕩毫無羞澀之意：「你是我的陳太初——」

「不過，我不能用紗帳，寧可被蚊蟲叮也不能用紗帳，我看見就心裡慌得很，害怕。你呢？要是你一定要用的話我也沒法子不用，這可怎麼辦呢？」穆辛夷皺起眉認真思考起來。

十九歲的陳太初，自記事以來認識的小娘子，一個巴掌數得過來，千姿百態被他放在心尖上的九娘，嬌憨明媚似春花的妹妹趙淺予，英氣高潔可親可敬如蘇昕，再就是京中那些丟香包的貴女們，縱然熱情如火但也都循規守禮，從未有女子這般又似孩童又似少女，隨時又抱又靠上來的，大咧咧說起嫁娶不知羞，竟有賴上他的意味。

陳太初不自覺地往後仰了一些，見她烏溜溜兩隻大眼往那翹起來的鼻尖處湊到一起成了鬥雞眼，十分可笑，不禁以手握拳，抵著唇壓下了笑意，才斂容認真答道：「對不住，以前的事我真不記得了。」

穆辛夷咬了咬唇，噗通一屁股坐了回去，要哭不哭，長睫顫抖個不停，忽地跟連弩壓下了機括一般：「陳太初，你想賴帳？我娘雖然不在了，可我阿姊記得很清楚，我也記得清清楚楚。你還送了信物給我的，是不是也不記得了？男子漢大丈夫理應敢作敢當，怎能言而無信？你和小時候長得沒什麼兩樣，我一眼就能認出你來。」

她比了比自己右眼角下頭，又湊上來：「你看，你這裡和我一樣，也有兩顆淚痣來著，我把我上頭的這顆送給了你，你一高興，就把你下頭那顆淚痣送給我了，記得嗎？」她盯著陳太初，不禁露出失望之極的神情，低聲哽咽道：「你是不是連這個也不記得了？都不記得了？一點點都想不起來？」

陳太初眉頭一動，眼角忽然有些刺痛，差點伸手要去摸自己那兩顆並不起眼的淚痣。

「我時常想著你幾時做了將軍能來娶我回去，我不喜歡興慶府，我喜歡秦州，喜歡翁翁婆婆——」穆辛夷從頸中拉出一條紅繩，給他看：「你看，這是你送給我的，還有字呢。你再想想，是不是能想起來一些？」

一隻竹編的小魚光滑可鑒，活靈活現，魚嘴上穿了一個洞，懸在紅繩上。穆辛夷舉了起來，將魚翻了個身：「看見嗎？這是你以前學做小弓箭的時候做給我的，還刻著字，是元初大哥幫你刻上去的。」

昏暗燈光下，魚肚上刻著一個「辛」字，魚背上刻著一個「太」字。穆辛夷眼中還帶著淚，晶瑩剔透，可他還是想不起來了。三四歲以前的事情，他實在想不起來，能想起來的也都是爹娘告訴他的。在爹娘極少提起的秦州往事中，穆辛夷一直都只是穆桃妹妹這個存在而已。

他回汴京時堅持要讓那匹小馬叫「小魚」，那時候他還沒忘記吧，後來又是怎麼忘記的，怎麼再也不曾想起過這個叫「小魚」的女孩了？爹娘是在回避自己幼時闖過的禍，還是不想他留有自責的念頭才刻意不再提起？又或者是自己故意忘了她，不願想起幼時闖過的禍？眼前的她，又為何會一件件記得那麼清楚，是她自己記得還是穆桃不斷複述給她聽的？

陳太初沉吟了片刻，心中一動：「你怎麼會說大趙官話？」

穆辛夷失望地握緊手中的竹編小魚，嘟囔道：「阿姊教的。」她淚盈於睫，扁了扁嘴：「宮裡都要會說漢話。」

陳太初想起梁氏自己就是漢人，點了點頭，見她的神情又變得像孩童，心中疑惑難解，便道：「我離開秦州時還小，許多事不記得了，對不住。只記得你被紗帳悶住了以後，一直宛如孩童般天真。我哥哥也寫信說起過。你後來好了嗎？」

穆辛夷用手背拭了淚：「你就說我變傻了就是，什麼天真不天真的。」她驀然瞪大眼：「你是嫌棄我，才裝作不記得了？」不等陳太初應答，她又情急起來：「我的陳太初才不是這樣的人，我不該這麼說，對不住對不住。」

那麼小就分開再也沒見過的人，她卻說他不是這樣的人……她的陳太初？陳太初心中十分怪異，莫名有種被別人在自己身上蓋了個印章的感覺，可意念深處，又似乎這樣的稱呼自己曾經很習慣，並不以為意。

穆辛夷仰起臉，蹙起眉：「我也不知道自己究竟是怎麼了，自從被太后關在尼姑庵裡，找不到阿姊，我就天天哭，天天鬧，有一回我想爬窗出去找阿姊，摔了下去，頭撞在地上了。」她有些恍惚：「我暈了半天，醒過來的時候，好像以前我少了的什麼東西，丟了的什麼東西，摔了一跤後回來了。嗯，我說不明白，就好像我做了個夢，從自己生下來到摔暈過去那天，自己一直在天上看著，還有阿姊以前說的那些話我也都懂了。有些話是騙我的，有些話是真的。」

「還有每個人的臉，我都看得特別清楚。你翁翁和婆婆、你爹爹、你娘、元初大哥，還有陳太初，」穆辛夷又抬手拭了拭淚，又有點急：「本來就記得的，真的，你們都對我好。是太后讓人去接我們回蘭州，我不想走，我想等你回秦州的。可那時候我不懂，不知道回不去了。」她停了停，滿懷悵然道：「我就是沒想到，你已經不記得我了，不記得以前的事了。我傻的時候都沒忘掉的事，你卻早就不記得了。」

陳太初不知如何安慰她，無從安慰起，默默看著她，想掏出帕子遞給她，又怕她會錯意。

穆辛夷忽地眼睛一亮，問道：「可是在高臺寺，我認出你時，你不也叫我阿辛了嗎？你還是記得我的對不對？我也和小時候一模一樣，眼睛很大，還有這兩顆淚痣——」

陳太初輕歎了口氣，歉然道：「對不住，我認錯人了。」他看向有些搖晃的燭火，聲音低了下去：「我妻子生前，也曾那樣喊過我陳太初。她也叫阿昕，和你辛夷的辛字不同，她的名字是日斤昕，就是太陽快要升起的時候的意思。」

還未升起便已經落下，還未盛開便已枯萎。陳太初盯著那快燃盡的燭火，伸手取了一枝新的蠟燭，放在火上。

蠟燭發出嗶的一聲，室內更亮了一些，靜悄悄的。

眼前的男兒郎，下頷和唇上有著細細密密的一層鬍茬，嘴唇因為乾燥，有些裂開和起皮。因為疲憊，他的眼窩凹陷下去，眼瞼下也有些發青，那兩顆不太顯眼的淚痣，跟墜落的星辰一樣，使他看起來格外落寞哀傷，提起亡妻時，兩豆燭火在他眸中閃動著。

穆辛夷眨了眨眼，兩行淚順著臉頰流下來，滾落入衣襟中。

「你原來已娶過親了？」她小心翼翼地問：「她不在了嗎？」

陳太初將手中的長燭微微傾向碟底，靠近那將燃盡的短短一截，看著透明的燭淚慢慢滴下，將凝未凝時，他將蠟燭輕輕放了上去，按了一按，鬆開了手。不斷跳動的燭火慢慢穩定了下來，屋內的光影也慢慢沉澱下來，不再晃蕩不安。

「她待我極好，卻因我一時大意而被賊人所害，是我害了她。」陳太初不願多提，轉頭道：「對不住，我不記得你也不記得以往兒時的事了——」

「她不會怪你的。」穆辛夷輕聲道。

陳太初一怔。

「她不會怪你的。」穆辛夷點了點頭：「真的，因為她很喜歡很喜歡你，就肯定捨不得怪你，也捨不得你責怪你自己。如果因為她死了你就這麼怪自己，這麼難過，她會比你更難過更傷心。」她看向那燃盡的蠟燭，無力垂落在碟底的蠟燭芯，燃成黑色，微微上翹著捲曲起來，最後一絲微弱的火光猛然跳動了一下，拚盡全力耀眼了一剎，終於熄滅了。

她停了停，認真地說：「你的那個阿昕一定希望你平安喜樂每一天，你為她難過一陣子就好，可不能一直難過下去，她會傷心的。」

陳太初看著她的一雙眼，滿是真誠和溫柔，眼白藍瑩瑩的，像孟忠厚那雙未經世事純淨無邪的眸子。

「多謝你。」陳太初輕聲道。這樣的寬慰，他第一次聽見。爹娘，阿昕的爹娘，蘇昉，九娘，六郎，他身邊的人都不忍責怪他，他們會說阿昕的身後事，瑣瑣碎碎的那些法事、經文、香火、墳瑩，似乎點點滴滴都是他在補償阿昕，能讓他好受一些。

自那夜的山中獨思後，他就把自責內疚放在最不為人知的角落。人生若塵露，天道邈悠悠，他因這命運無常，生死無定而將自己要走的路看成修行之道，終有一日盼能勘破生死，破碎虛空。但這些日子以來，那自責和內疚卻未曾消減過。

阿昕希望他平安喜樂，他信。

「就好像你忘記了以前的事，忘了我，我是有點生氣，有點傷心，有點——不甘心。」穆辛夷伸手撚了一下那蠟淚，縮回手，手指上白色的一片已經凝結起來，也不燙了。

「可要是你還記得，還責怪你自己害得我被紗帳纏住了，」她抬起眼：「那我寧可你不記得。要是我的陳太初會因為我難過一天十天一個月十個月一年十年，我會難過死的。」她語氣惆悵，頓了頓又睜大眼：「一點也不難過也不行。十天吧，因為我難過十天的話，我就高興了。」

陳太初看著那雙眼，輕聲道：「好。」

穆辛夷用力點頭道：「嗯，你以後不要叫我阿辛，就叫我小魚吧。」她站起身伸了個懶腰，揉了揉眼睛：「睏了，我要回房睡覺了。」

陳太初站起身，替她開了門：「好，我送你過去，明早五更天動身。」

穆辛夷撐住房門，轉身道：「你不用送我，我肯定會忍不住再送你回來。你就在這裡看著我過去好了。」

她說話是原本就這麼毫無顧忌，還是西夏女子才會這樣？陳太初默默退了一步。

穆辛夷朝他點點頭，輕聲喊道：「陳太初——」

陳太初拱手對她微微躬身一禮。

穆辛夷卻又笑了開來：「你記得要看著我，以後也不許再忘了我。因為這次是你找到我的。」看著她披在身後的長髮微微起伏著，走到斜對面的客房門前，回身招了招手，應該還帶著笑意，隨即身影沒入暗黑之中。

是夜，西夏軍士就在城內城外大肆搜索。客棧老闆出具了西夏靜塞軍司的文書，言明樓上住的全是靜塞軍司司主阿綽雇傭的漢商，特來興慶府送一批趙茶，並奉命採購青鹽，要趕著送回靜塞軍去。

種麟跟著客棧老闆陪著軍士們到後院倉庫中查看過一包包青鹽後，又塞了些好處費給那領隊之人，才回到樓上。陳太初劍已出鞘，正守在穆辛夷房外。

掌櫃上前行了禮：「各位放心，長公主早有安排，明日將辛公主扮作僕從，便可安然出城。另有上等夏馬三十匹在靜州等著，還請各位儘快將辛公主送到長公主身邊。」

穆辛夷躺在床上，看著門縫裡漏進來的一線燈光，無聲地將陳太初三個字又念了一遍。

第二天一早天未亮，陳太初一行人帶著黏著鬍子扮作男子的穆辛夷，押送著二十多車青鹽順利從南城門出城，往靜州而去。穆辛夷坐在運青鹽的馬車上，靠著鹽包，一路極讓人省心，只有遮不住的那雙亮閃閃大眼，不斷在陳太初背上盤旋。

傍晚一行人抵達靜州，順利入住後，看著那三十匹油光水滑精神抖擻的夏馬，種麟又忍不住問了陳太初：「怎會這麼順利？有無什麼不妥之處？」

探路的人，斷後的人，也都心懷忐忑，只有看到鎮靜自若的陳太初時，眾人才安下心來。

夜裡陳太初和種麟等人商議，原定自靜州往靜塞軍司而行，沿著趙夏邊境往會州而去，再從會州經鞏州到秦州。近兩千里路就算一路騎馬急行，至少也要七八天才能抵達。若能從靜塞軍司西南邊的折姜會往定川寨而行，經好水川口下秦州，能縮短五六百里路，省下兩天來，還能減少許多碰上西夏軍隊的機會。

眾人都說後者好，陳太初卻又有些猶豫，不知道穆辛夷能不能棄車騎馬，又能否堅持這許多天穿山越野騎行不輟。畢竟這些年她被李穆桃當作三歲孩童嬌養著，想到這個，陳太初看了一旁忽閃著大眼睛的穆辛夷一眼，又有些猶豫。這一路上李穆桃安排得都十分仔細，卻忘記給穆辛夷配兩個侍女，或許也是行路太過不便的原因。

「我可以的。」穆辛夷立刻直起背：「我同你一起學過騎馬的。你爹爹把我們放在他身前，騎著他的大黑馬，在大城裡走了好一圈。你不記得了？」

陳太初眉心一跳，這個也能算學過騎馬？他自己還是在汴京學會的騎馬。

「我阿姊也教過我騎馬。」穆辛夷眼神和聲音一起弱了下去：「我能坐在馬背上不掉下去——」旋即又亮了起來：「只要你像你爹爹那樣，把我放在你身前，帶著我，或者像昨夜那樣，把我和你牢牢綁在一起，不就行了？」

種麟站起身，對穆辛夷豎了豎大拇指，拍拍陳太初的肩膀：「這法子好得很，我看行。京兆府肯定已經打起來了，還有你哥，再晚我怕他缺胳膊少腿治不好，他長得太好看招人恨，又落在惡婆娘手裡，肯定遭罪也遭得厲害。」

穆辛夷急道：「元初大哥才不怕遭罪，萬一被太后睡了才糟糕。宮裡頭夏乾帝留下的妃嬪們，曾當著我和阿姊的面議論，都說梁氏荒淫無道膽大妄為，可憐那些被梁太后睡過的男兒郎們，大多變成了內侍就是掖庭的苦役——」

一屋子七八個男人立刻都沒了聲音，頃刻紛紛站起身抱拳告辭而去。種麟臨走時摸了摸頭，安慰陳太初道：「其實那個缺胳膊少腿毀個容什麼的，也不算太糟糕，是吧？」

穆辛夷看著陳太初清冷的面容，捂住了自己的嘴，手掌心被自己嘴上黏著的鬍子扎得癢癢的。

# 第二百三十六章

詩人韋蟾有云：賀蘭山下果園成，塞北江南舊有名。莽莽蒼蒼的賀蘭山脈，南北綿延近五百里。朝陽初升時，峰巒疊嶂的險峻山石變成了一片巍峨金頂。日頭如往常一樣，默默從千尺峰頂俯瞰著山脈東部，黃河沿岸的西套平原和鄂爾多斯高原。山脈往西地勢漸緩，沒入了阿拉善高原。

陳太初一行人從靜州出發，避開官道，沿賀蘭山腳一路南下。穆辛夷身穿男裝，假鬍子依舊還在，跨坐於陳太初身後，身下墊著一條薄薄褥子，緊緊摟著陳太初的腰不撒手，一路東張西望興致勃勃。

「陳太初——山上有許多羊，那是什麼羊？」

種麟大聲在她後頭喊：「盤羊——看牠們那角，是不是盤著扭著的？這羊凶得很。」

「原來這就是盤羊啊，謝謝你種大哥。」穆辛夷回頭嘖嘖讚歎。

「陳太初——快看，天上那是什麼鳥？是鷹嗎？」

種麟抬頭一望，高興地揮鞭策馬到她身旁：「那是雀鷹，看到沒？翅膀上的褐色條紋，不過這種鷹小得很，不如契丹女真那邊的蒼鷹。」

穆辛夷瞪大眼：「種大哥你什麼都懂，真是厲害極了。」

種麟老臉一紅，呵呵笑了起來：「還好還好，我也就懂些飛禽走獸打仗喝酒什麼的。」看到穆辛夷半張小臉上都是沾了灰的假鬍子，一雙大眼裡滿是崇敬，閃閃發亮，種麟頓時覺得身輕如燕，這小娘子雖然是西夏人，倒也天真有趣，嘴又甜，人還實誠，可惜只是暫時合作的關係，不幾日後又將是敵非友，兵刃相向你死我活了。

陳太初抬頭看了一眼還在半空盤旋的雀鷹，翅闊且圓，尾長，是隻雌鷹。他又看了種麟，嘴角不禁也抽了抽。

眾人顧念著穆辛夷，不敢騎得太快，一個時辰後進了西平府地界，就見前方紅山下一片開闊湖面，湖邊蘆葦隨風輕擺。

「陳太初——那是什麼地方？真美。」

陳太初也在看那片湖面，正猶疑著，身後穆辛夷大聲喊了起來：「陳太初，我累得很，停一停歇一歇行嗎？」

陳太初看了看天色，和種麟對視一眼，揮手讓眾人下馬歇息，也好讓馬喝水吃草。

陳太初鬆開綁在穆辛夷和自己身上的軟繩，一躍下馬，扶了穆辛夷下來，將馬鞍連著上頭的褥子移到另一匹預備好的空馬上，準備稍後換馬而行。收拾停當了，他轉頭見穆辛夷正慢騰騰走向湖邊，兩腿因騎馬騎得久了，不自然地微微往外彎著，模樣十分古怪可笑。湖邊的種麟轉身看著她正在哈哈大笑。陳太初搖了搖頭，摘下水囊，又取出一塊油餅，朝湖邊走去。

穆辛夷齜牙咧嘴地蹲下身，掬起一捧湖水潑到自己臉上，用袖子印了印臉，埋怨道：「種大哥笑得不厚道，我腿抖得厲害呢。」

種麟笑道：「還以為你能逞強撐到鳴沙呢，怎麼這麼快就喊累了？」他哪裡看不出穆辛夷心思都在陳太初身上，因在軍中廝混慣了也不在意這些男男女女之事，一時覺得她有趣，也有心給李穆桃添麻煩，遂湊近了低聲道：「你下次怎麼也應該撐到二郎開口才行，你這麼喊累喊停，二郎會嫌你麻煩的。」

穆辛夷一怔，瞪圓了眼：「為什麼？我才不要那樣。」

種麟搖頭笑道：「咿，你這女娃怎麼不聽教？你們西夏女子不懂，這男人呢，喜歡聽話懂事、什麼都為了男人著想的小娘子，最要緊是吃得起苦。」

穆辛夷想了想，還是搖頭道：「我就是為了陳太初著想才喊累的。」

這次輪到種麟瞪大了眼：「啥？」

「你看這裡有草有水，馬兒不也該歇歇才能跑得快？還有我是真的累了，歇一歇才能繼續騎，撐久了，我把自己累壞了，騎不了馬，那不就是大麻煩了？那才叫害人害己得不償失呢，再說了，陳太初也想停下來的。」穆辛夷一屁股坐在湖邊岩石上，擱平了腿，自己捶打起來。

種麟撓撓頭，似乎她說得也有道理：「你怎麼知道二郎想停下來？」

穆辛夷仰頭看看那紅山綠水青蘆葦，有些得意地告訴種麟：「因為我喊他看羊，他不看，喊他看鷹，他也不看，可喊他看湖，他就看了。」

還因為他是她的陳太初。

穆辛夷蹬了蹬腿：「真想跳到湖裡游水，肯定很痛快，要是我會游水的話。」

身後傳來一聲輕咳。穆辛夷轉過頭，高興得很：「是給我吃的？」

陳太初將油餅掰下一半遞給她：「嗯。」

「我手也疼得厲害，使不上力氣。」穆辛夷討好地問：「你幫我掰碎一些好不好？」

種麟歎了口氣，心道這西夏小女子的臉皮，能比得上京兆府的城牆厚了，他默默站起身去取乾糧和水囊。

穆辛夷吃完油餅，喝了兩口水，從懷裡掏出幾顆糖果，看了看陳太初，笑嘻嘻地道：「吃飽了，我的手就有力氣了。你看我多聰明，每天都藏些糖在身上，萬一跑出來了，沒飯吃一時也餓不死。陳太初你知道嗎？吃糖不但讓人不餓，還能讓人高興。」

她吹了吹糖果上並不存在的灰塵，湊近了陳太初，眼睛閃閃亮：「我撞暈了後很有意思，看見以前我娘帶著阿姊和我跟著你爹爹到秦州城的時候，你爹叫你娘和我娘進裡屋說話，你大哥跑上來就和我阿姊打架，你是不是也不記得了？」

陳太初看著她把糖果一把全塞入嘴裡，臉頰邊鼓起來一大塊，很是眼熟，不知為何，心底湧起一種奇異的荒謬感。他輕輕搖了搖頭。

「陳太初你最好了，你不但不打我，還抓了桌上一把錘子糖給我吃。」穆辛夷笑嘻嘻，含了滿嘴的糖說話有些囫圇，她戳了戳自己臉頰：「你現在還是不愛吃糖，對不對？你小時候一吃糖就流口水，被我笑了幾回就不肯吃糖了。不過你大概也不記得了。」她轉開眼看向那青青湖水，依然帶著笑，臉頰上鼓囊囊的一塊卻一動也不動。

陳太初默默看向遠處鬱鬱蔥蔥的蘆葦蕩，紅色山脈下這一片湖面平如鏡，倒映著空中低懸的一團團軟綿綿的白雲。他一時想不明白，過去十幾年他所經歷的一切，和被遺忘的她和幼時往事，有什麼關係。而他所經歷的一切，和此時找到她，何為因，何為果。

他找到她，或者是被她找回，或者是他找回那被刻意遺忘了的，屬於他自己的一部分。現在回頭看，一樁樁巧合，無數人和事，或人為，或天意，並不由他操控，他卻身不由己無可選擇奔向興慶府，找到了她。哪一處是始，哪一處是終，哪一處只是路過？何人是主，何人是客，何人又只是過客？

逝者如斯夫，不舍晝夜。她卻執著不休地要逆流而上，尋回流逝的被遺忘了的時光和他。那他呢？如何做是順應天道，如何做又將是逆天意而行？

種麟回到湖邊，見他二人沉默不語，陳太初似老僧入定，還黏著鬍子的穆辛夷傻傻出神，便笑了起來：「小魚姑娘的鬍子真好看。」

穆辛夷轉過臉，湊近陳太初：「你幫我撕掉這假鬍子好不好？全是灰，真難受。你記得一下子全撕掉，別一點點的撕，我昨晚試過，實在疼得厲害，才留著的。」

陳太初見她說到疼，連鼻子都皺了起來，往她臉頰邊緣看去，的確已經翹起起了一條薄邊，露出了白色的痕跡。

「好，你忍著點。」陳太初擱下油餅，洗淨了手，伸出手指，拎住那薄薄短短的邊，往下用力一扯。

穆辛夷一聲慘叫，看著他手裡的一大片假鬍子，眼淚直冒：「疼！疼死我了。」一旁種麟爽朗的笑聲將蘆葦叢中的野鳥都驚得飛了起來。

穆辛夷瞪了種麟一眼，捧著臉搖搖晃晃地站了起來。

「小魚——」身後傳來陳太初的呼聲。

穆辛夷悶哼了一聲，仍舊捂著臉，卻不轉身。

一塊浸濕的帕子遞到她跟前。

「路上你若是吃不消就說，不用撐著。」

聲音清冷疏離，卻像把她和種麟方才的話都聽了進去。

穆辛夷看著陳太初挺拔修長的背影，大聲應了聲：「知道了——，我的鬍子呢？別丟了呀。」

皺成一團的一把鬍子遞到她面前：「路上你要是想黏回去，不用客氣，喊我來。」種麟笑嘻嘻地說道。

穆辛夷看看他手裡的鬍子，眨眨眼：「謝謝種大哥，還是替我丟了吧。」

眾人整裝備馬，穿過蘆花谷，繼續往鳴沙而去。

同一輪炎日，俯瞰著賀蘭山時，也默默注視著千年古城秦州城。戰火的痕跡還未褪去，不少民房、街道、樹木還殘留著火燒後焦黑的痕跡，無人問津。被西夏占據的秦州，家家門戶緊閉，不得不出門的零星百姓皆行色匆匆，沒了往日的親熱招呼閒談聊天，只餘下道路以目。

西夏卓羅和南軍司的司主衛慕元燾奉梁太后旨意，領萬餘人守城，將五城城門緊閉，不許各城百姓互通往來，白日夜晚軍士巡邏不斷，四處張貼安民告示，言明只索取財物糧食，無意傷害百姓，要求百姓順從，勿要抵抗，以免白白傷了家小性命。

因守城時的民眾奮勇拚死激戰，西夏守城的兵卒也不敢落單，往往成群結隊砸搶商鋪，踢開民宅大門肆意搜刮，財物糧食均堆積在紀城的州衙內。每日有車將財物沿鞏州、熙州運往蘭州，又有幾百輛車將秦州倉中糧食運往鳳翔鳳州和京兆府前線補給大軍。

往日士子們出入的文廟，變成了關押秦州被俘將士之地。「道貫古今」、「德配天地」兩座牌坊依然高高聳立，下頭卻排排站立著西夏軍士。

文廟對面的練箭場中，佇列練武的西夏軍士呼喝不斷。卓羅和南軍司的司主衛慕元燾高大黝黑，端坐在臺前，沉著臉聽副將稟報。

「昨夜那三個右廂朝順軍司的伍長，不聽軍令，在西城飛將巷進了一戶人家，企圖姦淫婦人，被砍殺在巷內。今早右廂朝順軍司的那一千多人，吵著要去西城屠巷，所以不肯前來操練。司主？」

副將小心翼翼地說完，不敢抬眼。梁太后會將民風彪悍的秦州交給軍紀嚴明的衛慕元燾來守城，顯然有要將秦州納入西夏版圖之意，才不允許屠城，要衛慕元燾好生安撫民心。只是右廂朝順軍司那些個短視的莽夫，跑去飛將巷行兇，明顯是要激怒民眾，蠢得不能再蠢，又或者他們就是故意挑釁衛慕司主的軍紀。

衛慕元燾臉色陰沉，看著練箭場入口處。副將聽不到回音，抬起眼，吃了一驚。右廂朝順軍司的兩個副將正氣勢洶洶地往臺前走來。

「衛慕司主，靜塞軍司那些個守城的，竟然敢不開西城城門，還請司主發個令旗給我們。待我們入城給那三個兄弟報仇。」

衛慕元燾眯起了眼，看著他們：「兩位是視某的軍紀為無物嗎？」

這兩個副將中的一個，是右廂朝順軍司司主的堂弟，膽氣十足，上前一步道：「衛慕司主，我們十二監軍司雖然同跟著太后出征，卻一直河水不犯井水。」他見衛慕元燾無什麼反應，向天打了個哈哈道：「你們卓羅和南軍司鎮守黃河北岸，可我們右廂朝順軍司可是鎮守興慶府的，說起來，我們司主和太后更親近一些。」

衛慕元燾點了點頭，臉色無異：「令介將軍說得有理，我們十二監軍司，當以你們右廂朝順軍司為首，這鐵鷂子每年的選拔，也總是你們軍司入選人數最多。」

這令介將軍和身邊人對視一眼，更是傲然：「秦州城的賤民彪悍得很，實在可恨，攻城時殺傷我們多少弟兄？衛慕司主卻不讓屠城報仇。還有那陳元初，既然不肯降，一刀殺了就是，留著幹什麼？要按我們司主的意思，這俘虜來的一萬多趙兵，趕他們去城外挖坑，直接坑殺了就是，還省下來許多口糧，也免得我們日防夜防。」

衛慕元燾皺起眉：「這三樣，可都是太后的旨意，令介將軍，某只是奉命行事而已。無可奈何，無可奈何啊。」說完呵呵了兩聲。他身側的副將打了個寒顫。

「太后的旨意？我們軍司可沒見著。可軍中倒是有傳聞，是衛慕司主您要討好您的表妹興平長公主，力勸太后別屠城的。衛慕司主您難道忘記長公主是怎麼兩次拒絕您求親的？這可是我黨項男兒的奇恥大辱，司主更該給她長大的這秦州城一點顏色看看，連幾個婦人也不能玩，這算什麼？」他意味深長地笑了起來。若不是衛慕元熹和長公主有過這麼一段過節從親戚變成仇人，太后又怎麼會留下勇猛過人的衛慕元熹在此守城，而帶武藝卓絕的長公主出征京兆府，還不是怕兩虎相爭必有一傷。

衛慕元熹棱角分明的面容忽地泛起微笑：「長公主在我蘭州府住了幾年，又是某的表妹，某確實仰慕得很，和拒不拒婚，屠不屠城毫無干係。這秦州是我西夏掃平中原之要塞，太后有命，收歸民心，不可妄動。令介將軍可聽明白某的話了？」

周遭人看著他笑容未收，手中長虹貫日，一刀已將那還在笑的令介將軍的頭顱砍了下來。

他提起頭顱，朝臺下怒喝道：「這廝一小小隨軍副將，竟敢對某指手畫腳，慫恿兵變，逆太后旨意，辱我卓羅和南軍司，可該殺？——」

練箭場裡的幾千軍士片刻後爆出呼聲：「殺——殺——」

練箭場的高臺下，暗無天日的地牢裡，陳元初緩緩抬起了滿是血汙的頭顱，側頭聽著外頭的呼聲。

依舊是同一輪烈陽，一樣照射在汴京皇城大內隆佑殿的琉璃瓦上。

太皇太后恍惚地睜開眼，想伸手去搖床頭的金鈴，又熱又渴。

床前的輪椅慢慢顯出了清晰的輪廓，一個身穿玄色道袍的男子正看著她，手中一柄宮扇，好像在慢慢搖動，卻沒有一絲風。

趙瑜？她想尖叫，卻發不出聲音，想動彈，卻全身無力。

「娘娘醒了。」趙栩淡淡地道。

# 第二百三十七章

「六郎？」太皇太后昏昏沉沉，搖動枕邊的金鈴。他怎麼會在自己寢殿裡？人都去哪裡了？模糊間看見趙栩身後人影綽綽，這幾日的事情翻湧上來，太皇太后一震，心驚膽戰。

「來人——」太皇太后奮力呼喚。

向太后走近床前見了禮，柔聲道：「娘娘？」自從太皇太后在雪香閣舊疾發作，回隆佑殿靜養後一直未曾下過床，究竟是毒還是病，御醫院堅稱是病，仍舊按上次的方子在治理。宮中幾個太妃和公主們輪流侍疾，不過在外殿略坐一會就被尚宮們請回了。縱然孫尚宮說娘娘無需侍疾，她身為太后，卻還是理應每日前來探視。

孫尚宮隨即帶人服侍太皇太后靠了起來，伺候了茶水，低聲稟報道：「太后娘娘和殿下前來探望娘娘，帶了方醫官來。」

太皇太后胸口更是煩悶，搖了搖頭：「無需，有院使他們就好。」

孫尚宮轉頭朝向太后行了一禮，默默退到一旁。

太皇太后側目見趙栩還是那樣悠閒地搖著手中宮扇，雖然在輪椅上坐著，依然容顏絕色姿態脫俗。她想起阮玉真年輕時的模樣和趙瑜來，更是難受，閉起眼輕輕抬了抬手：「你退下吧。」

「娘娘。」向太后坐到床前繡墩上輕輕給她打扇，緩緩地道：「宮裡朝中有幾件事，需得請娘娘知曉。十五郎年幼，我又不通政務。昨日大起居，眾臣和宗室商議了，定下由六郎監國攝政，裁定軍國大事，仍兼開封府尹，加檢校太傅。以後我便隨大起居五日一垂簾，也好多些時候教導十五郎，陪伴娘娘。」

太皇太后忍著氣血翻滾，低喝道：「胡來，有兩宮垂簾，何用親王監國？大趙立朝以來從未有過親王監國，這豈非司馬昭之心路人皆知？」她難壓怒火：「陳氏呢？內廷宮妃私會外男，那完顏似都投案了，豈可如此不了了之？她有何面目去見大郎？」

趙栩手中的紈扇依舊風輕雲淡一下一下扇著，目光卻落在了太皇太后臉上。

向太后喟歎道：「娘娘，阿陳昨日已自請出家，往瑤華宮修道。禮部擬了玉淨清悟法師的法號。娘娘請別再耿耿於懷了——」

太皇太后慢慢轉向趙栩：「你還想要即位？陳氏這是捨棄自身給你鋪路？你母子二人好心機——」連生母品行不端這個缺點都沒有了的趙栩，一旦腿傷痊癒，還有什麼理由擋得住？她竭力撐著床沿，就要下地：「來人，傳閣門舍人，召二府相公們入宮去福寧殿——」

趙栩注視著被向太后攙住的太皇太后：「娘娘，西夏兵臨京兆府城下，相公們正在都堂集議京兆府戰事。天波府穆太君昨日已掛帥出征。女真已攻下了契丹上京，不幾日怕就要一統北國。娘娘還欲糾纏於一己之恩怨至何時？」

太皇太后一怔，停了下來，看向一旁的孫尚宮。孫尚宮屈膝道：「殿下所言，皇榜均已張貼，確有此事。」

向太后看著太皇太后呼哧呼哧喘著氣，揮手屏退眾人，泣道：「娘娘，那阮玉郎作惡多端，害死先帝，至今尚未歸案，四郎、五郎那般樣子，皇叔翁又年事已高，若沒有六郎接手撐著，大趙宗室仰仗何人？我和十五郎又能依靠誰去？」

提及先帝，太皇太后捂住心口，靠回了身後的引枕上，竭力平復著自己。

「五郎呢？」賀敏應能保得住他才是。

向太后輕聲道：「還在大理寺。」

趙栩長歎了一聲：「娘娘放心，賀敏的妻子和五哥的生母都是娘娘的遠親，賀敏無論如何都會感念娘娘當年幫他離開儋州的恩德，給五哥一條生路的。」

太皇太后喉間發出格格的聲音，頭又暈眩起來，手緊緊攥住了身上的絲被，眼前的趙栩似乎變成兩三重人影。

「你，說什麼？」太皇太后難以相信趙栩竟然知道了這個，更不敢相信賀敏竟然會投向趙栩。

趙栩語帶憐憫：「賀季正雖有報恩之心，意欲法外容情，在國之大義上卻也立身甚正，他特來同微臣坦誠相待。特來稟報娘娘，好讓娘娘安心。」

向太后點頭道：「如此甚好，娘娘便安心休養。」

「若不是國家蒙難，這許多臣子恐怕還放不下黨派之爭。」趙栩感歎道：「那諫官曹軻，同知太常禮院張師彥，禮部尚書徐鐸之，吏部尚書李瑞明，吏部司封郎中費行，刑部郎中何輔，侍御史范重……朝中逾三十位各部各寺監官員皆上了箚子❶，一表忠君愛國之思，共度難關之意。可見知恩圖報者，皆忠義之輩也。娘娘可要一觀？」

太皇太后看著趙栩從袖中取出三份上殿箚子，只覺得渾身火裡來冰裡去的，幾乎要打起擺子來，卻強撐著接過那箚子，展了開來。

「聖體既安，燕王監國。太皇太后、皇太后皆當深自抑損，不可盡依明肅皇太后故事，以成謙順之美。」落款是諫官曹軻。曹軻當年因諫阻楊相公變法被貶去川南，司馬相公起復後，是她力主調回京城的，此時竟上疏勸自己謙順？

「自太皇太后降手書，今二十日矣，惟御寶尚未致上前。今有燕王攝政監國，符寶之重，與神器相須，久而未還，益招群論，臣竊以為殿下惜此，宜戒職掌之吏，速歸還御用之寶，不可緩也。」落款乃侍御史范重。太皇太后渾身發抖，他父親范文正若不是自己一路護著，怎能從陝西入京拜相，又怎能在兩次趙夏之戰失利後僅被貶任知州，過世後還被謚為國公？范重這廝忘恩負義，竟上疏要她歸還御寶——

太皇太后猛然地將三份箚子擲在趙栩身上，嘩地散落在輪椅前頭的地上：「豈有此理！大

---

❶ 箚子：北宋官員上殿時攜帶寫有奏事內容的文書，奏事完畢後直接呈給君主，又稱上殿箚子，為面奏所用。北宋前期，幾乎所有官員都有上殿奏事權，甚至布衣也有機會，不需通過閤門或內侍傳遞，也不經過二府三省，不受時空限制，這是對君主決斷的一種擁護。

膽——」她死死瞪著趙栩，怒不可遏，眼前金星直冒。

趙栩俯低了身子，宮扇輕抄，將三份箚子抄了上來，慢慢整理妥當。

向太后默然了片刻：「娘娘息怒，眾臣齊心和六郎、皇叔翁一起輔佐十五郎，也是好事，我等後宮原本就不該干政。相公們都已請奏，有朝一日六郎腿傷痊癒，還是要承先帝遺願，還政於六郎的。」

太皇太后嘴唇翕了翕，忽地笑了起來：「你的腿，好不了。孫安春說了，好不了。」

趙栩抬起眼，寒聲道：「娘娘您乃大趙至尊至貴之人，若能全心全意維護大趙宗室，為爹爹守好這深宮內廷，也是國家之幸。奈何娘娘既貪圖好名聲，不願為人詬病，卻又忍不住效仿明肅皇太后❷的專權。」

他看著太皇太后的笑容凝結在臉上，清越之音不斷：「娘娘實有妒心，被賢后之名強壓嫉恨之情，積壓了幾十年，卻只拿微臣和生母出氣，真是可憐。娘娘實有私心，寧可不見親子和高氏族人，卻忍不住將娘家侄兒放在觀察使之位上，以通內外，可謂掩耳盜鈴？這賢良二字，實在和娘娘毫無關係。」

太皇太后牙縫裡好不容易擠出一句：「你膽敢汙蔑尊長，趙栩——」

趙栩搖頭道：「娘娘如今已無可用之人，無可信之人，外朝內廷，亦無敬重娘娘之人，娘娘一生好不容易得來的英名，最終依然毀在阮氏手中，悲哉。」他拍了拍自己的右腿：「微臣失去了爹爹，生母又已出家修行，了無牽掛。上天有好生之德，微臣這腿必定能好，屆時奉天命，承趙室之德，也會多謝娘娘的逼迫。」

趙栩頓了頓，從懷中取出張子厚給他的那份太皇太后立后手書：「微臣還要多謝娘娘特意賜婚孟氏女為微臣之妻。孟家有文臣有武將，乃汴京世家大族，族學名揚天下，士子多推崇，既是清流又有勳貴之封號。娘娘用心良苦，微臣感念不盡。」

太皇太后伸出顫抖的手，耳中嗡嗡響，卻止不住口涎直流，全身一麻，終歪倒在床沿邊，一雙老眼死死看著向太后，似在喊她制止趙栩。

向太后含淚搖響金鈴：「來人，傳醫官。娘娘的病又犯了。」

一陣忙亂後，御醫院的醫官們頹然退了出來，對向太后和趙栩跪了下去：「娘娘性命無礙，只怕再不能言語也不能行動了，臣等死罪。」

隆佑殿通往福寧殿的夾道並不長，兩側宮牆因日頭略斜，一明一暗。趙栩的輪椅在青磚地上發出規律的響聲。向太后的輦車旁，尚書省的尚宮垂目抱著一個盒子，裡頭是官家的御用之寶。

趙栩看著越來越近的福寧殿，輕輕吁出一口氣。

太皇太后的病情很快送到了都堂，二府三省六部的臣子們面朝隆佑殿方向跪拜下去，不少人大哭起來，其中便有諫官曹軻、侍御史范重等人。

❷章獻明肅皇后：名不詳，民間相傳為劉娥，為宋真宗趙恆第三任皇后，宋朝第一個臨朝稱制的女主，常與漢之呂后、唐之武后並稱，後世稱其「有呂武之才，無呂武之惡」。

張子厚隨眾拜了三拜，面無表情地站了起來。多虧了九娘所給的信息，能被殿下所用。他想起殿下臨摹曹軻、范重等人的筆跡，恐怕他們本人也分辨不出來，營造出眾叛親離之像，再加上賜婚手書和殿下之言，太皇太后竟然還未被氣死，果然命硬得很。

不過須臾之後，都堂內又如常響起了議論前線事務和先帝大祥之禮的聲音。

兩日後的傍晚，陳太初一行人已臨近會州的會寧縣，自離了靜塞軍司屬地，他們就進了趙夏邊境。

這裡的烽煙已消退了幾十天，但幾個村落，依舊是數里聞寒水，山家少四鄰。眾人在馬上都默然不語。戰爭席捲之處，白骨露於野，千里無雞鳴。作為征戰沙場的將士，廝殺時他們不顧存亡，策馬一路來卻都不免念之斷腸。

陳太初和種麟見天色漸暗，前方一條河流橫穿過這片山林，便下令就地歇息，待稍作休整後再往會寧縣去，看看能否尋幾家大趙農戶投宿。

穆辛夷乖巧地幫著陳太初換馬具，接過乾糧時她忽地輕聲道：「對不起。」

陳太初淡然遞給她水囊：「兩國交戰，和你並沒有關係。」

穆辛夷掰碎了餅分給陳太初：「太初，你恨我阿姊嗎？」

陳太初順了順馬鬃，看了她一眼：「你阿姊用我爹爹教的槍法箭法冒充我大哥，害我大哥背上叛國投敵的罪名，我不是聖人，沒法子原諒她。」

穆辛夷塞了一口餅在口中，輕聲問：「那麼，你要殺我阿姊嗎？」

陳太初接回水囊，看著穆辛夷滿是憂愁的大眼，輕聲道：「對不起。」他不會騙她，早晚都是敵人，無需矯飾。

穆辛夷泫然欲泣，大眼轉了兩轉，忍回了淚水，咽下口中的餅，顧不得唇邊還留著碎屑，鄭重其事地說：「陳太初，你別殺我阿姊，實在恨的話你就殺我吧。你要是殺了我阿姊，我就沒法子不恨你，可要我恨你，還不如殺了我。這樣你也報了仇，我阿姊也能活下去。你悄悄地殺了我，別給我阿姊知道，她就不會找你報仇。不然你們報仇來報仇去，永遠也結束不了。」

她看著吃驚的陳太初，點了點頭：「我是認真的，反正我原先就是個傻子，什麼也不會，又找到了你，已經很好了，好得不得了。你是不是不捨得殺死我？」她眼睛一亮：「那如果我自己不小心死了，或是被人殺死了，你能不能就不要再去殺我阿姊？」

旋即穆辛夷又蹙起眉：「我阿姊是個好人，她對我最好了。可她生下來就是西夏的公主，又不是她自己想要做公主的。她為了我才去冒充你哥哥去打仗，也不是她自己想要去冒充的。她一直帶我住在蘭州，離興慶府遠遠的。可她也沒得選，現在就成了太初心裡的壞人、仇人。」

穆辛夷仰起臉：「我阿姊不想和你們打仗，不想和大趙打仗，陳太初你相信嗎？我阿姊不喜歡梁太后，黨項人也不喜歡梁太后，不只是你們的百姓苦，我們西夏的百姓也很苦。你記得前天嗚沙的那些農人嗎，他們也吃不飽，糧食都被徵用了，還給了我們這許多餅，也不肯收錢——」

「我相信，我知道。」陳太初轉開眼，走到小河邊。他剛要蹲下淨面，就聽見河流上游傳來急促的馬蹄聲。

不遠處，兩三百騎者飛馳而來，遠遠地也看見了他們，大聲吆喝起來。幾句吆喝後，已有流矢飛來，風中傳來女子的哭喊聲。陳太初不假思索，立刻下令全部上馬迎戰。他所率領者，是精兵中的精兵，以一當十，皆毫無懼色。

兵器出鞘聲中，陳太初伸手就要將馬邊上站著的穆辛夷拉上馬：「小魚——上來！」

穆辛夷卻喊了聲：「我上去只會給你添麻煩。陳太初，你千萬要小心——」說話間她已經奔向旁邊密林中，選了一棵枝繁葉茂的大樹，手腳並用地迅速爬了上去，還轉頭朝離自己近的種麟喊道：「小魚就躲在這裡，種大哥你們打贏了記得回來接我，千萬別丟下我——」

陳太初轉頭看著昏暗天色濃綠樹葉中那小小的身影，咬了咬牙，舉起手中劍厲聲喝道：「大趙境內，犯我百姓者，殺——」

# 第二百三十八章

短兵相接，不是你死就是我亡。

陳太初似回到了萬人爭殺的沙場，馬蹄聲，吆喝聲，女人的哭喊聲，由遠而近，越來越清晰，和他耳中的一種震動漸漸吻合起節奏，慢慢重疊，又弱化成虛無的背景，好像只是懸掛在那裡若有若無。往日那對敵前的暴虐殺戮欲望，卻不曾再浮現。

漸漸變強的，是風拂過樹葉的沙沙聲，潺潺的水流聲，剛歸巢的飛鳥又從林中展翅的聲音，還有小魚注視在他背上的焦灼目光，一層層，一重重，從無形變有形，無比清晰，無比有力。

陳太初從未這麼清晰地感受到，自己和這個世界親密無間起來，合成了一體，他是這山林的一部分，清風的一部分，流水的一部分，既微不足道，又重若泰山。他又似乎已變成了氣流、飛鳥、空中飄落的葉片，俯瞰著陌生又熟悉無比的自己，眉眼冷峻，薄唇緊抿，上身微微前斜，束髮的紅色髮帶被勁風拉得幾乎筆直，他衝在最前面，冷靜地撥開飛向自己的箭矢，目光認準了來者隊伍中一個身穿黑色甲胄、頭戴紅纓氈盔的副將。

時間也變得緩慢起來，一切都好像被無限拉長了。來者手中揮舞著的金瓜錘，像一個孩童舉著糖人玩具。薄長的砍刀在黃昏的山林中閃出的寒光，並不能激發他的血性，微不足道地只是閃過而已。

陳太初看著自己手中的劍，從那綿軟緩慢的金瓜錘中如閃電一樣突破，劍身劃破皮膚，割破血管，和骨頭發出碰撞的聲音，一切緩慢得像靜止了下來，卻又瞬間結束。

幾百人在密林中廝殺起來，兵器相擊聲，馬嘶鳴的聲音，四處逃散的西夏士兵，驚恐的目光，昏暗光鮮下依然奪目的殷紅獻血。他身在其中，又神在其外。忽然，他明白了穆辛夷先前說過的魂遊天外的感覺，他旁觀著自己身上發生過的一切。

他衝殺在敵軍之中，卻又回到了柳絮飛揚的秦州羽子坑。

一雙晶亮大眼眯了起來，彎成了月牙兒，一隻軟糯小手捂住他的嘴：「陳太初，糖口水，哈哈哈。」他一顆心也被那軟糯小手捂住了，溫熱的。

兩雙光著的小腳丫在井邊不停踩著水，他跑開去追滾遠了的西瓜。「陳太初追瓜——我追你——哈哈哈。」清脆的笑聲後是「啊——」的一聲，他轉過頭，她滑倒在地上笑得更厲害了，還在泥地裡滾了一滾。他想去和她一起肆無忌憚地在泥濘中滾一滾笑一笑。

他在編那隻小魚，竹篾劃傷了手指。她卻大哭了起來：「我不要魚了——」他想去摸摸她軟軟的髮。

「來，小魚，你也躲進來。」他在紗帳裡招手，剛剛睡過午覺的她，打了個哈欠，大眼裡帶著水氣，搖搖晃晃地走近他。他想讓他們停下來，卻眼睜睜看著他們格格笑著轉著圈。他將紗帳繞過她，再繞過自己，一切都變得特別好看，霧濛濛的，她的眼睛也像蒙上霧……

「太初，好看。」她伸手撩起紗帳的一端，又繞過自己，再繞過他。

他被娘抱在懷裡，喘著氣，茫然無助地看著臉色青紫的她。爹爹不停在按壓她的胸口，給她度氣。她的阿姊像個瘋子一樣在打大哥，她娘蹲在爹爹身邊哭。他看見另一個她，很著急地在安慰娘懷裡的自己：「不怪你，陳太初，不怪你，是我自己不好。」

她醒了，還是原來那樣，吃糖一把塞，大眼晶晶亮，大聲喊著：「陳太初——」一年後，還是那樣。

他是說了，他要照顧永遠留在三四歲孩童的她一輩子。然後他離開了秦州，看著她在車後面追趕著，大哭著喊著「陳太初——我的陳太初——」

有一天，他突然明白過來，她永遠被留在了三四歲，是因為他的錯，是他的錯。他卻丟下了她。他成夜地睡不著，終於騎上他的小馬「小魚」，他要回秦州。

爹爹把他從小馬上拎下來，扔在娘懷裡：「你說過你要當個將軍的，明日就開始。」

那夜，娘抱著他哭得厲害：「是意外，不怪你，不怪你。爹娘已經把元初留給她們了。不是你的錯——」

他把他的小馬送給了阿予，每日在練武場，摔打滾爬。可他不記得他為什麼要做個將軍，一定是因為想成為爹爹那樣了不起的人。

不知哪一天開始，他終於又能睡著了，因為他忘記了，但他還是陳太初。

直到蘇昕離世。

「不怪你，太初，是意外，不是你的錯，是我的錯。」趙栩這麼告訴他，他說是他的錯。

似曾相識的話，似曾相識的事。他連多一刻也不能再等，胸口有什麼要刺穿他。他千里追逐，不眠不休，可程之才死的時候，他胸口的疼痛沒有絲毫減輕，越來越重。

他曾在山中靜思，生死，愛恨，一瞬間的對錯，究竟因何產生，因何消逝。他寄情於道，有所悟，卻有更多疑惑。因那些微的所悟，他心甘情願背負一切他覺得應該背負的。那些重，於他不再是重。結親，官職，都微不足道，他能做，他想做，他就去做。

然後他遠涉千里，去了興慶府，找到了經年不見的她。

「因為你是我的陳太初。」

這一刻，時間空間失去了限制，速度和溫度失去了對比。他能留住、凝住，捉緊他想要的每一刻，停下時光，靜止衰老，跨越生死。

生與死，絢爛如電。愛與恨，虛幻如霧。對與錯，形影如露。

那個少女，淌著時光河流而來，將他刻意遺忘的陳太初雙手奉上。而他背負著一切不能承受的重和輕，逆流而上，也是為了找回他自己。他們的重逢，自從分離那一日，或是從最初的相逢那日，就已經開始。

天地安從生？河流中似乎傳來蘇昕那脆生生的「陳太初」，也有穆辛夷那熟稔親切的「陳太初」。未嘗生，亦未嘗死。不生者疑獨，不化者往復。往復，其際不可終；疑獨，其道不可窮。

幾十天裡他苦苦思索卻一直觸不到的根本，已近在眼前，只差一線。

在陳太初的清嘯聲中，馬在嘶鳴，生命在不斷無情流逝，對戰已臨近尾聲。有十幾個西夏士兵順著河流下逃，一邊不斷回望，有人停在一棵大樹下，朝上面高聲呼喊著什麼，還伸出了手。

小魚──

陳太初撥轉馬頭，策馬狂奔。他不需要小魚用生死擺渡他，他不需要她自己不小心死去，更不允許獨自留下的她在他眼前被人殺死。

樹下的士兵們一哄而散，四處逃離。

「陳太初──」穆辛夷笑嘻嘻抱著粗粗的樹幹，眸子璀璨又藏著寂寥，小臉熠熠閃光：「你回來了？」

像他們從未分離過，又像他只是出了一趟門。

陳太初仰起頭，伸出手：「是我回來了，下來。」

穆辛夷從樹上滑溜下來，握住陳太初的手，小心地踩到馬鞍上，安坐下來，環住他的腰，大聲道：「他們是右廂朝順軍司的，擅自離了秦州要回興慶府去。」

陳太初收住韁繩，轉過頭。穆辛夷歪著腦袋正等著他，大眼彎成了月牙，洋洋得意地說道：「我問出來了，你哥哥被關押在文廟對面練箭場高臺下頭。」

陳太初唇角慢慢彎了起來，忽地放下韁繩，轉身伸手將穆辛夷頭上歪倒的男子髮髻扶了扶：「謝謝小魚了。」

穆辛夷的月牙慢慢變成了滿月，看著陳太初又挺得筆直的背，她手臂很用力很用力地摟住他的腰，把臉靠在他背上，大聲道：「求求你別殺我阿姊好不好？」

「好。」

再簡單不過的一個字，從陳太初口中輕輕吐出，並無猶豫。腰間的細胳膊抱得更緊了些。

眾人再聚集，有十幾人受了點皮肉傷，那被擄掠的五六個婦人拚命道謝，求他們送她們回村。

陳太初注視著四處的屍體，想到行囊裡還有嗚沙的西夏農人送的乾餅，這些死去的兵卒，或許他們的父母兄弟恰巧是那送過餅和水給自己的農人。

生生死死，非物非我，皆命也。窈然無際，天道自會，漠然無分，天道自運。陳太初揚聲道：「將屍體堆到河邊，一起燒了。」

軍士們倒吸了口涼氣。種麟揣測陳太初對這些攻占秦州的敵軍痛恨之極，才要將敵軍挫骨揚灰，便也不多言，指揮眾人將屍體搬到河邊，來回均避開了穆辛夷的視線。

穆辛夷卻輕聲道：「謝謝你。」西夏和吐蕃火葬和土葬素來並行，她不覺得有什麼不好，起碼不會被蟲咬鼠齧。

陳太初率眾離開山林，按那幾個婦人指的路，繞開會寧縣城，往東南而去。行了五十餘里路，夜色不見山，孤明星漢間。那幾個婦人翹首遠眺，指著山腳下幾團墨墨黑道：「到了到了。」她們劫後餘生，不知道村子裡還有無人在，都抽泣起來。

不多時，黑漆漆的村子依舊未亮燈火，土路上還有被砍壞的農具，無人收拾，偶有風起，地上一團團的雞毛飛了起來，嚇了穆辛夷一跳。那幾個得救的婦人下了馬便哭喊起來。

不遠處星星點點亮起了火把，漸漸有了人聲。一個草屋裡奔出兩個孩童，撲進一個婦人的懷裡。持著火把的人越來越多，哭聲漸響，幾個老農慢慢放下緊握的鋤頭，滿懷敵意地看向陳太初一眾。

一滴、兩滴水珠落在穆辛夷額頭上，她抬起頭：「下雨了。」

一個五十多歲的老農走了過來，看了看，對種麟躬了躬身，會寧話裡夾雜著一兩句官話：「恩人們救了個家媳婦們，夜來個天下雨，下來喝口水，到伴個搞家哪達歇個一夜。明日天光了再趕路吧。」

雨珠由稀到密，轉瞬間旁邊茅草屋的屋頂上一片沙沙聲。種麟和陳太初低聲商議了兩句，百多人便在這個小村子裡歇了下來。

那老農將陳太初種麟等十多人帶到自己家中。正屋倒是難得的磚瓦房，一旁的牛羊棚裡空空如也。老農說起自己的兩個兒子，小的在秦鳳軍中，已兩個月沒有信回來，不知生死。一個多月前西夏梁氏大軍過境，村裡存糧牲畜全被掠走，壯年的男子都被抓了去當了背夫，更不知生死。沒想到今日又遇到秦州退下來的西夏兵，擄掠一氣後又把來不及躲起來的幾個婦人也搶走了。他的幾個孫子孫女年紀尚幼，扒拉著那兩個婦人的腿不肯鬆開。

那兩個婦人收拾出兩間偏房，請種麟和陳太初等人去住，馬兒們都安置在牛棚下，吃起了草。

陳太初將穆辛夷送到房裡，收起地上鋪著的粗布送去了種麟房裡，跟那兩個婦人說了幾句話，隨她們去了後頭，提了一個舊的大木桶回房，裡面裝了小半桶冷水，還帶了小半截紅蠟燭和一身乾淨的婦人衣裳。

「今晚你睡這裡。大嫂在燒熱水了。」陳太初點亮了紅燭，從懷裡掏出宮中的祛疤藥膏遞給她：「騎馬傷肌，你哪裡疼，洗完澡後擦些這個。那是大嫂的乾淨衣裳，穿這個睡舒服些。」前幾日都宿在野外，也顧不上。

穆辛夷接過盒子，打開來聞了聞：「真好看，真好聞。這個是給我了嗎？」

陳太初看著她跟小狗似的皺著鼻子一聞再聞，不禁笑道：「也只有你用得上，你留著吧。別聞了，鼻子皺了。」

穆辛夷忽地抬起頭：「陳太初，你記起來了對嗎？你記得我了嗎？」

一瞬寂靜後，陳太初看著她被雨水打濕的髮絲亂亂地黏在額頭和鬢邊，點了點頭：「你是小魚，很小的一條魚，每天都吃得很多的一條小魚。」

穆辛夷看著他的臉，握緊了手中的盒子：「我就知道你會想起來的，就知道——」

吱呀一聲，婦人半彎著腰提著熱水推開了半掩的門。

陳太初上前道了謝，接過熱水，注入大木桶中，柔聲對穆辛夷道：「我記得有條小魚不會游水。」

穆辛夷背過身，打了個哈哈：「我的陳太初會游水就夠了，你快出去，快出去啦。你變囉嗦了，還敢笑話我，真是——」

門又被掩了起來。

泡在舊舊的大木桶中，穆辛夷把頭埋在膝蓋中，一隻手搭在桶外，還緊緊捏著那盒膏藥，水氣迷漫中，她瘦削的蝴蝶骨微微顫動著，還未散開的男子髮髻半垂在頸後頭，濕漉漉的。

夜深人靜，陳太初和種麟等人商議定潛入秦州城救人的路線和安排後，透過窗子，見雨夜的院子裡沒有一絲光亮，他躺到種麟身邊，閉上了眼。

一夜好眠。

兩日後，先帝大祥，官家釋服，不御前後殿。開封府停決大辟，禁屠七日。待制、觀察使以上及宗室管軍官日一奠。

女真部族首領完顏烏魯稱帝，國號大金，立都黃龍府，建元「天輔」。國書於先帝大祥後抵達大趙，願與大趙結為兄弟之國，若趙金兩國合力攻下契丹中京道、西京道、南京道及上京道西北路各部，願以燕雲十六州為酬。另許諾在掃平上京道西北路後，大金願配合趙軍，掃平西夏二十州，與大趙平分。

大金天輔帝另有修書一封，呈於大趙太皇太后、皇太后及皇帝。言及完顏似生母乃天輔帝長姊，已被追封為輔國聖英長公主，他被人蠱惑，一意孤行，釀成大趙秦州之禍，願以燕雲十六州外的契丹八州換回完顏似。

向太后將手書交給趙栩，看了看一旁的二府相公們及各部重臣：「六郎，你說該如何是好？」

# 第二百三十九章

堂上靜了片刻，未等趙栩開口，就響起了眾臣的爭論之聲。

向太后看看趙栩，趙栩正垂眸流覽天輔帝的手書，並無開口之意。她伸手端起手邊的茶盞，抿了一口，只覺得越發琢磨不透六郎了。自從陳素出家後，趙栩監國了這些天，散朝後和自己同在這東門小殿陪官家聽政。大臣們奏事有疑未決者，他總是說「公輩更議之」，並不表露他自己的意思。二府所稟報的過百機務，他也無一字否決，都依照先例慣例而行。才幾天的功夫，群臣就已不再顧忌他監國攝政之尊，一如往常起來。

眾臣分成幾派，各自據理力爭了小半個時辰。上首坐著閉目入定打著輕微鼾聲的定王，一語不發的還有手捧玉笏微微躬身而立的張子厚，以及御史中丞鄧宛一些臺諫官員。

開封府少尹何述道也抿唇不語，偶爾悄悄瞄一眼坐在列位左上首的趙栩。他無從龍之心，卻有從賢之心。開封府政事紛繁，這位殿下殺伐決斷睿智無雙，素來留心訴訟，裁決輕重沒有不妥當的，這兩年京師的監獄空閒得厲害。他對燕王服氣得很。

趙昪忽地上前一步拱手朗聲道：「燕王殿下熟悉軍務，也曾率軍出征。今殿下攝政監理裁決軍國大事，臣等不敢擅專。請問依殿下所見，是否該毀契丹兄弟之約，結盟金國？是否該為了八州而放虎歸山？」他沒想到謝相竟然也力主結盟金國，在如此巨大的國家利益之前，有幾人能把持得住？他自己也想收復燕雲，奈何一旦抵禦西夏的同時再攻打契丹，這幾年好不容易積累下來的國庫財力會消耗殆盡，更何況兵力也不足。

趙栩抬起頭，緩緩看向眾人。眾臣都靜了下來，謝相舉起玉笏：「還請殿下決斷。」

「賀敏。」趙栩淡淡開了口，卻看向站在張子厚下首略退後了半步的另一位大理寺少卿。

賀敏躬身出列，行了一禮：「臣在。」

「吳王趙棣案如何結案的？刑部和審刑院又是如何說的？」趙栩語氣平緩。

「稟殿下，經大理寺審理，刑部、禮部聽審，協同宗正寺查檢吳王府，拘吳王府長史、司馬、諮議參軍、記室等十餘人問案，已查明吳王被阮玉郎所冒充的王府教授所惑，企圖力證宮闈秘事，解太皇太后之憂。」

賀敏的聲音板正，毫無感情：「吳王與阮玉郎之間無財錢往來亦無美色交易，孫安春所言的承諾無憑無據，不足以採信。吳王並無謀逆之意，更無覬覦大寶之心，現痛心疾首悔恨交加。經兩部兩寺商議，審刑院核查無誤，臣等昨日結案上疏，按祖宗法擬褫奪吳王親王稱號，收回食邑，留防禦使一職。若今上另有敕書，可由編敕所呈送中書省制論，門下省封駁，再予以執行。」

趙栩注視著賀敏，點了點頭：「因此遭人蒙蔽行了惡事導致惡果，諸位認定無需入刑？」

堂中不少人心裡打起了鼓，揣測燕王到底還是要收拾吳王了。

賀敏垂首道：「入宮行刺，陷害清悟法師，皆由阮玉郎主謀，孫安春同謀。吳王所受懲處合乎法理。祖宗法歷來寧縱不枉，庶民且疑罪從無[1]，皇子亦然。如有不妥，還請殿下調取卷宗，以律法指點臣等。」他早有準備趙栩會挑刺，早已備全了相關律法條例在心中。

「無需，賀卿在大理寺多年，熟悉律法，當不會判錯。諸位所見呢？」趙栩轉向謝相，溫和地問道。

謝相皺了皺眉：「兩部兩寺既已裁定，臣以為這般結案甚妥。」他也不希望燕王對吳王趕盡殺絕，先帝子嗣不盛，魯王已歿，再兄弟鬩牆，實在無益。

趙栩長吁了一口氣，歎道：「猶記爹爹在柔儀殿曾說起，若五哥有不妥之處，當去鞏義為列祖列宗守陵。多虧賀卿遵循法理，未令五哥入刑，倒不耽誤此事。皇太叔翁可還記得？」

定王猛地驚醒：「嗯？啊——是有此事，那個蘇和重呢？蘇和重也在，應該記得才是。」

眾臣皆一怔，心想難怪燕王不盯著入刑一事，原來在這裡等著呢。不少人看向趙栩。

趙栩將手書當成宮扇緩緩輕扇了兩下：「那便請蘇大資進來吧。」

閤門舍人早有準備，隨即引了蘇瞻進來。

蘇瞻身穿資政殿大學士公服，清雅如故，俊逸沉靜，雙手持玉笏穩步入殿，寬袖紋絲不動，觀之令人心醉。張子厚抬眸看了他一眼，垂目看向自己攏在胸前的寬袖。

給向太后、趙栩和定王見過禮，蘇瞻聽趙栩提起先帝言及吳王守陵一事，那夜驚心動魄千轉百回似又在眼前，不由得紅了眼眶：「殿下，娘娘，諸位臣工，先帝一言一行，臣蘇瞻日夜感懷，不敢忘卻。先帝駕崩那夜說了，要吳王安心輔佐燕王，如有不妥，就去鞏義守一輩子陵。吳王此次為阮玉郎所用，險置燕王於死地，更令太皇太后久病不癒，當遵先帝遺命，往鞏義守陵。」

他轉頭看向低垂的珠簾後：「若是定王殿下和太后娘娘要請出家法，懲處這等忤逆父命，意圖殘害手足的趙家不肖子孫，臣等亦不敢擅自過問。」

賀敏略一思忖，眼下已然沒了自己的用武之地，他退後一步，回了列班之中。

定王摸了摸一把白鬍子：「唉，真要請祖宗家法，他得大半年躺在床上了。我看五郎今日就從大理寺回府收拾收拾，由大宗正司送去鞏義吧，讓他好生反省反省。」

謝相點頭道：「殿下和娘娘做主便是。臣等均無異議。」這該審的審了，該判的判了，守陵卻不算國事算家事，於情於理於宗法，他們做臣子的，不宜再過問。

宗正寺卿和兩位少卿隨即出列附和，此事便算塵埃落定。

「張子厚。」趙栩的聲音依舊溫和，不急不躁。

「臣在。」張子厚一步跨出，躬身行禮。

「資政殿大學士蘇瞻當初認定高似乃大趙軍中英傑，憐其遭遇，收容於府中，不料高似即完顏似。三年前高似潛逃回女真，據本王所知，蘇瞻派人四處查探無果。如今高似勾結西夏潛伏秦州，

❶疑罪從無：宋代人的司法理念是：與其殺不辜，寧失不輕。換成現在的說法，就是疑罪從無，也就是在刑事訴訟中，檢察官對犯罪嫌疑人的犯罪事實不清，證據不確實、充分，不應當追究刑事責任的，應當作出不起訴決定。體現在司法問責上，就是宋代對失出人罪（因過失而輕判或脫罪）的處罰很輕，對失入人罪（因過失而輕罪重判或無罪者入獄）和故入人罪（故意重判或捏造罪名）的處罰則很重。

破我城池，戮我軍民，此罪行可與蘇瞻有關？可有憑據？」趙栩娓娓道來，平靜從容。

一石激起千層浪。眾臣誰還聽不出言外之意，紛紛側目，想著這位殿下不說話則已，一開口就輕輕鬆鬆打發了吳王，眼下又要拿一力擁護他的張子厚開刀，來起復蘇瞻，不由得都心中凜然，神情更是恭謹。

張子厚垂目不語。

趙栩歎道：「今日聽賀敏所言，受人蒙蔽者，無行惡行兇證據，疑罪從無，實乃我趙刑統立法之本。本王深覺有理，方才見到蘇大學士，才覺得昔日恐怕冤屈了朝廷重臣。張卿你與蘇大學士素有私怨，當日也是第一個彈劾蘇瞻之人——張卿，你可否從律法上秉公而論，蘇瞻之相位罷免得可合情合理合法？」

張子厚一撩公服下襬，跪地拜了一拜，朗聲道：「高似依附於蘇瞻，非僕從非部曲，無投靠文書。蘇瞻受高似蒙蔽多年，因高似之罪而罷相，且毫無怨言，一力替樞密院擔當起秦州破城之責，臣甚是佩服。當日秦州城破，田洗案未水落石出，臣之彈劾，並無私心，還請娘娘、殿下明鑒。臣今日仍無私心，臣張子厚奏請朝廷，應以法為本，復蘇瞻相位。」

謝相和朱相對視一眼，雙雙出列，還未開口，有一人高聲道：「老臣有奏——」眾人定睛一看，卻是國子監呂老監長。

「娘娘，殿下。」呂祭酒從袖中掏出厚厚一沓紙，舉過頭頂：「國子監監生、太學學生、太學博士等四千六百五十八人聯名上書，國家有難，當用賢臣，請朝廷起復蘇瞻蘇大學士——」

一片譁然中，趙栩接過那聯名上書，洋洋灑灑近萬言，心想孟存被張子厚捏住了把柄，行起事來倒又快又好，他翻了翻，命人呈給簾後的向太后。

待眾臣議論聲略輕，趙栩拍了拍輪椅的扶手：「嘗聞國君進賢之道：左右皆曰賢，未可也；諸大夫皆曰賢，未可也；國人皆曰賢，然後察之；見賢用之。蘇瞻兩次拜相，其賢能諸位有目共睹。本王欲恢復昔日文太師、呂司空所任的平章軍國重事一職，由蘇瞻出任，仍序宰臣上，五日或兩日一朝，赴都堂治事。諸位可有異議？」

趙昪立刻出列，高聲喊道：「殿下以民心為重，以朝廷為重。殿下英明！」開封府少尹隨即出列附和。

謝相略一思忖，陳青已卸下官職，再無羈絆蘇瞻起復的理由，當下火燒眉毛的情勢，也的確需要蘇瞻這樣的中流砥柱來共渡難關。他出列贊成後，堂內眾臣，也陸續出列。

世路羊腸，人情狙賦，翻雲覆雨。中書省門下省和禮部、都進奏院、閤門、翰林學士院，相關人等紛紛忙碌起來，短短一個月不到，因燕王攝政，蘇瞻再次回到了大趙宰臣之位，還更進了一步。

趙栩暫退回會寧閣療傷。向太后前往資善堂查看官家進學。眾臣稍作歇息，紛紛上前向蘇瞻道賀，等候趙栩和向太后歸來。不少人的心態，又和初時大不相同。

陳太初、種麟帶著穆辛夷等五六人，持李穆桃麾下的侍衛腰牌，順利進了秦州城。

重返故里，陳太初見到的，是敢怒不敢言的百姓，是滿目瘡痍的街道，是重甲巡邏的西夏軍士。路過羽子坑時，楊柳綠蔭濃濃，只是再無商販叫賣，也無孩童笑聲，甚至雞犬之聲也不聞。陳太初眼中酸澀難當，強忍著衝進去尋找外翁、外婆之念，壓低了斗笠，牽著馬匆匆而過，往紀城州衙後的一家吳記正店投宿。

正店裡的掌櫃給陳太初行了禮，細細看了看男裝打扮的穆辛夷，難掩激動之情：「屬下見過辛公主。」

穆辛夷打量了他片刻，笑了起來：「原來是吳叔叔。我阿姊呢？」

「長公主殿下隨太后出征京兆府去了，交待過屬下，如果辛公主歸來，還請委屈幾日暫住在此，待長公主歸來。」吳掌櫃躬身應道。

「陳太初救了我，誰陪他去救他哥哥？阿姊是怎麼說的？」穆辛夷趕緊問道。

「屬下這就去通知衛慕司主。還請郎君稍安勿躁，快的話今夜司主會前來和您見面，再做安排。」

陳太初和種麟交換了個眼色，他們都猜到秦州城裡有李穆桃的人，卻沒有想到竟然是守城之將，看來西夏內鬥也已箭在弦上。想到李穆桃的生母複姓衛慕，陳太初又有些疑惑。梁太后顧忌李穆桃和陳家的舊誼，才會以穆辛夷為要脅，為何會放心將陳元初交給李穆桃的表親看守？

吳掌櫃低聲道：「衛慕司主勇冠三軍，長公主又常在蘭州居住。梁太后頗忌憚衛慕家族，要接長公主入宮。前年衛慕司主假裝兩次求娶長公主不得，表兄妹反目成仇，還比武傷在了長公主槍下。長公主因此帶著辛公主回了興慶府，不再與衛慕一家來往。梁太后這次才放心衛慕司主鎮守秦州，但城裡依然有大半兵馬是其他軍司的。」

穆辛夷眨眨眼：「怪不得說起元熹大哥，阿姊總說沒事。」

「小魚，我和種麟出去轉轉。」陳太初看向穆辛夷，也不瞞她：「我要去外翁家附近看看，再去文廟探上一探。你——」

「我也去，萬一遇到盤查，我會說西夏話，能幫上忙。」穆辛夷趕緊戴上斗笠，忽閃著大眼，滿是懇求。

「好。」陳太初卻也不想穆辛夷留下，他信穆辛夷，卻不信李穆桃，在救出大哥以前，他不能把穆辛夷就這麼交給李穆桃的人。

出門時，穆辛夷戳了戳陳太初的背：「陳太初——」

陳太初停下腳轉過身。

「救到元初大哥以前，我會一直跟著你，無論在哪裡，哪怕是阿姊來，我也要跟著你，你也別丟下我。」穆辛夷一雙大眼彎了起來：「你不許再丟下我。」

陳太初深深看著她：「好。」又伸手替她扶正了斗笠：「走吧。」

種麟摸了摸一臉的大鬍子，歎了口氣。少年郎小娘子的黏糊勁頭，嚇人，虧得這幾天沒有油水，不然非吐出來不可。

# 第二百四十章

查驗過腰牌，三人自紀城進入大城，遠遠就看見鐘樓的飛簷。南北朝向的細長巷道和東西向的主幹道交叉成工整的井字形。街道兩邊是排列整齊的土坯房。羽子坑的垂柳林和汴京隋堤的煙柳又不同，青枝拂地漠漠，千尺柔絲盈盈。三條街巷上民宅門戶緊閉，灰色的土牆上兵刃劃過的痕跡猶在，牆頭街邊殘餘著煙熏火燎的痕跡，烏青瓦一片片沉默地延伸出去。

陳太初加快了步伐。十餘年未歸，若沒有那日密林之中一剎那觸及天道的神遊，他已經模糊了外翁、外婆家的印象。

巷子裡還有巡城的軍士，見他們三人是靜塞軍司軍士打扮，腰間懸掛著腰牌，朝他們看了兩眼，便走了過去。

陳太初停在一間民宅門口，不同於其他家關閉的大門，這家的一扇黑漆大門斜斜躺在地上，另一扇歪歪地掛著，隨時都會掉落的樣子，門上刀砍槍刺的痕跡還很新。陳太初仰起頭，見門上那塊年歲已久的牌匾上頭，魏氏醫館四個褚體楷書工工整整。

「二郎？」種麟警惕地了看了看四周，壓低了嗓子：「這是你外翁家？」想一想也不奇怪，陳元初被俘，西夏兵又怎麼會放過他的家眷。

陳太初大步跨進去，扶起地上的那扇門，靠在了門框上頭，看著門外的穆辛夷，低聲道：「進來罷。」

三人將兩扇門略整了整，掩了起來，眼前是細長的門道和小天井。陳太初走了幾步，穿過二門，停在了正院前頭。

東面一塊平地，鋪著石板，早晚爹爹和大哥練武，晴好日子裡外翁帶著夥計們曬藥。東牆邊的幾十個笸籮碎散了一地。一片片石板都被掀了起來，不知要搜尋什麼。牆邊八棵筆直的銀杏，是外翁歷年來親手種的，代表著他們一大家子，都被砍成了幾段。正廳前的兩棵老槐樹樹幹上也都刀傷累累。從這裡看得到裡面的傢俱已經都毀了，一扇扇雕花窗欞也七倒八歪。

陳太初吸了口氣，幾乎是用跑的，往正廳奔去。種麟看了看身邊的穆辛夷，趕緊跟了上去。穆辛夷卻慢慢走到牆角，走到斷了的一棵銀杏樹幹前蹲了下來，離地大約兩三尺的地方，有細細的幾條劃痕。左邊的是每年立春和立秋時陳太初的高度，右邊的是她的。右邊的總比左邊的高上一點點。穆辛夷伸手輕輕撫摸著那幾條劃痕，幾滴水珠落在了她腳尖前的泥土裡，暈開了深色的幾個小圓圈。

陳太初穿過用作醫館的正廳，入了虎座門，南北廂房和過廳裡也都是一片狼藉，不見人影。進了後院，三面廊道依舊，主樓的兩層樓赫然在前。他記得樓上以前是娘親的閨房，爹娘成親後搬到了東屋住，這樓上便閒置了下來。陳太初匆匆找尋了一番，依然不見人也不見屍體，連血跡都無。

看著陳太初站在一地醫書前面皺起了眉。種麟撓撓頭：「會不會老人家都被抓走了？」

陳太初頹然歎了口氣，輕輕摸了摸手邊的書架：「走吧，去文廟看看。」

兩人復又往外走，見穆辛夷蹲在過廳前的小院子中的一口井邊，正朝裡看。陳太初心跳立即快了許多，三步並兩步地到了井邊，探頭一看，水桶還吊在井裡。

陳太初輕巧地提起水桶，木桶裡卻湃著一個瓜，還有一把菜刀，看來是外婆特意給大哥留的。他眼中一熱，轉身從牆邊找了根晾衣杆，往井裡輕輕探了探，確認了井裡沒人後，略鬆了口氣。他站在井邊，也蹲了下去，垂頭看著井裡的倒影。井水微微起伏著，他扭曲的面容也隨著水波微微起伏著。這一刻，天道離他遙不可及，他欲求，卻不得。

他知道，大哥吃瓜總是懶得拿刀切，直接一拳，汁水四濺。外婆以前信裡還常常抱怨，說大哥這十幾歲的男兒郎，吃個瓜就要換一身衣裳。

就在這個井邊，他和穆辛夷常常赤腳踩水玩，娘路過看見了從來不責罵他們，還替他們捲高褲管，再檢查厚厚的石板井蓋有沒有蓋好，叮囑他們不許推開井蓋。他就在這裡去追西瓜的，就在這裡，小魚滾了好幾滾。

種麟從桶裡拿起一個瓜，歎了口氣，這都過去多少天了，連他都不忍心多想。他手指輕輕敲了敲沁涼的瓜，才碰到瓜身，噗的一聲，那瓜四分五裂開來，裡頭紅瓤已經沙透了，黑籽透亮。

「種大哥，這瓜還能吃嗎？」穆辛夷輕聲問種麟。

種麟已將一塊放入嘴裡：「直娘賊的甜死個人——能吃，咋就不能吃咧？你吃不吃？」

穆辛夷伸手也拿了一塊，咬了一大口，含糊不清地說：「我替元初大哥多吃點。」

陳太初怔怔地轉過頭，看著這兩個人蹲在井邊，你一口我一口地吃起西瓜來，不知說什麼好。

穆辛夷抬起頭：「替我們打桶水上來好不好？」她伸出滿是瓜汁的手，呶了呶嘴。

陳太初將木桶抖了抖，唰地丟下了井，水花四濺，他的影子也不見了。木桶扭了扭，沉了下去，只露出了井繩。他雙手交替三四下拎起了一桶水，放在了穆辛夷跟前。

穆辛夷伸手洗了洗，將水就這麼倒了，把空桶遞給陳太初：「再來一桶。」

種麟輕輕咳嗽了一聲，給穆辛夷遞了眼神，卻是白給的。

陳太初接過空桶，又打了一桶水上來。

穆辛夷洗了洗臉，將水倒了，又看向陳太初。

陳太初垂目看了她片刻，接過水桶。兩人就這麼連續打了十幾桶水，潑了十幾桶水。每打上一桶水，看著木桶沉沒又出水，陳太初的心裡似乎沉沒下去又破水而出，每看著穆辛夷乾淨俐落地倒光桶中的水，他心裡也有什麼被穆辛夷潑了出去。

穆辛夷看看地上濕透了，抬起袖子擦了擦嘴，走到過廳那裡把鞋襪脫了。種麟眨了眨一雙虎眼，沒好意思再看那白得耀眼的小腳，站起來又往後院走：「我去方便方便。」這西夏女子摸不透猜不著，他還是躲遠點，免得再噁心到自己。

身後傳來踩水的聲音。

陳太初看著穆辛夷高高捲起的褲腿，她一雙腳上已經都是泥濘。

「陳太初，來踩水。」穆辛夷抬了抬下巴：「別怕，等會兒洗洗就好了。外婆不會罵我們的。過兩天外婆回來你好好地幫著收拾家裡，還有院子裡的樹記得重新種。還要銀杏樹，還要八棵樹。你後來有兩個弟弟吧？他們叫什麼名字？三初四初？你為什麼叫太初不是二初？陳二初有點難聽是不是？」

她脆生生的聲音，和踩水聲交雜在一起，似乎隨隨便便的在閒聊家常。

陳太初輕輕跺了跺腳，井邊這一圈石板地上的水漬，踩上去的聲音和她踩在泥地裡又不同。

種麟回到井邊，見陳太初正神色平靜地提起一桶水澆在穆辛夷腳上。他瞪圓了眼，陳二郎你有沒有一點出息，讓你打水就打水，還給她洗腳？

穆辛夷大咧咧地將腳在自己腿上蹭了蹭，穿回鞋襪：「走，去文廟——」

# 第二百四十一章

儒林街的街西頭就是文廟。「道貫古今」、「德配天地」的兩座牌坊默然屹立。陳太初、種麟和穆辛夷經過名宦祠，到了文廟前張榜的磚砌雕花大影壁前，看了看上頭張貼的安民告示。看了一看，種麟氣得鬍子都豎了起來，呵呵冷笑了幾聲。天下還有這種事？強盜殺來你家，讓你乖乖給他們搶劫擄掠，說這都是為了你們好，還要美名曰安民，還有臉貼在這德配天地的牌坊下頭？安你娘的屁咧！種麟忍不住朝地上啐了一口。

來往的西夏軍士警惕地看著他們三人，上來問話。

穆辛夷粗著嗓子搭訕了幾句，說自己三人是從靜塞軍司來給衛慕司主送信的。

「這裡關押著趙軍俘虜，你們跑來這裡做什麼？送信該去紀城州衙，司主這時候正在州衙理事呢。」一個伍長皺起眉頭。

穆辛夷摸了摸唇上一撇小鬍子：「信送好了，衙裡的秦州廚娘說這附近有家雞絲餛飩天下第一，好吃得要命，練箭場還有演武可看，就帶兩個哥哥來了。可惜找了半天沒找到。」

那伍長笑了起來：「你倒是個饞嘴的。從這裡再往西走，前頭第二條靠近羽子坑的小巷子朝南走，有家掛著個劉十五的牌子，就是了。他家先頭一直不肯開門，後來被令介將軍砸了門打了一頓，才不敢不開了。」

「多謝大哥，你說的令介？」穆辛夷訝然：「是右廂朝順軍司的？」

伍長嘿嘿笑了起來：「可不是那屁股撅上天的令介家，藐視軍令，辱罵我們司主——」他抬手在脖子上比劃著：「喏，就在對面練箭場那高臺上，被司主一刀，就一刀。頭就這麼拎在司主手裡了。哈。活該。呸，剩下的還敢跑回興慶府告狀，全當逃卒在緝拿呢。」

穆辛夷瞪大眼：「就在對面？哪裡哪裡？我們能不能去看看？右廂朝順軍司的向來看不起我們靜塞軍司，我看了回去好告訴弟兄們，解解氣。」

那伍長揮揮手，叫來一個軍士：「你帶靜塞軍司的弟兄們去開開眼。那血從腔子裡噴出來老高，還在臺子上頭呢。司主不讓洗，說要給那些不長眼的多看看。」

穆辛夷抱拳謝過那伍長，帶著陳太初、種麟跟著軍士到了練箭場裡，已經沒人演武了，有幾百軍士倒在旁邊樹下歇息。空蕩蕩的場上，黃土歇止，高臺上的旌旗低低垂落著，旁邊的大鼓和金鑼很是顯眼。

那軍士伸手指了指：「見著沒有？那一片暗暗的，就在那裡，司主一刀，頭就在他手裡了。」

三人不能上點將臺，圍著高臺轉了一圈。陳太初強忍激動，細細觀察，又側耳細聽。

不多時，穆辛夷抱拳告辭。走出練箭場，那巡邏回來的伍長又喊了一嗓子：「這兩天夜裡查得緊，你們要想快活還是去州衙後頭的軍妓營，別去惹民女，司主不讓。記得啊，秦州人凶得很，進城到現在，死在女人身上的兄弟有好幾十個了。」

陳太初和種麟身形一僵。穆辛夷回頭道謝，趕緊拖著他們往西走了幾十步。轉進那條小巷，種麟立刻甩開穆辛夷的手，憤然一拳打在身邊土牆上，震得土屑稀稀沙沙往下掉。

「對不起。」穆辛夷鬆開陳太初的袖子。老天待她何其不薄，卻又何其殘忍？

陳太初大步往那殘破的劉十五招牌走去。也許城裡的百姓有人知道外翁外婆的下落。

餛飩店門臉不大，是劉家私宅的小天井單獨隔出來的，雖不是飯點，裡頭也坐了兩三個秦州百姓，正低聲說些什麼，見到他們三個紛紛起身走人。

穆辛夷見屋裡沒了旁人，摘下斗笠，走到通往後屋的門簾處輕輕喊了起來：「劉狗子——六狗子在嗎？」

門簾一掀，一個細眉淡眼，臉上還帶著傷的漢子走了出來。他這小名十幾年沒人喊過了，眼下敵軍占城，不知道誰這麼不識相的老鄰居還來串門子。頭一抬，卻見是三個西夏軍士，登時臉一沉。

「狗子，我是阿辛啊。穆家的阿辛。」穆辛夷撕掉唇上的小鬍子，站了起來：「我假扮成西夏人混進來的，來找魏翁翁和魏婆婆，你知不知道他們去哪裡了？」

劉六吃了一驚，上下打量著穆辛夷。「穆家的阿辛是個傻子，你——？」眼睛大得厲害，看起來很像，可眼前這人卻不像一個傻子。

「是我，就是我這個傻子。」穆辛夷忙不迭地點頭：「我只愛吃雞絲不愛吃餛飩。還有你每次都給我阿姊多放一大勺雞絲，因為這個元初大哥還瞪過你，記得嗎？」

劉六皺眉看向陳太初和種麟：「你——你阿姊呢？你們這麼多年去哪裡了？他們又是誰？西夏

狗還是趙人？找魏家翁翁婆婆做什麼？」

陳太初站起身：「陳家二郎太初見過劉大哥，不得已假扮西夏人，為的是救出我大哥元初和外翁外婆。還請劉大哥指點我外翁外婆的下落。」

種麟立刻守在了門口，警惕地聽著屋外的動靜。

劉六怔了片刻，走到陳太初面前，突然一把揪住他的衣襟，狠狠瞪著他低聲嘶吼道：「現在才想起來救人？你們早幹什麼去了？那可是你親大哥、親外翁、親外婆。你大哥沒叛國沒投敵！他被西夏人抓了，知不知道？只有豬才信陳元初會叛國投敵，那是西夏狗造的謠。我們秦州人一句也不信。去打鳳翔的肯定不是他——」

「多謝劉大哥，劉大哥教訓的是。太初來晚了。」陳太初眼眶微紅。

劉六慢慢放開他：「我們羽子坑這一片有三百弟兄去做義勇，當天看著你哥哥被擒的不下五十人，王二人精腿快，帶人跑回來把兩個老人家送去飛將軍巷李家了。」他眼中熱淚滾滾：「破城時，三百弟兄戰死過半，西夏狗鎖城閉門，只許進不許出，挨家挨戶搶財物糧食。」

他抬起頭：「如今五城裡加在一起還有五百多義勇弟兄，暗地裡活動，也趁機殺了不少落單的西夏狗。你去飛將巷李大家吧，你外翁外婆都好好的。」他抹了把淚：「這幾十天裡的秦州五城，家家有人死，但沒有一家辦喪事。我爹和我哥的棺木都放在堂上，等他們親眼看著西夏狗滾出秦州，我再替他們好好舉喪。你來了就好，朝廷是要收復秦州了是不是？」

陳太初的目光落在他腰間繫著的麻繩上頭，胸口起伏了幾下，用力點了點頭：「是。定然要收復秦州。」

劉六拍了拍他的肩膀，走到旁邊一直文火燉著雞湯的大砂鍋邊，探手從炭爐下頭掏出一把菜刀來：「西夏狗連把菜刀也要搜走，看他們多怕我們秦州人，靠著高似那王八蛋就想霸我們秦州，呸——」他把菜刀在衣袖上擦了擦：「我們等著呢。」

三人出了大城城門，穿過紀城，又通過層層查驗問詢，才從皇康門進了西城。往日華嚴街是秦州和吐蕃、羌族、西夏茶馬互市的地方，榷場就在華嚴街之北，如今鋪子門還開著，卻再無遊人如織市井繁榮的景象。那因李太白而出名的「醉月樓」也門可羅雀。

昔日飛將軍李廣的後人聚居的飛將巷門口，牌坊森然，飛將石橫在牌坊下，千餘年來已被人摩挲得十分光滑。站立著幾十個重甲西夏軍士，正在盤查過往百姓，一旁已有十幾個男子被鎖上了鐐銬。

進了飛將巷，家家戶戶門前掛的都是李宅的牌匾，門上貼著兩張一掌寬的白紙條，不少人家的大門損毀得厲害，處處都有焦黑和已經不顯眼的血色。正如劉六所言，家家有人亡，戶戶不舉喪。陳太初目光掃過一張張白紙，破城那日的慘烈無需言述就在眼前。

走了幾十步，遇到兩批軍士，都用西夏語高聲提醒他們小心一些，切莫落單。兩三個佝僂著身子的老漢，見到他們三個，也不退讓，反而站穩了，挺直了背對他們視若無睹。

豈曰無衣？與子同袍。豈曰無衣？與子同澤。豈曰無衣？與子同裳。秦地秦人的血性，即便老了，也一樣脊梁挺得筆直。陳太初微微躬身行了一禮，匆匆而過。

# 第二百四十二章

臨近黃昏，換了一身紫色親王公服的趙栩，坐著輪椅慢慢進了都堂。都堂內已經點亮了各處的琉璃燈、立燈和燭火，亮如白晝。眾臣見了禮，按班序各自入座。

「抬進來。」趙栩揮了揮手。

八位禁軍跟著閤門舍人，抬了一張長桌入內，輕輕掀起上頭蒙著的紅錦。眾人上前一看，個個倒吸了一涼氣，震驚無比。

這一幅大趙輿圖，不是羊皮紙繪製而成，而是真真切切的山巒疊嶂，江河縱橫。以沙為盤，以木和石造城，栩栩如生的邊境重鎮，城牆、戰馬、旌旗和軍士都清清楚楚，一磚一石，甲冑兵器，山山水水，無不和真物一般，明知是造出來的，不少大臣依然忍不住伸手去碰一碰。

蘇瞻激動地轉身朝趙栩拱手道：「殿下天縱奇才，實乃大趙之幸！」

張子厚鼻孔裡輕輕出了一口氣，斜睨了他一眼。你蘇和重現在才知道未免晚了些。這套輿圖從偵查到繪製花了三年多的時間，在文思院兩百多人分開製作了三個多月，再由燕王殿下和陳青、陳太初親自查驗組合安裝，委實可稱天下第一。

趙栩漫聲道：「樞密院的幾位使相還請看一看，燕雲十六州、京東兩路、河北兩路、永興軍路、秦鳳路各軍事重鎮，還有契丹、西夏同我大趙接壤的地方可有謬誤。」

朱相、曾相帶著樞密院的官員們仔細查看後紛紛歎道：「若行軍布陣有此輿圖，豈有不勝之理？」

趙栩接過內侍押班成墨遞上的一根細長竹枝，輕點在輿圖之上：「有此圖在，相信本王和眾臣工不至於紙上談兵了。諸位可見，燕雲十六州橫跨東西一千二百里，南北縱橫四百里，長城和燕山、太行山盡收轂中。從此處直下，須臾可抵黃河，太原府危在旦夕。從瀛洲、莫州而下，真定府岌岌可危。澶州之盟後，大趙和契丹近百年未起兵事。」

趙栩掃了眾臣一眼：「不如先聽一聽和重和諸位相公的高見。女真以燕雲十六州換我大趙出兵攻打契丹，究竟打還是不打？」

蘇瞻躬身行了一禮，朗聲道：「蘇某以為，大趙和女真這盟約不可締結。」他指著幽州道：「昔年高粱河一戰，太宗收復燕州幽州，萬民歡慶，烹牛宰羊，簞食壺漿，以迎王師。可時隔近百年，我大趙子民稱燕雲百姓為什麼？」

趙昪歎息道：「虜。河北兩路百姓稱之為虜。燕雲十六州的百姓對大趙也甚防備。」

蘇瞻揚聲道：「以萬乘之國伐萬乘之國，簞食壺漿，以迎王師，豈有他哉？避水火也。如水益深，如火益熱，亦運而已矣。若燕雲十六州百姓視大趙為異國，視契丹為歸宿，又豈會再有相迎王師之舉？一旦出兵，無民心歸順，拔寨攻城，必事倍功半。此乃民心不順也。」

趙栩目光幽幽注視在輿圖之上，近百年來，大趙歷代君王，誰不想收復燕雲？

蘇瞻又道：「當下西夏已侵至京兆府，若再和契丹開戰──」他指向河北兩路京東兩路：「先說河北兩路不但不能助永興軍路一臂之力，還要面對燕雲鐵騎。契丹雖然五京丟了上京和東京，但還有三京尚在。如今壽昌帝退至中京大定府，契丹仍有大半國土未失，兵力也達三十萬，不可小覷其哀兵之力。若同時對戰西夏和契丹，朝廷無論人力還是財力只會捉襟見肘，無法調度。」

謝相拱手道：「蘇相此言雖有理，但我們也可虛張聲勢，佯裝攻打燕雲這一片，等女真啃完硬骨頭，坐收漁翁之利。何況燕雲十六州想來財厚物豐，何愁沒有財糧供給？」

蘇瞻笑道：「若謝相乃是女真人，鐵騎橫掃契丹後，你是趁勢南進中原，還是勒馬拱手相讓燕雲這一片？唇亡齒寒，如今女真和大趙相隔千里，契丹西京道、南京道、中京道，可看成大趙的屏障。若我等再攻打契丹，豈不合了女真遠交近攻之意？諸位難道忘記當年始皇帝是如何一統天下的？」

朱相皺眉道：「和重太過小心了。如今陳青去了京兆府，利州路的援軍三萬人已到了熙河路，永興軍路的各軍也都已往京兆府集結，梁氏貿然急進，只有蘭州、秦州、鳳州這一路供應糧草，京兆府守上兩個月，夏軍糧草必將不濟。河北兩路和京東兩路，駐紮著二十萬大軍，趁契丹人心惶惶時拿下燕雲才是上策。和女真結盟不過是有個名正言順收復燕雲的名頭，免得女真他日出爾反爾。」

趙栩點了點太行山的山脊：「連朱相都是只想利用女真，諸位想一想，那女真又豈會真心同大趙結盟？他們也只是想利用我們牽制住契丹的軍力而已。敢與虎狼同行者，必猛獸也。然而，本朝歷來布兵乃強幹弱枝之勢。河北、京東四路僅有不到百將，還不如永興軍路、秦鳳路兩路。本王年少時就在河北兩路代先帝巡視犒軍，所見軍卒，綿羊也。能挽弓一石二斗者，百中有一，甚至有弓箭手僅能用七斗弓。」

樞密院的幾位官員臉上一紅。

「一過太行山，皆是平原。」趙栩手中竹枝連點：「若無重甲騎兵，靠步軍，諸位想一想歧溝關一戰，死傷無數，沙河壅塞，直退到雄州才喘過氣來。如今我大趙這四路有多少戰馬可用？比起契丹馬、夏馬、女真馬，有何優勢？日行八百不得，日行六百不得，日行三百亦不得。以步軍戰騎軍，有何優勢？」

御史中丞鄧宛出列道：「殿下所言極是，此非常時刻，朝廷不可再輕易出兵，入夏以來，福建、兩浙多水患，供京師禁軍之漕糧尚需精打細算，若再攻打契丹，只怕米價飛漲，百姓生活艱難。」

趙栩看向戶部尚書：「如今京兆府用兵，河北、陝西、河東調糧銀幾何？可有統計出來了？」

戶部尚書和兵部尚書同時出列。戶部尚書唐閬拱手道：「稟殿下、各位相公，京西兩路援贈糧草已折合銀四百萬貫，永興軍路十五天來，渭、涇等八州新招義勇合計七萬餘人，日給米二升，月給醬菜錢三百文，餉銀七百文。京兆府所存糧草，二十萬大軍可食三個月。」

曾相皺起眉頭：「唐尚書，可算錯了？這三十年，因司馬相公上疏，二十三路中，只永興軍路獨獨得以免除賦稅，京兆府歷來存糧為西北最豐，二十萬大軍怎會只夠吃三個月？」

兵部尚書拱手道：「曾相，京兆府如今二十萬大軍，隨軍民夫六十萬往返運送輜重糧餉。哪一人不要吃飯？利州路三萬人從四川入熙河路，還帶了八萬民夫背糧，京兆府糧倉雖豐，若無京西路援贈，兩個月便糧絕也。」

眾臣都知這打仗行軍，絕非只靠軍卒戰力，輜重糧草更為重要，聽到這些數字，都堂內一片寂靜。

趙栩點頭道：「不錯，高似破我大趙秦州城，傷亡軍民三萬餘人，豈能是他一人所為？女真裝聾作啞，推諉在阮玉郎身上，虎狼之心也。高似此人，武力蓋世，值當八州十萬雄軍，若放虎歸山，實乃大趙之禍。故我大趙既不結盟，也不放人，暫且拖延不給回覆，但好生禮遇高似，滅女真防備之心。」

半個時辰後，各部重臣退出了都堂，只剩下宰執、定王和張子厚等人。

趙栩環視著他們，竹枝點在契丹中京大定府城池上：「本王意欲私下前往中京，續契丹大趙之盟約，助契丹守住中京道。宮中諸事請皇太叔翁和大娘娘做主，朝中諸事請蘇瞻你和各位相公主持。本王欲借契丹五萬騎兵自西京大同府出發，會合河東路太原府精兵西下，攻取夏州，直搗興慶府。」他聲量不高，卻不容質疑。

一語既出，四座皆驚。

「殿下——萬萬不可！」勸阻聲此起彼伏。

張子厚默默注視著輪椅上風輕雲淡的趙栩，胸中豪情萬丈。他有幸親眼得見，並能為他效犬馬之勞。大趙一朝終於又有了一位蓋世英主。阮玉郎又有何可懼？

戌正時分，汴京已入夜，汴河上燈火流離。這時的秦州城，夕陽還在城西掛著，已經開始全城宵禁。一隊隊士兵往返巡查，街上早已沒有了行人，沿街的鋪子早早關了門，看著似一座空城。

客棧裡，陳太初和種麟對坐飲酒。依舊穿著男裝的穆辛夷耷拉著腦袋，雙眼還腫著，鼻頭也紅紅的，認真地撕著一個油餅，手指頭也燙紅了。

吳掌櫃指揮夥計將槅扇門上好，只留了一扇，掛出去一盞燈籠，上頭卻寫著一個「穆」字。「司主很快就到。」吳掌櫃替陳太初換了一罈子酒，低聲道。

種麟從穆辛夷面前的盤子裡拿起一塊油餅，包了一片羊肉塞進嘴裡，嘟囔起來：「你這女娃真奇怪，爛西瓜吃得歡，那雞絲餛飩倒不吃。太初外婆做的野菜餅你也不吃，這油餅倒吃了第三張。」該哭的時候不哭，該笑的時候不笑，說些莫名其妙的話，做些莫名其妙的事。她就是那個傻子，哪裡不傻了？反正他種麟看不出來。

陳太初夾了一片牛肉放在穆辛夷盤子裡：「吃吧，不讓你見我外翁外婆，是我的主意，對不住。」他和種麟的謀算，事關重大，絕不能給李穆桃知道，索性讓穆辛夷一無所知才更放心。

穆辛夷抬起眼：「我不是難過你不讓我見你外翁外婆。我阿姊那樣對不住你家，我不知道怎麼說才好。而且你們肯定有許多話說，有許多事要商量。我只是難過這座城，還有這些人——，不只是劉六家的，飛將巷李家的，不只是你外翁外婆，還有在這裡的西夏人，我看見他們也難過得很——」她哽咽著搖了搖頭：「你是對的，是他們不對。可也不是他們不對，是梁太后不對。其實也不是她不對，是貪念不對，是打仗這件事不對。」

陳太初給她倒了一碗酒：「我明白你的意思，梁氏她雖然是漢人，卻也是西夏人，她做的也是她認為對的事情。這世上，人人都覺得自己做的才是對的。小魚，你不一樣，你有惻隱之心，不分族群，不分國家。別覺得你這樣想是不對的或者是不好的。你很好。你是西夏人，可你也明白秦州百姓的苦，為他們難過，若有趙國的人要傷你，也得先過我這一關。」他放下筷子，看向門外。

「誰敢傷我家阿辛一根汗毛，自有我衛慕元燾出手，還用不著你一個趙國人出頭。」衛慕元燾大步邁入客棧。夕陽似乎還在他頭上臉上流連忘返，他高大魁梧的身形遮住了最後一絲餘暉。

客棧的最後一扇槅扇門，掩了起來。門外站滿了衛慕元燾的親兵。

# 第二百四十三章

衛慕元燾大馬金刀地坐了下來，先看了看陳太初和種麟，才看向穆辛夷。他從懷裡取出一個油紙包，輕輕放在她面前，粗長的手指笨拙地揭開上頭的麻繩，攤開麻紙，裡面是滿滿一包飴糖，淡淡的金色暖暖的。

「阿辛，我是蘭州的元燾大哥。你別怕，記得這個嗎？你愛吃糖，你阿姊愛吃蜜餞。」衛慕元燾指了指飴糖，陪著小心：「想不起來也不要緊，你阿姊過兩天就來接你。你先跟我走好不好？」

穆辛夷看著那包糖，忽地抬起頭：「元燾大哥，我不傻了，我認得你，我不跟你走。」

衛慕元燾一愣：「阿辛？」

「元燾大哥你有把波斯寶刀，上頭鑲著許多紅的綠的藍的各種寶石，你有個妾侍擅自拔出來，就被你砍了雙手。你後來又買了三個手很好看的妾侍。」穆辛夷低聲說：「你對阿姊和我很好，可是你太凶了，我不跟你走。我留在這裡等阿姊。元燾大哥，你把元初大哥還給陳太初吧。」

衛慕元燾的黑臉更黑了，這還不傻？還不如以前好呢。

「你阿姊特地交待，她看見了你，才能把陳元初放出來。」衛慕元燾意味深長地看向陳太初：「你們最好不要妄動，也別給我惹麻煩。」

陳太初看向手邊的酒罈：「我大哥是中毒還是成了廢人？」

穆辛夷和種麟都一愣。

衛慕元熹眸色一亮：「你就是阿辛以前常掛在嘴邊的她的陳太初？」

陳太初的手按上了酒罈：「在下陳太初。」

「你是個聰明人。你大哥的毒是太后下的，只有她能解。手筋腳筋也是太后下的手。毒不解就死，毒解了也是一輩子廢人。」衛慕元熹輕描淡寫地道：「他寧死不降，要不是阿桃和我暗中照應，早就是屍體一具了。太后說的是，只要一張臉還在，無手無腿都不要緊。能活著交給你，也不容易。」

陳太初抿唇不語，蓋在酒罈上的修長手指指節發白，手背上的青筋滿滿平復下去。是，大哥還活著就好。他早料到李穆桃敢擔保幫他救出大哥，一定是因為大哥已經對西夏沒有了威脅。李穆桃再和梁氏不和，也不會做對西夏真正不利的事。正如自己再怎麼願意照顧穆辛夷，也絕不會因為她做任何對不起大趙的事。

這些天往返興慶府，陳太初看得很明白：李穆桃要逼梁氏退兵，並不是為了和大趙和解，或是感念陳家當年收留她們，更不是感恩爹爹教她武藝或她和大哥的往日情分。西夏百姓不想戰，物價飛漲，糧食空倉，男子甚至孩子都被逼著上了戰場，民怨沸騰。西夏朝廷裡黨項貴族和漢官不和，黨同伐異。十二軍司裡四個軍司對梁氏不滿，互鬥嚴重。只要京兆府守上一兩個月，梁氏進不得，退也不得，被利州路、熙河路援軍還有永興軍路東西夾攻，除了潰敗退回蘭州，別無他法。李穆桃想要宮變掌權，借自己的力、借陳家的力、借大趙的力最省事不過。

明知道大哥已經是廢人，還利用大哥讓自己救她的妹妹，讓她行事再無後顧之憂。利用大趙誘西夏大軍深入，好讓她趁西夏退軍時名正言順地奪取軍國大權。李穆桃真是好算計。

想起那夜大哥在自己屋裡喝醉了，喃喃重複說著總會忘記的，總有一天會忘記的。陳太初的心被猛然扎了一刀。

穆辛夷的目光落在陳太初鬆了又緊，緊了又鬆的手上，用力眨了眨眼，輕聲又堅決地開口道：「我在這裡等我阿姊，我不走。」

衛慕元熹看了她片刻，見她眼淚在眼眶裡直打轉，正強忍著不掉下來，霍然起身：「好。你們這兩日哪裡也不要去，我的人會一直守著。」他看向陳太初：「你若敢有異動，我麾下等著屠城的人可就不一定忍得住了。」

陳太初雙目如電，手中酒罈突然炸了開來，烈酒淌下，桌面上濕了一大片，酒順著桌縫無聲地流下，滴在了穆辛夷和種麟兩人的腿上。

槅扇門開了又關上，外間的天終於黑了下來。

穆辛夷看著桌面上的酒，像淺水的小河，往幾條桌縫裡慢慢地匯去，腿上濕的地方越來越大，她眨了眨眼，桌面上的酒水多了幾滴，只有極輕極輕的聲音，甚至根本沒有任何聲音，是她錯以為有聲音，眼淚又怎會有聲？

陳太初一動不動，片刻後站起身來，一步一步極穩地踏上了樓梯。他修長的身形依然筆直如松，在樓梯上投下的影子，卻斷成了一截一截，隨著他的轉身，扭曲了一下，又再一截一截地跟著他上樓去了。

種麟一拳砸在桌面上，濺起了一些酒水花，他看了看穆辛夷，捏緊了拳頭，一肚子的悶氣無處可撒，站起身狠狠瞪了穆辛夷一眼，也上樓去了。

許久，吳掌櫃輕輕把那包著飴糖的油紙包挪了開來，看著一動不動的穆辛夷躬身道：「辛公主，一路苦得很，早些上去歇息吧——吃點飴糖吧。」有時候，不傻，比傻可憐多了。人吶，爭得到運，爭不過命。吳掌櫃無聲歎息著，默默擦去桌上還殘餘的酒汁，一下，再一下。

都堂裡的宰執們跟著趙栩和定王在偏殿裡用了些素食，又開始孜孜不倦地勸諫趙栩。

趙昇看蘇瞻和張子厚均未曾勸阻，便也放棄了，這位殿下，驅逐吳王，起復蘇瞻，定軍國大計，樣樣都在他運籌帷幄之中，想要說服他，比登天還難。燕王所要做的，無疑是當下四國局勢對大趙最有利的上上策，但他身為監國攝政，以身涉險，又面臨阮玉郎的暗中窺伺，此行實在危機四伏。

趙栩舉起手揚聲道：「諸位擔憂本王安危，六郎很是感動，當坦誠相待。各位看一看如今的四國情勢，和三年前先帝昏迷時是否極相似？宮中紛亂、西夏入侵、女真攻打契丹，不同的是三年前有房十三作亂，現在是福建兩浙水患。」

謝相等人仔細一想，面面相覷，不寒而慄。

趙栩手中竹枝指著河北東路及大名府：「阮玉郎悉心布局幾十年，如果諸位料想他只有這點攪亂前朝後廷的能耐，未免太小瞧了他。本王和他交手多年，這次和他近身相處半日夜，可以斷定他的殺招應該還在用兵和民亂上。河北東路以大名府為中心，應該已經是阮玉郎除汴京以外的一大巢穴。」

幾位相公不禁搖著頭，不敢相信趙栩的判斷。

「不出意外的話，一旦大趙對契丹用兵，河北東路必定會臨陣倒戈，從大名府直下汴京僅有六百里路，騎兵如果備空馬一匹，身背三日乾糧，兩日夜可抵京師，加上他留在汴京的內應，京師危矣。若再有女真鐵騎做後盾，挾燕雲十六州的糧草，日行七十里，大軍十天即可殺至汴京。」趙栩正色道：「本王絕非危言聳聽，三年來奉先帝密旨，本王麾下近兩百斥候在河北兩路暗查，屢次發現阮玉郎的人和線索，卻始終不能將之一網打盡。」

謝相皺起眉：「殿下，福建和兩浙入春以來並無洪訊，水患也的確來得蹊蹺——」

趙栩點頭道：「工部和營造的人前日已經從開封出發，前往這三地勘察。不怕天災，只怕人禍。仔細查看刑部和大理寺的舊檔，近十年來也是福建和兩浙貪腐最多，而阮玉郎和蔡佑黨羽當年正是在福建和兩浙最為猖獗。」

蘇瞻黯然道：「若是人禍，阮玉郎喪心病狂實在令人髮指。他只需揭露官員貪腐導致堤潰，萬民恨的不只是那碩鼠，更會恨朝廷。他這是要『救萬民於水火』。」

謝相拱手道：「殿下洞若觀火，朝廷需即刻派遣監察御史前往三省。臣等惶恐——」

趙栩搖頭道：「各位未曾和阮玉郎交過手，想不到這些實屬正常。本王從河北東路入契丹境，正要先下手除去河北東路的心腹大患。不入虎穴焉得虎子？此行已定，各位請勿再勸。朝中諸事，當以蘇相為首，還望諸公放下政見不同的嫌隙，同心協力，將福建和兩浙好生清理乾淨。」

眾人齊聲應是。不多時，陸續退了出去。只餘趙栩、定王和蘇瞻、張子厚四人還在研究那輿圖。

趙栩把自己心中所想的路線說了，又道前日已派斥候往中京送信給耶律奧野。

張子厚躬身道：「殿下不良於行，若阮玉郎多方行刺——」

趙栩吁出了一口氣：「我正盼著他前來伏擊。」他雙目中似燃起兩團火，瞬間又凝成了冰。

「此行我會暗中帶上高似。」趙栩淡然道。

「什麼？」連定王都忍不住驚呼出聲，猛地站了起來。

張子厚卻立刻面露喜色：「殿下高明。是否假裝為了避免引起朝中和民間非議，暗中送高似回女真，再議結盟之事？以此迷惑女真，上策也。」

「兵不厭詐。」蘇瞻略思忖也明白了趙栩的用意：「殿下此行的安危也可保。」高似能在雪香閣不惜棄械歸案，絕不會傷害趙栩。

趙栩深深看著蘇瞻：「和重，我仔細看了你中進士時所寫的策論。不知道時隔二十年，和重可還有雄心壯志一改我大趙官場的沉痾宿疾？」

蘇瞻一怔，深深地看著趙栩如雕刻般完美無瑕的容顏，一撩下襬，雙膝跪地：「臣蘇和重癡心不改，妄念未消！」他心中太過激動，竟說不出其他話來。

「殿下——」張子厚也激動萬分。那份策論他記得十分清楚，句句言中他心。當年他和蘇瞻胸懷壯志，志同道合，想拚盡全力改變朝廷詬病，可日以繼夜，他們分道揚鑣，以各自的方式不斷退讓、不斷迎合、不斷被官場被師長被同僚改變。他們現在所改變的大趙朝廷，不及當日理想之千分之一。

趙栩推動輪椅，虛扶起蘇瞻，微笑道：「那就再好也不過了。當下官多職亂、俸祿耗財、恩蔭和宗室，這三大塊，還請和重和季甫好生思慮該如何整改。」

蘇瞻和張子厚對視無言，均難掩心中激動。歷來幾次變法，無非是民富還是國富之爭，從未有燕王這等發聾振聵，敢從朝廷和百官以及宗室身上削肉的。

趙栩清朗的聲音十分平緩：「我大趙自太祖立朝以來，保留隋唐以來的三省六部，增設二府宰執制，又為了限制相權，設置樞密使、三司使分割軍權和財權。如今官、職、差遣三類並行，今日大趙，二十三路的文武官員超過五十萬，上不能匡主，下亡以益民，尸位素餐者幾何？國庫中每年職官俸祿耗錢兩千萬貫。還有恩蔭制，京中竟有四歲孩童也能做官，領取俸祿，可笑可氣可恨。除出公用錢外，諸路職官又有職田，與民爭利，種種不妥，一言難盡。」

定王搖頭道：「六郎，如今戰事紛爭，不可動搖國本，慎重慎重。」

趙栩神情堅定如磐石：「時不我待，一旦戰事結束，那厚顏亂蹭戰功者無數，冒領戰功者無數，又何以面對浴血奮戰的將士？和重和子厚無需過於急進，從這些根本上著手變法，待我平定西夏時，方是大刀闊斧變法之時。」

「殿下所言極是，和重鞠躬盡瘁，死而後已。稅法之論，殿下有何想法？」蘇瞻雙目閃亮，人似乎也年輕了許多。

「當年和重的策論指出的正是要害。如今稅賦種類繁多，除二稅外，更有任意加稅種的事。昔日楊相公變法，方田均稅法有益處，亦有害處，皆取決於父母官。本王以為和重所說的『輕田稅、重商稅』甚好。若讓農夫輸於巨室，巨室輸於州縣，州縣輸於朝廷，以之祿士，以之餉軍，此乃民養官，決非長久之道，不可取。」趙栩皺起眉頭：「同樣，軍中變法猶為重要，只是本王還未想出妥善的法子。還請和重、季甫你們仔細思量。」

定王又驚又喜，歎道：「六郎，你胸懷天下是好事。然而切記不可冒進，牽一髮而動全身。百年來幾次變法，最終都不了了之，正是這個道理。要說服滿朝文武接受變法，沒有一年半載談何容易？當年楊相公和司馬相公朝堂辯了九個月，方始推行新法，唉——」

趙栩唇角微勾：「有老師在，何懼之有？還請先生一往無前，和六郎同創一個新天下。不破不立，守業百年，再不思變，縱然今日擊退虎狼，他日也無力和虎狼同行。」

蘇瞻眼中熱淚盈眶，再次跪拜於地，不發一言。

張子厚朗聲道：「殿下千歲千歲千千歲——」也跪了下去。

四人出了都堂，夜裡起風了。廊下的燈在風中飄搖，都堂前的旗幟獵獵作響。

張子厚推著趙栩，將他送往大內禁中。

「殿下，季甫那些倭國武士，技藝雖陋，還請殿下此行帶在身邊，以防萬一。」不怕一萬，只怕萬一。

趙栩拍了拍輪椅扶手：「就把他們留在孟府附近吧，季甫，你能替我護住九娘就好了。」他頓了頓：「阮玉郎對她有些執念，我擔心他再出手。守上一個月，將她護送到蘇州就好。」她要離京，他不挽留，但她不肯離京時，他卻一定要將她送去安穩之地。

宮門近在眼前，趙栩看向不遠處巍峨的重重宮殿，似乎提到她，也讓他格外安心。待他壯志得酬，他一定會親自去蘇州迎她歸來汴京。

回時春去去春回。十方僧眾之力，已盡在他掌握之中。

# 第二百四十四章

京兆府之戰已半個月有餘，久攻不下，西夏軍中人心浮動。右廂朝順軍司令介將軍被衛慕元燾一刀斬首的消息傳入軍中，更令十二軍司吵翻了天。

右廂朝順軍司的司主聯合了四位司主，定要回秦州找衛慕元燾討個說法，靜塞軍司和甘州甘肅軍司、瓜州西平軍司卻鼎力支持卓羅和南軍司，懇請梁太后追拿逃卒按軍法處置。中軍大營中七嘴八舌，胸脯相頂，拳頭揮動者不少。

紅唇烈焰風情萬種的梁太后柔聲慢語，好不容易將眾將壓了下來，詢問哪一位司主或將軍，願回秦州調查處理此事。商議了小半個時辰後，左廂神勇軍司和黑山威福軍司推舉了興平長公主，理由是以武能降服衛慕元燾者，唯長公主一人；因有私怨，也不至於徇私袒護卓羅和南軍司。何況長公主和太后乃母女名分，更能代表太后令軍中將士臣服。

李穆桃見衛慕元燾拿右廂朝順軍司下手的計策已得手，只板著臉道：「這種小事，找誰也別找我。各位叔叔伯伯，京兆府易守難攻，半個月來我軍死傷近萬將士，糧草告急，眼看趙軍利州路的援軍已逼近京兆府，我願留在大軍中衝鋒陷陣，或在娘娘身邊護衛娘娘，也不願去和那只會斬手砍頭的粗魯莽夫打交道。娘娘要責罰還是要獎賞，下旨就是。」

幾位司主也覺得公允，紛紛勸說她。

梁太后心知李穆桃和衛慕元熹的嫌隙，是由於衛慕元熹早娶了三房妻室，在求娶她時卻不肯休棄這些妻室和眾多侍妾，反希望李穆桃以公主之尊和她們和平共處。而李穆桃的生母衛慕皇后，當年因衛慕太后之死以及不願讓皇后之位給沒藏氏，才和幼子一起遭先帝殺戮，衛慕一族也因此幾乎全族傾覆。衛慕元熹的行為正踩在了李穆桃的痛處上，這表兄妹才反目成仇。

女人恨起來，就會狠到底。恨的其實不是保不住自己的地位或者得不到那個地位，而是在男人心裡，自己竟然不如別人，甚至棄之如敝屣。

李穆桃沉著臉，手捧懿旨跨出中軍營帳。京兆府到秦州，七百里路，每人備三匹空馬，輕裝出發，兩日可達。梁氏竟敢允諾割讓八州給阮玉郎，她這是把西夏國改姓梁了，也不問問甘州、瓜州等地的軍司司主們肯不肯。

阿辛，你可到秦州了？

她抬起眼看看炎炎烈日，有些晃眼。剎那間想起陳元初滿面血汙的臉，綿軟如癱瘓的四肢，還有看著自己的那雙眼。他的眼生得太美，總含情帶笑，脈脈橫波。她以為他會吃驚會憤怒會悲傷，然而除了最初一剎那的驚訝後，只剩下空洞。

梁氏一說要廢了他，她便立即出了刀。她下手極快極穩極準，應能保得住他筋脈無礙。她出手才能讓梁氏安心，也對她放心。

梁氏看不出什麼，打探不出什麼，意味深長地同她說，寧可被一個男人恨一輩子，也不要被他輕易忘記。她大概終生都把陳青看做她的恥辱，不是因為她有多喜歡陳青，只是不能忍受竟有男人不被她迷住。

早知兩人今生無望，早已盡力忘記。年少時光的兩小無猜、青梅竹馬從來只屬於留在三四歲的阿辛和她心中的那個陳太初，不屬於她李穆桃。刻意躲過，最後她不能免俗，貪戀過那少年的絕美風姿、高超武藝，還有他眼中的一絲情愫，哪怕兒時兩個人互不退讓的打架和互罵，也溫暖如春風。只靠這個，她李穆桃就能獨自過完此生，無憾。

五月底了，已有盛夏的感覺，身披輕甲的李穆桃加快了步伐。她能做的，保住他活下來，回到家人身邊，把屬於他也屬於過她的那座城還給他。

便江湖，與世永相忘。

地牢中總是黑暗一片，但陳元初能分辨出日夜。上頭蓋板的四條縫隙中投下月光。白日累積的熱氣一時散不掉，牢中宛如蒸籠。

身下的乾草，一直是濕的，被汗水浸成了鹹味。再過兩個時辰，地牢裡會慢慢涼下來，所有的水氣慢慢蒸騰掉。

陳元初動了動四肢，四根長鎖鏈劈里啪啦響了起來。很快，蓋板被掀了開來。一陣清涼氣息湧入地牢，地牢裡的熱氣跟逃似的飛速上升躥了出去。

一個值夜的軍士順著長繩下了地牢，在陳元初身下放了一個木桶，背轉過身子。

嘩嘩的聲音很短暫。那人拎著蓋好的木桶抓住長繩，抖了幾抖，上頭的人將它拽了上去。

陳元初抬起頭，看不見星空，看不見月色。被俘已經快一個月了。他大概沒被梁氏折磨死，就會先被自己臭死。這十幾天倒再沒人來折磨他，飯菜和水定時從竹籃裡吊下來。被四根鎖鏈鎖住的他能夠吃喝，但他為了避免如廁，儘量少吃少喝。

蓋板「撲通」一聲又蓋了起來。陳元初緩慢地控制著雙手的鎖鏈，盡力不發出聲響，慢慢扒開地上的草，黑暗中在土上深深劃了一横。中毒以後他總是手抖得厲害，眼也花，五臟六腑時不時毫無預兆地翻江倒海疼得厲害。但身上的外傷倒是差不多全好了，今日應該又掉落了幾片血痂。他手足還能如常轉動，倒要感謝那人下手極有分寸。他慢慢再把乾草鋪好，抬頭看了看漏進來的月光，慢慢調息起來。

將自己放空，意守丹田。不留一絲餘地，一絲不留。

上方又傳來了腳步聲，陳元初立刻將自己擺成了癱瘓不能動的模樣。

月色洩在半壁上頭，清清冷冷。

一個身影緣繩而下，落在他面前。

四道刀光閃過，鎖鏈沉重地墜落在地上。

「還能動嗎？」李穆桃的聲音冰冷。

陳元初慢慢抬起頭。黑暗中她的眸光比方才的刀光更冷。

「上來。」高挑修長的身軀在他面前矮了下去。

「還是我來吧？」上方傳來悶悶的喝問聲。

「上來。」李穆桃不理會衛慕元燾：「陳太初在等你。」

一雙手臂搭上她的肩，身體如偶人一樣僵硬，還帶著被暑氣蒸烤過的熱度。

李穆桃反手把陳元初的兩條腿提了起來，盤在自己腰間，一手托住他的臀，一手拽進了長繩：

「起──」

月色仍照九州，故人早已面目全非。

四匹通體全黑的夏馬拖著馬車慢慢往紀城而去，蓋板轟然又落下。過往巡邏的軍士視若無睹。

李穆桃面無表情，取過車上準備好的帕子，在溫水裡投了投，替陳元初擦乾淨面上已結了塊的血汙：「忍著點。」

陳元初躺在車廂中，睜著眼睛看著車頂，又似乎什麼也沒有看。

李穆桃把他的頭挪到自己腿上，用水打濕他頭髮，又從懷裡取出一把犀角梳，一下一下替他把夾雜著亂草的長髮梳通，挽了一個髮髻，紮上豔紅髮帶，將那掉落的亂髮和雜草順手丟到車外。

衛慕元燾朝車窗內張了一張，沒作聲。城門口的軍士見到他，肅然行禮。

李穆桃把陳元初身上已看不出原先顏色的中衣褻衣褻褲也剪開除了下來，極快地替他把手腕、腳踝處的傷口清洗上藥包紮妥當，似乎面前赤身裸體的男子是一個嬰孩，又像是她的孩子。她神情自若，手下又快又穩。陳元初任由她擺布，似一個毫無生命的人偶，無動於衷。

換上一身布衣的陳元初被李穆桃扶著半靠了起來。

兩人靜默不語，馬車上了石板路，馬蹄聲陡然清脆了起來。

客棧門外的街道上，站滿了上千軍士，弓箭手引弓待命，如臨大敵。

吳掌櫃匆匆進了門：「來了，是長公主的車駕。」

陳太初慢慢站起身，走到門口。月光投在他側臉上，似乎蒙上一層寒霜。穆辛夷輕輕走進他的影子裡，瞬間有一念：如果能躲進他的影子裡該有多好。

馬車車簾掀開。

陳太初疾步過去，在車轅邊輕聲喊道：「大哥。」

陳元初卻寂然無聲。

李穆桃冷聲道：「阿辛呢？」

「阿姊——」一張小臉一雙大眼從陳太初背後探了出來。

雖然聽衛慕元焘說阿辛不傻了，親眼見到時，李穆桃還是怔了一怔，這雙眼這麼靈動，盈盈含著淚，似喜還悲。這是她的阿辛嗎？

衛慕元焘看了看四周，揮了揮手。弓箭手們放下了弓。

「快上來。阿辛過來。」這時李穆桃的聲音才有了溫度。

陳太初和種麟、穆辛夷上了車。種麟看見陳元初手足包紮著，眼眶發紅：「元初——」

陳太初已跪在陳元初身邊替他檢查起傷勢來，又低聲詢問中毒的症狀。陳元初眼珠動了動，落在陳太初臉上，卻依然一言不發。

馬車緩緩又往前行，要從紀城往伏羲城出秦州。李穆桃低聲詢問著穆辛夷所經歷的一切，不時抬眼看看陳太初。

剛進了伏羲城城門，遠處就見燈火和兵馬疾馳而來，呼喊聲不斷。

「司主——夕陽鎮遭趙軍突襲，應是利州路的趙軍，有兩三千人！」來人丟盔棄甲，身上血汗混雜，顯然剛從戰場回來。夕陽鎮在秦州西，過了夕陽鎮就是渭水，越過鳥鼠山就是洮水，再越過馬銜山就抵達卓羅和南軍司的大本營蘭州。夕陽鎮和定西寨同在秦州西邊，互為犄角，夕陽鎮遭襲，定西寨恐怕也危險。秦州四周還有永寧寨、威遠寨、三都谷。因人馬不足，他留守的主力全在秦州，周邊鎮寨都只留了四五百軍士而已。

衛慕元熹利索地勒韁停馬，皺起眉頭，下意識看了馬車一眼。這麼巧？但他的人看守陳太初等人十分嚴密，趙軍二十天前就從利州出發，按理應該直達東北方向的京兆府，如今竟然朝西北走，經岷州到了秦州城外。但行軍路線也不可能是這短短幾日或因為陳太初就定得下來的。這時拿下陳太初一行人，總好過放他們走。

馬車車簾唰地掀了開來。李穆桃一雙眸子寒光泠冽：「利州路趙軍必然是前來攻打秦州的，為的是將我大軍切成兩截，好斷了京兆府攻城大軍的糧草。表哥你趕緊去州衙，準備應戰。我送他們出城，稍後即返。」

陳太初輕輕捏了捏陳元初的手心。穆辛夷緊張地看著他們。種麟掀開車窗簾朝外望了望，不遠處就是飛將巷。

馬車繼續前行，衛慕元熹拍馬轉頭往州衙而去。

伏羲城的西吊橋緩緩而落，轟然親吻了地面，黑暗中不起眼的塵土飛揚了寸許，歸於沉寂。沉重的城門緩緩地打了開來。馬車駛了出來，護城河上的吊橋咯吱咯吱響了起來。

種麟背起陳元初，跟著陳太初下了馬車。他們隨行的幾十人被軍士們跟著押了出來。

穆辛夷死死揪著車簾，看著陳太初的身影，眼淚像滾珠一樣連綿而落。

「我們回去了，阿辛乖。」李穆桃改不過來對她的語氣，還是哄小孩一樣地柔聲道。

種麟背著陳元初越走越快，很快暗夜之中，隱約只能見一團黑影。

陳太初帶著那幾十個赤手空拳的種家軍精兵，走出去五十多步，齊齊停下了腳，轉過身來。

李穆桃的馬車正駛上吊橋。城樓女牆上突然響起了鑼鼓聲。西夏軍士大驚。此處看不到另外四城的情景，但秦州城中的火光已淹沒了一城月光。

李穆桃掀開車簾，躍上馬背，提起弓箭：「起吊橋——快！」陳太初好算計，算準了從紀城出城，她必然會走距離最短耗時最少的伏羲城西城門。利州路只怕早就和他聯絡上了。她要代替梁氏掌權，卻不能傷及大軍根本。當下只有一條路：戰！

再戰秦州，只是攻守顛倒。

無數聲弦響，箭矢飛一樣地從暗夜中聚集而至，黑壓壓如蝗蟲壓境，越過陳太初一行人的頭頂，落向城門口的西夏軍士。

箭矢飛出，五千身穿步人甲的利州路步軍，漫山遍野湧向伏羲城還未來得及升起的吊橋。何時悄聲無息抵達的，竟無人知曉。

穆辛夷慌亂中咬牙忍住呼喊阿姊的念頭，車簾已被李穆桃拽得掉落下來，她想轉身看一眼陳太初，一探出頭，卻見夜空中一隻雄鷹展開了翅膀，在城樓上方盤旋起來，偶爾會遮住了下弦月。

陳太初接過長弓，抱弓在懷，四箭架上弦。

城樓女牆上四名夏軍頹然落地，皆一箭封喉。

# 第二百四十五章

關押趙軍俘虜的文廟四周燃起熊熊大火，濃煙滾滾，幾十條黑影在被臨時改為牢房的考房之間奔走。不斷有被俘的趙軍衝向文廟外，和夏軍爭奪兵器。一天只能喝上一碗粟米粥的他們，傷痕累累的他們，疲憊不堪的他們，兩眼通紅，面容扭曲，與生俱來的秦地男子的膽氣生出了不知從何而來的力氣，令守衛的重甲夏軍連連敗退。

飛將巷裡湧出了幾百穿素白衣衫頸繫紅巾的大漢，手持砍刀、木棍、菜刀，高聲吶喊著往西城門殺來。

「還我秦州——報仇——」

「殺死夏狗，收復秦州——」

「朝廷大軍到了——殺——」

伏羲城、西城、紀城、大城和東城內的六萬多戶秦州百姓，男人們像約好了一樣，跟著呼喊聲衝出家門，往街巷裡巡邏的西夏軍士衝去。一個人倒在血泊中，就有三四個人上前搶奪過長槍短刀，再衝。

一條條巷子搶回來，一條條街道搶回來，生死已無人放在心上。

李穆桃伸手拽過穆辛夷，將她放在自己身後，叮囑她牢牢抱緊自己，立刻揮刀砍斷車繩，策馬往西城奔去。徹夜鏖戰在火光中呼喊中開始了。她面色凝重，大軍必退，秦州必失，早在她意料之中，但這麼快以這麼慘痛的方式，卻始料未及。攻城易，占城難。攻的是城池，占卻占不住民心。

穆辛夷拚命轉過頭，城門口已戰成一團，那個手中銀槍如龍舞的少年，看不清他的面容，他到的地方就有人倒下去。終於離得越來越遠，一個轉彎後，再也看不見了。穆辛夷死死抱住李穆桃的腰，將臉貼在她一身微涼的輕甲上，淚水滾燙。

一日一夜後，傷亡慘重的西夏守軍僅剩五千餘人，在衛慕元燾和李穆桃的帶領下，從當日破城的東城廣武門退出秦州，往鞏州而去。陳太初會合利州路大軍追殺六十里，方鳴金收兵。

周邊夕陽鎮、永寧寨、威遠寨、定西寨等重鎮也盡數奪回，秦州城頭重新插上了大趙的旗幟。三萬利州路趙軍和一萬多秦州將士嚴守各路，提防鞏州的西夏軍攻來，更防備二十多萬西夏大軍從京兆府反撲秦州。

收復後的秦州，並無歡聲笑語。將士們忙於重整軍務，布置防禦工事。從利州路跟來的民夫和秦州的義勇、百姓們一起，重新將馬面樓、箭樓裡堆滿了石彈、弓箭、火油等物。被西夏繳獲的重弩重砲，也一一布置妥當。安置茶馬互市馬匹的博馬場裡，剩餘的一百多匹被西夏軍嫌棄的吐蕃矮腳馬也被徵用入伍。

二更天的時候，陳太初方從各城門巡查完畢，回到州衙，民夫們正在將門口的糧食搬上太平車運去各城糧倉，進了大門，遠遠就見大堂燈火通明，聽到嘈雜的人聲，他不由得皺起了眉頭。因統管秦州軍政的經略安撫使、知州、通判等近兩百多位官吏殉難，五城滿目瘡痍，百廢待興，眾將便推舉精神看起來尚可的陳元初理事。陳元初又不許陳太初、種麟洩露他身中劇毒的消息，自收復紀城便一直留在州衙裡處理紛雜無緒的事務。陳太初一直無暇和兄長說幾句話，更擔憂他的身子能否扛得住，見狀加快了步伐，匆匆往大堂走去。

走到廊下，陳太初見外翁魏老大夫帶著兩個提著藥箱的徒孫從偏房中走了出來，身後跟著一步一回頭的外婆姚氏，趕緊上前行了大禮。

「外翁，大哥身子如何？」陳太初心中忐忑，家書和軍報昨日已經派急腳鋪的軍士四百里加急送回京師，不知道六郎監國後一切可順利，能否派出御醫官和御藥的人前來秦州，更擔心兄長身上的毒等不等得到京中來人。

魏老大夫六十有餘，鬚髮還未全白，腳步穩健，神色凝重卻不慌亂，聽陳太初問起，便歎了口氣：「今日才開始用藥祛毒，還不知道有沒有用，我看他精神尚可，不敢給他亂服藥，明日請伏羲城的林大夫再一同來看。手腕和腳上的傷，看起來嚇人，倒只是皮外傷，已經都上了藥，重新包紮過，不礙事的。」

老人家還算鎮定，但姚氏已經老淚縱橫，放下手中的食籃，緊握著陳太初的手道：「二郎，我們的話他是不肯聽的，你好好去勸勸他，大郎不能這麼勞累——」她哽咽著搖搖頭：「你大哥從小就是個強脾氣，可是飯菜總要吃一些的啊——」

陳太初寬慰了外婆片刻，親自送他們出了州衙，喚親衛護送他們回羽子坑舊宅，才轉身又進了州衙。

州衙裡，陳元初還穿著李穆桃給他換的一身衣裳，正在大堂上和一些官吏說話。陳太初走到門口，聽見裡面正在稟報糧草的事。

「生怕利州路援軍所帶的糧草不夠，百姓們午後就開始往州衙門口送糧。」眾人見陳太初入內，紛紛拱手問安。陳元初招手讓他在自己下首坐了：「你也聽一聽。」

戶曹的小吏看著手中密密麻麻的帳冊：「雖說被夏狗們搜刮走不少，但短短三個時辰，百姓們已經送了八千多石糧草來，加上夏狗還沒來得運走的，現五城內共有精米三萬石，糙米兩萬五千石，大麥四萬三千石，黃河粟三萬石。四萬禁軍和一萬義勇，還有七萬民夫，這些夠吃半個月。另外馬用的青稞有八千石。只是管事的幾位參軍都不在，下官不知該如何調派。」他身旁黑壓壓一群死裡逃生的官吏，品級最高的是三位秦州學官，而判、司一個都無。只有七八個主簿和縣尉，還有白髮蒼蒼的一位廟令。

陳元初強壓著體內肺腑遭受的凌遲般痛楚，垂目看著自己面前的官員名冊簿子。一道道黑線劃去的，都是往日熟悉的一個個活生生的人。整個秦州州衙，僅剩三十餘人。

「朝廷未有派遣，大敵當前，我等當便宜行事。」陳元初開口道：「利州路大軍來援，隨軍民夫只背了一個月的用糧，自當先調配精米和大麥給他們各營。我們自己一萬多人，先吃黃河粟和糙米。太初你看可有問題？」

「理當如此。」陳太初頷首道。

又議了半個時辰，將市易務、市易司、鑄錢監和幾處大礦的事情都一一安排妥當後，眾人才躬身告退。

看著最後幾人走出了大堂，陳元初再也支撐不住，直滑下了椅子。

陳太初上前一把抱住他，將他背到屏風後的羅漢榻上，只見他渾身顫抖不停，額頭冒出豆大的汗珠。

「大哥——」陳太初要喊人去請軍醫，卻被陳元初一把拉住。

「不用，我心中有數，每日到了這個時辰就要發作，稍後就會好很多。」陳元初手指在藤席上拉出一條條白印，下唇咬出了血，卻露出一絲笑容：「太初，你不懂，我這身子越疼，心裡就越好受。」

陳太初鼻子一酸，他懂，他當然懂。蘇昕離世後他也是這樣，所有的疲憊苦痛饑餓，好像都是自己懲罰了自己。

陳元初深深吸了口氣：「是我，是我逼著她練游龍箭的，是我日日陪她練陳家槍的。我聽見了，梁氏要她扮成我出戰。太初——」他在地牢裡一直想說的話，終於說出了口：「爹娘和你們在京中是不是受了很多委屈？都是因為我，我色令智昏，我——」

「不是你，大哥，是因為我。」陳太初眼中男兒淚終於慢慢滑落：「是我，是我害得穆辛夷成了傻子，爹娘才把你留在了秦州的，你是在替我償還她們。要說起因，我才是罪魁禍首。」大哥肯說出來就好，他若一直避之不談，又怎麼能放下。能說出來的，總有一日會過去，會忘記。

陳元初搖著頭，按住了陳太初的手：「太初，我們要去攻打鞏州！」陳太初猛然抬起眼，看向還在和體內劇毒抗爭的陳元初。

翌日，五城百姓近萬人齊出殯，滿城皆白。陳太初、種麟和利州路的十多位將領，在州衙門前設祭壇，祭奠秦州兩次大戰中不幸逝去的近三萬軍民英魂。淨土寺、華嚴寺、南郭寺一百多位高僧高唱梵號，開始為期七天的超度法事。

五日後，秦州大捷的消息抵達京師。朝中人心大定，秦州乃秦鳳路重中之重，短短一個月不到就能只靠利州路援軍收復回來，截斷了西夏從蘭州、熙州、鞏州、秦州、鳳州的貫通長線，令攻打京兆府的西夏大軍成了孤軍。一旦隴州、岐州和秦州三軍合圍，很快就能收復鳳州、鳳翔府。一旦收復鳳州、鳳翔，梁氏的二十多萬人馬便成了甕中之鱉。

蘇瞻從宮中回到百家巷，將陳太初隨軍報發回的家書交給了蘇昉，讓他去後院轉給魏氏：「陳元初不肯回京，燕王殿已下令命御醫院和御藥的醫官和勾當們明早就帶著藥物奔赴秦州，當傾盡全力為他解毒療傷。你既是陳太初的大舅子，又和元初相熟，代我好生寬慰寬慰魏娘子。兩軍對戰，被俘不降的將領，能活著已極難得。明日皇榜便將張貼捷報，為他洗清叛國投敵之冤。」

想起陳家父子五人皆在沙場上搏殺，後宅那位魏娘子卻每日寧靜淡泊，安心做著腹中胎兒的小衣裳小鞋子，蘇瞻不由得長歎一聲。魏氏她這點倒和阿玞極像，沉得住氣，壓得住陣，無懼無怖。

蘇昉躬身應了，想起昔日陳元初一騎絕塵，張揚飛舞的紅色髮帶，勝過無邊春色的笑容，心頭更是沉重。

魏氏本來已經歇下，聽聞有太初的家書，趕緊披了薄褙子就爬了起來。

蘇昉默默站在一側，看著燈下魏氏靜靜盯著那薄薄兩張紙，慢慢的，一滴一滴的淚落在紙上，暈開墨花。他想開口寬慰她，卻又覺得說什麼都多餘，都無用。

魏氏她一動不動，許久才抬起滿是淚痕的臉龐：「寬之，可否代嬸子寫封家書？」

蘇昉輕聲應允了，派人取了紙墨筆硯，將琉璃燈挪到窗下的長案邊，提了筆，似有千斤重，若是她自己寫，只怕怎麼也落不下筆去。

魏氏垂眸看著手邊的燭火，一隻手輕輕放在了微凸的小腹上，輕聲道：「大郎、二郎，你們的妹子已經會動了，動得比你們那時候都厲害。她真懂事，從來不為難娘。娘住在太初的岳家，十分太平，有人說話，吃得也好，還不用下廚，又沒有你們四個煩人精煩娘，好得很。」

她頓了頓，聲音更輕了，有些哽咽：「娘好得很，就是早上腿會有些腫，元初你這個臭東西，還不滾回來替娘捶捶腿？」

蘇昉閉了閉眼，抬起手中筆，筆頭輕輕劃過他眼下，了無痕跡。

「你不肯回來就算了，省得汴京的小娘子們把百家巷擠成百花巷。」魏氏含著淚笑道：「你們兩個替爹娘多照顧照顧你們外翁外婆，元初你再不願意吃野菜餅也要吃上一兩片，讓你外婆高興高興。夏日裡吃瓜別再用拳頭砸碎，你外婆看不得你弄髒衣衫。娘今年只給你們妹子做衣裳，就不給你們做冬衣了，你們兄弟四個記得趕緊打贏了回來，自己去成衣鋪子買。若見著你們爹爹了——」

魏氏拭了拭淚：「跟他說，寬之在替家裡修繕屋子，讓他安心打仗就是。你們四兄弟千萬都要好好的滾回來，回來伺候我們母女兩個。」

蘇昉寫完這絮絮叨叨家常話一籮的家書，給魏氏過了目，才落款：「恐嬸子操勞，由寬之代筆。」

他辭別魏氏，黯然離開。還沒走到二門的垂花門，才想起來自己走得神傷，竟連燈籠也忘記提了，身邊那童兒才六歲，半夜裡人還渾渾噩噩的也沒想著，便停了下來讓童兒回去取。

夜色如水，蘇昉靜靜走到一棵槐樹邊，看碧空高掛著的下弦月，不知千里之外秦州的陳太初、陳元初，還在出征路上的陳青，會不會也看到這月色，想起汴京的家人。忽地卻見一個女使匆匆下了抄手遊廊，四處望了望，就鑽入了園子裡的一個假山的山洞中。

蘇昉皺起眉頭，落腳極輕地往假山走去。如今家中王璎遭軟禁，婆婆身子也不爽快，二嬸雖然理事，卻只是勉強撐著。內院裡若有什麼雞鳴狗盜見不得人的事，他絕不能坐視不理。

「好嬸子，求你給奴家嫂子再好生說一說，奴家存了四貫錢，願意都給嫂子她買些脂粉，只求嫂子讓哥哥來蘇家替我止了契約，領奴回去罷。」

「唉，你呀，你怕什麼？那飛鳳玉璜是大夫人問你的，你不過說了句實話而已，她便是被禁足了也還是誥命夫人呢，難不成你敢睜著眼睛說瞎話？開了春後連我們二門的人都看得清清楚楚，小娘子頸中戴著那寶貝好看得很。如今府裡誰也不許提起那害人的東西了，你怎麼倒想著要回家了？」

蘇昉如遭雷擊，渾身冰冷，禁不住顫抖起來。阿昕遇害是因為那飛鳳玉璜？

「好嬸子，你不曉得，還有個事，奴心裡慌得很。」那女使聲音顫抖起來：「那日小娘子返過頭要找孟家九娘子。孟家那個惜蘭，說孟九娘子和燕王殿下在桃林裡說話。小娘子就笑著說要一個人去嚇唬嚇唬他們，後來她出來的時候神色難看得很，奴怎麼問，她也不說。再後來，她一定要獨自留下同陳家郎君說話，將我們都趕回了寺廟裡——這才出事的。奴怕得很，那孟九娘子來探望魏娘子的時候看了奴好幾眼——那位殿下如今又——」

山洞裡一聲驚呼。

「噓——嬸子您輕些，好嬸子，奴連這都說給您聽了，求求您了，奴只想早日回家去。」那女使的聲音帶了哭腔。

「你且把話說清楚了。」蘇昉冰冷的聲音在山洞外響了起來。

「啊——」洞裡兩人嚇得癱在石壁上，驚叫起來。

# 第二百四十六章

蘇昉渾渾噩噩回到外院，跌跌撞撞進了屋裡。

他靜靜坐在床沿邊，一動不動，眼睛逐漸適應了黑暗，方才熄了燈後，左腿不慎撞在椅子角上，現在開始鈍鈍地痛了起來。難怪阿昕之逝，他從父親從孀娘從九娘從他人口中所聽來的種種，總似乎蒙上了層紗，有諸多不合情理之處。程之才爲何會帶著阮玉郎的手下找上阿昕？阿昕爲何會落單？其他人死於利刃，阿昕卻頸有淤痕？還有玉璜不見後二叔和孀娘一句未提，只父親語焉不詳地提過，讓他別因失去了母親的遺物太難過。

所以，如果，如果他沒有把玉璜贈給阿昕，阿昕根本不會有殺身之禍。阮玉郎要殺的本來是他，阿昕是替他死的。

他合上眼，又睜開眼，眼前都是蘇昕的面容。

阿昕和娘一樣，至情至性，又絕不願強加於人，她一天天瘦下去，和娘那幾年一樣，他害怕，怕會失去這個家裡他最親近的人，是他勸她退親的，勸她看清楚自己的心意。

「大郎，不怪太初。」二孀哭著說。

「時也，命也，大郎勿多慮。」二叔歎息道。

陳太初來祭奠阿昕時，自己用盡全力揍了他，而陳太初一言不發承受著。現在誰能來打他？他寧願被恨被痛打。陳太初能千里不眠不休追殺程之才，能迎娶阿昕的靈牌，讓陳家人永世供奉香火祭祀她，讓二叔、二嬸安心，他能做什麼？

蘇昉抬手掩面，肩頭微微顫抖起來。

五更天，第二甜水巷的打更人沿著孟府的粉牆下一溜兒往汴河走去，打著更鼓，唱著更詞。

九娘從夢中驚醒，一身冷汗，她剛起了身，外間的玉簪已舉了燈進來：「小娘子魘著了？」

九娘低頭就著玉簪的手喝了兩口水，起來動了動，舒展了一下手腳，問玉簪：「昨夜我憊得很，也沒看你和慈姑收拾了些什麼，可都弄好了？」

玉簪笑道：「小娘子只管放心，都收拾好了。一個包裹給燕王殿下，一個包裹給那章家大郎。張理少昨夜還差了人送信給郎君，說今日卯時三刻來接小娘子，還請郎君同行，約莫提起了戶部的事，郎君高興得很。」

九娘一怔，起復孟建？六郎在政務上天分驚人，驅逐吳王，起復蘇瞻，重設平章軍國重事，一環連一環，算準了二府和各部臣子的心態，不比阮玉郎的謀算遜色。只是他即將出使契丹，為何會有起復孟建之意？就算要打壓曾投向太皇太后的孟存，孟建這戶部小小的官職，也絲毫沒有能和孟存抗衡的地方。何況這次孟存在國子監和太學掀起的千人聯名上書，雖然實際上是張子厚脅迫所為，卻依然讓蘇瞻承了他的情，更令得京中清流大為讚歎，紛紛聚集到了他身邊。

卯時還未到，木樨院的侍女已經來了東暖閣兩回，說郎君已經準備妥當了，請小娘子快些。

九娘帶著玉簪、惜蘭和慈姑到木樨院拜見了孟建和程氏。

孟建接過程氏手中的一疊交子，塞入袖袋中：「來來來，一起用飯，爹爹昨夜特意讓廚下熬了你愛喝的鵪子羹。」

程氏穿著家常褙子，聽了他的話，鼻子裡冷哼了一聲，逕自入了座：「你要想讓阿妧跟殿下說幾句好話，直說便是。這十五年裡頭一回討好閨女，當阿妧看不出你想什麼？阿妧，今日你表舅去不去送殿下？」

九娘行過禮請過安，在程氏下首坐了：「阿妧不知能不能遇到，若是見到表舅了，娘親可有話要女兒轉告？」

程氏幾次去蘇家，都沒見到蘇瞻，便囑咐九娘：「下個月就是你姑婆婆七十大壽，你問問表舅可要操辦，若是需要娘過去幫手，便直接叫我就是。若是等我們都去了蘇州，就難得見上面了，唉。」

孟建不以為然道：「哪用辛苦娘子。張理少才是殿下的心腹之人，他主動跟我提起——」

「切——，你懂什麼？怎地我和表哥家親近就只能為了你不成？」程氏氣得恨不得啐他一口，也不忌諱在九娘前面排揎孟建：「這十年裡蘇家一直都在辦喪事，只辦過兩件好事：十七娘進門，二娘出生，卻也都從好事變成了壞事。阿昕又突然沒了，我姑母的心裡有多難過，你們這些個男人誰會放在心上？替她做壽，去去晦氣，帶點喜氣，也替表哥、表嫂們盡盡孝心。日後大江南北，說不定一輩子也見不著了——」她想起蘇家兩代女子都活生生毀在程家男子手裡，不由得濕了眼眶，趕緊端起面前的熱羹，低頭連著喝了幾口。

九娘低聲應了：「娘且放心，今日若見不到表舅，回城的時候我去百家巷探望表嬸，再同史家表舅母說一說。」大壽必然是不會辦的，親戚間總也要聚一聚，道別一番。

孟建吸了口氣，想要說什麼，還是罷了，親手盛了一碗鵪子羹，擱到九娘面前：「阿妧，來，多吃些。」

九娘應了下來，陪著他們用完飯，喝了盞茶。木樨院的女使進來行了一禮：「張理少在二門等著郎君和小娘子了。」

孟建如釋重負地站起身：「阿妧，快走快走。」

那女使又道：「還有蘇東閣蘇大郎也在二門——」

九娘心頭一跳，想起凌晨那夢，霍地站了起來，拜別了程氏，匆匆帶著惜蘭和玉簪跟著孟建往二門走去。

張子厚見蘇昉魂不守舍的模樣，旁敲側擊了好一會，探不出個究竟，不曉得他是因為蘇瞻還是別的什麼事來找九娘。

「張理少——」孟建遠遠地打起了招呼。

張子厚收起給蘇昉的笑意，斂容拱了拱手：「忠義子安好。」語氣也十分尊重。

孟建這子爵，比起正經的同級官員總還是矮上一等，聞言便有些受寵若驚，笑得更是歡暢。心道雖然和陳家的親事陰差陽錯泡了湯，卻沒想到燕王殿下待阿妧竟那般情深義重。連這位大理寺少卿都待自己分外不同了。就算以後阿妧能封個郡夫人，自己也正兒八經成了宗親的貴戚。如若像坊間傳言的，官家他日會遜位於腿傷復原後的燕王殿下，阿妧怎麼也是四妃之一了。孟建心頭狂跳起來，對自己昨夜想的那事更堅定了不少。

張子厚見他面色潮紅，手指也有些發抖，倒似服用了五石散的模樣，不由皺起了眉頭看向九娘。

九娘朝他微微福了一福，和蘇昉輕聲到一旁說起話來。張子厚一怔，想提醒她還沒戴帷帽，卻被孟建攔起了手。從來沒人敢這麼自來熟地同他親近，更沒人敢直接對他上手，張子厚渾身雞皮疙瘩掉了一地，甩了兩甩，卻沒能甩掉孟建。他走快了幾步，孟建也疾步跟上。

「那天我打了陳太初。」蘇昉和九娘並肩跟著他們，突然輕聲道。

九娘一愣。

「他來祭奠阿昕那天。我打了他。」

「阿昉——」

「他什麼也沒說，就站在那裡被我打。」蘇昉聲音有些啞：「阿妧，你為何不告訴我阿昕是因為我娘那塊玉璜才被害了性命？被殺的本來應該是我，對嗎？」

九娘驟然停下，手腳發麻。阿昉的背從來都是挺得筆直，從未如此頹喪過，這個背影，幾乎和蘇瞻一樣了。淚水猝不及防地湧出眼眶，痛失愛女的史氏最先提出不許任何人和阿昉提玉璜的事，所有的人都心照不宣地照辦了。但史氏是出自善意和維護，她卻不能對自己內心陰暗的自私自利視而不見，她不捨得阿昉餘生都背負上這沉重的枷鎖。

蘇昉慢慢轉過身，眼角通紅。九娘嘴唇翕了翕，剛想開口勸解他，蘇昉卻凝視著她又問：「還有一件事——」「阿妧，阿昕去桃花林找你和六郎時，發生了什麼？她為何要獨自留下和陳太初說話？太初又和她說了什麼，她才會決定獨自留在那裡？」蘇昉垂眸看著眼前淚水盈盈的九娘，決意問個清楚。

九娘耳中嗡嗡響了起來，她和趙栩在去落英潭的山道上遇到陳太初，陳太初打了趙栩一拳，她一直以為是陳太初見到自己的模樣認定趙栩輕薄了她才出手。難不成——

蘇昉視線落在她身後：「阿昕的女使說了，當時你身邊的惜蘭也在山道上，並沒有阻攔阿昕去桃林中找你，阿昕樹林中出來時臉色很差，到了落英潭就趕她們回寺，要獨自和陳太初說話。」他努力平心靜氣，卻總有種感覺，感覺事情就是他想得那麼糟糕：「太初跟你提過沒有？他和阿昕究竟說了什麼？」

「什麼——？」九娘無意識地重複了一遍這兩個字。

惜蘭上前一步扶住搖搖欲墜的九娘，輕聲道：「惜蘭見過東閣。那日蘇娘子出桃林來時，親口說不曾找到我家娘子和燕王殿下，怕是見到蛇蟲嚇著了。後來尋到蘇娘子時，聽史夫人哭訴什麼回去就退親的事。」

「不——不是，阿昉，你聽我說——」九娘從喉間逼出來這幾句，她想伸手去拉住蘇昉。蘇昉卻退了兩步，和她一樣面色慘白搖搖欲墜著。

蘇昉深深看了她一眼，怔怔地看向遠處漸漸亮起來的天空，點了點頭：「果然是——。」他慘笑了一聲，慢慢轉過身，越過停在前面等他們的孟建和張子厚，拖著沉重無比的步伐往外頭走去。果然不只是因爲玉璜，還因為他勸阿昕退親和問心，阿昕才想著最後和陳太初表述心意，才會被陳太初拒絕，才會獨自留在了落英潭。

「阿昉！」九娘奮力推開攔著她的孟建和張子厚，跌跌撞撞地追趕出角門。

蘇昉已騎著馬飛馳著遠去了。

張子厚皺著眉和惜蘭一左一右將九娘塞入馬車，自己翻身上了馬：「走——」孟建上了馬猶豫了一下，轉頭道：「慈姑你也上車去，看看這是怎麼了。」這孩子可千萬別死心眼喜歡上蘇昉，蘇家的男人看起來和藹可親，其實都無情得很，放著那麼好的殿下不親近，去追蘇昉作甚。

馬蹄聲漸漸遠去，觀音院前的煎藥攤子已準備妥當，藥婆婆搬過小杌子，坐在爐前，搖起了扇子。汴京城的又一個夏日開始了。

# 第二百四十七章

「哭吧，小娘子。」慈姑歎了口氣：「蘇家小娘子出事後，你還沒哭過，別憋壞了。」府裡沒有人比她更懂她一手養大的小娘子了。

九娘靠在車窗邊，手中緊緊攥著帕子，低聲道：「惜蘭，你跟張理少說，請他趕緊派個人去百家巷求見蘇東閣，請他務必在家中等我。我回城後便去找他，有話要同他說。」

片刻後，惜蘭掀開車簾回到車內：「已經派人去了，小娘子放心。」

「惜蘭。」

「婢子在。」惜蘭的頭垂得更低了。

「今日你便隨殿下北上，不必再跟我回來了。」九娘目光落在她手臂上，那裡還有阮玉郎上次劫走自己時她受的傷。

惜蘭一震，立刻跪倒在九娘面前：「奴婢哪裡做得不好，還請娘子責罰。」

九娘轉開眼冷聲道：「你不知道嗎？」

惜蘭以頭碰地：「奴婢不該在東閣面前多嘴——」

九娘輕輕搖了搖頭：「惜蘭，蘇家娘子進桃林找我的事，你為何當時不說？為何事後不說？為何一直不說？」

惜蘭的頭靠在地毯上，不再有動靜。

「你就當我遷怒於你，儘管怨我就是。」九娘淡淡地道。

「婢子不敢。婢子是殿下派來護衛娘子的，事事皆以娘子為先。」惜蘭的聲音低了下去。

九娘深深吸了口氣，惜蘭完全明白她在懷疑什麼。如果阿昕獨自進了桃林又出了桃林，趙栩怎麼會不知道？沒有他的許可，阿昕又怎麼進得了桃林？還有那手書上隱隱約約的甜香……九娘緊緊閉上眼，不敢再細想下去，只怕再想下去就是深淵。不會的，趙栩不會算計她，她也不該這麼猜忌他。

但疑團卻依然慢慢發酵，變成了疑雲。

許久，惜蘭緩緩抬起頭，見九娘已經靠在窗邊引枕上合起了眼，面上隱約還有淚痕。慈姑和玉簪正目不轉睛地看著自己，不由得苦笑了一聲。當日殿下之命清清楚楚，任何人要入桃林找尋殿下和娘子，她都不會阻攔。只是誰能料到竟有那麼厲害的刺客，能將那許多暗衛擊斃，導致蘇娘子芳魂歸天。

事已至此，說多錯多。惜蘭叩首道：「惜蘭任憑娘子處置，求娘子允奴護送娘子回府後自行離去。」

九娘長睫輕顫，不言不語。

封丘門往北三十里，北郊長亭上，人頭熙熙攘攘，文武重臣和宗親們正在依次拜別趙栩。

章叔夜眼尖，遠遠地就看見了張子厚一眾的車馬，笑了起來：「殿下，張理少和忠義子來了。」隨行的方紹樸忍不住踮起腳尖往外張望了幾下。

孟建滾下馬來，匆匆擠過人群，到了趙栩輪椅前頭，躬身行禮道：「忠義子孟建參見殿下，願殿下一路平安，萬事順遂。」

「忠義子免禮，無需客氣。」趙栩柔聲道。

孟建激動地退了幾步，微微抬起頭，才見到趙栩身後身披甲冑的長兄孟在，還有站立在蘇瞻為首的宰執們後面的孟存，便朝他們輕輕拱了拱手，算打了個招呼。他心中多了幾分高興，也添了幾分不自在。自從說了嫡庶那事後，二房和三房幾乎沒了往來。偶爾在翠微堂遇到孟存，他也對自己視若無睹不理不睬，可不是做賊心虛了。孟建往外看去，卻只看到張子厚大步走了過來，他心裡一急，阿妧怎麼不下來請安送別，理應讓滿朝文武看一看殿下待她多麼不同，這孩子也太矜持了，真是的。他往外走了兩步，卻被張子厚刀鋒般的眼神給釘在了原地。

小半個時辰後，趙栩笑道：「送君千里終有一別，諸位臣工請回吧。六郎就此別過了。」

章叔夜帶著四個禁軍穩穩抬起趙栩的輪椅，放到馬車上，趙栩揮手道別後，車簾徐徐落下。

旌旗招展，車馬緩緩往封丘而去。趙栩將從京西北路沿黃河北上，停於河北東路南端的開德府（澶州），由南樂往大名府。這五百里路十天可抵達。再從大名府往中京走，尚有一千七百里路，再快也需一個月才能抵達。

定王歎了口氣：「無論如何六郎也趕不上先帝禫除❶了，只盼他順順當當，趕得及請謚❷。」謝相搖了搖頭：「八月底的請謚，殿下恐怕也趕不上，十一月初的啟菆❸說不定能趕上，靈駕發引在十一月底，還有半年——」他也不禁歎息了一聲。

蘇瞻率領眾臣再拜了三拜，便欲各自回轉衙門，卻見孟建聽張子厚說了幾句話後喜形於色起來。「叔常，何事如此歡喜？」蘇瞻走到孟建身邊，淡然開口。

「表哥——」孟建轉頭見是蘇瞻，趕緊拱手躬身行了一禮，強忍住心花怒放，湊近蘇瞻壓低了聲音道：「叔常和張理少帶著阿妧再送一送殿下，午後就回城。阿妧正好還要去表哥家裡探望陳家表嫂。」

蘇瞻看向馬車，皺了皺眉：「可帶夠了部曲護衛？」

孟建頭點得如小雞啄米：「表哥放心，張理少帶了兩百多人呢。對了，還有個事——」他諱莫如深地，有些為難地道：「寬之今早天不亮就跑來翰林巷找阿妧說話，說了幾句就氣跑了。雖說是至親的親戚，又是從小一起長大的，可表哥你也知道，殿下對阿妧幾次捨命相救，還請表哥同寬之好生說一說——」

蘇瞻被他氣得笑了起來：「叔常只管放心，我蘇家的郎君，還沒有娶不到賢婦的。寬之他絕不會擋著叔常你攀龍附鳳之路。」

看著蘇瞻拂袖而去的身影，孟建尷尬地呵呵了兩聲，轉向張子厚攤了攤手，卻見張子厚橫眉冷眼看了自己一眼也拂袖而去了。

孟建搖搖頭，趕緊追了上去。

官道上兩個車隊漸漸首尾相連，合成一個車隊。日頭漸漸高掛，走了十餘里便是開封城北的京畿路驛站。七八個驛站的小吏昨日就得了信，近百驛站軍士也都早早備好了草料和各種飯食，將驛站內外打掃得乾乾淨淨，列隊在旁。眾人在門口等了一個多時辰，見車隊近了，趕緊素容整冠，上前迎接。

從各營調配的兩千禁軍精兵，入內搜查完畢，再無閒雜人等，便將驛站團團圍護了起來。

九娘進了驛站，見廳裡趙栩正在上首喝茶，他身穿素服，頭戴白玉髮冠，似笑非笑地聽孟建說話。

「殿下那般英勇，捨身忘己救了小女。下官真是肝腦塗地，不知如何是好。」孟建顫聲說道：

---

❶ 禫除：父母喪期服滿，脫除孝服的祭禮。是大祥祭舉行之後時隔一個月再行的儀式，也是居喪期間最後一道祭祀程序，服喪的家眷褪去身上的孝服，意謂著服喪已正式結束。

❷ 請謚：古代禮制，君主、諸侯、大臣、后妃等具有一定地位的人過世後，根據他們的生平事跡與品德修養，評定褒貶，而給予一個寓含善意評價或帶有評判性質的稱號。帝王的謚號一般是由禮官議定經繼位的帝王認可後予以宣布，臣下的謚號則由朝廷賜予。

❸ 啟菆：《禮記・檀弓上》云：「天子之殯也，菆塗龍輴以槨。」原意爲堆疊木材於輴上爲槨形而塗之，後引申爲停放靈柩，也借指靈柩。

「這救命之恩——」

「民女孟氏九娘見過燕王殿下，殿下萬福金安。」九娘沉聲打斷了孟建，朝趙栩道了萬福。

趙栩一怔，見她臉色不太好，歉然道：「有勞阿妧了，一路可累著了？快坐下說話罷。」

「多謝殿下關心。」九娘落了座，垂首斂目道：「殿下一路北上，路途遙遠。九娘準備了些物事，還請殿下不嫌鄙陋。」

趙栩笑道：「為何這般客套疏遠？你準備的，自然都是好的。多謝阿妧了。」

孟建聽著他喊了兩聲阿妧，極其熟稔自在，更是高興，悄悄地横了九娘一眼，就是，都是自己人，還這麼客套疏遠做什麼。

惜蘭垂首送上兩個包裹，趙栩身後的成墨趕緊上前接了。

「那藍布包裹是給章大哥的。」九娘抬起眼看向章叔夜：「多謝章大哥來北婆臺寺救了我，北地寒冷，便替章大哥做了幾件棉衣、棉鞋和帽子、手套，還請章大哥笑納。」

章叔夜一愣，抱拳道：「多謝。」他接過成墨遞給自己的藍布包裹，捧在胸口，抬了抬，擋住自己大半張臉，默默看向屋頂。他可不敢看趙栩的臉色，不用想，殿下的臉色恐怕好看不到哪裡去。

趙栩擰眉冷冷地看了章叔夜一眼，朝成墨伸出了手，接過包裹放在膝蓋上。九娘見他竟然要當眾打開包裹，輕聲咳嗽了兩聲：「殿下——」

張子厚站出來道：「忠義子，請隨我去外頭說幾句話罷。」

章叔夜、方紹樸、成墨等人一個個都是識趣懂事的，紛紛告退出來。成墨輕輕掩上四扇門，站在廊下，和章叔夜低聲耳語起來。

廳裡再無旁人，九娘站起身，走到趙栩身前，提起他膝蓋上的包袱放到一旁案几上：「這些回頭再看也不遲。」

「阿妧——」趙栩皺了皺眉：「你怎麼了？發生什麼事了嗎？」

九娘蹲下身，仰起臉看著趙栩。她不願意心存疑雲就此別過，就算是猜忌，她也要告訴他。

「六郎。」

趙栩一怔，今日從見面開始她就只稱自己殿下，突然變成了六郎，他幾乎以為自己把六哥幻聽成了六郎，心突突狂跳起來，視線不由自主地落在九娘花瓣似的唇上。

「六郎？」那柔軟的花瓣又輕輕動了動。

趙栩耳根發燙，好不容易將目光上移到九娘一雙眸子中，黑沉沉的，似有千言萬語。他伸出手，想握一握她的手。

「靜華寺桃花林裡，你知道阿昕見到我們了對不對？」九娘深深地看著他。

趙栩一滯，一頭一臉的火熱即刻冷靜下來。那兩聲六郎剝開了旖旎甜蜜，竟只是亂他心神的攻心之術，又苦又澀。

看著趙栩愈來愈暗沉的眸色和微微下抿的唇角，九娘輕聲道：「你當時為何不道破？她都看到了是嗎？因此她去告訴太初——才會一個人留在了那裡——」她極力想平穩住自己的聲音，最後幾個字卻已經支離破碎。

趙栩輕歎道：「阿妧，我雖知道有人偷窺，卻不知道是她——」

「惜蘭不攔住她，是不是因爲你巴不得有人見到我同你私會？好借他人之口斬斷孟陳兩家的議親？你知不知道那天我已經和太初說清楚了——」

趙栩一把抓住了她的手：「你疑心我故意讓蘇昕進了桃林？疑心我要她去告訴太初？你把我當成什麼人了？」

九娘掙了掙，反被他拉得更近。

「我那時已經向爹爹求了賜婚，為何要借此讓太初死心？我壞了你名節，你難道就肯嫁給我？」趙栩冷然道：「我是神仙嗎？能掐指算到那時有人入林，能算到恰好是蘇昕進來？還能算到她會去找太初？能算到她想獨自留在落英潭？」

她的手腕疼得厲害，但她說什麼都不對，做什麼也不對，他說的句句在理。見九娘眼中露出一絲愧疚和不安，趙栩冷笑了一聲：「在你心中，寧可將害死蘇昕的罪名安在我身上，安在你自己身上，你才會好過一些是不是？」

「有因才有果——」九娘輕聲道。趙栩壓著胸口的怒火將她一把拉了過來，九娘的下巴猛地磕在他膝蓋上，呼不出痛，已被他捏著抬了起來。

「每個人的命，是他自己的。」趙栩幾乎咬牙切齒道：「誰要蘇昕替太初擋箭了？誰要她受傷後不肯挾恩圖報了？誰要她和周家訂親的？她做的一切，是她要高風亮節，她要品行無暇，她要善解人意，關太初、你和我又有什麼相干？」

有些事，非狂風暴雨不能根除，留著總是禍患。

「你怎能這麼說——趙栩你——」九娘憤怒之至。他竟敢如此指責已逝去的阿昕？可心中隱約又在問，趙栩這是在說阿昕還是王玞還是孟妧？

趙栩捉住她兩隻手死死壓在自己膝蓋上，神情暴戾：「你們每個人心裡都知道不是嗎？你清楚，蘇昉清楚，你們誰也不說。喜歡一個人就有理了？受傷就說不得了？死去了就提不得了？你們一個個看重仁義道德君子所為，那太初呢？太初有什麼錯？」

「沒有人怪太初——不是太初的錯！」九娘反駁道。

「她既然進了桃林，見到你我，為何不出來斥責？為何要去找陳太初？她就沒有私心？」趙栩眼中的風暴愈加狂烈：「害她性命之人，兩個當天伏誅，程之才死在太初劍下，阮玉郎和另一個侏儒還未歸案。可你們還覺得不夠。你們想過沒有，以那三個侏儒身手，若是太初留下，說不定也會死，是不是那樣你們才滿意？你們一個個就是要用那鬼仁鬼義折磨死自己才安心？賠上一個陳太初不夠，還要賠上你孟妧，賠上我？才覺得對得起蘇家？你是不是要我們這些活生生的人都用一輩子去給蘇昕殉葬才夠？」

他聲音越來越響，話語越來越快，語氣越來越怒，廳裡竟有了雷鳴般的回聲。那「才夠？」二字在九娘耳中回想著，全是轟鳴聲。面前的趙栩似乎變成了那個摔碎黃胖的趙栩，那個伸著腳要她拔刺的趙栩，暴戾恣意，他可以隨心所欲，指天罵地，沒有任何規矩框得住他。他對她也一樣刀刀見血毫不留情。

「不是——」九娘聽見自己那毫無底氣輕飄飄的兩個字。

趙栩暴怒不已，只差沒從輪椅裡跳起來：「你要被榮國夫人的魂魄糾纏到什麼時候？」他看看四周，大聲道：「夫人，六郎超度了您多年，請您速速安心投胎去罷。您在世時為蘇家而活，離世了還在為蘇家人著想，可阿妧呢？她要跟著您背一輩子蘇家的債？您是蘇王氏，她姓孟——」

他看向九娘：「阿妧你猜忌我不要緊，你恨我恨你自己也行。只要你覺得合了你心裡的仁義，你能心安就好。那你想要怎麼還債？是用你這條三番五次被我救回來的命，還是要用我的命？」趙栩咄咄逼人，緊追不捨。

九娘淚如泉湧。她不想任何一個人有事，陳太初、趙栩、阿予、六姊、阿昉，她想要他們都好好的，可是阿昕的意外離去已經成了他們心頭的刺，拔不出來。

趙栩寒聲道：「什麼是命？什麼是天意？這天下江山，我做得了主。我的命，也只有我做得了主。若我當年跳下金明池死了，是我自己活該。若我去田莊那次死在西夏女刺客手裡，也是我活該。若我在船上死在阮玉郎手下，還是我活該。孟妧，你聽好了，若你執意如此，今日你我一別，他日我埋骨北疆或西夏，也是我自己定下來，是我的命，和你，和任何人沒有絲毫的關係。」

九娘死死反手掐著他的掌心。

「若我死了，也絕不願見你自責。你說要與我同生共死，可我只想你長命百歲好好活下去。」趙栩緩和了語氣，凝視著她：「我也捨不得死，我現在怕死得很。你要拿我的命去賠給蘇昕，只管拿去就是。可你若要用你自己一輩子的自責歉疚賠她，我卻萬萬不肯。」

趙栩抬起寬袖，在九娘臉上擦了幾下，皺起眉歎道：「阿昕是個好女子，只是太不為她自己著想了。我寧可她不擋箭，寧可她受了傷後趁機賴上太初，寧可她堅持等太初被你拒親……她要能跟我一樣聽從自己的心意，她就不會瘦成那樣——」趙栩也紅了眼眶：「阿妧，你以前也和她一樣，若不是我被阮玉郎陷害、被太皇太后逼迫，身陷重重危機，你可會變？你不會。你們讀了那許多書，為何不能好好問問自己要什麼。就算是女子，不也有我舅母那樣順從自己的心意過得很好的嗎？你們為何都像我娘一樣——」

見九娘凝噎無語，趙栩歎道：「我方才是氣狠了想罵醒你，不該那麼說她，是我不對。你替她罵還我吧，怎麼罵都行。蘇昕泉下有知，也絕不願意看到太初和你這樣。」

九娘輕輕搖了搖頭，又點了點頭，前世的她連蘇瞻和王璎都不恨，她只希望阿昉過得好。

兩人靜靜對視了片刻。

「對不住。」

「對不住。」

兩人異口同聲道。

九娘輕聲道：「我不該猜忌你，是我錯了。只是阿昉他知道了玉璜的事，他肯定會自責得厲害——」

趙栩歎息道：「寬之的性子，看似淡然，實則最執拗不過。勸是勸不了的，他對那夜的事知之甚少，難免會扛在自己身上。我今夜給他封信說一說始末。歸根到底，玉璜是阮玉郎惹出來的禍事。」他垂眸看著九娘：「你和寬之，其實也是一樣的人。」

九娘聽著他事事為自己著想，心中又難過更羞慚，點了點頭，便欲站起來抽身道別。

「等一等。」趙栩卻不放手，反將她拉得更近了些，神色間有些羞窘：「我方才是太凶了些，可嚇著你了？」

九娘一呆，搖了搖頭。

趙栩清咳了一聲，眼光落在她被自己握住的手上，不自在地道：「不管是什麼原因，我那麼大聲凶你，總是我不對。」他耳尖紅了起來：「我受不得你那樣待我。萬一你以後再猜忌疑心我，我凶你了，你只管凶回來。」

他聲音越發輕了下去：「你知道的，我從小就是個暴脾氣，罵過你綁過你踢過你，還摔過東西。可我罵不過你，也打不過你，還總被你氣得要命——」趙栩抬起眼瞄了九娘一下，又垂了下去，長睫顫了幾下，幾不可聞地道：「還有一件事——」

九娘蹲得靠近了他一些，聽不見什麼，輕歎了一聲道：「六哥你說吧，我不猜忌你，不疑心你，也不怪你。」

「我是知道有人入了桃花林，知道有人在偷窺。」趙栩深深看著她：「你不明白我為何不道破來人？為何放任她離去？」

「為何？」九娘茫然問道。

趙栩慢慢低下頭：「因為我是男子你是女子，因為我停不下來。如同此刻，天塌下來我也不會理。」他冰冷的雙唇牢牢覆蓋上同樣冰冷的雙唇，微鹹。

攻心為上，攻身未必為下。他已使出了渾身解數，危機已解，大事當前，可不擇手段。他問過心了，他想。

# 第二百四十八章

趙栩一腔旖旎，卻感覺到九娘雙唇如冰，牙關格格作響，趕緊鬆開她一些，在她眼中未見到應有的迷亂和羞澀，只有慚愧慌亂和椎心泣血之痛，心裡一沉。他那日在桃花林還是操之過急了，反令她很抗拒被他親近，蘇昕的事雪上加霜。可惜今日離別在即，只能以後慢慢疏導、死纏爛打讓她解開這個心結。九娘推開趙栩，跌坐地面，牙齒打顫中艱難地吐出一句：「你——別這樣。」

趙栩深深吸了口氣，朝九娘伸出手：「阿妧莫怕，是我不好，我不碰你，你放心。」

九娘搖頭：「被你當成輕浮之人而恣意狎玩，不是你不好，是我自取其辱——」

趙栩哪裡聽得這種話，一擰眉就要發火，看著她淚珠還掛在眼睫上，一口氣頓時散了，歎道：「若你因我一時情難自禁便把我當成淫賤下流之輩，也是我自取其辱。」他又忍不住喃喃辯解：「兩情相悅唇齒相依，再自然不過的事，怎麼到了你口中就變成恣意狎玩了？」

九娘抬起眼，見趙栩一臉無奈委屈，不由得疑惑自己兩世所知的那點閨房之事是否有誤，行周公之禮也是禮，只有那行院裡的妓子才會不滅燈燭甚至連小衣都不穿，袒身露體只爲討好男子，還有唇齒相依又怎麼可能是這種用法。九娘定了定神，靜了片刻後，走近趙栩：「你生氣了？」

趙栩依然朝她伸著手：「阿妧你不生我的氣就好了，我怎會生你的氣？下回我要親近你，定提前知會你，讓你準備妥當。」

九娘呆住。

「你告訴我，提前多久知會你才好？一盞茶的功夫，還是一個時辰？還是一天？」趙栩順勢拉回了她的手。

九娘皺起眉頭：「這是什麼話？飲食男女，人之大欲存焉，什麼提前知會，你我理當發乎情止乎禮才是。」

「我真想念阮玉郎啊，玉郎何在，請快些現身罷。」趙栩嘆道。

「為何？」九娘一怔。

「阮玉郎在，你就是我的好阿妧，待我極好，好聽的話一句一句比蜜還甜，處處維護我，手也牽得，人也抱得，你我順應本心，想親近就親近，多幾天就能把阮玉郎氣死。沒了他，你又一本正經起來，成了孟家的九娘子了。難不成只有生死患難時你才能恣意放任自己一回？」趙栩深深看著她。

九娘咀嚼著趙栩話中的意味，輕歎了口氣，握緊了他的手，上前一步，忽地俯身低頭在趙栩額前髮頂輕輕碰一下，如蝴蝶振翅又如蜻蜓點水。她輕聲道：「如此這般，你可得意了？」說完忍不住瞪了趙栩一眼。卻見趙栩臉上浮起兩朵可疑的紅雲，白玉般的雙耳也豔紅得快滴出血來，連靠在輪椅背上的上半身都挺直了起來，整個人扭扭捏捏如孩童。

趙栩有苦說不出，九娘只是俯身輕輕一觸溫香軟玉近在咫尺，他一股熱血湧上，竟怎麼也控制不住，只得微微挪動了一下身子，寬袖蓋住自己腰下，垂首看著地面，苦笑道：「阿妧當我是你家侄兒嗎？這叫什麼親近？」

九娘不知他心思千迴百轉，只悵然輕嘆，人若能永遠是孩子就好了。

孟建在偏房裡旁敲側擊打聽自己起復的事，張子厚卻心不在焉地出了神，有一搭沒一搭的嗯啊幾聲。

今日見到九娘和蘇昉並肩走著的時候，他心裡是一種酸澀苦楚又交雜著欣慰的感覺，每走幾步，他忍不住要回頭看一看，怕丟了自己的妻兒一樣，見到他二人無一人視線落在自己身上時，又頹喪得很。孟建當時說什麼來著？說他關心子侄和善可親？

孟建問了半天問不出什麼，口乾舌燥得很，喝了一盞茶，理了理素服的下襬和寬袖，替張子厚添了盞茶：「張理少，我家九娘年幼不懂事，幾次三番給殿下添麻煩，還累得殿下眾目睽睽之下救她。雖然被謀逆重犯擄了去，有傷閨譽，但她還是──個很知書達禮的小娘子──」那「清白」二字在張子厚冰冷鄙夷的目光下，怎麼也說不出口。孟建乾笑了一聲，想想自己這個爹爹總得為九娘謀個好出路，便低聲下氣道：「理少您是殿下的股肱之臣，還請多多幫襯我家九娘，日後若能有個郡夫人的名分，叔常也──啊──」

「嘩」地一盞茶劈頭蓋臉地潑了孟建一臉，虧得放了許久早就涼了。

孟建登時跳了起來，從懷中掏出熨燙得服服貼貼的帕子擦臉，心裡又慌又怕，轉身看向張子厚，不知道哪一句踩到他的尾巴了。

張子厚在疑心孟妧就是王玞後，早讓心腹之人將孟府裡裡外外挖了個透，知道木樨院的爛事多，卻想不到孟建這為人親爹的，竟能這麼對待九娘。他閱人無數，見孟建一臉真誠，並無阿諛奉承的神色，還帶著高攀燕王的忐忑不安，就知道這是他的肺腑之言，打心眼裡他覺得九娘的身份和遭遇放在這，若能被燕王納為妾侍已經是極美的事，說不定還自以為盡到了做父親的責任。

張子厚一甩寬袖，長身而起，負手往外走了兩步，想起九娘，又停下腳，索性回頭道：「忠義子您渾渾噩噩，連自己妻子、女兒的脾氣、性格、喜好、能耐一概不知，或者是根本不想在意。您既不善解人意，更不懂看人眼色，京中皆言你孟三郎是被孟程氏養大的，果然不錯。竟然也能平平安安活到今日，真是得好好感謝許多人的不殺之恩。」

「什，什麼？」孟建瞠目結舌：「何人要殺我了？」

張子厚默默看了他片刻，點了點頭，聲音也溫和下來：「你家九娘才貌雙全，聰慧過人，有勇有謀，屢助殿下，品性淑良。先帝和太皇太后早有意賜婚燕王殿下和孟氏九娘。忠義子理當挺直腰桿，給九娘長臉才是，這上趕著送女為妾的事，切莫再提。若給旁人知曉了，置九娘於何地？置殿下於何地？」又置他張子厚於何地？

張子厚歎息一聲，拂袖而去，心裡又悶又痛，被日頭一照，有些發暈。他站在院子裡看著那正廳掩上的粗木門，默默不語，臉色灰敗。

屋裡剩下一個孟建，跟被雷劈了似的，一動不動，額角方才沒擦乾的茶水順著臉頰流入衣領，他才又活了過來，一顆心放在鞦韆上似的高上低下，又跟被萬馬踩踏一般不聽使喚。

賜婚？是娶不是納？是正妃不是郡夫人或妾侍？連被擄和徹夜不歸都不要緊？一旦燕王登基——

「娘啊——」

孟建輕呼出口，抬起手打了自己一個耳光，不疼，一點也不疼。他大力掄起手，「啪」的一聲脆響。

「啊呦——疼——」孟建嘶了一聲，才想起來該擰大腿才是。他挺直了腰桿，邁出腳，跟踩在棉花堆裡一樣軟綿綿，一步一步往外走去。

走在雲端就該是這滋味了。孟建輕飄飄不知身在何處，走到張子厚身邊，看到依然輕掩著的木門和廊下躬身而立垂首斂目的成墨，才想起來，今日殿下一去，少則三個月，多則一年半載，待回到汴京，京中不知道有多少老不死的要把自家那些妖豔賤貨塞給禮部和向太后呢。先帝和太皇太后也只是有意，又沒詔書也無聖旨。

孟建一頭的汗，極喜之後又是極憂，嘴唇翕了翕，腿腳發麻，他原地跺了幾下腳，見張子厚臉色不好看，想了又想，終究還是湊了上去。

# 第二百四十九章

張子厚不動聲色地讓了兩步，這孟叔常三甲不入，那世家子弟文人雅士的惡習一個也不少，動輒把手拍肩惺惺相惜，太過煩人。

「張理少——」

「說。」張子厚抬了抬眼皮：「嘴動人別動。」

孟建一怔，縮回要邁出去的腳，歎了口氣：「多虧理少金玉良言，叔常醍醐灌頂，感恩不盡，只是家裡那不爭氣的四娘，會不會連累了我家阿妧？」

張子厚皮笑肉不笑地道：「忠義子看張某可是那種為打老鼠不顧玉瓶的人？過些天禮部的誥命敕封就該送到府上了。孟四娘子在宮中護衛淑慧公主有功，太后娘娘十分看重她，特封為武德郡主，安置在尚書內省教習宮中禮儀。」

孟建一頭霧水，怎麼從來沒聽老夫人和大哥、二哥提起過？什麼時候還立功了，竟從罪人變成郡主？武德？無德？他眼皮一跳，還沒來得及想四娘會不會怪他還沒送梳子和頭油去，就見張子厚已收了笑容。

張子厚面無表情地道：「殿下此番出使中京，將從中斡旋契丹和金國，欲促成兩國和平共處，大趙仁德寬厚天下皆知。金國和西夏也都將遣使前往中京，希望在四國和談後，能化干戈為玉帛。太后娘娘和相公們見金國大使結盟之意甚是誠懇急切，又因武德郡主才貌雙全賢良淑德，特許以往金國和親，嫁給金國四太子完顏亮。恭喜忠義子，孟家出了文成、昭君之人，功德無量。」

看著懵裡懵懂的孟建露出喜色，張子厚轉開了眼不再看他，心想還是殿下這安排好，一箭三鵰，既拖延住女真，又懲處了孟四，還不連累到孟家聲譽和九娘。那四太子虐死的妻妾兩隻巴掌也數不過來，若是孟四死在他手裡，倒給大趙聯合契丹問罪金國送了個好藉口。

章叔夜安排輜重和步軍先行出發，又親自去檢查馬廄裡的馬。弓箭手和騎兵開始列隊，等候號令。

廳裡的趙栩人已平復下來，看著九娘盯著自己的腿，耳朵依然紅著。

九娘蹲下身，愧疚地道：「那包裹裡有本劄記，是我這幾年從過雲閣所藏醫書裡抄錄的疑難雜症和方子，你給方紹樸看看，會不會對治你的毒傷有用處。」自從牽機藥救醒了先帝后，她便開始未雨綢繆。

趙栩一喜：「阿妧真是我的福星。對了，元初也中了毒，我讓方紹樸抄上一份快馬送去秦州。」

「昨夜大伯跟我說了收復秦州和元初大哥的事，那幾頁我已經謄抄好交給大伯，今日應該走軍中急腳遞送出去了。」九娘蹙起眉頭，想著自己幼時脫臼後許大夫的手法，伸出手輕輕捏了捏趙栩的大腿和小腿，戳了戳膝蓋窩周圍：「方醫官怎麼說？都好些日子了，還是沒有一點知覺嗎？」

她見趙栩不言語，抬起頭，卻見趙栩的神色有些古怪：「六哥？」

「每日都在施針，不要緊。我有點渴了，阿妧替我倒盞茶罷。」趙栩眨了眨眼睛，可憐巴巴地看著她。有個荒唐的念頭浮上心頭，若能把阿妧變小了放在懷裡一路帶著該多好，每日再請她這般拍一拍捏一捏……他伸手摸了摸自己發燙的耳根，不自在地咳了兩聲。

九娘趕緊去給他倒茶。

「我要是一輩子好不了，阿妧你倒可以安心了。」趙栩鬆了一口氣。

九娘一怔：「這是什麼話？」他倒不擔心自己嫌棄他？

趙栩桃花眼眯了起來，笑嘻嘻道：「那就再也沒有小娘子糾纏我了，我呢，就只纏著你一個。」

九娘臉一紅，手上一歪，差點翻了茶盞，顧不上責怪他驀然失禮調笑，低聲嘀咕道：「好像原本也沒人糾纏你吧？」七娘倒是迷戀過他，但也談不上糾纏。其他小娘子，誰敢糾纏他……他言語越來越放肆，她卻一點也不生氣，倒有些莫名的歡喜。

趙栩只當作沒聽見，接過茶盞喝了幾口，喟歎道：「若是我腿好了呢，你也不要多心。那些個香包、扇子、帕子，醜得很，我是決計不會收的。但若有人惹你不高興了，你可千萬要說出來，好讓我得意得意。」

九娘心思再通透，七竅再玲瓏，偏偏在情愛上缺了一竅，聞言疑惑道：「這又是怎麼說？」

趙栩頗為無奈：「你若是為我心生嫉妒，拈酸吃醋，豈不是證明了你心裡在意我得很？我在你心裡若能如此重要，豈不應該得意得很？」他含笑道：「你要是心裡不快，萬萬別藏著掖著，像小時候一樣，罵也好打也好，哭也好鬧也好，只是千萬別為了旁人。」就算為了蘇昉也不行。

「你得讓我知道是因何而不快，我才有法子讓你高興。只是我一想到阿妧你也會為我吃醋，真是當浮一大白，恨不得天下人皆知才好。」趙栩笑得十分得意。

九娘怔怔地看著他，天下怎麼會有趙栩這樣的人？怎會說出這般離經叛道的話？前世父母那般恩愛，母親也曾悄悄替父親準備過兩個女子，好為長房傳宗接代，爹爹大發脾氣遣走那兩人後，娘親不安了許久，還獨自哭過幾回。她聽到那些人背後議論娘親善妒，總氣得要命，替娘抱屈不已。到了她自己身上，蘇瞻從無納妾之意，她那三年甚至從未想過蘇瞻會有別的心思，因此也根本沒想過何為吃醋何為妒忌。

因何才會生妒？趙栩說得不錯，因在意因愛意才會生妒。那她前世的種種，究竟是妒忌過而她不敢不願承認自己心有妒意？還是她的確不願意妒，不屑於妒，根本不在意？那些微妙的情緒變化她早已不記得了，模模糊糊的，她找不出答案，又有什麼干係？

可是當下，眼前的趙栩，她何德何能又何其幸？

九娘輕聲道：「六哥，你真是奇怪。」她別開臉垂目道：「我其實是個最彆扭不過的人。山能移，海會枯，何況你我凡人凡心？他日若你心悅旁人，只管跟我說清楚就是，咱們一別兩寬，各生歡喜。我總記得你待我的好，記得咱們在一處時的好，可要我這般嫉妒哭鬧，學那種侍妾爭寵之道，我卻是不能也不會的。」

趙栩差點被她氣了個倒仰，他這是對牛彈琴嗎？

卻見九娘轉過臉來笑盈盈看著他：「可你既然求著我吃醋，我若不醋，豈不顯得我家六郎徒有汴京四美的名頭？因此我就是假裝也要裝一下的。誰敢朝你丟香包，我便丟回去。你要敢多看旁人一眼，我就不理你一日。你若三心二意，我便取了你的私庫，帶走你的部曲，尋一個一心一意的比你好看許多的郎君。這等人財兩得之事，也當浮一大白，讓天下人皆知。如此可好？」

趙栩勾起唇角，低聲問道：「天下還有比我好看之人？我看是不能也不會有的。」若是他二人的孩子，倒也說不準。

九娘凝視了他幾息，聲音也低了下去，紅著臉道：「我看也是，世人皆不如你。」在阮玉郎面前她能大大方方說出口的話，在趙栩面前，卻需鼓足勇氣才說得出口。

被九娘這麼情意綿綿地盯著看，又極難得聽到她說出這麼大膽露骨的話，趙栩的耳根又燙了起來，他趕緊岔開話題，將西夏和金國都會遣使去中京和談的事說了。

九娘這才也覺得羞澀難當，裝作若無其事，回過神來仔細想了想，西夏自然是因為秦州被收復了，面臨孤軍深入腹背受敵的局勢，才要參加和談，這等反覆無常的豺狼之輩，真是厚顏無恥之極。「你一路千萬小心，西夏和金國假惺惺要參加和談，不過是無法長驅直入才擺個姿態一探虛實，必然會不擇手段破壞契丹和我大趙的盟約。」九娘蹙了蹙眉頭，對於阮玉郎、西夏和女真來說，有什麼比在中京殺死趙栩更能一舉數得？雖然知道趙栩此舉也是為了一勞永逸、釜底抽薪，但他以身犯險，置身於四面楚歌之中，她委實擔心得很。

趙栩笑道：「西夏已遞了國書，由興平長公主出使中京，金國是那個攻下上京的完顏四太子。

別擔心，我早有準備，你只管放心，我每日停歇下來，就給你寫信。只是你沒法回信給我了。」

九娘見他胸有成竹，想說幾句激勵的話也覺得多餘，當年私闖孟家家廟捉弄她的桀驁少年，如今已長風破浪激流勇進，運籌帷幄翻雲覆雨。她曾在州西瓦子裡見過他又驚又喜又自豪驕傲地看著自己的樣子，想來自己現在也是這樣看著他的。

想到中京即將群魔彙聚，爾虞我詐，算計和被算計必然層出不窮，九娘心中有一絲遺憾自己不能參與其中，為趙栩出點力。她笑道：「天天寫有什麼可寫的，你在中京能報個平安就好。我總要回信的，留待你回來一併看就是。」

趙栩大喜：「這法子好。」又順便提起了四娘的處置。

九娘凝神一想，歎了口氣：「多謝六哥為我這麼費心。」趙栩大概恨極了四娘，連死也不讓她死，想到小報上前些時寫的那四太子，她打了個寒顫。

「阿妧可怪我狠毒？」

九娘搖搖頭：「這四太子既然是她想出來的，落在她身上也算因果報應。她害了阿昕，我不會心軟。」她轉身去續了茶遞給趙栩，看著他依然紅彤彤的耳朵尖：「六哥是太熱了嗎？我去把門開了，聽外頭動靜也該啟程了。」

趙栩抬手接了茶盞，見她雙眸盈盈落在自己耳朵上，耳朵一陣發癢，那耳尖竟忍不住微微動了動。

九娘驚呼了一聲，瞪著他耳尖：「你耳朵會動——？還是我看錯了？」

趙栩一愣，看著她一臉不可思議的樣子，問道：「這有什麼稀奇？你不會？」說著又動了兩下左耳，笑了起來：「你們也真是奇怪，阿予頭一次見也是這麼張大了嘴，能塞一個雞蛋進去。」

九娘眨了眨眼，實在忍不住伸出手指戳了戳趙栩燙得發紅的耳尖：「竟還有這種事，我孤陋寡聞了，頭一回得見，這怎麼能動的呢？」

趙栩被她手指碰到耳尖，不知為什麼，突然想起方才那不聽話也會亂動的物事來，若是有朝一日……會不會——？他扭開臉，深覺自己果然不負「無恥下流」四個字。才褪去紅潮的臉又蹭地燒透了起來。

近千負責輜重的軍士和一千步軍開始繼續沿官道往封丘前行。各營指揮使和旗兵各司其職，重騎兵和弓箭手在驛站外列開隊形，等候親王座駕駛出驛站。

孟建在偏房內看見章叔夜推著輪椅出來。趙栩看似十分疲憊，靠在輪椅扶手上以手撫額，白玉髮冠在日光下閃了一閃。他心中一跳，也顧不上問及九娘，趕緊迎上前去，卻被成墨擋住了。

孟建眼巴巴地看著四個禁軍抬起輪椅，踏上層梯。他推開成墨，上前行禮道：「殿下，請允下官送殿下至封丘！殿下——下官還有要事稟報。」

趙栩回過頭來，想著九娘還要趕去蘇家，便笑了笑：「忠義子無需見外，有話直說就是。」

孟建吞吞吐吐了幾句，求助地看向張子厚。

張子厚見九娘戴上帷帽走了過來，忽地開口道：「殿下，短短幾個時辰的來回，請讓季甫和忠義子一起送殿下到封丘吧。」

趙栩略一思忖說道：「好，季甫和忠義子上車一敘罷。叔夜你帶上人去護衛九娘。」

九娘納悶地看看孟建，不知為何又變了行程。孟建笑道：「阿妧別急，回頭爹爹親自陪你去蘇家。」

幾千人沿著官道北上，行了二十多里，已將近午時，夏日炎炎，官道兩邊樹木葳蕤，蟬鳴不絕。不遠處的林蔭下，有一個專截驛站生意的茶水攤子，支著涼棚，下頭散坐著幾十個過往商旅，男女老少皆有，還有些民夫打扮的漢子袒胸露乳橫七豎八地躺在樹蔭下頭。長條桌上還放著一排綠油油的西瓜，誘人得很。

早有探路軍士前來管束：「燕王殿下出行，閒雜人等避讓——」眾人紛紛站起身，整了衣衫，退到林蔭之中。開道兵立刻守住官道兩側，將他們和車隊隔開。

# 第二百五十章

一路上，趙栩聽孟建不知所謂地表了許多忠心，說了許多感激之言，便隨口問道：「忠義子以前在戶部領什麼職？」

孟建臉一紅：「下官丁憂前，在倉部郎中陳滿倉手下任倉部員外郎。」

趙栩想了想，笑了起來：「陳滿倉？可是那個在審官院被評了兩次劣等，卻因為名字吉利討喜留任倉部郎中之人？」

「殿下連這個都知道？」孟建吃了一驚，有些忐忑地道：「自從陳郎中進了戶部後，的確糧倉都滿，很是興旺。」

趙栩想了想，又問道：「忠義子丁憂三載，可知我大趙如今有多少廢田？」

「稟殿下，我朝廢田見於籍者，去歲有四十八萬頃。六年來，府界及諸路興修水利田，共一萬七百九十三處，為田三十六萬一千一百七十八頃有奇。」孟建老老實實地道。為了起復，他真做了不少功課。

張子厚微微抬起眼，倒未料到孟建會記得這麼清楚。他手頭已準備了好幾個職位待和蘇瞻商議。殿下要起復孟建，說白了就是為了九娘要抬舉孟建。

趙栩頗有興致地看著孟建，又問道：「你可知道林遜此人？」

「下官知曉，亦十分欽佩他。林遜乃廣州州學教授，去歲獻上《本政書》十三篇，很為蘇相賞識，現為桂州節度掌書記。」孟建停了停，略動了動，才坦白道：「殿下，這《本政書》是我家阿妧找來給我看的。下官因掌管家中田產多年，看了他寫的國朝兵農之政，稅賦徭役之說，覺得很有道理。倘若小民田日減而保役不休，大官田日增而保役不及。以此弱之肉，強之食，兼並浸盛，民無以遂其生。」

趙栩和張子厚對視一眼，都有些意外，這最後幾句倒和蘇瞻不謀而合，只是不知他這番見解是九娘所言還是他自己所言。

孟建卻有些喪氣地打開了話匣子：「殿下有所不知，下官投胎還算略有些本事，不愁吃穿，有人服侍。可自從掌管庶務後，下官常去田莊查看。只覺天下四民之中，惟農最苦。寒暑風雨冰雪不能歇息，頂著太陽勞作，身披星月而息。靠天吃飯，遇到那水旱、霜雹、蝗蝝，連口飯也吃不上。就算有了好收成，還有那公私之債，交爭互奪。聽說今年又要增稅，下官不明白，為何不勸民開耕？有些州縣戶曹官吏為了考評，還向農民預借來年的賦稅，厲害的都借到皇佑七年去了。這農人的日子，還怎麼過？」

趙栩和張子厚肯定了先前那《本政書》之感觸是九娘所言。然而孟建幾句話不符各部家醜不可外揚的道理，大實話亂說一氣，難怪他在審官院的考評也是平平，兩人對視了一眼，倒一改成見，把孟建列為可用在實處之人了。

孟建見趙栩若有所思，趕緊拱手道：「下官一時忘形，失言了，還請殿下恕罪。」

「無妨，忠義子拳拳憫農之心，是在朝為官者該有的。」趙栩淡然道：「季甫回去將借稅一事告訴鄧宛罷。」

孟建心裡一慌，後悔自己嘴上沒帶鎖，萬一被人知道是他洩露出來的，還怎麼回戶部？便又說了些要留九娘在京中的話，想揣摩揣摩殿下的意思。

趙栩只微笑著說：「她如何想，就由得她去。她高興就好。」

孟建琢磨了一番，不由得心裡涼了半截，不知道方才九娘和燕王單獨在一起說了什麼得罪了他。孟建看看張子厚，不知如何是好。

張子厚垂目不語。她如何想，就由得她去。將她的高興放在前頭，可見殿下待她，極其愛重。他應當安心才是。

趙栩含笑透過車窗竹簾看了看遠處林蔭裡的那群百姓，見有人和開道的軍士糾纏在一起，又有哭喊聲，便伸手搖了搖窗邊的金鈴。成墨在車轅上揮動麈尾高唱道：「止——」

前中後三隊旗兵打出旗號，車隊越來越慢，全隊停了下來。趙栩的馬車停在了那茶攤不遠處。成墨湊近車簾聆聽了片刻，跳下馬車，喊了四個軍士，往茶攤走去。不一會，回來稟報：「殿下，有個封丘的老漢，要往開封府替他兒子敲登聞鼓伸冤，聽說殿下路過，便想請殿下做主，被攔住後喊冤哭屈起來。」

張子厚掀開車簾往外看了一眼，見那老漢還牽著一個童子，哭得甚慘，回頭道：「來得真巧，殿下，臣掌天下訴訟，便讓臣去處置就是。」

趙栩勾起唇角：「既然是衝著我來的，怎可讓他失望呢？傳吧。」

成墨又折返回去，引了那老漢和童子到了車駕一邊行禮。護衛趙栩的親兵們都警惕起來。

九娘透過車窗，見章叔夜刀已出鞘守在了馬車邊上，趕緊推開車窗：「章大哥，出什麼事了？」

章叔夜輕輕將車窗推了回去：「有人攔路喊冤，只怕有蹊蹺，娘子請勿出來。」

九娘已見到那正在行禮的老漢和被拖拽著的三尺孩童，心猛然揪了起來，撐住了車窗：「小心那孩子——」話音未落，章叔夜已衝了出去。

不遠處那孩童約莫被拽得痛了，大哭起來，稚嫩的嗓音蓋住了夏日蟬鳴。章叔夜身形一停，又退回了馬車邊。

九娘鬆了一口氣，才覺得手一直在發抖，車窗慢慢合了起來。她垂目看著身邊那個張子厚特意從驛站添了冰的冰盆，終於抬手取了一片薄冰，一陣沁涼侵入心底，才壓住了煩躁的感覺。

慈姑見了趕緊掏出帕子抓起她的手，掏出那已經粉粉碎的冰屑：「小娘子要少碰冰物。」

「慈姑，我心裡慌慌的，亂得很。」想起趙栩的話，九娘吸了口氣輕聲說道，的確說出來就好一些了。

她在想什麼？她想做什麼？她已經很清楚，很明白。只要想到趙栩有危險，她一顆心就放不下來，定不下來。她想拋開一切顧忌，追隨趙栩而去，去契丹，去中京。

九娘的心狂跳起來。她竟然把他放在阿昉之前了，她想陪著他，照顧腿傷嚴重的他，想和他一起面對複雜多變的四國和談，她就是想為他做點什麼，多做點什麼。趙栩說得不錯，只有在生死患難的關頭，她才會恣意妄為，順心而行。

前世的她順心而為，錯付了蘇瞻，難道今生就該因此瞻前顧後退縮不前？即便他日人心生變，再錯付一次真心，她也絕不會再為了做那人人稱羡的賢妻良母而勉強自己，不會再為了青神王氏嫡系一脈那虛無的名聲而鬱鬱難解。

若君有兩意，盡可相決絕。她如今有孟家在身後，有女學可前往，甚至她可以另立女戶，又有何憾？更何況他是趙栩，他和蘇瞻全然不同，他事事為她著想，把她看得比他自己還重。她既然心悅他，掛念他，為何不敢如他待她一樣地對待他？

慈姑把她還在發抖的小手緊緊包在自己手中，自家小娘子的性子她最清楚，上回被天殺的阮玉郎擄走，吃了那許多苦，全身的瘀青至今還沒消，十五歲的她怎麼會不害怕？只是她一貫要強，外頭人看不出來而已。她心疼地道：「別怕，慈姑在這裡，殿下在這裡，還有這許多禁軍呢。」

九娘輕輕點了點頭，靠到了車窗上，見窗外的章叔夜雙唇緊抿，眉頭擰著，整個人如箭在弦上蓄勢待發。當年那個倔強的少年如今已經是獨當一方的強將了。她剛要開口喚章叔夜，卻見成墨匆匆小跑著過來，對章叔夜點了點頭，到車轅邊上稟報道：「九娘子，還請略移玉步，隨小人前往。殿下有事要與您商量。」

惜蘭和玉簪跟著章叔夜和成墨護送九娘上了趙栩的車駕，守在了一旁。

九娘見孟建神色古怪，張子厚似有怒意，再看趙栩也微微蹙著眉頭，開口問道：「六哥因何事為難？」

趙栩遞給九娘一方藕色絲帕：「阿妧你看看，這帕子可是你的？」那帕子上雖未繡字樣，卻有兩朵含苞欲放的梔子花繡在帕子一角，淡淡花香味和今日九娘身上的淡香一樣。孟建卻因不在意內宅事，自然是一問三不知。他只好請九娘過來認上一認。

九娘接過帕子，看了一眼就皺眉道：「是我的帕子，昨夜還在我屋裡的。真是奇了，這香是前些天我家大嫂從蘇州派人捎回來的，有寧神靜心之效。我屋裡前日才開始換這個香，為何會在此地？」

孟建打了個寒顫。那阮玉郎莫非有通天之能？

趙栩略一思忖，將手中的信遞給了九娘：「那老漢是今早被阮玉郎手下從封丘送到此地等著我的，為的是送這封信和這方帕子。」

九娘頸後汗毛直豎，接過信來，見澄心堂紙上一手狂草，極得張旭之形，如利劍鋒芒，有躍出紙張之意，然而全無張旭的法度規矩之神。落款只有「玉郎」二字。語氣更是輕佻，極為挑釁。將九娘視為他囊中之物，多謝趙栩成人之美，更言從此天各一方，他替九娘贈帕留念。

九娘深深吸了口氣：「翰林巷還有阮玉郎的人——」

張子厚強壓著怒火，看著孟建，這為人夫君為人父者，竟然連小小木樨院都收拾不乾淨。孟建心虛地看向九娘，他堂堂男子漢大丈夫，豈能著眼在小小後宅？

「阮姨奶奶自小就常來翰林巷，又在青玉堂住了三十多年，就連過雲閣的供奉們也是她帶來的人。家中定然還有她的人。」九娘柔聲道：「就如那孫安春還是太皇太后當年親自挑選的一眼，我家裡定然也有世代舊僕，看起來清白無嫌疑，實則心向阮氏為她所用。」

孟建連連點頭道：「不錯不錯，阿妧說得是。」

九娘將信放到案几上，手指輕快地敲了兩下：「阿妧以為，阮玉郎此舉，正是他一貫所用的攻心之計和貓戲鼠的遊戲之法。一則以阿妧的安危擾亂六哥的心神；二則彰顯他在開封府還有一搏之力；三則明擺著他對六哥和我的行蹤瞭若指掌。」

趙栩點頭道：「以他的行事習慣，這一路必將虛虛實實屢屢騷擾，亂我軍心。此去路途遙遙，不需十天半個月，眾將士們便會疲憊不堪。」

孟建趕緊道：「殿下說得是，只有千年做賊的，沒有千年防賊的。這可如何是好？他連阿妧的帕子都能輕易偷了——」一想到阿妧萬一回去後在家裡被阮玉郎再擄走，才真是晴天霹靂，糟得不能再糟糕了。

九娘看向趙栩，毫不猶疑地道：「阿妧請纓，願隨六哥出使中京，還望六哥莫怕被我拖累。」話一出口，九娘鼻尖沁出了細細密密的汗，像做了一件了不得的大事。車廂內登時靜了下來。

# 第二百五十一章

車裡三個人看著九娘，神情各異。孟建怔忡著，臉上泛起一絲壓不住的喜意來，心道阿妧真是個聰明孩子，這才對了。近水樓臺先得月，殿下投給你木桃你要懂得回報瓊瑤才能永以為好。

張子厚往九娘身邊靠了靠，低聲道：「使不得，此行極為兇險，而且我看阮玉郎此舉正有激將的用意——」他能使出大理寺的手段徹查孟府，只是那些部曲擋不擋得住阮玉郎，確實沒什麼把握，畢竟這些男子不可能一直守在孟家後宅裡。但要他贊成九娘的提議，又實在說不出口。

九娘朝他欠了欠身子，神情自若：「多謝理少提醒。但無論我躲在家中，南下蘇州，甚至避入宮裡，恐怕都躲不開阮玉郎。與其嚴加防守，處處受他掣肘，不如以攻對攻。」

「以攻對攻？」趙栩輕聲問道，眼中已帶了溢出來的笑意。

「一人計短，兩人計長，三個裨將也能不輸諸葛亮。何況阮玉郎並無殺我之意，我在六哥身邊，說不定能令他的一些毒計不好施展。故而我才請纓同往。只是蘇昉那裡，還有事要勞煩張理少。」

九娘挑了挑眉頭，揚起秀致的下巴：「我最恨被人脅迫，阮玉郎有什麼招數，儘管來試。我不怕，想來六哥也不懼。」

她粲然一笑，車廂內亮了好些。張子厚有些失神地看著她，這樣的神情，這樣的話語，這樣的豪氣，這樣的肆無忌憚，明明是青神中岩書院裡那個少女王玞，哪裡是養在深閨的京城世家女孟妧。阿玞，你說你是你，她是她，可是眼前的分明是你，不是她……

趙栩心頭滾燙，旁若無人地盯著九娘，眼中笑意越來越濃，胸口又激盪著一種酸澀。自從定下北上，他無時無刻不想著能把九娘帶在身邊，可他不願也不能勉強她，她該去做那些她想做的事，她該太太平平地過些安穩日子。他捨不得她為自己殫精竭慮，更捨不得她和自己一起以身飼虎。阮玉郎的確沒有料錯，九娘是他的脈門。但阮玉郎不知道，九娘更是他的仙丹。

這一剎，趙栩竟然開始感激起阮玉郎來，若沒有他屢下殺手屢設毒計，九娘又豈會拋開身份地位、禮法規矩、家族閨譽，以他為先？

趙栩深深看著九娘，神采飛揚地笑道：「忠義子，本王要帶上阿妧一起去中京，還需請你一道同行。」

孟建剛一搖頭，立刻又急急點起了頭。瞌睡有人送枕頭，這不是求之不得嗎？可想到不知該怎麼跟家裡說，他壓著喜意，拱手道：「殿下有令，下官莫敢不從，只是九娘畢竟是個小娘子，這一去半年一載的，只怕——」人言可畏四個字還沒說出口，已被趙栩打斷了。

「季甫，你奏請娘娘，給阿妧在尚書內省補一個會寧閣司寶女史的職，列入出使名單。」趙栩轉頭看向孟建：「只是委屈忠義子這些日子不能回戶部為官了。」

孟建大喜之下拱手道：「能追隨殿下為國效力，實乃下官之幸，不委屈不委屈。待我修書一封讓僕人送回家去。」

九娘看著趙栩，微微福了一福：「多謝六哥應了阿妧不情之請。」

趙栩心中無數話語雀躍著翻騰著，偏偏什麼也不便說出口，又覺得九娘能明白自己的心，只含笑看著她不語。

車隊緩緩再度啟程，午後抵達封丘。縣令帶著一眾官員在官道迎接，將趙栩一眾人等迎入縣衙。封丘縣衙雖只是一縣之衙，因屬開封府，比起其他州縣的縣衙寬敞了許多。

不過一兩個時辰後，封丘的街坊中就傳了開來：燕王殿下腿傷未癒，要留在封丘歇上兩日，順便體察封丘民情。那樁因田租糾紛誤傷莊頭的案子，殿下明察秋毫愛民如子，嚴懲了擅自亂加田租的莊頭，封丘縣的主簿因放縱家中莊頭胡亂提租，也被殿下申斥了一番，還當場釋放了王五，親自撫慰王家老小，就連他家那小郎，還得了殿下賞的一包果子。

黃昏時分，兩三百部曲浩浩蕩蕩地出了縣衙門，不少在縣衙外茶樓酒店裡的人們探出頭去，見一個戴著長紗帷帽的小娘子，被眾人簇擁著上了大理寺的馬車，她身邊一位清雋的中年男子，不苟言笑目光銳利，身穿大理寺少卿公服。

「嘖嘖嘖，那位就是名震汴京的張理少——」

「會不會是淑慧公主和殿下兄妹情深一路送來了封丘？」

「哪裡呀，這位該是燕王殿下的心上人才是，聽說前些時被謀逆重犯阮玉郎擄了，殿下明明受了劍傷動彈不得，為了她竟然奮勇直起，先殺了串通賊人的那位親王，再追去了汴河。幾千雙眼睛看著，開封府都轟動了。」有人眼睛發亮地壓低聲音道：「傳言這位娘子出身名門，國色天香，傾國傾城。怪不得殿下這般情深義重。」

「呸，道聽塗說得像真的一樣，你是親眼看見了還是認識那娘子？若真被賊人擄走過，堂堂親王殿下，怎可能和她一路同行到我們封丘來？」立刻有人更低聲地反駁道。

看著馬車和眾護衛遠去，茶樓裡的議論聲慢慢消散，看熱鬧的也逐漸散去。

不久，封丘縣最大的酒樓樊樓的四司六局喜氣洋洋地出動了，近百來號人推著十幾輛牛車和太平車，裝著各色銀製器皿，還有各色蔬果，流水般地進了縣衙後院，接受道道盤查，為燕王殿下置辦素席。

到了後半夜，樊樓的車子才慢慢駛出縣衙，往北而去。

九娘緊張地看著車外一身樊樓司設掌事打扮的惜蘭，轉頭問閒閒靠在引枕上的趙栩：「我們這般喬裝出來，會不會給阮玉郎發現？」

自上了車就一直盯著九娘挪不開眼的趙栩笑道：「不會。兵者詭道也，能而示之不能，用而示之不用。我毒傷未癒，不良於行，看似無可選擇。他定以為我收到那封信後留在封丘增調人手，還會派更多人去守著你。這才能出其不意走為上策。」

車內無燈火，九娘在昏暗的車廂裡都能看見趙栩目光灼灼似賊，不由得低頭看看自己身上的窄袖圓領襴衫，又抬手理了理頭上的青紗襆頭。這是樊樓送來的成衣，雖已是最小的尺寸，在她身上依然十分寬鬆。

「我這身衣裳怎麼了？」九娘不自在地問：「六哥你為何一直怪怪地盯著我看？」她再不通男女

之事，也知道趙栩可不是什麼柳下惠，所以才特意選了這窄袖圓領裹得嚴實，免得這厚臉皮的趙栩得寸進尺。

趙栩側身湊近了一些，抬手替她打起了扇子，低聲笑道：「你太好看，我這雙眼就是挪不開，我也沒法子。」

也是奇特，無論什麼話，從趙栩嘴裡說出來，竟毫無輕佻浮薄之意，他眼中並無雜念，誠意滿滿，一副這是真的不能再真的心底話的樣子，又似孩童吃到一顆極甜的糖果，迫不及待地炫耀著，那三分小虛榮小得意出自本心，格外天真爛漫，讓人不忍心惱他，倒覺得他更可親可愛，渾然不覺得他是攝政監國指點天下的燕王。

九娘臉一紅，又羞又惱又惱不得，往後邊車廂壁上靠了靠，轉頭看向車窗外：「原來還是怪我了？那我還是去和爹爹同乘一輛車算了，免得累著六哥的眼睛。」也不知道是誰千方百計以商議中京大事為由把她哄上車來的。

趙栩歎道：「人好看，穿什麼都好看，便是樊樓那破帷帳圍在我家阿妧身上，我這眼睛還是挪不開的。不過阿妧你又開始口是心非了，明明你心裡喜歡被我看，就不能讓我知道嗎？」

「你又不是我，怎麼知道我心裡喜歡被你看？」九娘白了他一眼。

「你也不是我，又怎麼知道我不知道你心裡喜歡呢？」趙栩笑道：「你雖然不是我，也該知道我心裡有多歡喜吧？」他整個下午都忙著和張子厚運籌帷幄四處調度，直到上了車才歇了下來，那壓了半天的歡喜得意快活跟發麵似的都快撐破他胸膛了，被她這麼含著薄怒的一瞪，實在忍不住，伸出手便想去牽她，心想只牽一牽小手，就好好和她說話不再調笑了。

不料九娘劈手搶過他手中的紈扇，大力扇了幾下自己通紅的臉頰，又伸出扇子將他頂開了些：「我雖然算是個聰明人，卻也不是你肚子裡的蟲，如何能知道你想什麼？還有這麼熱的天，六哥你靠去冰盆那邊才舒服些——」

趙栩極力忍著笑，依然笑得整個人都掛在那小小紈扇上，差點將扇子壓斷了。九娘氣得要抽回扇子，卻被趙栩趁勢握住了手。

「噓——」趙栩卻只輕輕握了一握就抽身退了回去，又特地雙手撐在小案几上，整個人費力地挪後了一些：「阿妧放心，我雖然算是個厚臉皮的人，卻也是你肚子裡的蟲，知道阿妧你擔心什麼。只是你說要跟我一起去中京，我實在太歡喜了。你別生氣。」

昏暗中趙栩的眸子閃閃發光，九娘慢慢伸出紈扇，替他扇了起來，輕歎道：「我待你，不如你待我的萬分之一好，你有什麼好歡喜的。」

趙栩想也不想：「你不用待我好，我也已經很歡喜了。」

九娘手中紈扇一停。

「你孟妧好好地活在這世上，對我來說就是最好不過的事。我待你好，若你不厭棄，便是好上加好的事。你又待我這麼好，阿妧你說我怎麼能不歡喜？」趙栩輕笑道。阿妧不僅口是心非，還極愛聽好話，從她在芙蓉池邊洋洋得意地問他那句「我厲害不厲害」起，他就知道了，那個七歲就咬著牙打出臥棒斜插花的阿妧，雖然被她小心翼翼地藏在了孟氏小娘子循規蹈矩的面容後頭，骨子裡還是那個好強的胖冬瓜。他這一輩子的好話自然都只說給她聽。

九娘手中的紈扇半晌後才輕輕地又搖了起來。車廂裡靜靜的，只有外頭車轂轆在地面滾動的聲音。

趙栩垂目撚起一塊冰，滾熱的掌心冰潤潤的：「你放心，張子厚此時應該到了蘇家了。寬之讀了那麼多書，不會作繭自縛的。」他抬起眼看了那慢慢上下揮動的紈扇：「只是那位榮國夫人，為何還不願轉世投胎去呢？難不成她要一直跟著你？」日後成親了可怎麼辦？想到有個魂魄在旁邊看著，趙栩就彆扭得很，手上一用力，冰水流入袖中。

九娘一怔，歎息道：「其實自從靜華寺那夜之後，夫人就再也未曾和我說過話了。」

兩人靜默了片刻後，趙栩道：「這三年來，我請開寶寺的方丈為她做了好些法事，她若能放下舊事，轉世為人，也是一件好事。你別難過。」

九娘輕輕嗯了一聲，才問道：「玉簪假冒我回府裡，抱病不出東暖閣，可會很快被阮玉郎識破？」

「明日就有三個孟妧出翰林巷，一個去蘇家照顧我舅母，一個入宮陪阿予，一個從汴河南下去蘇州。以季甫故弄玄虛的安排和嚴防死守，待阮玉郎的手下弄清楚那三個都是假的，至少也是大半個月以後的事。我們應該已經進了契丹境內。只是一路我們不走官道，恐怕會很苦。」趙栩柔聲道：「辛苦阿妧了。」以禁軍護衛的使團大張旗鼓掩人耳目，吸引各路人馬，原本就是他和張子厚定下的策略。耶律奧野將親自到契丹南京析津府迎接他們。

聽了趙栩的暗渡陳倉之計，九娘眼睛一亮：「那這樊樓也是六哥事先安排好的？真是厲害。」

# 第二百五十二章

「樊樓的確是事先安排好的，我厲害嗎？」趙栩笑眯眯地問。

「厲害。」九娘點點頭，覺得這兩句話似曾相識，想起當年芙蓉池上打水漂的事，她不禁也笑了起來：「厲害，你最厲害了。」

就是那天，趙栩送給她那柄短劍。九娘輕歎了一聲：「可惜六哥你送我的劍被阮玉郎奪去了。」

車窗外光線驟然明亮了起來。九娘掀開車窗簾的一角，原來車隊已進了樊樓的後門。外頭嘈雜起來，車夫連聲喊著「吁」，跟著有人開始從太平車上往下搬東西。從車裡，能看見章叔夜正有條不紊地安排隨行的親衛去各處戒備。那些四司六局的僕婦們跟著掌事們在盤點收攏器具。

趙栩湊過來往外看了一眼：「這麼快就到了。那劍總拿得回來的，你放心。不過原來阿妧你一直記得當年芙蓉池邊我們說的話。」

「你那麼囉嗦，我自然記得。」九娘放下車窗簾，偷笑了起來：「奇怪，為何坊間會說六哥不苟言笑，跟表叔是一個模子刻出來的。」誰想到這人竟是個話癆，還是個嘴上抹蜜的話癆，偏偏他說的話，她怎麼聽怎麼都覺得甜，難不成兩輩子的書把她讀傻了？

「阿妧不知道嗎？我舅舅的俏皮話只說給舅母聽。」趙栩離她近了，鼻中縈繞著一股若有若無的甜香，似花非花，似草非草。因車窗簾墜下，九娘的半邊臉也再次隱入了車廂內的昏暗之中，偏偏他目力極好，只覺得那簾外的亮光還賴在她臉頰上不肯走，瑩瑩如玉，不由得心中一蕩：「我的話，自然只說給阿妧一個人聽。」

九娘才驚覺這人怎麼又靠過來了，下意識手中紈扇隔了一隔，輕輕啐了他一口：「你總說這些不正經的話——」

趙栩揚眉奇道：「咿，不正經？我可不能平白背了這麼個名頭，太虧了。阿妧，你聽好了，你眨十次眼後我要牽牽你的手。你想一想，給我左手還是右手還是兩隻小手都——」

九娘心猛地狂跳起來，手中的紈扇猛地蓋在趙栩嘴上：「你想得倒美。」卻無意識地瞪大了眼，一眨也不敢眨，渾身起了一層雞皮疙瘩。

趙栩見她瞪著一雙水潤杏眼強忍著不眨眼，薄怒中掩不住羞澀，顯是將他的玩笑話當了真，心中大樂，一面開始算計去中京的這一路上，如何才能每日都和她這般單獨相處，一面琢磨著該如何讓她少些對「親近」一事的反感和戒備。

「原來阿妧也明白我那句厲害不厲害是故意提起的。」趙栩輕輕伸手在她眼前一晃，見九娘眼睫輕顫，笑不可抑：「眨了一下嘍，咿，兩下，三下。」

九娘立刻明白自己不是這無賴的對手，乾脆主動按了按趙栩的手背，冷哼了一聲：「便給你得逞一回又如何？若再敢耍無賴，有你好看。」心想要不是你長得好，腿又受了傷，你只能想得美去。

趙栩大喜，反倒使不出更無賴的手段來，手背上癢癢的，又捨不得也不好意思去再摸兩下。兩人對視一眼，都紅了臉，轉看向車窗外頭。

趙栩眼角卻仍離不開九娘，當日碧水紅花下，她就已經美得令人窒息。他全然不記得池邊豔若朝霞的木芙蓉花，後來常常夢回那場景，才驚覺那片粉雲燦爛到了極致。那時他全副身心都在她身上，看著她小小面孔上一時迷茫一時無措一時豪情萬丈一時精靈古怪，他就跟著心疼著急高興和快活。她聽說自己要去契丹接回趙瑜，就那麼竹筒倒豆子似的出謀劃策，絮絮叨叨又憂心忡忡的。每每想起，他又歡喜又擔憂，他不捨得她摻和這些國事、朝事、家事，如今因緣際會卻要帶著她同赴中京，自己這般厚顏無恥耍無賴，她也容下自己得寸進尺。

若別無他人，趙栩真想把眼前一身男裝也難掩風流的人兒揉進懷裡緊緊抱上一抱。

「郎君，娘子，一切已安排妥當。」章叔夜沉穩的聲音在車窗外響起。

趙栩樂開了花，低聲曖昧地道：「叔夜這般稱呼你我，正合我心意。」不等九娘反應過來，他伸手在窗櫺上敲了三下。

成墨和惜蘭趕緊打起簾子。章叔夜親自上來告了禮，將趙栩背了下去。

九娘剛回味過來趙栩又在調笑自己，卻已來不及惱他，扶著惜蘭的手下了車，抬頭見一高大魁梧的人走了過來，定睛一看，吃了一驚。

「高似？」

院子裡光線雖然昏暗，九娘依然看得分明，高似原先略飛霜的鬢髮如今已全白，他眉眼間彌漫著一股哀莫大過心死的鬱結。

聽到九娘的聲音，高似一怔，看了她兩眼，小心翼翼地看向趙栩，低聲道：「我來背你。」

「不用。」趙栩語氣淡然：「進去吧。」

他一開口，旁邊肅立的三個身穿青色直裰的男子立刻上來行了主僕大禮：「小人參見郎君，郎君萬福金安。」

樊樓坐落在封丘縣城北面，占地甚廣，就算在汴京也都小有名氣。外人皆知這酒樓的東家乃是揚州的富豪。院子裡不僅有人工挖出來的落月湖，湖中留了一小島，島上只有東家私用的三層小樓，臨湖賞月，別有風味。只有那非富即貴之人才能被邀請到這浸月閣上飲酒作樂。

那三個男子一路引著眾人上了檐子，從後院到了落月湖的小碼頭邊，月下垂柳輕拂，蛙聲一片，那柳林中還有星星點點的螢火蟲飛舞著。湖水隨風輕蕩，月下層層銀光泛起，令人心曠神怡，抬頭可見不遠處浸月閣上燈火通明。

碼頭邊三艘無篷小船微微起伏著，那三個男子朝趙栩行了一禮，各自快步上船，提起長篙。

章叔夜背起趙栩，帶著九娘、惜蘭、孟建和方紹樸上了其中一條船。高似在岸邊猶豫了一下，也跳了上來，船身一動也沒動。

三條小船載著幾十人，悠悠蕩開水波，往浸月閣而去。

趙栩沐浴過後，在房裡趴在床上，一邊被方紹樸折騰著祛毒，一邊和章叔夜商量要事。突然聽見外頭惜蘭和成墨說話的聲音，趕緊抓起旁邊的道袍將自己光著的兩條腿蓋住。

「稟郎君，九——郎遣惜蘭送了樣東西來——」成墨的語氣有些猶豫，心裡疑惑為何娘子再三要求眾人稱呼她為九郎。

「進來罷。」趙栩抬了抬手，章叔夜和方紹樸趕緊將他床前的素屏略微挪了挪，擋住了還插著許多金針的下半身。

少時，惜蘭捧了一個包裹進來，道了萬福後稟報道：「因知道明日都要騎馬，午間九——郎讓奴婢準備了物件，方才特意做了這個給郎君。」

趙栩看看她身後：「她人呢？」

惜蘭停了停，低聲道：「郎君一來這裡就忙著做這個，原是要親自送過來的，只是忠義子方才來有話要說，就派奴婢先送過來，看看合不合適，若不合適，今夜還來得及改。」

趙栩鼻子裡冷哼了一聲，對孟建才有的那一點點好感也沒了。

方紹樸接過惜蘭手中物，展開來一看，咦了一聲：「這是個好東西。」

趙栩一把搶了過來，白了他一眼：「我的！」懊惱自己竟然不是第一個碰到九娘特意為他做的好東西。她做的，無論是什麼，當然都是好東西。

方紹樸看看他，默默走到他腿邊，抬手在他膝窩裡又加了三根金針，看著趙栩的膝蓋猛地抽動了一下，心滿意足地點了點頭。

趙栩卻顧不上他，細細看了看手中像繩子又像袋子的奇怪物事，笑得見眉不見眼，抬頭對章叔夜道：「叔夜可知道這是做什麼的？」

章叔夜笑道：「可是固定郎君的傷腿用的？這兩邊的長帶子應該能繞過馬鞍，下面這個長長的軟墊特別好，有了這個，殿下的傷腿騎馬時就能少吃許多苦。」

趙栩連連點頭，讓方紹樸將那軟袋繞過自己的傷腿，鬆緊正合適。他再轉頭看看自己的傷腿，似乎還是好得慢些才對。

「正合適，無需改動了，你回去替我好好謝謝她，讓忠義子即刻來我這裡一趟。」趙栩吩咐道。

惜蘭垂首應了，剛要退出去，又聽趙栩的聲音響起。

「讓她早些安歇——」趙栩停了停，垂首看著手中物：「若是她不累，能來看看我這傷患就更好了。我也好當面道謝。」

章叔夜和方紹樸默默對視了一眼，走到了素屏後頭去收拾藥箱子。惜蘭躬身應了，告退出去。

趙栩看著素屏後兩個靠在一起的頭顱影子，輕哼了一聲，抱著那軟墊轉向床裡躺了下去：「方紹樸，好了沒有？你多加了幾針就生效了？還是你對本王有什麼不滿之處？」

咣啷一聲下，方紹樸打了個哆嗦，碰翻了剛剛理得差不多的藥箱。

孟建忐忑不安地看著廊下倚柱望月的九娘，見女兒還穿著那身男子襴衫，束著男子髮髻，幞頭已取下了，更顯得她額頭光潔，眉目如畫，只是神情冷冷淡淡的，在月色下不似塵世眾人。

「先前爹爹想錯了，對張理少說了些不妥當的話，你別放在心上。」孟建咳了一聲。

九娘轉身看向今生這位親爹，唇角勾了勾：「爹爹也是為阿妧著想，我被阮玉郎擄走了大半天，若還能嫁給殿下做妾侍，就算婆婆和娘雖然不願意，卻也沒法子拒絕。阿妧謝過爹爹了。」

孟建一呆，只覺得天下間原來只有阿妧懂得自己的一片苦心，被張子厚罵了一通的委屈湧了上來，竟哽咽了起來：「好孩子，爹爹就知道你玲瓏剔透，定能明白爹爹全是為了你著想。」

九娘一愣，見他俊雅清秀的臉上無一絲愧色，竟真是以為自己體諒感謝他一片苦心了，倒也無言以對。

「阿妧，你自小受了許多委屈，爹爹未曾留意過你們姊妹之間，也是有錯的。」孟建輕聲道：「爹爹自己就是家中庶子，又因姨娘的緣故，被你婆婆不喜。這庶出的孩子，難免受些輕慢，年少時吃些苦，日後才惜得甜。你也別再記恨你四姊、七姊了。」

他仔細看著九娘，見九娘盈盈帶笑，並無惱意，鬆了一口氣，接著又說道：「如今阿妧你是三房的嫡女，以後家裡全靠你了。你四姊做了那金國四太子的王妃，倒也是件好事。你放心，爹爹雖沒什麼本事，可只要殿下差遣我，我總不會丟了你的臉。只是有個事，爹爹不得不提醒你：你年紀小，殿下又對你情根深種，待你極好，這做女子的，不免總幻想著一生一世一雙人什麼的——」

九娘冷笑道：「這一路生死尚且未卜，爹爹倒已經來勸女兒做賢慧人？怎地，爹爹是當天下男子都和您一樣，見一個愛一個，外頭還要藏一個？讓娘子出錢出力還得打落牙齒和血吞，替夫君教養外室子？」

九娘看著孟建瞠目結舌的神情，斬釘截鐵道：「可阿妧不願不肯也不能，就算這一路順遂，日後我和殿下在一起了。若殿下心裡有了旁人，身邊有了旁人，阿妧定會大歸返家，要是爹爹不肯，阿妧就另立女戶甚至出家修行便是，卻不勞爹爹費心。」

「阿妧——阿妧——」孟建見她朝自己一拱手就拂袖而去，著急起來，「你這孩子平日最懂規矩的，莫不是被陳家那絕不納妾的家規給蠱惑出了心思？這妒婦絕不能做，更何況那是天家——」

九娘身形一頓，終還是快步回房，將門嘭地一聲關了起來。

「忠義子，請隨奴婢去見殿下。」惜蘭的聲音在他身後響了起來。

孟建打了個寒顫，眼前月色如水，湖面泛銀。

# 第二百五十三章

趙栩的目光冰冷，孟建頭不敢抬也覺得自己身上被戳了一劍又一劍，頭皮都疼，渾身疼。

「忠義子可真是忠義得很，竟操心起本王的後宅之事來了？」趙栩牙縫裡迸出一句。

「下官不敢——」孟建頭搖得比撥浪鼓還快。

「不敢？你還有未卜先知之能，連本王日後會另有所愛也都盡在你掌握之中？原來本王的心思，本王自己不知道，忠義子倒一清二楚？不如你告訴本王，我何時壽終？」趙栩的聲音越發地淬了冰。

「噗通」一聲，孟建嚇得跪了下去，滿頭大汗，微弱地辯解道：「下官有罪，下官有妄議宗親之罪。下官只是教導女兒當遵守《女誡》和《女論語》，不可仗著殿下愛護而心生嫉妒——」

「啪」的一聲。孟建嚇得一抖，不敢再開口。

趙栩一掌拍在床沿上，腿上的金針掉下來好幾根，慌得方紹樸趕緊道：「殿下息怒。殿下經脈正在往外排毒之中，切勿動怒。」

「孟叔常，你以為你是誰？」趙栩簡直要氣笑了，自己費盡心機才讓阿妧放開心胸，哄得她高高興興。孟叔常竟然把自己當成他那般的人，以己度人，去壞了阿妧的心情不說，她那麼敏感多思，說不定還以為天下男人都是會偷腥的貓。

方紹樸轉到素屏後頭，從藥箱裡撕了一小塊棉花，搓成兩個小球，塞進自己耳朵裡，又搓了兩個，看向僵立在素屏邊上的章叔夜。章叔夜只當沒看見。

小半個時辰後，孟建才灰頭土臉地退了出來，夜風一吹，背上一片冰涼。他辨認了下方位，定了定神，慢慢下了樓。

樓梯轉口處卻見一個高大身影，背著光靜靜地站在陰影裡，再仔細一看，他懷抱一把暗沉沉不起眼的刀。孟建猛地想起他就是傳說中的「小李廣」高似，契丹北院大王耶律興家的唯一血脈，還是金國二太子，被太皇太后疑心是燕王殿下生父的那位……

他眼皮猛地跳了幾下，裝作沒看到高似，貼著欄杆慢慢往下走，腿一軟，差點摔了下去。

一把刀架在了他胸腹之間。沒摔死卻要被刀砍死了？

孟建胸腹間一痛，失聲叫了起來，不知道是不是自己想了不該想的事，被殺人不眨眼的高似發現了。

等他回過神來，才發現自己掛在刀背上，人沒死，也疼得厲害。

「小心。」高似的聲音低沉嘶啞。

上頭成墨也探了探頭，低聲問道：「忠義子沒事吧？」

「沒事沒事——我沒事，多謝了。」孟建趕緊扶著欄杆慢慢往下走，不敢再回頭看高似。

等下了樓，見到許多黑衣短打的漢子靜靜守在庭院裡，孟建才舒出一口氣，這浸月閣四面臨湖，不設外牆，庭院盡頭就是十幾級石階沉入湖水中，一眼望去，水浸碧天天浸月，夜色無限好。

他走了幾步，見無人阻擋，索性走到湖邊，才回過頭望了望那二樓昏暗的欄杆，似乎有水光涵月的影子，又似乎只是暗沉沉一片。

那人真是可憐。孟建歎了口氣，看年紀比自己還要大一些，無家無室，無妻無兒，看起來就心裡苦得很，真是可憐。

轉念間想到自己，孟建苦笑起來，做了幾十年的庶子，突然聽說自己才是嫡母親生的。可他自己信了，那生他之人卻不信也不理睬他。他也不敢多想，不敢再爭，甚至後悔輕信了琴娘的話。他只是有那麼一點點不甘心，其實兩人都過繼出去了，嫡庶之爭也沒什麼利害關係。他孟叔常只是想知道自己究竟是誰的兒子，萬一真是嫡母親生的，也許他也能和二哥那樣，和她隨意說笑甚至耍個無賴什麼的。

他從來不知道，有個娘可以親近是個什麼滋味，他也想好好孝順孝順娘親。

孟建蹲下身，月色下看到腳邊有些碎石子。他忍不住撿起一塊往湖裡丟去，記得兒時他習武怕疼，去求姨娘，果然就不用再去演武場了。他讀書打瞌睡，姨娘說裝裝樣子就好，日後總有恩蔭的。他跟著二哥去見阿程，誇她好看，阿程就帶著十萬貫嫁妝做了他的妻室。還有琴娘，阿林，他其實真沒有求過什麼，總有人送給他。

有人送，他就收下來，給她們妾侍的名分，讓她們吃得好穿得好，生兒育女太太平平。這對她們不好嗎？他孟叔常怎麼就這麼不被殿下待見呢？連阿妧都敢那麼說自己，她是在罵自己這個爹爹？孟建瞪大了眼睛，突然回味過來。

什麼叫見一個愛一個外頭還要藏一個？阿程怎麼就變成打落牙齒和血吞了？管教侍妾，教養庶子庶女，原本就是做妻室做主母該做的。阿妧素日裡最懂規矩最忍讓最懂事的一個小娘子，什麼時候變得這麼無法無天了，竟然還威脅殿下要大歸？還什麼立女戶甚至出家。她要是真成了一個容不下人的妒婦，這孟家的名聲可怎麼辦？她自己年紀小不懂事，將來有的苦頭吃。就算像王九娘那樣不許蘇瞻納妾，又得了什麼好結局，還不是只有身後哀榮。天底下哪還有第二個陳青。噗通噗通，兩顆石子從孟建手裡扔進湖中。三個黑衣漢子靜靜從他身後巡查過去，只多看了他一眼。

可殿下也是個怪人。孟建蹲得腿麻，慢慢站了起來，長歎了口氣搖搖頭。但殿下那罵他的話該是在維護阿妧吧。他吃了熊心豹子膽也不敢替殿下做主，更別提操心殿下的後宅之事了。他不過是提點阿妧幾句而已，怎麼殿下就氣成那樣。他真是想不通。

這世上，看來沒什麼人能明白他。

孟建在湖邊自怨自艾自苦自憐不說，趙栩在床上抻長了脖子也沒等到九娘來，氣得不行，讓成墨去問了兩回。

「九——郎正在沐浴。」

「九——郎已經歇下了——」成墨的聲音一回比一回低。他算是懂了，這位是祖宗，那位是菩薩，一拿一個準。

趙栩想了半天，患得患失，深信阿妧不可能把孟建的話當成自己的意思，被方紹樸催了幾次，才喝了藥睡下了。方紹樸掩上門，有點犯愁，這位自己不睡還不給人睡，是不是得加點安神藥給他喝了。

翌日天光微亮，九娘就起身束髮束胸換衣裳。一切妥當了，讓惜蘭好好看看她。

「還看得出我是女子嗎？」

也換了男裝打扮的惜蘭認真地上下打量了她一番：「看得出。」她伸手在胸口比了比。

九娘低頭看看，實在不能再束得緊了，就這樣她都覺得疼得厲害。但總比女裝來得不那麼引人注意了，就算阮玉郎的人打探，也不容易發現她就在趙栩身邊。

「郎君可要先去探視殿下？」

九娘低下頭讓惜蘭給自己戴上襆頭，輕聲道：「惜蘭，昨日我那般待你是過了些——」

惜蘭手一鬆，襆頭差點掉在地上：「奴婢不敢，全是奴婢的錯，奴婢不該自作主張瞞著娘子。但求娘子明鑒，奴婢雖是殿下的部曲，自入了孟府，就只有娘子才是奴婢的主人。奴婢全心全意，事事以娘子為先。」

九娘伸手攙起她，歎道：「這個我明白，六哥和太初表哥也是為著我的安危，才事無巨細都要關心。可是惜蘭你要知道，有許多事，不是他們覺得對我好就好，也不是你覺得對我好才好。只有我自己知道怎樣才是對我好的。所以日後有什麼事你千萬不可瞞著我。若是我們主僕之間都生了嫌隙，我又能信得過誰，又有誰可用呢？」

惜蘭慚愧不已，哽咽道：「婢子無地自容，日後再也不敢隱瞞娘子。」

「你待我一直忠心耿耿，不辭辛勞，上次為救我表嬸還受了傷，我心裡感激得很。無論是慈姑，還是玉簪和你，跟我雖是主僕名分，可在我九娘心裡，你們和我的情分又不能以主僕而論。」九娘柔聲道。

惜蘭伸手替她整理好襆頭，福了一福：「婢子心裡明白，娘子只要不趕奴婢走，奴婢願一輩子服侍娘子。」

九娘歎息了一聲，往房外走去。前世的晚詩、晚詞被阮玉郎派到自己身邊，三十多歲也不願嫁人，她待她們如家人，可她們依然會聽命於阮玉郎。她能容忍惜蘭把木樨院的事都一一稟告給趙栩，只因為那是趙栩，不是旁人。

兩人繞過回廊，卻見高似抱著刀靠在趙栩房前的欄杆上，看似一夜未睡。

高似見到九娘，站直了身子。

九娘站定在他身前，久久才問了一句：「他可醒了？」

高似搖搖頭，看著九娘要去推門，才低聲說了句：「你放心。」

九娘一怔，想起避居瑤華宮修道的陳素，放下手，轉了過來：「我有話同你說。惜蘭，你守在這裡。」

高似跟著九娘繞過半邊走廊，見湖面銀光微閃，他眨了眨眼，才覺得眼睛有些刺痛。

「請你永遠別告訴六郎那件事。」九娘沉聲道，話裡有個請字，卻毫不客氣。

高似看著九娘的眼睛，最終慢慢退後了一步，頹然低下了頭：「你說得對，都是我的錯。她才——」他抬起眼點了點頭：「我不會害六郎的。」

「你已經害了。你害了他，害了他娘，害了陳元初，害了整個陳家。你若甘心做你的契丹人、女真人，我們毫無怨言，兩國交戰不擇手段。可你別再做你的高似，別念舊恩，別顧舊情，從你去秦州的時候，不，從你在蘇瞻身邊暗助阮玉郎的時候，你就不再是高似了。」九娘沉聲道：「你不知道什麼是害他，什麼是保護他。你以為你在對他好，其實一直都將他往深淵裡推。不是你懸崖勒馬一次就叫對他好。」

高似懷裡的刀身輕輕抖動了幾下，高大的身軀慢慢佝僂了下去。

「我要你永遠別再跟六郎糾纏不清。」九娘走近一步：「高大哥，你既選了墮入那阿修羅道，縱使本性非惡，卻已與天人為敵，難結善果，何必再苦苦糾纏放不下？」

高似沉默地看著面前的少女，神情堅定，眉目清朗，並沒有對他的憤怒和怨恨，依稀就是那位能將昏暗囚房都照亮的女子。她深邃的眸子，似乎一眼能看穿他的命運，自從他背棄契丹，他就知道自己空負一身絕世武藝，也不會有什麼好結局。知道上京被攻破，他心底深處那個黑色的洞卻沒有被大仇得報的快意填滿，反而越來越空越來越難受。

高似艱澀無比地問道：「你是如何知道的？」他是說了謊，陳素是不是因為知道他說謊才選擇出家修道的，他不知道。他見不到她，他還是不甘心。

「因為她告訴過我，你第一次闖宮，應是在那年的清明節後，而不是在端午前夕。」九娘坦承道，正因為這日子極不利於六郎，她在柔儀殿才立刻定下權宜之計，好讓陳元初有周旋的餘地。

「你端午前夕確實是入宮了，但你並沒有出來見她。既然你選擇了維護她的清白，維護六郎，就該一輩子守口如瓶。六郎姓趙，他是大趙的燕王，他歷經千辛萬苦，才走到這一步。他知道他是誰，他要做什麼。你不能因自己的一念猜測就毀了他。他娘親為了他寧可出家修道，那才叫保護他。高似，別把六郎變成又一個你。」

高似面如死灰，心亦如死灰，半晌才嘶聲道：「我——沒有這個意思。」

「高大哥，你知道嗎？我以前常跟你說，鹿家的鱔魚包子會給你帶來好事。」九娘柔聲道：「能帶來好事的，不是包子，是你能捨下執念，放下不甘。你還來得及重新來過，做王似，做吳似，拋開高似、耶律似、完顏似，你才有機會看著他守護他。滅契丹也好，一統北國也好，三分天下也好，並不會讓你開心滿足，你自己心裡清楚得很。你不是阮玉郎，也不是梁氏，你與蘇瞻是一樣的。你為何不問問你自己，那些悔恨的懊惱的，可還來得及亡羊補牢？」

片刻後高似呢喃道：「來得及嗎？」

「你不試試怎麼知道？」九娘淡然道。

看著高似一步步下了樓，九娘才打了個寒顫鬆了口氣。趙栩這麼大膽任憑高似在他身邊出入，可她卻不能不防備，若不一舉擊破高似的心，依然後患無窮。她不擔心高似會出手傷了趙栩，他當然會盡力護住趙栩。但她怕的是他還不死心，那對趙栩而言才是最可怕的事。

她的人，她必須盡全力護著。

回到趙栩房前，見惜蘭和成墨正低聲說著話。

成墨一見九娘，高興地躬身行禮道：「郎君可來了。殿下醒了，正讓小人去請您呢。」

# 第二百五十四章

九娘進了屋裡，見趙栩一頭烏黑秀髮散在枕上，明明已穿好了中衣，連薄紗涼衫都已套好了，卻賴在床上眼巴巴地看著自己，倒有幾分衛玠的風姿，只是手裡還在摩挲著昨日急急忙忙給他做的軟墊。

「你昨夜怎也不來看看我？」趙栩嘟囔著：「那方紹樸趁機多扎了我好幾針。」

九娘走上腳踏，含笑在趙栩臉上看來看去。

趙栩摸了摸臉，不免得意起來：「我就這麼好看？阿妧勿客氣，儘管隨便看。」等天下太平了，日日看夜夜看，她想看多久看多久，想怎麼看就怎麼看，他想到那場景，就眯起眼笑了起來。

九娘噗嗤笑出聲來：「我錯以為這裡躺著的，是我二哥家的三郎呢。只有他才會穿好了衣裳還賴回床上嘟著嘴耍賴。」孟忠厚不僅會像他這麼嘟嘴撒嬌，還會扭著胖肉在床上滾來滾去。

趙栩氣得一擰眉：「誰嘟嘴了？」這阿妧真是孺子不可教也，這般不解風情，要指望她沉迷於美色還有點難，竟把自己和兩歲小兒比……

九娘伸手把那軟墊從他手裡拿了過來，軟墊上熱乎乎的，看來他是壓了一整夜，禁不住又笑了：「你這般孵它，可多生出幾個小墊子來了？我本想著天熱滲汗，昨日多備了些料子，今晚得空再做兩個給你換洗，看來倒省事了。」

趙栩剛舒展開的眉頭又擰了起來，氣得冷哼了一聲：「你爹爹昨夜把我氣得半死，你早間這是專程來氣我的？」

九娘轉頭看看，盥洗架子上的銀盆裡已經盛了水，巾帕洗漱物事俱全，索性過去替他絞帕子：「六哥這話究竟是抱怨還是撒嬌呢？若是抱怨，那阿妧可要好好說道說道。我爹爹說得也有理，這天下間男子的承諾呢——」

趙栩趕緊打斷她：「不是抱怨——我不是抱怨——」他抬起半邊身子，卻見九娘在盥洗架子前忍笑忍得肩背抖動，氣得他倒仰著跌回床上，抓起一旁的軟絲薄被蒙在臉上，擋住了自己的面紅耳赤。

床邊傳來九娘的兩聲輕咳：「我既請纓跟著六哥北上，便想著要盡心盡力照料六哥。若六哥不喜阿妧做這些服侍的事，也不用藏起來躲著我，我喚成墨進來就是。」

絲被一掀而開，趙栩眼睛閃閃亮：「不許喚他，成墨粗手笨腳討人嫌。阿妧現在調皮得很，看來你爹爹的話你沒放在心上。」

九娘將他當成孟忠厚，細細替他擦拭手臉，笑道：「我爹爹說的那些話，世上的人都會如是想如是說，便是以前的我，也是這麼想的，又有什麼可放在心上的。倒是六哥為何發那麼大脾氣，嚇得我爹爹險些摔下樓又心神不寧地要投湖。莫不是你做了什麼讓他心虛不成？」

趙栩想也沒想過有這等好事，阿妧會親自來服侍他洗漱，人跟跌在雲堆裡似的，全身感觸都跟著那帕子走，輕一些，如羽毛撓心，重一些，肺腑舒坦。聽了她的話，半晌才回過神來。

「沒有的事，你又調皮。天下間的人能懂你我二人的只有我你兩個，他又懂什麼。我擔心你胡思亂想才訓斥了他一番。他畢竟是你的爹爹，有個孝字壓著呢，你心裡要是不痛快，只管跟我說，別一個人躲在屋裡生悶氣。」趙栩柔聲道。

九娘將帕子放了，扶他半坐起來，側頭仔細端詳了他一番，卻沒見到趙栩的耳朵再動上一動：「放心，我沒有不痛快。只是這盥洗之事，我勉強能行，梳頭束髮我卻真的不行，不如我讓惜蘭進來可好？」想起自己日常替孟忠厚梳的小小總角，不到一個時辰就變成兩個兔尾巴毛茸茸地翹在頭上，不知為何代入了趙栩的面孔，九娘笑得促狹，又覺得經過昨日的波折後，趙栩今日竟在她面前流露出了幾分孩子氣，而她卻也甘之如飴。

片刻後，章叔夜和方紹樸聽到屋裡傳喚，趕緊入內行禮。兩人見到趙栩都一愣。

趙栩卻不在意兩人面色的古怪，接過章叔夜呈上的信件，點了點頭：「季甫辦事極快極穩，就這麼安排。」

章叔夜躬身道：「請殿下和郎君下樓用膳。後院馬匹一應物事全都準備妥當了，巳時出發前往鶴壁。」

九娘一怔：「鶴壁？我們是要走鶴壁去大名府？」

趙栩繼續翻閱著手中的信件：「不錯，使團從封丘沿黃河往開德府去大名府。我們穿村越鎮，走南太行山東麓到鶴壁，再往大名府去。」

章叔夜道：「忠義子方才收了張理少送來的衣冠和官印文書，大概是嚇著了，恐怕得殿下再同他說說。」

趙栩轉頭看向九娘：「我們不便露面，有些事便讓你爹爹以監察御史的名頭去辦。你放心，我會看著他，不會出事的。」

「可會給六哥添麻煩？」九娘無奈道，孟建在戶部算帳查倉這些都能腳踏實地，但做監察御史卻是極需細察和決斷之能的。

「沒事，我是要他去找別人麻煩的。」趙栩笑了起來。

九娘心中一動，「鶴壁？昔日的朝歌——六哥可是要去巡查永濟渠的黎陽倉？」黎陽收，固九州。趙栩自然不會只為了避開各路刺客才去鶴壁，一夜間就將孟建提成了監察御史，此舉大有深意。

趙栩一怔，哈哈大笑起來。這世上，竟會有一個孟妧，真是他趙栩之幸。

章叔夜彎腰背起趙栩，只覺得殿下今日不用簪子或玉冠束髮實在不方便，那長長的髮帶束起的頭髮雖然烏黑發亮，顯得他多了幾分不羈，像極了陳元初，可散落下來的髮梢和髮帶末端會掉落在他脖子裡擦過他臉上。偏偏這位殿下得了心上人的誇讚，笑得那髮梢髮帶更加抖個不停。

九娘歉意地朝章叔夜眨了眨眼，心裡也甜甜的，甜得發膩。

原來讓趙栩高興，她會比他更高興。九娘似乎有些明白趙栩說的那句話了。他只要在這世上，她就已經歡喜得很。以往那些她只會為阿昉做的事，若要她為哪個男子做，總覺得有低聲下氣討好之嫌。可今日她恨不得多做一些，做什麼她都心甘情願高興得很，看到趙栩因此歡喜，她心裡就更歡喜。

她就是願意取悅他，像他願意取悅自己一樣。原來兩情相悅，不只是相互心悅，還有相互取悅的意思。

用完早膳後，章叔夜調兵遣將，按排兵布陣之法，令十多個斥候，騎馬先行探路及安排路上一應事體。剩下的人，趙栩、九娘、方紹樸為中軍，章叔夜和高似帶領十多個趙栩麾下的精英親衛，加上成墨、惜蘭約二十騎居中而行。後軍則是陳家部曲中的高手連同昨日張子厚執意留下的十多個部曲，護著孟建押後。三隊人馬相隔兩三里路，相守相望，同枝連氣。

九娘戴竹笠，身披涼衫，上了馬。見樊樓的那三子跪拜辭別趙栩，姿態極為恭謹。她和趙栩並轡而行了幾步，隨口問道：「莫非這樊樓不只是為六哥所用的商家，而是六哥的？」

趙栩笑道：「三年前阮玉郎假死遁走，我和太初就在河北、兩浙和京畿路、福建路的一些重鎮上買了些商家，安置人手，好打探消息，這一路北上倒也正好派上了用處。」只可惜秦鳳路和永興軍路他們太過依賴軍中和榷場的消息，反而少有布置在市井之間，否則也不會被阮玉郎、高似和西夏得逞。

九娘由衷地讚歎了一番。誰能想到這樣招搖的酒樓竟會和趙栩有關。比起阮玉郎那些寺廟、道觀，銀錢流動充沛和結交達官貴人的便利之處不遑多讓，更極利於來往資訊的搜集和傳遞。九娘忍不住再回頭看了一眼，見那三人依然還躬身站著。

因有孟建和九娘在，趙栩下令三十里歇兩刻鐘，歇了兩回過後，又跑了將近四十里，才入了鎮子歇息。早有斥候找到了先前就安排好的正店，帶著掌櫃的在鎮子外的大路旁候著。

這小鎮位於封丘和鶴壁之間，鶴壁除了朝廷的黎陽倉和鶴壁集煤礦外，還有聞名天下的鶴壁窯尚未列入官窯可自行買賣。而那糧倉和煤礦，歷來都有膽大包天的不法之徒，勾結官員，行些貪腐盜賣之事，好富貴幾代。故而這一路行商之人極多，也都在這小鎮上歇息。趙栩他們分批進了鎮子，並不打眼。

一入正店，孟建已覺得大腿和屁股都不是自己的了，幾乎是從馬背上滾下來的。這五六十人不穿甲冑輕裝上陣，策馬如飛，一個時辰不到就跑了六七十里路。他歇了片刻，就讓貼身僕從孟全攙著自己一瘸一拐地去看九娘，只擔心這嬌娘子家的，萬一腿肉磨破了日後可糟了。

九娘也是咬著牙撐下來的，在家裡演武場中馬兒跑不快，就算小跑，和這戰馬狂奔又不同。她也顧不得什麼儀態了，癱在房裡的羅漢榻上，任由惜蘭替自己捶捏按摩。

孟建敲了門進來，再三叮囑九娘若是身上有疼痛不適千萬記得告訴殿下，不要好強，萬一落下傷或是疤，一輩子後悔莫及。

九娘正色道：「若不是阿妧要跟著六哥，六哥他們一日至少可行三四百里路，就能早許多天到中京。爹爹若吃不得苦，不如讓孟全陪著回開封去。」

孟建急得取出懷中的官印給九娘看：「你這孩子胡言亂語什麼，如今我也是在當差的御史，怎可拍拍屁股走人？爹爹不過是想走慢一些，晚個一兩個時辰也不耽擱什麼——」

「忠義子說得是。」門開處，成墨背了趙栩入內。孟建慌不迭地從榻上滾了下來，讓給趙栩入座。

趙栩笑道：「阿妧莫太過好強，你忘了方紹樸？三年來他雖然也被逼著練習騎術，卻還不如阿妧你騎得好。再說我的傷還沒好，也需要療傷。原本一天也就走個一百里路，慢一些穩一些。但比起使團大隊人馬的一日四十里，已是遠遠超出了。正好叔夜還有些事要辦，今日我們就歇在這裡。忠義子——」

孟建眼皮直跳，不想趙栩三言兩語就打發他去找章叔夜。孟建鬆了一口氣，出門走了幾步，又提了一顆心，趕緊回頭望望，見房門半開著並無不妥，惜蘭也沒有退出來，才又鬆了一口氣。

這孤男寡女年少情熱，雖說殿下有孝在身，可阿妧那容顏實在過豔，稍有不慎，不僅陷殿下於不孝不義，她年幼不懂事，不知道一個不貞就會把自己壓死一輩子。想起那花樹下的琴娘含羞帶怯地喊著自己表哥，卻因失貞只能做一輩子的妾侍，他心裡更慌更急了，又不知道該怎麼提點九娘，眼皮跳得更是厲害，心裡阿彌陀佛觀世音菩薩太上老君各方神佛保佑默默喊了幾十遍。

再回一次頭，卻見成墨背了趙栩跟著方紹樸出了九娘的房門，往右去了。孟建雙手合十往空中虛拜了幾下，轉眼又擔心起夜裡來，他現在寧可不停地趕路了。

# 第二百五十五章

夜間的小鎮驟然清靜下來，白日裡鬧哄哄的馬車、牛車、太平車，各色腳夫、護衛、鏢局鏢師、部曲僕從的，跟著那來往商販，走的走，歇的歇。日頭落山不過一個時辰，整個鎮子上就只剩下幾聲犬吠伴著悶熱的暑氣，四處散開。

趙栩治完了腿，才派成墨去請九娘到他房裡說話。九娘睡了兩個時辰也緩了過來，見他神情格外高興，一旁的章叔夜也眉飛色舞，不由得笑問：「有什麼好事讓六哥這麼高興？我猜猜莫不是秦鳳路或京兆府有了好消息？」

趙栩撫掌笑道：「不錯，方才京裡最新秦州軍報也送到了，太初率利州軍和渭州兵馬奇襲鞏州，大獲全勝。他說再攻下一城後便往中京與我會合。阿妧猜猜接下來太初要攻哪裡？鳳州？鳳翔？熙州？」

九娘雖不通軍務，聞言卻不假思索：「鳳翔府。」只要收復了鳳翔府，梁氏便是甕中之鱉，即便想退也難。

趙栩點了點頭：「太初此番極快攻下鞏州，一則因為興平長公主李穆桃無心戀戰，意圖回防熙州，二則恐怕如太初上次的信中所說，這位長公主不滿梁氏專權，要恢復李氏朝綱。」

九娘眼睛一亮：「這次去中京的就是這位長公主？」

趙栩笑道：「可不是各懷鬼胎而來。那完顏亮是靠著高似的手下才攻破上京，若是知道高似也在中京，恐怕也欲借我或契丹之手除去高似。阮玉郎既然一直是和高似合作的，此番被高似破了趙棣登基的好事，定會轉而勾結完顏亮。」

九娘聽他寥寥數語，已推斷出西夏和女真的內鬥形勢，以及相互牽制又相互利用的波譎雲詭，更是佩服趙栩。

「太初表哥如果也去中京的話，元初表哥應該也會隨行。」九娘歎道：「趙夏之戰，表叔應該剛剛才到京兆府。太初表哥就已經想著要奔波千里助你一臂之力——」

想到太初臨別時欲言又止的神態，九娘眼中酸澀，暗自垂首無語。

趙栩揮了揮手，惜蘭卻沒動，只看著九娘，等九娘的吩咐。

九娘看了看趙栩，對惜蘭點了點頭。惜蘭行了禮退了出去，將門輕輕掩上。

孟建手上拿了一卷不知從何而來的書，在旁邊轉悠著，見惜蘭出來，走了兩步湊過來低聲問：「你怎麼不在裡面服侍？九娘呢？」

惜蘭福了一福：「稟郎君，娘子在和殿下說話。」

孟建不安地看了成墨一眼，打了個哈哈：「今夜這麼熱，其實還是開著門通通風好，是不是？」

惜蘭抬眼看了看院子裡的幾棵樹，樹葉絲毫未動：「稟郎君，今夜無風，屋內有冰盆。」

孟建拭了拭額頭上的汗。

「章將軍也在裡面。」惜蘭低聲道。

孟建剛鬆了一口氣，就見門開了。章叔夜退了出來，又將門掩上了。他一愣，見章叔夜朝自己一拱手幾步就出了這個小院子，再回過頭，又見惜蘭和成墨很有默契地往外退開了幾步。

成墨看了看孟建手上的書，微笑道：「忠義子來這裡看書吧，這裡有燈。」他抬手指了指自己頭上的一盞燈籠：「總比月下讀書強一些？」

趙栩住的是正店裡最好的上等客房，帶了兩間偏房一個小院子，但和浸月閣沒法比。屋子一眼就能看到底，傢俱也簡陋，半當中有一個雕花拱月門，算是分了前後屋。

趙栩靠在籐床上，單刀直入道：「提起太初，阿妧可是心裡難受了？」

九娘知道他遣開章叔夜和惜蘭，是要和自己說話，卻沒想到他這麼直接，半晌只點了點頭。

趙栩微笑起來：「記得桃源社結社那回，我們頭一次去阿昉家的田莊嗎？」

九娘一怔，想起昔日青神王氏長房的兩位老人家和那些追隨至開封的忠僕們，眼眶不禁紅了起來，那天她回到舊地，見到故人，實在想告知阿昉自己還活著，按耐不住頻頻失態，哭了好幾回。

「那天我在鞦韆架邊上，見你哭得那麼厲害，才明白了一件事。這世上除了我娘和阿予，還有一個女子，我見不得她難受、見不得她流淚。」趙栩柔聲道：「以前我雖惦念著你，想讓你高興，想多見見你，卻說不出究竟是為什麼，那天我才知道，阿妧，我心悅你。」

情不知所起，一往而深。

眼前人說著這樣的話，可九娘卻心底有種鈍鈍的痛，她懂得太遲，才令太初空傷懷，也令趙栩多煎熬。

「就是那天，我跟太初說，我們桃源社的兄弟姊妹都是一家人，但你孟妧，是我的。」

九娘輕輕抬起手，壓了壓自己的鼻翼。

「太初說，阿妧是她自己的。」

九娘的手指沾到些許微濕。那時候的陳太初在想什麼，她那時候不知道。現在的陳太初在想什麼，她還是不知道。

雲山之姿，水月之像。大海之容，太虛之量。受也的的無心，應也頭頭離相。隨緣有照兮，妙而不痕，徹底亡依兮，空而不蕩。

趙栩凝視著她：「太初說得對，阿妧你永遠是你自己的。所以，我告訴太初，那我趙栩就是阿妧的。」

九娘看著他綻開的笑容，心頭被重重撞了一下，連淚也凝在心頭，沖不進眼底。

「我和太初有約，待你長大以後再問你願意嫁給誰。」趙栩臉一紅：「那時我們也年紀小，沒想太多，只各自想著該怎麼待你好，好等你長大後能多些勝算。」那時候他們一樣什麼都不懂，只以為待一個人好，那人就會也喜歡自己也待自己好。

赤子之心，君子之約。九娘將往事一一比對印照，竟有些羨慕趙栩和陳太初能坦蕩至此。

他轉過臉看向一片素白的紙帳：「後來太初告訴我，舅母向你家提親了，他心裡太歡喜，只能違背同我的約定，搶你回去，實在對不住我。我便打了他一頓。」趙栩轉頭看著九娘笑了笑：「沒打臉。」

九娘吃驚地問道：「這是何時的事？」

趙栩搖頭道：「但我打了他以後就不怪他了。若換做是我，我也守不住那約定，等不到你來選。不過我告訴太初，阿妧你心裡有我。如果他只用父母之命媒妁之言逼你嫁，我是萬萬不肯的。於是我們又定了一約，若你親口應承願為陳家婦，我便死心。」

九娘想起田莊見駕那日，自己和太初雨中深談，太初問了自己那句話，難道趙栩也在一旁？還是他們原本就約好了……

「六哥？」

「那日我是聽見了，你說的那些，你想要的那些，舅舅家的和睦，舅舅舅母的親切，還有太初對你的好——」趙栩點頭道：「這些我都沒有，給不了你。我理應遵守和太初的約定，死了心才對。我便去金明池游了一回水。」

九娘聽他語中酸澀苦楚，那末一句裡更藏著多少她難以想像的心思，正想說清自己那日並未應承願為陳家婦，卻聽趙栩道：「既然太初違約了一回，我便也違約一回，最多給他打還一頓。但要我對你死心，不是我不想，是我做不到，我也沒法子。」言下竟又有了三分得意。

九娘站起身，走近籐床，坐到床沿上，握住趙栩的手，輕輕搖了搖頭：「六郎，我並未應承過太初。他待我太好，我卻只顧著自己的安穩日子，罔顧了他的一片真心。是我太過自私，一直未曾直言拒親，直到知曉蘇州也要辦女學後，才明白自己想要做什麼，卻又害得他背負了那麼重的自責。是我有負於他。」

「我跟你說這許多往事，就是要告訴你，無論是我還是太初，我們都有過約定也毀過約定，也都使過手段用過心機。我們會因此生氣憤怒甚至打上一場，可我們絕不會認為誰對不住誰，誰負了誰。」趙栩反手握住九娘：「你思慮過多，總喜自責，凡事要看當下看日後，莫論因溯源，徒增煩惱。正如你希望阿昕的事太初不要那麼自責一樣，我也不想因太初而愧疚自責。太初他也是這麼想的。」

萬事總是當局者迷，旁觀者清。九娘慢慢地點了點頭。

見到九娘出來，孟建幾步迎了上去，見她眼眶有些微紅，鬢髮衣裳都整整齊齊，大大地鬆了一口氣，親自將九娘送回了房。

夜深時分，孟建在籐床上輾轉反側，手中蒲扇扇了半夜，他手臂酸疼得很。看來燕王殿下真是柳下惠，他應該不用再操心殿下會忍不住做出禽獸不如的事害了阿妧。可他心裡那隱隱的不舒服又是怎麼回事？深更半夜孤男寡女兩情相悅，阿妧那樣的絕世容顏近在咫尺，還流了淚，可殿下竟然都能把持得住，看阿妧的樣子，連親親抱抱也不曾有過。想起自己千方百計從成墨嘴裡打聽來的，燕王殿下潔身自好，連司寢也不許碰他一碰。

難不成，殿下他——還不如禽獸？

孟建猛然坐了起來，又頹然倒了下去。這可更沒法子跟阿妧說了……

眾人第二天黃昏抵達鶴壁，到了永濟渠邊，只見漕運的船隻還在河面上如梭往來。黎陽倉的碼頭上，腳夫們背著一袋袋米糧往返。

水浮天處，夕陽如錦。城牆綿延，人如螻蟻。

孟建雖任了監察御史，見到老本行，忍不住指著不遠處黎陽倉城的城牆道：「此倉建於隋朝，昔日李密討隋時曾言，既得回洛，又取黎陽，天下之倉，盡非隋有。四方起義，足食足兵，無前無敵。後於唐朝一度廢棄不用。大趙太祖立朝以來，才重新修建再度啟用。如今也有黎陽收，顧九州之說。」

趙栩笑道：「你以前可來過黎陽倉？」他顧慮的是能否查到阮玉郎暗中盜運黎陽倉米糧的證據，孟建能否按他的安排查證出來相關人員，還有那些米糧究竟運去了哪裡。

孟建在馬上欠了欠身子道：「殿——六郎——」他不自在地咳了兩聲：「我不曾來過，但看過相關記載。黎陽倉倉城東西約七十八丈，南北約八十四丈，內有倉窖一百一十二個，大小不一，最小的倉窖亦能納十萬石糧食。今日的黎陽倉，可供十萬大軍一年糧草無憂。」

趙栩問道：「眼下倉窖所存的米糧，最多貯存九年。那滿了九年的陳糧呢？難道任其腐爛？」

孟建道：「六郎有所不知，這米糧裝袋，入窖後鋪席堆糠填草，再用黃泥青泥膏密封。倉窖外均刻有米糧出產之地、數量、何時入倉、盤點核秤官吏名字等等。一有旱澇蝗災，朝廷賑災，都會先行調用陳米。若無朝廷敕書調用，不得開窖，陳米即便腐爛於倉中，也只能腐爛。若下官沒有記錯，今年黎陽倉應該有四十萬石陳糧要滿九年。聽說已經調糧運往陝西去了，還有兩浙路，看邸報上也調用了三十萬石。」

章叔夜忍不住輕聲道：「當年我隨將軍討伐房氏兄妹時，軍糧也有從黎陽倉調的，腐米甚多——」

孟建打了個哈哈，點頭道：「恐怕調用的和你們吃到嘴的數字也相差甚大。缺斤少兩、以陳代新、以腐代陳，趁機盜賣新米，歷來都是常用的手法。雁過拔毛，這些經手的哪有捨得不刮一層油的。」

趙栩側頭看了孟建一眼，看來有他在，明日章叔夜可以省了許多事。

孟建一凜，就聽趙栩歎道：「不患一人貪，而患無人不貪。蔡佑執政期間，官員不從汙流便遭到排擠。表叔所說的，人人心中有數，卻從來無人提起，皆因盤根錯節，拔起蘿蔔帶出泥，故而朝中嚴整吏治，肅清貪腐，任重而道遠。」

孟建眨眨眼，閉上了嘴。他好像又說了什麼不該說的大實話……

# 第二百五十六章

經過徹夜商討再三演練，翌日一早，孟建精神抖擻地換上了監察御史的大祥素服，雖不是朝服公服，孟建依然忍不住問：「阿妧，爹爹可威武？」

「甚威武。」

「可像個御史的模樣？」

「不像——」九娘看著孟建瞪圓了紅似兔子的兩隻眼，抿唇笑道：「爹爹就是貨真價實的監察御史，什麼像不像的。」

想到監察御史不過是個從七品的芝麻官，孟建又有些沮喪，摸了摸自己袖中的官印，歎了口氣，被趙栩一夜暗示明示鼓脹起來的氣勢，頓時矮下去七分。

「爹爹怎地氣餒了？監察御史雖是從七品，可整個御史臺也只有六位監察御史，分察六曹及百司事，大事可奏劾，小事可舉正，還可直牒閣門、上殿論奏，就算是張理少見著爹爹，也要尊稱一聲『里行』❶。」九娘笑著接過孟全手中的雙腳幞頭，踮起腳：「請爹爹彎彎腰，阿妧替爹爹戴幞頭。日後這天下能讓爹爹彎腰的，不過寥寥數十人，爹爹何以會歎氣？」

孟建精神一振，彎下腰低了頭，笑出了聲：「阿妧說得是。」這幾天他和九娘朝夕相處，算是明白了為何程氏那樣的性子和七娘那麼混不吝的脾氣，都願意和九娘親近，也明白了翠微堂老夫人為何對九娘另眼相待。聽她說話如沐春風，看她行事大方溫和顧慮周到，毫無閨閣女兒扭捏態，還吃得起苦。他生了三個女兒，獨獨在九娘這裡近日才真正體會到了貼心二字，也頭一回真正操心起她的婚姻大事起來。誰要說他的操心是為了那貴不可言的位子，他真會跟人急。

「襆頭戴好了。」九娘又道：「何況爹爹還是殿下特派的欽差大臣，更有那尚方寶劍和二府所出的詔敕在手，小小黎陽倉城的戶曹官吏，爹爹有何可擔憂的？章將軍是表舅陳家軍麾下第一猛將，會親自貼身護衛你。加上六哥那樣精妙的計策，阿妧看爹爹今日必能無往不利。」

孟建挺胸收腹，伸手順了順腦後襆頭的雙腳，豪情萬丈地道：「不錯，阿妧且在這裡照顧好殿下，等爹爹的好消息。」

九娘福了一福：「爹爹為朝廷出力，造福大趙軍民，阿妧與有榮焉。」

孟建昂首抬腿往外走：「走了——」未到門口又停了下來，遣開了孟全，看著九娘，以手握拳清咳了幾聲，叮囑道：「阿妧，上次爹爹說的女德一事，你就算心裡不愛聽，也要記著爹爹的話，爹爹真的都是為你好。還有一事你也要切記——」

九娘看著孟建一臉尷尬地轉向旁邊，倒好奇起來：「爹爹請講。」她頭一次聽到有人以父親的

❶ 里行：中國古代官制，唐代始置，宋朝沿用。里行是見習的意思，始置於武則天。里行有監察御史里行、殿中里行等，是指「見習官吏」，皆非正官，亦無一定額度。

名義說這些「為她好的話」。前世爹爹從不這麼說，想要教她什麼道理，總是將一些史書典籍或者邸報話本上的事例給她看，上頭不乏爹爹自己的批註心得，又或是在山中水邊遊玩時閒話啟發她幾句。但孟建這樣常年不問後宅兒女事的甩手掌櫃這會兒關心起她來，倒真有了三分做爹爹的樣子。

「殿下天潢貴胄、龍章鳳姿，阿妧和殿下在一起，切記要有分寸。不可仗著殿下愛重，就拒殿下於千里之外。」孟建又咳了兩聲：「也不可因殿下的親近就忘記了女兒家應有的矜持本分。你自小聰慧過人，懂爹爹的意思對吧？」

九娘看著孟建一張尷尬臉，便輕聲答道：「爹爹放心，殿下待女兒十分有禮，並無輕薄言行。」

孟建一怔，臉上擠出了笑容，心底那隱藏的擔憂更甚，點了點頭：「好好好，你明白就好。」趕緊抬腿往外去了。

九娘送他到院子門口，見臉上黏了一蓬大鬍子的章叔夜，捧著尚方寶劍正等著孟建。旋即三四十人簇擁著孟建直奔黎陽倉而去。

九娘回到後院，遇到成墨手下一個跑腿的小黃門拎了幾包藥進來，奇道：「這是給誰的藥？」

「稟九郎，這是方大夫開給郎君服用的。」小黃門畢恭畢敬地停下來，躬身答道。

「給我帶進去罷。」九娘笑眯眯接過藥，去找方紹樸。

方紹樸正在趙栩院子的廊下看醫書，旁邊一個小煤爐上頭擱著藥罐子正在冒著熱氣，遠遠就聞到藥香。太陽初初升起，那嫋嫋的蒸氣升了半尺即散得無影無蹤。他這一路由於早知道是要騎馬去中京，連個藥僮也沒帶，事事都親力親為，著實辛苦，才坐了一刻鐘，頭已經一墜一墜地打起瞌睡來。

九娘彎腰替方紹樸撿起地上的蒲扇：「方大哥，這幾味藥也是給六哥吃的？」

方紹樸嚇了一跳，抬起頭接過蒲扇，又忙不迭地將手中的醫書放了下去，將九娘手裡的藥也拿了過去，在一旁小杌子上就拆了開來檢驗起來：「六郎中了毒以後，胃口一直不好，吃得本來就少，昨日到了鶴壁竟有些腹瀉，怕他因此虛脫了，就臨時配了這個，給他調理調理。」

九娘恍然，怪不得趙栩早間神色有些委頓，問他身子覺得如何他又只說無事，這是連腹瀉也覺得嫌醜嗎？

九娘細細詢問了趙栩所中的毒可有忌口之物，剛要轉身走，卻見方紹樸那隨手丟在一邊的醫書《千金要方》正翻在卷三〈婦人方中〉。她拿了起來，上頭寫著：婦人非只臨產須憂，至於產後，大須將慎，危篤之至……

方紹樸向來擅長外科，怎麼看起婦人生產之事來了。九娘奇道：「咦？方大哥也擅婦人科？」

方紹樸正在收拾藥罐，聞言隨口答道：「不擅，被逼的。」

九娘一怔：「被逼的？」

方紹樸手上一停，抬頭朝房裡努了努嘴，意味深長地上下打量著九娘：「你看似有十八九歲，實則年紀太小。若要生產，至少再過三年才穩妥些──」

九娘漲紅了臉，將醫書放了回去，原本是要去看看趙栩睡了沒有，停了停，扭身往院子外去了。

方紹樸探頭看了看九娘的背影，從懷裡又掏出一本小冊子來，翻了幾頁，點頭道：「沒錯了，看著就是好生養的模樣。」他長長吁出一口氣，覺得日後保住自己這條命又多了幾分把握。

房裡昏昏欲睡的趙栩連著打了兩個噴嚏。

到了午間，章叔夜遣人回來報信，說已順利接管黎陽倉的近千守衛，封鎖了倉城，一概人等和糧食只許進不許出。眼下黎陽倉碼頭上只剩下等著運糧南下的漕船。一應帳冊已全部查獲，戶曹官吏也全部齊聚。鶴壁縣令、縣丞、主簿等官吏都在黎陽倉碼頭上等著。另外鶴壁縣衙內果然有人急急往大名府去了，已有兩名斥候跟上。孟建已經開始用趙栩所教的法子查驗倉窖。

趙栩聽了口信，放了一半的心，又細細交待了幾句給來人，才讓成墨去請九娘來一道用飯。這一路他也只有看著阿妧還能吃上幾口。

片刻後成墨面露喜色地回來了：「稟郎君，九——郎她在廚房裡忙著，請郎君稍等一刻鐘。小人看著九郎做了好些好吃的。今日郎君可千萬多吃一些。」

趙栩臉上不便顯露，唇角卻禁不住微微勾了上去：「快把那兩盆新冰給廚房裡送去，讓她別太辛苦了。」

成墨趕緊喊小黃門來搬冰盆。

趙栩手中的紈扇停了下來，想起會寧閣院子裡還埋著九娘去年送的桂花蜜，心裡頭甜滋滋的。他見成墨帶著人退出去了，才喜上眉梢地撐住了下頜，有一下沒一下地打著紈扇，笑得眯起了眼。若能日日吃上阿妧做的飯，也是一大樂事。他煩惱了半天的腹瀉，這時看來也不那麼噁心討厭了。

以前他怎麼沒發現阿妧這麼心軟，這般會疼人……趙栩目光定在自己的傷腿上，若有所思起來。

只是，他又捨不得阿妧朝朝洗手做羹湯。

這家正店的廚房在外院和客房之間，裡面熱氣騰騰。惜蘭拿帕子替男兒打扮的九娘擦去額頭鬢角的汗：「郎君，還是讓小人來吧？」

九娘小心翼翼地將蒸籠裡的一小盅豆腐取了出來，掀開上蓋，看了一眼，見湯已濃白，便收了放入食籃裡：「沒事，快得很。」

兩個廚娘在一邊嘖嘖了好幾聲：「香，香得很。這位郎君人長得這麼好，手藝也好得很，只是這一碗豆腐得用上一隻雞，還花了這許多功夫，怕要賣五十文才能回本。」

九娘笑著將那一旁晾得差不多的一隻雞放在案板上，飛快地拆出一小碗極細的雞絲來。

「麵餳好了，小郎君。」廚娘掀開案板上的濕帕子。

九娘笑著洗淨手，將那麵團又搓揉了一番，往案板上灑了些乾麵粉，拿起擀麵杖，將麵團擀成極薄的薄片，才切成極細極細的麵條。

「這麼細又薄，可怎麼吃？」廚娘忍不住念叨起來。

「我哥哥身子虛，這種江南的麵，容易軟爛，好剋化。」九娘笑著解釋，手下不停，片刻間，一碗雞絲麵已經盛在那白瓷大碗裡，裡頭的雞湯無半點油花。

「郎君讓小人們送了冰盆過來，還說請九郎別太辛苦了。」小黃門抬著冰盆入了廚房，放到九娘腳旁。

九娘笑著應了：「替我回去謝謝六哥，我即刻就好。」她轉到收拾好的鍋邊，將惜蘭磨好的糯米粉倒入鍋中炒至金黃，又加了些許水和糖，隨即盛出一碗焦米糊出來。

趙栩看著面前的碗碟，一時還有些回不過神來：「這些，全都是阿妧自己做的？」

九娘將竹箸放到他面前，笑道：「方大夫說六哥有些不適。我想著慈姑以前教過阿妧幾個土方子，只吃這些就能好，總好過吃藥。若六哥信得過阿妧，便當作藥多吃一些，看看可有用。」

趙栩接過雞絲軟麵，又點了點面前的胡瓜：「這裡頭可是放了醋？還有為何要吃豆腐？」

「天熱，胡瓜用些醋醃會爽口一些。六哥是來了鶴壁才很不舒服的。慈姑說用本地水煮豆腐吃，可治水土不服。我見這邊的井水比汴京要渾得多，便先熬了雞湯，再用雞湯燉了豆腐。」九娘將焦米糊放到他面前：「吃完鹹的麵，漱了口再吃這個米糊，明日就能好了。」

「你呢？你也吃一些，免得水土不服。」趙栩還真有了胃口。

九娘從另一個食籃裡取出一碗雞絲涼麵，笑嘻嘻道：「我見那廚房裡的嫂子有些芝麻醬，就偷懶拌了碗涼麵吃。」

趙栩伸箸在她碗裡點了點，放入口中吮了吮：「你這個也好吃。你快吃吧，忙到現在別餓壞了。」但什麼下次別做了這種話他是決計不會說的。

九娘忙了兩個時辰，也早餓得前胸貼後背，也不跟趙栩客氣，大口吃了起來。趙栩心花怒放地挑了一塊胡瓜放入口中，酸爽鹹脆，果然胃口打開，加上面前又有秀色可餐，片刻後就風捲殘雲，連那鹹鴨蛋也沒放過。

趙栩盯著九娘碗裡的涼麵：「阿妧——」他若是現在開口想嘗上幾箸，應該不算吃了她吃剩的，何況阿妧吃剩的，他接著吃也沒甚要緊，八年前就險些吞下她那顆小乳牙了。

九娘抬起頭：「嗯，六哥？」看到趙栩面前碗裡連麵湯也沒有了，就伸手把焦米糊朝他面前推了推：「可要漱個口接著吃這個？」她見趙栩手中的竹箸還未擱下，想著他定是因為自己吃得慢才特意不落箸的，免得自己也只能跟著他落箸而吃不飽，心裡又高興又歉然，立刻埋頭三口並兩口將涼麵吞入口中。

趙栩見九娘兩頰鼓鼓，指著自己手中的竹箸意思是可以落箸了，不由得一呆，只能慢慢擱下了箸，取過那焦米糊。

到了夜裡，趙栩的腹瀉果然止住了。方紹樸又驚又喜，特地請九娘將午間吃了什麼都寫了下來，自去研究琢磨。章叔夜又派人回來稟告，孟建已查出十二個倉窖中以陳代新，要徹夜開窖複秤查驗，請他們先行歇息。

趙栩手中紈扇大力敲在了輪椅扶手上，雖早有探知，也有預料，一經驗證後他依然控制不住憤怒。這幫碩鼠，盡食我黍！大趙歷來處置貪腐力度太輕，為官者原來就心存僥倖，懲處一輕，更是肆無忌憚。

變法，定然要大動干戈地變！

# 第二百五十七章

五月底的汴京城，暑熱漸盛。自先帝大祥後，瓦舍勾欄也慢慢恢復了唱戲歌舞雜耍，絲竹樂韻悠揚於汴河之上，歌姬舞伎重新出入於富貴人家。

因秦州大捷，西北情勢逆轉，又有燕王出使，四國即將和談，士庶百姓也都少了憂國憂民之心，那些民亂民變似乎已是多年前的事，少有人再提起。家家戶戶開始忙著六月初六崔府君生日的獻送。各大正店、腳店、酒樓已開始準備炙肉、乾脯。坊巷橋市各大肉案鋪從早上就開始闊切、片批各種生肉，晚間又忙著賣各種熟食。

被捉拿關去南郊的幾千亂民，也因燕王之請陸陸續續被釋放回了家。有人絕口不再提起當日之事，也有人好強鬥勇地拍著胸脯將自己誇去了天上，說起來朝廷也拿他沒法子。成衣鋪子門口掛回了「夏衫」的牌子，馬匹租賃行也敢打出「夏馬」的旗號了，那賣消夏香飲子的攤販們也重新掛出了「消夏」的長布條，在街坊巷陌間隨風飄蕩。只是御街州橋口的鹿家包子鋪，卻始終大門緊閉，再也沒有那蒸包子的氤氳蒸氣飄出，也沒有了鹿家娘子豪爽的笑聲和招呼聲。路過的人們，有的略停了停腳，有的搖頭歎氣，有的無動於衷，也有人駐足觀望一番，但往來的車馬行人，依舊川流不息，各奔去路。

丑時的翰林巷孟府，外院護衛們的平安梆子遠遠傳入了二門裡。木樨院裡如今只有程氏和七娘住著，因張子厚再三叮囑，上夜的人數增多了一倍。婆子婦人們按例往來巡查了一遍，將各門的鎖細細檢查後，也敲了平安梆子。

聽香閣裡早已沒了燈火，小池塘裡偶爾傳來幾聲蛙鳴蟲唱，約是因為悶熱，也顯得格外無力。

阮玉郎手腕輕振，微微掀起北窗，凝神聽了聽，裡頭傳來兩人均勻的呼吸聲，不由得唇角微微勾了起來。這小狐狸甚是狡猾，使出這真真假假虛虛實實之計，又是入宮又是上船又是躲去百家巷蘇家。倒讓小五費了好些功夫，還折損了十多人，令他忍不住親自跑這一趟。若她真不在家裡，那張子厚何需把翰林巷和兩條甜水巷守得水洩不通。這孟府院牆裡外埋伏著的高手不下五十人，怕都是趙栩不放心留下來守著的。

上次來時，她大概魘著了，暗夜裡大汗淋漓，掙扎不已，渾身顫抖。他一隻手就扼住她纖細的頸，那種一手掌握她生死的感覺，甚好。

他那時不想殺她，只是想來看看一直和自己作對的她。記得手中滑膩如凝脂的肌膚被他蓋住後，突起了一粒粒細碎疙瘩。他當時心神一蕩，解開了她肚兜的頸帶，手指輕輕沾了沾她鎖骨凹窪裡的汗珠，放入口中，有點鹹有點甜，還有少女特有的清香。他碰了她，卻沒有要作嘔的感覺，真是奇特。幾十年來頭一回，或許她就是上天送給自己的補償，又或者是禮物。

他低頭吻了吻她的額頭，她的鼻翼不經意地碰觸到了他的下頜，一片濡濕，涼涼的。他忍不住伸手輕輕撫上她的頸，手指滑過之處，如絲綢如花瓣。他甚至有點享受那種觸感。

她卻嘶聲喊出他的名字，又驚又怕又急地喊著他的名字。真是個妙人兒，也算心有靈犀不點也通了。只可惜，他當時竟然沒想過能把她帶走放在自己身邊。今夜他還是不想殺她，卻定要將她帶走。趙栩小兒，又能奈他何？

阮玉郎一掌劈在外間羅漢榻上的玉簪頸邊，身影閃動，已入了裡間九娘的寢室之中。

側躺在床上的女子毫無所覺，黑暗中肢體如遠山般曼妙。阮玉郎走近了，含笑垂目看她披著粉紅紗衫子，如煙如霧地掩住真紅紗抹胸繫在背後的兩根細細帶子，越發惹人生出想去扯斷的念頭。

修長的手指輕撫上那凹陷下去的柔軟腰肢處，壓了一壓，他整個人都有種陷了進去的感覺。

床上的人動了一動，還未睜開眼翻過身子，就已被阮玉郎捂住了口鼻。

「小狐狸——」阮玉郎伏在她鬢邊輕笑道。

女子嗚嗚掙扎起來。

嗤的一聲輕響，一道劍光從紙帳中迅猛之極地穿了出來，直奔阮玉郎的頸邊。

阮玉郎一掌拍在籐床上，籐床陡然凹了下去，他手中那柄從九娘手裡搶來的短劍，堪堪隔上劍光，來劍一斷為二，殺勢不減，劍身微轉，仍往他頸中割去。

床上的林氏被阮玉郎鬆開後，落入籐床的凹坑之中，想到若是九娘留在家裡，若不是張理少和老夫人早有準備，九娘就要被這天殺的賊人輕薄了去，她不知哪裡來的勇氣，伸手拚命拽住阮玉郎的寬袖和腰帶，大喊了起來：「來人——來人——錢婆婆——」

不是孟妧？明明眉眼身形就是她——！

阮玉郎心一沉，趙栩和孟妧這兩隻小狐狸竟算準了他會親自來孟府。紙帳後的人輕輕落在籐床上，手中斷劍招招不離阮玉郎咽喉，卻是一個佝僂著腰身的老婆子。方才絲毫沒有聽到她的呼吸聲，孟家竟然還藏了這麼個厲害角色。阮玉郎轉念間擺脫了林氏，往外間退去。

錢婆婆伸手將林氏輕輕提了出來，轉身往外追去。

阮玉郎已從北窗躍出，直往院牆而去。火把亮起處，十幾條人影往這裡奔來，無一人出聲，十幾枝勁箭直撲阮玉郎面門。

阮玉郎劈落躲閃過勁箭，輕飄飄從十多人中穿過，轉瞬已躍出內宅院牆，口中呼哨聲遠遠傳出。第一甜水巷從北往南疾馳來一匹黑色馬兒，長長嘶鳴了一聲。

幾個起伏，阮玉郎已躍上外院的粉牆，徑直寬袖一展，落往馬背之上。

錢婆婆追上牆頭，見狀立刻將手中斷劍全力擲出，直奔黑馬的眼睛而去。阮玉郎輕鬆隔開斷劍，只覺得胸口一疼，不知道中了什麼無聲無息而至的暗器。他催馬疾奔，回過頭，那佝僂著腰身的老婆子正在牆頭上搖晃了幾下，似乎站也站不穩。

錢婆婆摩挲著手中的另兩枚銅錢，面無表情地躍下牆頭，慢慢往家廟方向走去。守了好幾夜，她年紀大了，就算白日裡睡也補不回來。只是少了一枚銅錢，以後再也不能卜卦了。

五更時分，西陲重城秦州城的城門依然緊緊關閉。伏羲城女牆上的守兵見到慢慢靠近的二十幾騎，立刻舉起了弓箭，高聲喝道：「來者何人？」

「汴京蘇昉蘇寬之求見陳太初——」蘇昉在馬上高聲喊道：「家父乃平章軍國重事蘇瞻，還請替蘇某通傳一聲。」

城頭上一陣騷動。

「請東閣稍等片刻，已去通傳了，不得將令，不得打開城門，還請東閣見諒——」城門上一個副將探出半邊身子大聲喊道。

「無妨——」蘇昉拱手抱拳：「多謝了。」那日清晨離開翰林巷回到百家巷，他心中只有一件事：去秦州，向太初請罪。他這一路西行，恨不能插翅而飛，奈何騎術實在一般，幸虧有父親所給的文書，才得到沿途驛站的多方照顧，否則恐怕人沒到秦州就已經倒在半路。即便如此，他的腿股早已不是自己的，每日雖然塗許多藥，依然疼到麻木。

但這皮肉疼痛也讓他心裡好受了很多。他從來沒有懷疑過自己的言行，他按照母親教導的去讀書，讀活書，去觀察別人，去探索事情，去判斷善惡是非。幼時看到王瓔的神情，他就認定了她在因為娘親的逝去而高興；看到父親的眼神，他就明白父親對王瓔的確有情意；看到阿妧，他就知道她對自己有滿滿的善意和親近之情。他一直是對的，他選擇不入仕；他選擇要和一人白首到老；他當著父親的面，揭穿了王瓔；他選擇去青神尋找母親的舊跡；他遊歷四川、吐蕃、西陲，在張子那裡找到了自己餘生要為之奮鬥的路。他勸阿妧選擇陳太初，他勸阿昕退親遵從本心。

可阿妧還是選擇了趙栩，追隨他北上中京而去。阿昕更是——

他做得不夠，還是太過？這一路蘇昉都在思索著，他說的「為了你好」的那些話，究竟是為了她們好，還是因為他自己？他沒法子看著身邊的女子走上母親的路？他的本心又是什麼？

城門緩緩而開，馬兒不等吊橋放平，已被主人鞭策著一躍而上。

蘇昉策馬迎了上去，胸口激盪起伏，眼眶發燙。這是陳元初和陳太初浴血奮戰的秦州城，是剛從西夏鐵騎下奪回來的秦州城。眼前來人是他桃源社的兄弟陳太初，是任他打罵也不辯解一句的陳太初，是守護阿昕清白名聲的陳太初，是為阿昕永續香火的陳太初，是變成了他妹夫的陳太初——

兩騎越來越近，蘇昉看得見陳太初依舊挺拔如青松，巍峨如玉山。血火沙場，未削弱他半分風采，眉眼間以往的溫和可親皆變成了凌厲決斷之色。再近了些，他似乎剛剛沐浴過，長髮微濕，在頭頂鬆鬆用朱紅色髮帶紮著，身穿青色短打，未披甲冑，修眉俊目，薄唇微勾，顯然對蘇昉的到來十分高興。

兩匹馬長嘶一聲，交錯了大半馬身，停了下來。

兩人翻身下馬，大步走近，緊緊擁抱了一下，什麼也沒有說。

陳太初鬆開蘇昉：「寬之來得正好，九娘謄抄了兩頁古醫書上的毒傷症狀和救治法子，京裡的醫官吃不太准，你博覽群書，不遜大伯，快來看看。」

蘇昉啞著嗓子點頭道：「好。」心頭的淤塞，似乎有了一道決口。

積石如玉，列松如翠。郎豔獨絕，世無其二。秦州城在五月底的盛夏之晨，迎來了汴京四美的又一人——小蘇郎。

# 第二百五十八章

這日午後，去了黎陽倉一日有半的孟建還未回轉，章叔夜又派人送了好幾回信。事態漸漸明朗，已查出和帳冊上最大的不符：去年入倉的米糧，有一百二十萬石被腐米所替，壓在窖底。七名戶曹官吏在章叔夜的審問下供認不諱：這三年來，每年都有百萬石新米被大名府權知府沈嵐的親戚程姓富商買走，用的也是官府漕船，沿著運河南下，但運去哪裡無人得知。

但若要重新清點整個黎陽倉百多個倉窖中的千萬石米糧，就是所有守倉城的軍士全部用上，沒有半個月也點不完。因戶曹官吏的招供，只開了十多個倉窖進行覆核。

趙栩想了想，命人請孟建和章叔夜先行收兵，將查出來不對的倉窖先封倉。再命成墨取過文房四寶，要給蘇瞻、張子厚寫信。

「阿妧？」趙栩目光落在九娘身上，寫字嘛，自然要有人磨墨才好，就在自己眼皮下頭磨墨更好。許多事，就得不放過任何機會潛移默化，像吃飯那樣，三頓飯一過，阿妧不就習慣了和自己——呵呵。趙栩不免又得意起來。

九娘心不在焉地應了一聲，瞟了趙栩一眼，繼續看著桌上被一掃而空的碗碟，眉頭微蹙起來，擔憂地問道：「六哥你會不會吃太多了？」他剛剛止瀉，不宜暴食。

趙栩搖了搖紈扇，直了直身子：「不會，你放心，我都餓了好些天了，今日覺得還沒吃飽。」看來往日裡他吃得精而少也不是什麼好事，不知這胃口能不能撐著撐著撐大一些，看著阿妧每一口都吃得那麼香，吃得那麼多，倘若自己不能陪著她一直吃也太糟心了。他也沒想通自己怎麼塞得下那許多吃食的，還有阿妧又是怎麼能吃下那許多的……

九娘猶豫了一下，看著趙栩伸出手指開始數：「還沒吃飽？六哥你吃了一碗雞絲涼麵、一碟醃胡瓜、一盅鮮蝦蹄子膾、兩個鱔魚小包子、一碟茄釀、還有六根孄房簽的上半截——」

九娘目光落在趙栩胸口下頭，走近了兩步指了指：「你這叫沒——飽？」沒飽？他半靠在輪椅上挺直身子做什麼，胸口下微微凸起的是什麼？坐得都毫無美態了，說他把自己吃撐了還不信，攔也攔不住。

趙栩忍著難受收了收小腹，坐正了些，紈扇隨手擱在自己身上，抬了抬下頜：「明日我還要吃那涼麵，兩碗，一碗太少了，碗太小。我和你吃得一樣多怎麼行？總要比你多吃一點。你是女子，我是男子。」

九娘一把奪過紈扇，手指戳上那微微凸起的一塊，按了一按，不禁失笑道：「遮住就當看不見了？你這是什麼？還有吃多吃少有什麼可比的？我一貫吃得多，你向來吃得少。再說你身子昨夜才好，還虛著呢——」

「誰虛了？我虛？你說我虛？——」趙栩眼睛眯了起來，磨了磨後牙槽。

「不是你虛難道還是我虛？方大哥說得清清楚楚，你身子還很虛呢，既然身子虛就要克制住自己，萬一吃吐了又傷了身子，可怎麼辦——」九娘只覺得又好氣又好笑。

趙栩鼻孔中冷哼了一聲，一雙手緊了又鬆，鬆了又緊，是可忍孰不可忍，不可忍也得先忍一忍。方紹樸這帳，總有一天要好好跟他算一算。

九娘見趙栩神情變幻，怎麼看怎麼不高興，十分委屈的模樣，再想起三年前自己吃鱔魚包子吐在趙栩身上，趙栩絲毫不嫌棄，還說了那許多愛護她的話，不由得慚愧起來，蹲到他旁邊，伸手在他胸腹之間輕輕打起圈圈來，柔聲道：「六哥，你愛吃我做的菜，我心裡頭高興得很，便是天天做三五餐也行，若你為了讓我高興就強行全部吃完，傷了自己的身子，我可就不敢再做了。」

趙栩垂眸看著她嫩白小手在自己胸腹間緩緩揉著，掌心燙燙的，立刻放下了要和方紹樸算帳的念頭，鼻孔裡「嗯」了一聲，耳尖卻騰地燒得通紅，一顆心怦怦跳得極快。好像他也需要阿妧提前通告他一聲何時會親近自己，好讓他有個準備。

九娘見他神情雖然還很古怪，但已沒了方才的怒氣。倒覺得慈姑說得對，這男子無論多大歲數，難免都會跟孩子似的，用那發脾氣的法子來撒嬌，只要好好哄一哄，其實他們心裡都明白著呢。看著趙栩紅彤彤的耳尖，九娘忍著笑，手掌更輕緩了些：「明日不吃涼麵了，再好吃的也不能連著吃，可好？」

趙栩被她揉了幾十下，真覺得好受了許多，只盼著她一直這麼揉下去，聞言點了點頭：「好，聽你的就是。」

「夜裡我給你熬點菜粥，吃清淡些，再炒一碟南鱔，喝一盅鵪子羹可好？」

「好，都聽你的。」趙栩笑著給九娘打起紈扇：「天太熱，你別自己下廚了，這些就讓廚房做了送來就好。」

九娘猶疑起來，她若不能親力親為，總會有些不放心。

趙栩也伸出手指數了起來：「說是說你我一起長大的，可你算算，加在一起我們統共才見了多少回？我自然極想吃你做的菜，但你一去廚房就是一兩個時辰，我寧可你我在一處說說話，哪怕什麼也不說，都比看不到你強。每日還要除去你睡覺的三四個時辰見不到，這十二時辰所剩無幾，我不捨得分給廚房、廚娘。要不我也去陪著你，有什麼要切切剁剁的，你只管使喚我。」

九娘紅著臉搖搖頭，連壓在他身上的手指都輕顫了幾下。她不知他說起情話來怎能時時刻刻張口即來，她也明白他每一句都是真心實意，以至於有點憂心他日再也聽不到這樣的言語，自己能不能做到坦然放下，她只怕太高估了自己。她一直覺得自己算是個會說話的人，可此時卻一句也接不上。

趙栩輕輕握住她停在自己胸口的小手，笑道：「阿妧的朝朝暮暮，我都要爭。日後你莫嫌我煩就好。」以阿妧的性子，她恐怕會有些懊惱在說情話上完全沒有還手之力。趙栩側頭見九娘微微咬著唇有些苦惱的神情，不由得大笑起來：「阿妧，說好聽的話這個事上頭，你只能看著我勝過你一輩子了。」

九娘不妨連這樣的小心思都被趙栩看了出來，索性笑眯眯抬起頭來：「不下廚也好，不過今晚我要回自己房裡吃，還有些事要做，晚上我再過來陪你說話。」

趙栩一愣，莫非阿妧看穿他吃飯時的那些小心思了？他這是被嫌棄了？

「晚上的事晚上再說。對了，你快些過來給我磨墨。我要給蘇瞻和張子厚寫信，還要跟你商量要事。」趙栩咳了兩聲，自己推起輪椅來：「咿，怎地不動了？唉——我這腿沒用了，難道手也不管用了？」

一旁的成墨剛抬起腿，又硬生生地縮了回來。方醫官說得好，但凡殿下和娘子說話，聽一句得想三想，做得慢比做得快好。

九娘起身將輪椅推往裡間，回頭朝成墨遞了個眼色。

成墨趕緊喚小黃門進來收拾碗碟飯桌。惜蘭從外頭端著茶水進來，成墨立刻朝她比了個手勢。兩人將外間的冰盆悄聲無息地搬進了裡間，放下了茶水，躬身退了出去。

方紹樸正在廊下翻開小黃門手中的食籃：「不是說今日會有孋房簽留給我的？怎麼全吃完了？還有九郎包的鱔魚包子呢？廚房裡一個都沒找到。」

「方大夫——」惜蘭笑著走過去福了一福：「奴剛剛送到你房裡去了，九郎還讓奴問一聲，今夜有鵪子羹，方大夫可要嘗嘗？方大夫——」

方紹樸從院子門口探了探頭：「要要要——不過郎君身子還很虛，鵪子羹就不要吃了，喝點稀薄菜粥才是正理。」

裡間長案前，趙栩手中的一枝狼毫險些斷成了兩根。

方紹樸跑回房，路過隔壁高似的房間，見高似正低頭大口吃著鱔魚包子。

「你兩口吃完一個包子，也太可惜了——」方紹樸實在忍不住停下來提醒了他一句。

高似抬頭看了他一眼，把剩下的包子塞入口中，慢慢咀嚼起來。錯不了，這是阿玞妹子的手藝，她說得對，來不來得及總要試了才知道。

這人真怪，吃個包子吃得眼圈發紅，看來實在是真的真的太好吃了。方紹樸咽了下口水，往自己房裡撲去。

秦州州衙裡，蘇昉對著陳太初深深拜了下去：「寬之此行，特來向你請罪——」

「寬之——」陳太初雙手托住了蘇昉：「快請起來，你我兄弟，何須計較？」

蘇昉紅著眼眶道：「聞道百，以為莫己若。我自以為是，剛愎自用，既釀大禍，亦犯大錯。太初你代我受過，寬之不僅一葉障目，更遷怒於你，實在心中有愧，坐立不安。」

陳太初握住蘇昉的雙手，低頭看他手上被馬韁磨出的擦傷，眼中一熱：「寬之你何須如此？阿昕的事，的確是我的錯。若我在——」

蘇昉嘶聲道：「當時我的確是這麼想的，才忍不住動手打了你。太初，對不住。」

「都過去了，無需再提。」陳太初拍拍蘇昉的肩膀：「若你要我打你一拳心裡才舒服，也得等你歇息好了緩過神來才行。」

蘇昉道：「阿昕是因為我給她的玉璜出的事，和你並無多大關係。就算那日你與她在一起，以阮玉郎手下那三個侏儒的狠毒，你也未必能活命。六郎說得對，你不欠阿昕的，不欠蘇家的。」

陳太初蹙眉歎道：「六郎言語如刀，又一心維護我，此言十分不妥。你不要放在心上。」

蘇昉搖頭道：「他說得不錯，還有阿妧信裡將錯都攬在她身上，待我日後再好生同她說。她也好，六郎也好，還有你，你們都不該因為阿昕而終生歉疚。阿昕她也不會想看到你們這樣。」

陳太初歎道：「你既知道開導我們，為何卻要如此自責？需知窈然無際，天道自會，漠然無分，天道自運。天地不能犯，聖智不能干，鬼魅不能欺。」

蘇昉搖頭打斷了他：「太初，你以道法來說，我也以道法來答。雖說生死有命，但這一千八百里路上，我看得很清楚：眠娗、諈諉、勇敢、怯疑四人相與遊於我心，窮年不相謫發，自以行無戾也。我有心魔已久，才會在阿妧和阿昕身上都犯了那樣的錯。」

陳太初卻向蘇昉作揖道：「寬之大勇，太初拜服。」

蘇昉卻攔不住陳太初，不由得苦笑道：「無地自容，何談勇字？」

陳太初雙目閃亮：「寬之昔日所見，因皆出於儒家，過於溫和卻又過於固執。如今敢於剖開本心，實乃大勇。他日看世間人和事，必會兼顧法理和天道自然，才會更合適當今亂世，實乃大善。六郎正盼著你能助他一臂之力。」

「自反而不縮，雖褐寬博，吾不惴焉？自反而縮，雖千萬人，吾往矣！」蘇昉躬身道：「寬之願往中京，襄助六郎。」

陳太初又驚又喜：「好！正好九娘也和六郎一起北上中京。我和大哥攻下鳳翔見到父親後，也將往中京會合六郎，我們便一路同行，去和西夏、女真、契丹鬥個痛快！」

「不錯，我們桃源社大鬧中京，這齣戲好得很——」門口傳來陳元初的聲音。

蘇昉轉身，看到陳元初撐著兩根拐杖，瘦了許多，看起來十分憔悴，昔日盛滿春意的桃花眼中只有兩簇火在燒。

「元初兄——」蘇昉深深作揖道：「你受苦了，你受委屈了。家父請你們放心，嬸子如今在家中一切都好。」

陳元初慢慢挪了進來，點了點頭：「多謝蘇伯父照料我娘。阿昉你可想好了？你爹爹可只有你一個兒子。」

蘇昉堅定不移地道：「我們桃源社齊聚中京，要和阮玉郎決出生死勝負，我絕無退縮之理！」

# 第二百五十九章

汴京開封府梁門外，被查封多年的蔡相宅早無當年門庭若市的熱鬧，就連對面的建隆觀前不久也突然獲罪查封了，少了建隆觀的香火味，幾條街巷都冷冷清清的。

蔡相府的六鶴堂，依然高高矗立著，俯瞰眾生，人車皆十分渺小。

阮小五輕輕登上頂層，將手中的藥交給一個童子模樣的人，轉身進了屋內，見羅漢榻上的阮玉郎身上只披了一件霜色道服，依然在閉目盤膝打坐，面白如紙。

阮玉郎慢慢睜開眼：「小五，在我天宗穴和神堂穴之間重重來一掌，七分力。」

阮小五上了榻，在他身後比了一比：「郎君？」他殺尋常人三分力足夠，郎君先在高似和孟九手下受了傷，又被孟家藏著的老虔婆暗算，如何吃得消他七分力——

「來！」阮玉郎厲喝道。

阮小五咬牙一掌印在他右背的天宗和神堂兩穴之間。

「噗」的一聲，阮玉郎借力發力，終於將那枚銅錢逼了出來，他看著那銅錢激射而出，咣啷落地，滾了許久才停了下來，終於壓不住一口鮮血嘔在了自己身上，人也萎靡地慢慢倒了下去。

「郎君！郎君——」阮小五駭極，一把抱住阮玉郎，拿過旁邊的傷藥和紗布替他包紮好，再扶他慢慢躺下去：「郎君，小五這就去請吳神醫來。」

阮玉郎無力地擺了擺手，卻說不出話。張子厚精明過人，知道自己受傷，必然盯緊了城中的名醫和藥鋪，多一事不如少一事。那個老婆子以銅錢為暗器，且銅錢上蓄養著十分驚人的「氣」，逼不出去就會順血脈而行攻入他心脈之中，他必死無疑，靠小五的外力逼出去，他也自損八百。

這麼厲害的角色，竟會一直藏在孟府裡，阮姑姑也從未提起過，令他吃了這麼大的虧，沒有三四個月復原不了。阮玉郎閉眼調息了片刻，嘶聲吩咐道：「去大名府，把大郎和她們都移到西京去。小心些，不可小看了趙栩。」

「郎君？是要將大郎送回——」阮小五驚道。

阮玉郎動了動手指，點了點羅漢榻：「不錯，就說趙玨特來踐約，他也該遵守當年的約定了。」

「是，可郎君獨自在此——」阮小五抬起頭，惴惴不安。

「無妨。」阮玉郎輕聲道：「我尚有自保之力，此地也甚是安全。你去和沈嵐說，讓他小心行事，別留帳冊痕跡。趙栩小兒竟將我瞞了過去，不日就會到大名府。」

阮小五目露狠厲之色：「郎君，請讓小五留在沈嵐身邊，趙栩身中蝕骨銷魂毒，小五必能取他性命。」

阮玉郎輕蹙秀眉，蒼白的臉上泛起些紅色。他沉吟片刻後轉頭看向阮小五：「讓沈嵐出手好了，趙栩既然暗渡陳倉，沈嵐就可以暗中截殺，這路上死幾個客商總是常見的事，你暗中助他一把。事後再找幾個替死鬼，沈嵐在大名府做權知府已經好幾年了，也該進中書省往宰相之位走一走。」

阮小五精神大振：「遵命！」

「封丘只是個障眼法，趙栩既然如此出人意料，還在孟府設局等我，他此刻恐怕已經去了鶴壁黎陽倉。你送走大郎就在鶴壁和大名府之間守株待兔即可。若他已到了大名府——，就告訴沈嵐，趙栩不死他就完了。」阮玉郎的手指將沾血的道服掀了開來，胸口裹著紗布之處慢慢滲出血來。那銅錢所到之處依然血脈翻騰，疼徹入骨。

「趙栩怎會知道——」阮小五一驚：「小五這就立刻趕往大名府，郎君保重！十三和十五盡得小七、小九真傳，都在外間守著。郎君有事搖鈴就是。」

阮玉郎點了點頭，又合上了眼。是他小看了趙栩，這虧吃得不冤枉。

「我早說你比不上六郎。」那句笑語又在他耳邊響起。

孟妧，又或是阿玞，巧笑嫣然，說得那般自然自信。趙栩還說他老了？阮玉郎赫然睜開眼，長長吐出一口氣，胸口的血跡又滲出了一些。

他從幾時開始諸事不順的？似乎就是從這六鶴堂開始。他從福建回到開封後的那兩年，錢多，人多，蔡佑大權在握，對他言聽計從。西夏梁氏早在他相助之下做了夏國皇后，大軍即將進犯西陲。宮中趙璟因心病煉丹服藥中毒昏迷。房十三兄妹在他扶持下起事極順，奪下兩浙路六州。有了高似的牽線，女真也在他利誘下打敗了契丹渤海軍。鞏義的重騎和攻城重弩，加上他在京中接應，拿下這無險可守無關可踞的汴京輕而易舉，他和西夏、女真三分天下明明唾手可得。

誰料想那夜過後，趙璟竟能醒來，梁氏的兩個女使竟會自作主張刺殺陳青，暴露了鞏義的安排。更害得蔡佑罷相，海運和榷場兩大生財之道也被趙栩那幾個小兒給截斷了，陳元初跟著又大破西夏。他不得不假死遁去大名府，從頭謀劃。

現在細細回想，那夜喝破梁氏兩個女使行跡的，就是阿玞。使孟家、陳家、蘇家更為親近的，也是她。

阮玉郎的手指點在羅漢榻上，藤席深深凹陷了下去。他早該想到這層關係，既然她就是王玞，那麼鞏義永安陵一事自然是她說的。當年她看到了弩床，寫在了劄記上……

如今再次壞他大事的，還是她，也不對，是他自己才是。

阮玉郎長歎一聲，自從知道孟妧就是王玞，他就中了邪似的，想補償想試探想較量想挑逗，甚至想將她放在身邊。

北婆臺寺之後，他夢見她好幾回。夢裡他沒有了那不為人知的病，將她納入懷中恣意妄為，那種快活幾近滅頂，他把持不住沉迷其中。醒來後身上的濡濕切切實實，那種快意還殘留在體內，令他顫抖不已。但無論是鶯素還是燕素，僅脫去上衣，他就已經無法忍受。

他只有和她，才會有自己的孩子。元禧太子一脈，才能傳承下去。無論如何他都要試上一試，這是上天欠他的，他得拿回來。

阮玉郎眸色暗沉，心頭一團火，燒得他煩躁不安，那傷口更炙熱灼痛起來。

「郎君，藥好了。」外頭的阮十三和阮十五恭恭敬敬地輕聲稟報，心中激動無比，他們這些侏儒，幼時就被父母丟棄，被雜耍團的收了去，從來沒被當成「人」看，自從被阮氏三兄弟救出來，吃飽穿暖有錢拿，學了一身本事，終於能服侍郎君這樣的神仙人物了。

「拿進來。」阮玉郎揚聲道。他又怎麼會不如趙栩？他又怎麼會輸？孟妧也好，王玞也好，既然他拿定了主意想要，就是他的人。

孟建跟著章叔夜黃昏時分才趕回正店裡，毫無疲色，亢奮得很，將事情再次細細向趙栩稟報了一遍，請示道：「我們可是要留在鶴壁等戶部的人來處置？」

「你們這兩日著實辛苦了，忠義子立下大功，實在可喜可賀，好好歇息一夜，明早我們一同就去大名府，還要勞動孟御史明察秋毫，我們要把沈嵐拉下馬來。」趙栩笑道。

孟建雖然知道黎陽倉貪腐盜糧一事和沈嵐脫不了干係，可聽到趙栩這般挑明，一顆心還是別別跳得厲害：「沈嵐在大名府素有清名，聽說家徒四壁，屢屢靠典當他娘子的嫁妝度日，大名府的稅賦庫銀也從來沒出過錯，他幾次被先帝褒獎——」

趙栩微笑道：「不錯，我曾私下查過他兩回，看起來的確是個清官。五年來先帝褒獎了他絹帛八百匹、銀六百兩。他均用在了義莊和慈幼局上頭。既然鶴壁有人前往大名給他送信，恐怕會有人在半路刺殺我們。」

「啊？」孟建嚇得站了起來，禁不住打了個寒顫。人都說監察御史是將腦袋繫在腰帶上，誠不我欺。

章叔夜這兩天和孟建同甘共苦，倒有了些同袍情誼，見他腿都軟了，起身伸手扶了他一把：「忠義子莫擔心，殿下特意引蛇出洞，不來則已，一來正好自投羅網。」

九娘見孟建兩眼比出門那日早上又紅了許多，眼窩深陷，平日保養得甚美的三縷長鬚也不那麼順滑了，也安慰他道：「爹爹莫怕，有章大哥在，沒事的。」

太陽照樣升起，黎陽倉的碼頭上卻依然只有簇擁著的腳夫和停泊的船隻。倉城的城門緊閉，近百守兵在勸運糧的人耐心等上幾天。

趙栩等人離開鶴壁，這次卻是三輛馬車居中，前後數十騎。

頭戴斗笠，騎在馬上的九娘一身男裝，緊張地問身邊同樣戴著斗笠和她並轡而行的趙栩：「六哥你覺得他們會在哪裡動手？」

趙栩回憶了一下輿圖和各方資訊，笑道：「如沈嵐狗急跳牆的話，應該會選在鶴壁往大名府的必經之路安陽城的城外動手。出了安陽，林州那片有很長的一段山路，因山勢過險，約莫有六十里山路沒有驛站，是個殺人放火的好地方。」

他探身假裝替九娘整理轡繩，握了握她的手，低聲道：「別怕，你跟著我就好。」

九娘吸了口氣，側頭道：「咦？你為何不提前知會我？」見趙栩一愣，她抬起手揮了揮，調皮地笑了：「知道了，我定跟緊六哥。你放心。」一夾馬腿，卻超過趙栩，往前頭的章叔夜追去。

「啊——？」

趙栩回過神來，自己這是被調戲了不成？

相州，古稱鄴城，北扼邯鄲，西倚太行山，南接鶴壁、新鄉。春秋戰國以來就是兵家必爭之地，乃魏武帝受封、魏文帝封禪之處。大趙在相州設彰德軍，以支援澶州、衛州。

趙栩一眾方至相州城外，官道旁一位胖乎乎圓滾滾的中年男子，身穿富貴團花蜀綢襴衫，帶著一些部曲立刻迎了上來，恭候在一旁，等章叔夜背著趙栩和九娘上了最後一輛馬車，才在馬車前行了大禮，又和坐在車轅上的章叔夜說了幾句話，方領著眾人直奔城北。

相州城比起鶴壁和封丘，更是繁榮。九娘透過車窗簾見到「元旭匹帛鋪」的招牌時，愣了一愣，看著那「元旭」二字，想起自己幾次提起要將杭州元旭的印信交還給趙栩，都被他拒絕了，不由得伸手摸了摸頸中紅繩上那顆乳牙墜子，偷偷瞄了趙栩一眼，復又若無其事看向窗外。見那領頭的掌櫃和門口的夥計說了兩句，車隊又徐徐前行，往右轉入了一條巷子。

趙栩心知自己當初隨口取的名字被九娘看出了端倪，實在得意，見她伸手一摸的動作和偷瞄自己的那一眼跟做賊一樣，說不出的趣致靈動，忍不住湊近了笑道：「阿妧可想過，我還了你那寶貝乳牙，你該再給我個什麼才是？」

九娘訝然挑了挑眉，齜了齜一口貝齒：「難不成六哥想要我變成無齒之徒？」

趙栩手指輕輕在她雪白門牙上一彈：「你這是抱怨還是撒嬌？若是抱怨的話，我便也有話要同你好好說道說道，那方帕子——」他想起聽香閣裡被阮玉郎盜去的帕子就心裡不舒坦，誰知道那老不要臉的還偷了阿妧什麼物品，萬一有抹胸什麼的，他非親手殺了阮玉郎不可。

九娘忍著笑掩了半邊臉：「堂堂燕王偏要學人家說話，無恥之徒，不害臊。」她的話每次被趙栩說出來，就變了意味，平白多了幾分曖昧纏綿。

「人家是誰？」趙栩疑惑道：「哪裡來的人家？」

「我就是人家，人家就是我。」九娘沒好氣地道。

趙栩摸了摸下頷：「阿妧果然學會撒嬌了，妙哉。學我說話這句聽起來就是抱怨，換成人家二字，意蘊截然不同。『且相對青眼，共裁紅燭。小語人家閒意態。』阿妧你再說幾句人家來聽聽？」

九娘的杏眼越睜越大。她前世只會對娘親撒嬌，今生只對慈姑撒過幾回嬌，倒是林氏常對她撒嬌。但對男子撒嬌，她以往最是不屑的，趙栩竟說她學會撒嬌了……她為何會變得越來越不像自己，又或現在的九娘才是真正的自己？

趙栩卻又笑道：「山谷道人有首詞，昔日我只覺得豔俗，今日才明白個中妙處：『香幃深臥醉人家。媚語嬌聲婭奼。婭奼聲嬌語媚，家人醉臥深幃。』阿妧可聽過這個？」

九娘粉頰登時燒了起來，想著輸人不輸陣，索性別過臉去不理趙栩：「偏你牢記這些，我可不曾聽過。燕王殿下風流倜儻名滿汴京，看來不知醉臥過多少聲嬌語媚人家的深幃了——」她不過隨口一說，可最後那句一出口，眼前似乎當真看見趙栩對著別人情深款款相偕醉臥深幃之中，心裡頭一陣刺痛，酸得眼眶立刻發起澀來，這種酸澀倒把她自己嚇了一跳，簡直不可理喻。

趙栩一怔，旋即喜不自勝起來：「阿妧這是在吃味嗎？」探頭湊過去看她，見她眼眶微紅，情急道：「咦，你怎地真胡思亂想起來了？我是怎樣的人你還不清楚嗎？」

九娘垂首低聲道：「誰在吃味了？」

趙栩心中柔腸百轉，又是歡喜又是著急，湊近了她正要細說分明，冷不防九娘猛地抬起了頭，額頭正撞在他口鼻處，疼得厲害。

「啊？你沒事吧？」九娘見他掩住了口鼻，顧不得額頭也疼得厲害，急急要拉下趙栩的手。

趙栩輕輕反握住她的手，搖了搖頭。九娘見他上唇已一片紫紅腫了起來，又悔又惱又心疼不已：「我是吃味了，想到你若是真和人家醉臥深幃了，就難受得緊——」

趙栩卻強壓著笑，嘶嘶呼痛，在九娘這裡，他早發現自己越是慘，得到的好處便越多。

「人家就是你，你就是人家，傻阿妧你難受什麼？」趙栩忍痛道：「在我這裡，只有一個人家，便是阿妧。哪裡還有別的什麼人家？」他日後定要試試和她醉臥深幃，再說起今日事好調笑她一番。

九娘見那紫紅處滲了些血絲出來，掏出帕子替他輕輕擦拭，輕聲道：「都是我的錯——」

趙栩一捏她的手：「我最不愛聽你說這個。日後需改成『都怪你』三個字才行。」

九娘怔怔地看著他，柔聲道：「都怪你？」

趙栩點頭笑道：「可不是都怪我。我給阿妧賠不是了。」怪肯定要怪他，因為日後免不了還要她多吃些這等無關緊要的醋。她怎麼吃醋，他心裡都是甜的。

九娘靜靜地看著他，前世她在開寶寺絆了一跤，蘇瞻笑她成了泥地裡打滾的小狗。她氣囔囔地喊：「都怪你！都怪你！」怪他走那麼快還不等自己。蘇瞻卻笑得直打跌，說她自己摔跟頭如何能怪在他身上。原來他對自己心上的人，才會慢慢走等著她，才會叮嚀她小心那門檻。而蘇瞻去打蜂巢時被蜜蜂螫了，她雖也笑得厲害，卻會不停地說著「都怪我不好」。她早就不再在意前世那些細枝末節了，可因爲趙栩，許多畫面還是會驟然跳出來，原來不經比較，不知道誰待她好，誰待她差，原來待一個人好可以好到這種地步。只是以往想起會澀然，當下卻是釋然了然，更多的欣然。

九娘胸口熱熱的，眼中也發燙，忽地往前輕輕撲進趙栩懷中，摟住了他的腰，埋首在他胸口悶聲喃喃道：「都怪你，都怪你，都怪你——」

自然不是抱怨。

趙栩下頷被九娘的襆頭輕輕頂著，鼻尖縈繞著她的淡香，人都喜得有些七葷八素，一雙手臂頓了頓才輕輕摟住了她的肩頭，唇角不自覺上揚起來，上唇猛地一痛，原來真的不是在夢裡。

「是的，都怪我，都怪我，都怪我。」趙栩柔聲道，當然都怪他，都怪他，再多怪些才好。

車內再無言語之聲，只有兩人的呼吸聲緩緩交融在一起。

車隊繞過兩條街巷，到了元旭匹帛鋪的後門。早有僕從上前打開四扇黑漆大門，拆了門檻。眾騎和馬車魚貫而入。不多時，章叔夜「吁」的一聲，馬車停穩。九娘趕緊鬆開趙栩，坐正了整了整自己的衣裳，不敢看還在傻笑的趙栩。若她總在他面前這般失態，那便當成常態算了，她也絕不會懊惱或後悔。

下了馬車，方紹樸一見趙栩臉上有傷，嚇了一跳，顧不得其他，跑過來仔細查驗，隨後便打了個哈哈，轉身走開了，自去看眾親兵部曲將馬兒牽到一旁都準備妥當的馬廄裡，又去看另一旁乾乾淨淨的鴿棚，唉，殿下也太心急了，這麼短的一段路，就要霸王硬上弓。九娘幹得漂亮！方紹樸隨手拿了些稻穀餵裡面的鴿子，想著改天他要和九娘說說，這男人呢都是賤骨頭，咳咳，當然不包括他這樣的正人君子。千萬不能給殿下這樣厚顏無恥之徒輕易得手，日後那男人就會覺得換了誰都能這麼待她，不免看輕了她。雖然陪他們吃飯瘆得慌，但他還是會杵在殿下眼皮子底下的，不能給殿下可乘之機。

孟建見到趙栩，再細察九娘的神情模樣，簡直要跳腳。這孩子也十五歲了，汴京城那嫁得早的都為人妻室甚至爲人母了，她怎地這麼不開竅。雖說要矜持，但也不能矜持過頭還傷到殿下啊。好不容易那柳下惠想要親近，卻給你揍成個豬頭一般，就算是天下最好看的豬頭，就算再喜愛你，殿下心裡能舒坦嗎？郎君是天，更何況這郎君是監國的燕王殿下吶。

九娘看著孟建臉上短短片刻已唱完一出大戲，暗覺好笑，跟著趙栩的輪椅也到了鴿棚前頭：「這匹帛鋪為何養了這許多鴿子？」汴京城裡幾乎家家養鳥，宮中也多有珍禽，飼養鴿子的人家也很多，但匹帛鋪是商家，養了這許多鴿子卻不知派什麼用處。

趙栩笑道：「自然不是為了吃。」

章叔夜推動輪椅，跟著那圓滾滾的掌櫃往月門走去。

眾人進了後花園，見園裡並無奇花異草，兩排槐樹竟然還都掛著累累的雪白槐花，空中淡淡的槐花香十分宜人。方紹樸伸手摘了兩串下來告訴九娘：「可巧了，槐花可入藥，清肝瀉火，啊哈，瀉火。還有槐根可散瘀消腫。」

輪椅上趙栩手中的紈扇倏地停了下來。章叔夜手上用力，加快了步伐。

九娘紅著臉輕聲道：「有勞方大哥了，六哥臉上的傷幾日才能消腫？」

方紹樸輕聲道：「你放心，我暗地裡讓他再多腫幾天。你做得對，千萬別因為他是殿下就怕了他，來一次打一次。」

「啊？」

元旭匹帛鋪的後院也有三進，十分氣派，雖然比不上浸月閣，但比起鶴壁的正店已經富麗堂皇了許多，一應僕人皆是男子，不見婢女。

那一臉和氣圓滾滾的掌櫃「滾」了過來，再次對上首的趙栩行了大禮，從袖中掏出三封信呈給章叔夜，稟報道：「稟殿下：京中張理少的信是兩個時辰前到的。秦州的飛奴，按理本應在卯時歸巢，因在西京換了羽飛奴，辰時前才歸巢。大名府的信，是昨夜亥正時分到的。屬下用鷹奴給的法子試了三個月，飛奴的確比以前更快，如今一個時辰能飛三百里。」

九娘看著趙栩淡定地接過那三封信，訝然道：「那些鴿子，難道是用來送信的？」她只知道趙栩養了鷹，還送了一隻鷹連帶鷹奴給陳青出征用，卻從不知道他還在派人訓練信使❶，在書上她也

❶信使：即信鴿。傳說漢代張騫、班超出使西域的時候就已使用。歷史上宋高宗十分喜歡養鴿。有詩句：「萬鴿盤旋繞帝都，暮收朝放費工夫。何如養取南來雁，沙漠能傳二聖書。」

讀到過唐朝宰相張九齡「飛奴傳書」與親友通信的軼事，可那麼小的鴿子要飛越兩千里去秦州還能載信安然歸巢，委實不可思議。

趙栩笑道：「也才試了三年。我看鷹奴訓練鷹很有意思，便讓袁仁也試試訓練飛奴。不然只靠急腳遞，委實不夠快，耗費也厲害。你家裡也養了十多隻——」袁仁見趙栩待這位極好看的小郎君十分親切，趕緊也拱手朝九娘行了一禮。

九娘回了一禮，恍然之下，臉上燒了起來。怪不得她癸水初來那日，惜蘭明明不曾出過門，方紹樸卻來了家中要替她把脈。

趙栩手握空拳，抵唇清咳了兩聲：「季甫來信說，你家那位錢婆婆深藏不露，昨夜以一枚銅錢重傷了阮玉郎。他正和你大伯聯手，在開封府搜尋阮玉郎。」

九娘和孟建都又驚又喜，兩人對視了一眼。九娘頗有些後怕，阮玉郎果然不肯放過自己，竟親自去了木樨院，只是錢婆婆怎會如此厲害，看來婆婆還有事瞞著家裡人，不知那位錢婆婆會不會是太皇太后的人。

趙栩又看了陳太初的信，轉手遞給了九娘：「原來我們離京之日，蘇昉就去了秦州，這確實是他的性子，眼中揉不得沙子，律己甚嚴。他也會和太初他們一起來中京和我們會合。你放心吧，畢竟他是表哥，年長你許多。看來他千里迢迢去負荊請罪倒別有所獲。」蘇昉是個極好的軍師，看得遠又看得深，又極敏銳，且能言善辯，有他在，自是大大的助力，更重要的是阿妧的心結能解開許多。

九娘細細讀了信，心中百味雜陳，終還是高興更多一些。阿昉他這一路究竟想了些什麼，她無從猜起。可他要去中京，難道是改了不入仕的打算？又或者，他和自己一樣，已能拋開往日心中的重擔，循本心而為？那樣的阿昉，又會是什麼樣？九娘目光落在陳太初信末的那句「北上一路艱險，祇頌阿妧玉安。」眼中一熱，太初恢復了對自己阿妧的稱呼，他也放下了嗎？

這一刻，九娘恨不得插翅飛去中京，盼著能儘快見到蘇昉和陳太初。

趙栩已看完大名府的信，笑道：「沈嵐果然有點意思，鶴壁的人一到，他已通告大名府上下，監察御史這兩日就會抵達，連彰德軍節度使也被他請去了府衙。看來他和阮玉郎還未聯繫上，以阮玉郎的手段，恐怕寧可調兵充賊，也要半途截殺我們，事不宜遲，用完飯後我們即刻大張旗鼓，搶在阮玉郎的人之前，去會一會這位兩袖清風的大名府權知府。」

# 第二百六十章

從相州城往北，兩條岔路，一條是繞山而過的官道，另有一條穿山而過的山路，比官道少走二十里路。因這一帶的山勢雄偉疊嶂，有萬馬迴旋之勢，山中多有瀑布驚湍直下，白珠四濺，行走其間既能避暑又能賞景，且沿途鮮有盜賊，故而不少商旅都會走山路。

趙栩等人行至分岔路口，依然按原計畫往山路上行，一路眾人全神貫注地戒備著，卻只遇到不少商旅車隊，相互避讓著交錯而過。

章叔夜閒閒坐在孟建和方紹樸所在的馬車車轅上，竹斗笠半掩了臉，朴刀無鞘，鬆鬆掛在腰帶上。他口中嚼著一根馬尾巴草，時不時對前方的斥候打個手勢。

不多時有一位護林人擔了兩筐草藥從山上走了下來，看到他們這許多人，善意提醒道：「還有半個時辰才出山，你們還是快些趕路，今日肯定要下雨，雨天路滑，千萬小心。」

章叔夜揚聲道謝，只是山路上委實快不起來。馬蹄踏地的聲音夾雜在風穿林濤中，和著遠處瀑布的嘩啦水聲，忽遠忽近，煞是動聽。

雖然趙栩說了沈嵐十有七八不會派人路上行刺，九娘依然緊張得很。入山不多時，就見後頭有十多騎匆匆追著車隊而來。

「不用理會，不是鶴壁就是相州的官員，應是來找你爹爹的。」趙栩淡淡地斷定。

一路追來的，打頭的正是鶴壁縣的秦判官，他帶著縣裡的十多個佩刀捕役，正說著因為黎陽倉今日依然封閉倉城，不准進糧又不准出糧，那漕船的船夫和腳夫們在碼頭鬧起事來，實在無人做得了主，無論如何請御史隨他回鶴壁去解說解說。

孟建皺眉道：「這該是你們的事才對。戶部的人這兩日就到了，自會處置黎陽倉一案。」

那秦判官眉一豎就嚷嚷起來，說御史臺彈劾就彈劾，哪裡有擅自封倉導致民心不穩的，又說孟建拉完屎卻要他們擦屁股實在不守規矩，伸手拉住孟建就要往來路走。

孟建登時惱了，喊孟全把尚方寶劍取了來，那十多個捕役大驚失色，在鶴壁可沒聽說過這位御史還帶著尚方寶劍，再看看旁邊近百人個個精壯，手持利刃護衛著馬車虎視眈眈，哪裡是縣衙裡聽說的只帶了十多個隨從，個個心裡暗暗叫苦，匍匐在地不再吭氣。

章叔夜見雨勢不小，揮手命令眾人披上雨具，檢查馬蹄鐵，列隊繼續前行。

「下官參見燕王殿下——」雨中的鶴壁縣判官突然高聲喊了起來。

趙栩掀開車簾，目光如電掃了那些人一眼，沉聲喝道：「拿下！」

一陣混亂後，鶴壁的十幾人被親衛們按在泥地裡，搜查了一番，腰牌、鐵尺和繩索都紛亂地扔在地上。

「何人遣你前來的？」章叔夜的朴刀背壓在秦判官的頸項上。

「是林縣丞派下官前來尋燕王殿下的，下官絕無不敬之意。殿下——殿下——」秦判官滿面雨水放聲喊道：「縣丞有令，若見到殿下，要下官護送殿下前往大名府——」

趙栩大笑起來：「倘若見不到本王，你們便要將孟御史綁回鶴壁？」

那秦判官一愣，沒想到會被趙栩一語道破，想要解釋什麼，已被孟建一劍鞘劈在背上。

「我可是堂堂朝廷敕封的忠義子，御史臺的監察御史，持二府文書和尚方寶劍的欽差！你這小小判官，竟敢欺我？」孟建氣得渾身發抖，這起子狗東西肯定以為自己和章叔夜只有去查黎陽倉的那些人，才敢這麼明目張膽地追來。

九娘輕聲提醒趙栩：「這會不會是沈嵐的意思？」

趙栩點了點頭，揚聲道：「既然他們一腔誠意，趕了百里路來護送本王，便讓他們跟著就是。」

地上的秦判官正高興著，卻被章叔夜一把提了起來，將他們十多人用他們自己攜帶的繩索綁成了一串，繫在了最末一輛馬車上。自有人將他們的十多匹馬給牽了過去。

「殿下？殿下？」秦判官嘶聲喊了起來。這裡離大名府還有四五十里路，難不成要他們一路跟著馬車跑？

馬嘶蹄翻，眾騎簇擁著車隊在雨中繼續前行。那十多個人踉踉蹌蹌地被迫跟著馬車跑了起來，心裡叫苦不迭，後悔不該貪圖那二十貫錢請纓前來，卻要遭這等罪。

因多出這樁意外事，趙栩將章叔夜喊入馬車內，和九娘三人又細細商酌起來。

出了山路，再無任何阻擾，車隊順順當當地又走了大半個時辰，抵達了大名府外城。

大名府在德宗朝時被立為陪都，時稱北京，與南京應天府、西京洛陽、東京汴梁並稱四京，位於黃河北，控扼河朔，乃北門鎖鑰。城如臥龍，四十八里的外城，城高地險，塹闊濠深，四大城門均有甕城，不遜於洛陽和京兆府，下治十二縣，統北京、澶懷衛德博濱棣、通利保順軍。不同於西京和南京任用宗親或文臣擔任留守，空懸權知府一位，大名府因直面契丹，並未設置北京留守，因此權知府沈嵐便是此地一府之主。

此時大名府府衙的書房之中，權知府沈嵐身穿公服，正在批示公文，他五官清俊，略帶嚴厲之相，五縷長鬚十分齊整，落筆迅疾有力，手腕極穩。

「府君，殿下一行已經進了崇禮門。」門外他的貼身隨從沈清稟報道。

沈嵐手中的筆停了一停，又繼續批示，頭也不抬地吩咐道：「進來說話。」

沈清輕輕掩上門，行了禮，肅立在他案側下首。

「統共來了多少人？」

「不到百騎，另有三輛馬車。入了崇禮門後，就交給守城軍士十多個鶴壁捕役，還有鶴壁縣的秦判官，說是多虧他們一路護送殿下，請府君好生替殿下酬謝他們。」

沈嵐手中的筆一頓，抬起了頭：「哦？他們現在何處？」

「已被送來了府衙，那秦判官說見到一位不良於行的貴人，姿容極美，自稱本王，只他也吃不准那位是不是真正的燕王殿下。」

「封丘也有一位被眾禁軍護衛著的美貌貴人，一樣也是不良於行，聽說還斷了兩樁懸案，昨日已拔營前來大名府。」沈嵐心中沉吟不決，看來燕王戒心極重，有備而來，他派人查處了黎陽倉，自然是得了些證據在手，但如果確實是衝著自己和壽春郡王而來，為何竟只帶了百人不到的護衛？也許秦判官所見未必就是真正的燕王殿下。

他擱下筆，起身在書房裡來回走了幾步，又在長案上的輿圖前看了又看。燕王虛實真假不定，壽春郡王尚無音信傳來，他萬不可自亂陣腳，當以不變應萬變。眼下帳冊已經全部銷毀，相關人等一概已遣走，既無人證又無物證，燕王又能奈他何？

「殿下他們一眾人等，現在何處？」沈嵐轉過來身來。不管真假，既然來者已自報燕王名號，他理當前往拜見，迎入府衙。

「去了城北的盧家醫館。一路未曾見到其他侍衛或禁軍模樣的人。」

「可有見到殿下？」沈嵐皺了皺眉，盧家乃大名府世代豪富，當家人盧君義盧大官人有「玉面孟嘗」的渾號，多結交江湖豪傑，家中產業遍地，屢行善舉，和他也算相熟，何時會和燕王有了關係？抑或這位前往盧家醫館的「殿下」，只是為了治療腿傷，又或者是有意營造他已至此的假像來迷惑他人？

「不曾見著。盧家開了仁義巷的後門，拆了門檻，馬車直接入了後院。盧家夜裡訂了金燕樓的全素席面。」

沈嵐輕輕理了理頷下五縷長鬚，真真假假，虛虛實實，只要當面見了，他自然能認得出這位昔日在先帝身邊甚受寵愛的開封府尹燕王趙栩。倘若他不去拜見，倒顯得心虛有鬼了。

大名府城北仁義巷，乃富豪聚居之地。金燕樓的席面剛剛像流水一樣進了盧家的角門，沈嵐的名刺就遞到了門子眼前。盧家立刻有識趣的管事親自迎他進了花廳。常人自然不會選這個晚膳時分登門作客，但燕王殿下在裡面自又不能以常理度之。

沈嵐素來以清廉聞名，從未去過商賈富豪之家，入門以後，見盧家富麗中不失清雅，倒無堆紅綴綠鑲金鍍銀的惡俗。正堂宏敞精麗，前後都有層軒廣庭，上頭掛著楠木牌匾「青松堂」。堂前的廡廊極寬，牆壁皆細磚砌成，陳列之物也皆以青銅瓷器為主，很是沉穩厚重。往來奴婢僕從衣著鮮亮，進退得體。

沈嵐端起茶盞，心中一凜，手中的定窯劃花纏枝蓮紋茶盞中，淺黃的茶湯，綠妝素裹的白毫銀針根根挺直如針，正是他在自己家中常喝的茶。他雖是浙江湖州人氏，卻在福建官場上輾轉了近二十年，對白毫銀針甚是偏愛。究竟是盧君義或燕王趙栩早就在探查他，又或是只是誤打誤撞，沈嵐心頭也似乎被插了根銀針上去。

「府君安好。」盧君義匆匆踏階而上，大步走到沈嵐面前，不卑不亢地行了一禮。

沈嵐抬手虛扶了一把：「大郎請起，只因燕王殿下一入城門就來了你家，本官甚是惶恐，故而特來拜見殿下。還勞大郎代為引見。」

盧君義笑道：「不敢，草民惶恐。因御醫院的醫官聽說草民家中有上好的紫草，特來查看，當下正在為殿下治療腿傷。殿下得知府君前來，請府君後院說話。府君，請——」

沈嵐隨他出了花廳，微笑道：「大郎俠肝義膽交遊極廣，你能得到殿下的青睞和信任，我大名府也臉上有光。」聽盧君義所言，似乎在撇清盧家和燕王的關係。

「殿下龍章鳳姿，草民今日得見殿下，實乃草民之幸。府君所言的青睞和信任，不知從何而來，實在是折殺草民了。」盧君義引著沈嵐進了二門：「府君廉潔公正，愛民如子，草民十分仰慕，只可惜年節裡方能見上府君一面。」

穿過正院後廳，又走了一刻鐘，沿著遊廊入了一道垂花門，進了一個安靜的小院子。院子裡種了許多紫薇白薇，開得正盛。繞過前廳，後室的廊下站著十多個灰衣大漢，手按刀柄，面無表情。沈嵐估摸了一番盧君義進花廳的時間，猜度他方才並未和燕王在一起。

廊下一個內侍打扮的男子手持麈尾，見到盧君義和沈嵐連袂而來，便唱道：「大名府權知府沈嵐到。」

四扇六角穿梅槅扇門輕輕開了。沈嵐在大名府多年，第一次心生忐忑之情，他抬手整了整頭上的硬紗雙腳襆頭，甩了甩寬袖，踏上三階如意踏跺，目不斜視進了室內。

室內藥香濃郁，帷帳低垂，屏風後隱約傳來細語和笑聲。兩個小黃門將沈嵐引至屏風前躬身稟報：「殿下，沈府君到了。」

沈嵐垂首斂目，聽到輪椅移動的聲音，見玄色寬邊青色竹葉暗紋道服的下半截出現在自己眼前，道服下露出一雙鑲銀邊雲紋黑靴。輪椅停了一停又慢慢挪了開來，往西邊窗下去了。

沈嵐這才反應過來，側身行禮道：「下官大名府權知府沈嵐參見殿下。殿下安康。」

「免禮，坐下說話罷。正旦朝會本王在大慶殿見過你。」趙栩的聲音柔和清越，略帶了些惆悵傷感：「先帝亦同我提到過你幾次。大名府你治理得甚好，甚好。」

沈嵐眼皮略抬了抬：「謝殿下。殿下雄才偉略，出使契丹，功在社稷。下官極為欽佩。」

室內尚未點燈，窗下陰影中，他看不清輪椅上人的面容，但依稀可見輪廓秀美如謫仙。沈嵐不敢多看，又垂下眼皮，卻依然不敢斷定面前的究竟是不是趙栩。

「我只是路過大名府，順便在盧家療傷幾日，你無需太多顧慮，過幾日便往真定府去了，本王不欲擾民。」

沈嵐拱手道：「下官原以為殿下尚在封丘，不意殿下竟已抵達大名府，未曾遠迎，還請殿下恕罪。下官斗膽請殿下移步前往府衙歇息。」

「不知者不罪，府衙我就不去了。那謀逆重犯阮玉郎昨日雖在京中身受重傷，畢竟還未尋見他的屍體，黨羽也依然有在逃的。我派人在封丘假扮本王，短短幾日，倒也捉拿了三四批刺客。」窗下傳來燕王的輕笑聲，不掩滿意之情。

沈嵐如有芒刺在背，冷汗淋淋，不知此消息是真是假，定了定神道：「竟有此事？如此殿下更該隨下官往府衙去才好，有重兵護衛，下官也才能安心。還有那彰德軍節度使和保順軍的幾位將軍都和殿下有舊，昨日就來了府衙等候拜見殿下。過幾日殿下何時前往真定府，下官必當派人護送一程。」

趙栩沉吟了片刻，歎道：「當年本王和陳太初奉先帝旨意，來河北路犒軍，才知河北路軍威不亞於西軍，既有軍中故人，還是要見上一見的。」

沈嵐一喜，和趙栩商議定了，翌日在大名府府衙，由沈嵐設宴，引文武官吏正式拜見趙栩。沈嵐看著輪椅上的人，忽地心中一沉，他記得燕王身形修長挺拔，而眼前窗下坐在輪椅上的人，雖看不清容貌，但卻似乎比坐在椅子上的他還要矮上三分。沈嵐走後不久，室內琉璃燈、立燈、蠟燭漸次亮起，照得那風雨水石屏透亮，屏風後籐床上躺著的人影清晰可見。

九娘從窗下的輪椅上站了起來，鬆了一口氣，走到屏風後頭，緊張地問道：「六哥，你看沈嵐可發現我是假冒的了？」

趙栩笑道：「他是個極小心謹慎的聰明人，臨走前那兩眼，應該是發現你身高不對了。」

九娘點了點頭：「他最後那幾句話說得略慢，句尾放輕放緩，顯然心有疑慮。我還擔心他將我真的當成了你，反而弄巧成拙了。」

「你做得極好。他越是疑心，就越忍不住要再來打探虛實，越忍不住，就越容易亂了陣腳露出馬腳。」趙栩想到沈嵐完全被自己牽著鼻子走，心中爽快得很，再仔細上下打量著九娘，見一身玄色道服更顯得她肌膚晶瑩透亮，雙目熠熠如燦星懸空，不由得歎道：「我家阿妧穿玄色衣裳原來竟這般好看，天下人活該要自慚形穢。」

九娘一路行來，早已習慣趙栩這般隨時隨地口燦蓮花，以往聽到，不免有些害羞或是忍不住白他一眼，如今卻已能面不改色。她笑眯眯地道：「六哥如今倒學了我爹爹，盡說這些大實話——」她捲起兩截寬袖，皓白玉腕伸到趙栩枕邊。

趙栩不防九娘如今功力漸長，想要逗弄她不成，冷不丁還會反被她將上一軍，正鬥志昂揚著待要更上一層樓，被她瑩白得發光的手腕一晃，呼吸一頓，一時心慌意亂，忘了要說什麼，眼巴巴看著她拿起枕邊的紈扇，調皮地對自己眨了眨眼。

「無奈我姨娘將我生得這般好看，我也只能有負於天下人了。」九娘強忍著笑，一本正經地哀歎了一句，抬腕給趙栩打起扇來：「只是天下間只有一個人說我堪堪只有三分姿色，我當時年少，便也信了，在家中常照鏡子，若長得不如他好看——」

趙栩已一手掩住九娘的嘴，一手往她腰間輕輕撓去：「好你個阿妧，我那許多好聽的話你不學，卻揪著陳年舊事的幾句破話不放，今日我非要好好罰你不可。」

九娘大笑著往後躲：「我偏要揪著那句話一輩子也不放——」

趙栩擰眉咬牙，猿臂輕舒，將她兩手輕鬆捉在一處將她拉了下來，按在自己腿上，伸手連著撓了她十多記：「好，你儘管試試看。」

九娘笑得眼淚都出來了，卻怎麼也掙脫不了，趴在趙栩腿上無力地扭了兩下，頭上的男子髮髻都鬆了開來，喘著氣連聲求饒服軟：「我錯了，哈哈哈——再也不說了。六哥你快停下。哈哈哈，別撓了，癢死了——」

趙栩見她小臉又是笑又是淚，漲得通紅，一雙杏眼淚盈盈的瀲灩旖旎，幾縷散髮垂落著，裹在寬鬆道服裡的身子還無力地在自己身上扭動著，腦中一炸，定力全無，渾身滾燙得燒了起來，撓她癢的那隻手立刻停了下來，輕輕覆在她腰間，不敢再動也不捨得放開，咬牙切齒地低聲道：「別動。」

九娘笑得脫了力，又怕碰到趙栩的傷腿，喘著氣又掙了幾下：「君子動口不動手，你才別動——」她看著眼前驟然貼近的趙栩的面孔，兩人眼睫幾乎要觸到了一起，嚇了一跳。

「君子還是小人，你選一個罷。」趙栩眼角泛起桃紅色，豔色驚人，又逼近了她一分，兩人鼻尖輕觸，氣息交纏。

九娘如遭雷擊，心慌不已，立刻微微後仰了一些，卻蹭到了不知什麼異軍突起之物，她渾身一僵，嚇得不敢再動，腦中一片空白。

趙栩被她不知死活地一蹭，唇齒間溢出一聲怎麼也壓不住的呻吟，就要低頭親上去，見她神色一僵，猛然警醒過來，咬了咬自己的舌頭，手上用力，將九娘拉著坐到床沿邊，嘶聲道：「不選就算了。」旋即鬆開她的手，自行側身轉朝床裡，想要清醒清醒冷靜冷靜，偏偏方才的畫面和觸感，在他腦中卻越發清晰起來。

九娘縮回雙手，眼睛沒地方擱，手也沒地方擱，面紅耳赤，借著拭淚索性以寬袖掩住了臉面，想起身離去卻又怕趙栩太過尷尬。半晌後她輕輕放下袖子，才意識到發生了這等羞人的事，自己竟連一絲自責反省的念頭都沒有。她這是怎麼了？

身後傳來趙栩還有些急促的呼吸聲，九娘看著面前的風雨水石屏，只覺得窄小空間裡纏綿著一股曖昧旖旎的氣息，一切似乎都慢了下來，如夢似幻，很是熟悉。

「殿下——下官進來換藥了。」外頭傳來方紹樸的聲音。

九娘一驚，立刻跳了起來，低聲道：「我先回隔壁去了，今晚——我有話同爹爹說，還請六哥自己用膳罷。明早我再來。」她聲音越說越輕，臉上越來越燙，話音未落已匆匆逃了出去，和方紹樸在門口還撞了一下。

趙栩翻過身來，和方紹樸面面相覷。

「殿下——是又上火了？」方紹樸皺起眉頭伸出手背要去探一探趙栩的額頭。

趙栩橫眉冷目瞪了他一眼。

「呀，燒——燒得厲害。」方紹樸認真地看著他。自己這醫者之心，多不易啊。

# 第二百六十一章

關中平原，永興軍路京兆府，昔日的唐朝舊都長安，南有連綿的秦嶺，北有北山，東倚崤山，西接汧山、隴山，更有涇水、渭水、灞水、滻水、灃水、滈水、潏水和澇水八水繞長安，素有「被山帶河，四塞以為固」之稱。

黃昏落日如血，籠罩在年歲並不久遠的新城❶城牆上。陳青一身銀色甲冑，站在順義門城牆的女牆之上，不動如山。身旁是白髮蒼蒼身披輕甲的天波府穆老太君，王之純等眾將均以他二人為首，一字排開在他們身後。

空中傳來一聲鷹唳，驚空遏雲。眾人抬頭看去，一隻雄鷹從一個小黑點，瞬間已可見展開的御風雙翅。陳青身後一個褐衣漢子站了出來，將手放入口中，發出古怪的呼喚之聲，他伸出戴著皮護臂的手，高高舉起。那黑鷹盤旋著撲了下來。王之純等人不由得後退了半步。

陳青接過鷹奴手中的細長卷條，展了開來。他轉過身，刀刻斧鑿般的線條更加嚴峻了一些。

「今夜子時，利州軍將夜襲鳳翔。」陳青沉聲道：「穆老太君，之純兄，漢臣今夜欲率大軍殺入西夏大營，與利州軍會師鳳翔，如何？」

穆老太君頓了頓手中的紅纓銀槍，聲音蒼老卻異常堅定：「好，老身在此替漢臣壓陣，你只管放心殺去。」

王之純看著陳青，胸口熱血澎湃，大笑道：「十六年了，還能和漢臣再次並肩作戰，我王之純無憾！這一路戰得王某十分憋屈，且用夏軍的血來祭我大趙帥旗——」

陳青冰山般的面容緩緩展開了笑意，如春回大地，萬物解凍。他看向眾將，有和他一同浴血奮戰過的往日同袍，也有正當青壯時的年輕將領，每個人臉上都躍躍欲試慷慨激昂。

「關中平原，不缺我等男兒熱血。陳某有幸，能和諸位同赴生死——」陳青點了點頭：「必和各位兄弟生死不離！」

「生死不離——生死不離！」

順義門的眾守城將士齊聲高呼起來，旌旗招展，夕陽如金。

大名府仁義巷，還差一個時辰就五更天，正是城中夜深人靜時。

盧家十分考究，外院客房裡冰盆充足，廊下窗下的銅盆裡悠悠熏著驅蚊的藥草，紙帳內熏了安息香。各院門口上夜的僕從護衛也沒一個打瞌睡的。因知道燕王殿下駕臨，更是卯足了精神來回巡視。

---

❶ 新城：長安自唐代末期戰亂頻繁，毀壞嚴重，後由韓建重建長安城，只有原來長安的十六分之一大小。但商業也十分繁華，人口密度極高，依舊是軍事重地。

九娘一路以來，每夜幾乎都是頭沾到枕頭就能睡得昏天黑地，今夜不知為何卻一直睡不著。過了子時，守夜的惜蘭輕手輕腳地進來了兩回。九娘放緩了呼吸，由得惜蘭替她搭了一條薄薄的絲被在身上。慢慢地，她能聽見屏風外的羅漢榻那邊傳來惜蘭悠長的呼吸聲。

梆子敲過一回又一回，她越急著想睡著，越是睡不著。連瓷枕都被她烘熱了，她只能時不時輕輕挪動一下，換到那冰涼的半邊，才覺得舒服些。待寅時梆子聲敲響的時候，九娘輕輕舒出一口長氣，眼巴巴地盯著紙帳上隱隱約約的山水圖，那山水圖卻也幻化作了趙栩的眉眼，越靠越近，眼角泛著桃花色，神色急切又顯然在極力克制著。九娘不禁越發燥熱起來，一時臉紅，一時心跳極快。她伸手到枕邊去摸紈扇，摸了兩下卻沒摸到，不知是不是被惜蘭收走了，倒覺得胸口那兩團隱隱作痛。

九娘躺平了，伸手輕輕按了按兩邊胸脯，疼得整個人一抽。夜裡惜蘭說了好幾回，不能再束得那麼平了。可已經束得那般平，為何趙栩還會——

絲被猛然被九娘一把拉了上去，蒙住了頭臉，半晌又猛然拉了下來。九娘探身看了看床尾腳踏下頭的冰盆，忍不住輕輕往外挪了挪身子，伸出腿慢慢往下探去，玉白粉嫩的腳趾很快就碰到了銀盆，並沒有想像中那麼冰，只是比瓷枕更沁涼一些，慢慢的她把腳掌心輕輕壓在了盆邊上。

前世的有些事，此時隨著冰盆的涼氣，慢慢浮了上來。她對床笫之事總有些說不出來的懼意，經過田莊被追殺的那一夜回憶起往事，雖然不願多想，卻也隱約明白那懼意從何而來。

當年嫁給蘇瞻時，她忍著極大的痛楚承受著整個人被劈開的感覺，即便痛得無以復加，心底依然有種說不出的甜蜜。後來她懷孕生子，待去了杭州才和蘇瞻夫妻團聚。蘇瞻並非流連床笫之人，滅燈後床幃之間亦待她十分尊重，事畢連小衣都幾無皺亂，加上幾回之後她還是疼得厲害，夫妻同床共枕倒常常變成徹夜說話。她後來索性將阿昉移到自己身邊睡，夜裡替他打扇蓋被，心裡還更加踏實舒坦。她偶爾半夜醒來，看著蘇瞻和阿昉熟睡的面孔，總會禁不住偷偷笑起來，天下最好看的兩個男子，都是她的。

回京後不久就出了蘇五娘的事，她神傷之下，想起往事，原來只是她自作多情又自以為是，樁樁件件的甜都變成了苦，可悲又可笑，她自然不願意再被蘇瞻親近。蘇瞻卻寧可睡在腳踏上也不肯搬去外書房。她不想被家裡人知道，更不願被阿昉覺察到什麼，便由得他去。人前她和他依然是恩愛夫妻神仙眷侶。

直到阿姑委婉地當著她的面同蘇瞻說，長房這些年只有阿昉一個人甚是孤單，該趁著兩人還年輕，給阿昉添個弟弟才好。回到房裡，蘇瞻斬釘截鐵地同她說，即便她一輩子也不讓他親近，他也不會納妾，更不會給阿昉添庶弟庶妹。那夜他將她摟入懷中時她沒有再推拒。

九娘輕輕歎了口氣，縮回有些涼的腳趾頭，腳尖觸到腳踏上的地毯，軟軟的，毛茸茸的有些癢。她心裡明白，她還是害怕那種事。怕疼，也不喜歡那種被侵入的感覺。九娘打了個寒顫，心裡的燥熱慢慢平息了下來。她心悅趙栩，喜歡看著他，喜歡聽他說話，甚至喜歡他突如其來的放肆，不然為何會因那件事而難以入眠——

在她心底頭，似乎還藏著一絲隱隱的期待。九娘捏緊了身上的絲被，不得不承認這一點。期待什麼？她卻不敢再想下去了。

隔壁院子裡突然傳來幾聲悶響和呵斥之聲。九娘猛地驚坐了起來，下意識地就伸手去摸枕下，才想起趙栩那柄短劍早被阮玉郎搶走了。

「娘子勿怕。」惜蘭手持短劍，進了屏風裡頭：「殿下早有部署，想來是擒住賊人了。」

她話音剛落，兩人就聽到成墨在外頭輕聲喚道：「惜蘭——」

惜蘭看向九娘，九娘揚聲道：「成墨，殿下可好？」

「我很好，阿妧你好不好？」門外傳來的卻是趙栩的聲音。

九娘匆匆披上惜蘭手中展開的道服，顧不得長髮披散著，赤著腳就往外跑。房門一開，就見趙栩正坐在輪椅上笑盈盈地看著她：「今夜無月，星河倒是璀璨，守株待兔已等到了兔子。阿妧既然一直睡不著，可要出來賞一賞星星？」

九娘一呆。他怎麼知道自己一直沒睡著？

成墨幾步退到院子裡，偷偷抬眼瞄了瞄星空。殿下已經守在這裡看了一整夜星星了，還沒看夠？

被夏軍占領的秦鳳路熙州城，直到亥時的梆子帶著應付差事的意味草草敲過，才迎來了真正的夜晚。

穆辛夷坐在州衙後院的花園裡看著小池塘發呆。暑氣還有餘威，雖然薄紗褙子的袖子被她捲過了肘彎，肌膚上還是熱騰騰黏糊糊的。一個多月前的戰爭並未損毀熙州州衙，花園裡草木依然繁盛，池塘裡青蛙也鳴得歡快。晦日無月，她還是能看到一些蜉蝣在水面上倏地來去，劃出一條條水帶，仔細看，沿岸的水面上漂浮著許多蜉蝣的屍體，小小的黑色點點，密密麻麻。

蜉蝣朝生而暮死，盡其樂，蓋其旦暮為期，遠不過三日爾。穆辛夷抬頭看向旁邊的兩株木槿樹，依然還有花在盡力盛放著，池塘裡也有不少木槿花浸透了水，皺巴巴的，朝開夕落。

自己還有多少天能清醒地活著？借來的美好光景終要還回去。穆辛夷看向夜空，一條星河倒懸著。陳太初會不會留意到這麼美的星空？

「阿辛——」李穆桃嘶啞的聲音極其溫柔。

「阿姊？」穆辛夷站起身，轉頭看她還未卸甲：「阿姊怎麼還穿著這個？會悶壞的。」

李穆桃攜了她的手往回走：「無妨，習慣了不礙事。水邊蚊蟲這麼多，你怎麼不回屋裡去？」

「阿姊，你幾時去中京？」

「過兩天就去。」李穆桃拍了拍她的手：「阿辛別再鬧了，你回蘭州等我。最多三個月，阿姊就回蘭州找你。」

穆辛夷推開房門，屋裡點了驅蚊的藥草，她打了個噴嚏。州衙裡的婢女早備好了熱水，上來要替李穆桃卸甲，被穆辛夷擋住了：「你們出去吧，我來。」

即便是輕甲，也有二十多斤重，穆辛夷略有些吃力地抱著一堆甲冑放到羅漢榻上，回頭見李穆桃已經跨入了浴桶，便去取了犀角梳，替李穆桃解開髮髻，輕輕地梳了起來：「阿姊，你就帶我去中京吧，求你了。」

李穆桃撩了一捧水潑在臉上，斬釘截鐵道：「不成。」

「萬一阿姊回來，我又回到以前那樣了呢。」穆辛夷低聲道：「我不想和阿姊分開。」

李穆桃的背一僵，忽地轉過頭來：「阿辛，你瞞著阿姊什麼沒有？為何還會回到以前？」

穆辛夷蹲下身，趴在浴桶邊上，撥拉了一下水：「我沒瞞著阿姊，我這麼突然就好了，像是跟老天借來的。或許有一天老天就收回去了。」她抬起頭：「傻也沒什麼不好。就算變回去了，阿姊你也不要難過。我還是你的阿辛對不對？」

李穆桃伸出濕淋淋的手，摸了摸穆辛夷的鬢邊，吸了口氣：「阿姊知道你在想什麼，你放心，兩國交戰不斬來使。我去中京沒事的。」

她歎道：「只是秦州城的消息，我真的一點也不知道。陳太初將我的人都抓了起來，他們是生是死還未知。等一切都安定了，阿姊會想辦法的。你放心。」

穆辛夷眉眼彎彎地笑了起來，搖頭道：「阿姊，我已經很高興了。我見到了太初，他也想起我了，我還總能知道他在想什麼。他那麼好，真的不能再好了。可是我的阿姊不好過，阿姊心裡難受，還有元初大哥，他更加不好過。我不放心。」若她再變回傻子，她什麼也做不了。這世上，再也沒有人為阿姊操心了。

李穆桃靜靜地看了她片刻：「阿姊要的，和你要的，不一樣。你別擔心，我很好。阿辛，你去高櫃上，把那個錫盒拿過來，你臉上被蚊子咬了好幾處，阿姊替你擦一擦。」

穆辛夷小臉在李穆桃的手臂上貼了一貼，沾得都是水，笑嘻嘻地應了一聲，站了起來。

高櫃上，堆著許多藥，金瘡藥，防蛇蟲的，治蚊蟻叮咬的，還有一個朱紅漆盒格外顯眼。穆辛夷的手指輕輕撫過那朱紅漆盒，這裡頭是阿姊從梁太后處偷來的解藥。那夜阿姊送他們出城後原本要把這個拿去給魏翁翁的，卻因為趙軍攻城再無下文。

阿姊毫不在意地放在這上頭，又是為了什麼？

寅時剛過，睡夢中的穆辛夷被匆匆搖醒。

李穆桃全副甲胄在身，一把將她拽了起來，將兩個包袱塞入她懷中：「秦州的趙軍連夜往鳳翔去了，你現在立刻去蘭州。」

穆辛夷急道：「阿姊你呢？」

李穆桃拖著她往外走：「我要去接應太后，今夜她恐怕會腹背受敵，一旦大敗，二十多萬人退也無處退。」

穆辛夷拉住她：「阿姊你別去——」

李穆桃沉聲道：「車馬都準備好了，趙軍一旦奪回鳳翔，只怕會趁勢來攻打熙州。阿辛你乖乖地去蘭州等我，衛慕家的人會照顧好你的。」

穆辛夷死死拽著她喊道：「阿姊你不要去打仗，我們一起走好不好？」

旁邊十幾個軍士押著州衙裡的兩個婢女，抱著好幾個包袱匆匆迎了上來，對李穆桃行禮道：「長公主，都準備妥當了，即刻就能出城。」

穆辛夷含著淚一路和李穆桃糾纏著，李穆桃只不理她。梁氏雖然可恨，但二十多萬西夏兒郎卻是她李家的臣民，如今局勢不妙，一旦保不住大軍實力，西夏危殆，她又拿什麼去中京和手段狠毒的趙栩和談。

「別胡鬧——」李穆桃手上用力，將她塞入馬車，轉頭喝道：「好生守護辛公主！」

衛慕家的部曲立刻揚鞭策馬，馬車和二十多騎從熙州城北門奔出，往西北蘭州方向馳去。

穆辛夷含淚回首，望著被火把映亮的熙州城城牆，手上的包袱沉甸甸的，觸手之處硬得很，她心中一動，打開包袱，那朱紅的漆盒在暗黑的馬車車廂裡泛著油光。

應知愛意是流水，斬不斷理還亂。穆辛夷抱著漆盒，眸子晶亮，猛然掀開了車簾。

咸陽縣的渭水，近岸處一片血紅，廝殺聲震天。從咸陽北往武功縣，三五十里路上盡是丟盔棄甲的西夏大軍。

身後緊追不捨的「陳」字大旗如颶風過境，摧枯拉朽般不斷來回，將末尾的幾千夏軍迅速分割成一小塊一小塊，種家軍、楊家軍兩路重騎鐵蹄近萬人，南北合圍，跟著「陳」字將旗，不斷蠶食著包圍圈裡的西夏步兵，長刀寒光冷冽，如入無人之境。夏軍自入侵以來，從未遭受過這等砍菜切瓜式的屠殺，舉目望去，已屍橫遍野。

陳青手中銀槍緩緩指向遠處不斷移動的西夏中軍帥旗。染血的槍頭處，紅纓吃滿了血，垂掛在槍身上，不再隨風擺動。

「追——」

大旗再次突進，一路殺入。萬騎齊聲吶喊：「殺——」

中軍帥旗下的梁太后，娥眉輕蹙，看著那面「陳」字大旗，腳尖輕輕踢了踢馬肚：「傳令，中軍一萬重騎軍變後軍，列陣迎敵，弓箭手在此列陣接應。大軍退守鳳翔——」

片刻後，重甲的西夏騎軍如黑雲般翻滾著，返身迎向陳青。關中平原的地面顫慄起來。

# 第二百六十二章

陳青勒馬停在數十萬人廝殺的戰場中，面無表情地看著遠處席捲而來的黑雲。每次在萬騎之中他都有孑然一身之感。傷，不知痛；戰，不知倦；殺，不知休。所有的感知要在戰後，在那一個人溫暖馨香的懷中慢慢蘇醒，迅速癒合，回到金剛不壞之身和鐵石心腸。

你在，我在。我在，你在。

他身後的幾個旗兵聆聽完將令，雙腿離蹬，躍上馬鞍。火把映照得沙場上如同白晝，不同顏色的令旗在他們手中被揮舞得獵獵作響。

在夏軍中極速往返的陳家軍重甲騎兵，發出震天呼喊：「戰——」不約而同地調轉馬頭，原本是無數細碎的銀線在月下往返流淌，片刻間彙聚成奔騰的河流，迅速往陳青身後的將旗下靠攏。

重騎對重騎，長槍對長槍，以力敵力，以武對武。

身披黑色鐵甲的種家軍重騎按旗令迅速往戰場南邊彙聚成方陣，原本被圍殲的幾小簇夏軍，急急從縫隙中往中軍方向逃去。散落一地的長刀、槍戟、旌旗無人顧得，只有盲目地奔跑呼喊，避開那翻飛的鐵蹄和從天而降的流星錘。

天波府的楊家軍，青色藤甲在星光下宛如秦嶺之石，從山上滾落，碾壓過剩餘的幾百夏軍，往戰場北邊迅速轉移。

王之純率領的永興軍路大軍堪堪趕到，不遠處陳青的令旗再度揮舞起來。王之純厲聲喝道：

「槍牌手，三路護衛——」

「王」字將旗旁邊，用作攻城的望樓車改作了中軍發令臺。隨著中軍令旗的變幻，六千槍牌手潮水般地往前鋒重騎處奔去，手中的竹質橢圓騎兵旁牌在三路騎軍中高高舉起。

三千手持長方尖頭步兵旁牌的槍牌手緊跟而上，在陳家軍身後將旁牌固定在地上，五千神臂弩上的三停箭在喧囂震天的沙場上靜默閃著寒光。往日戰場上占到半數有多的弓箭手，卻被陳青盡數留在了京兆府守城。身披步人甲的近五萬趙軍步兵列陣於神臂弩之後。

槍牌手和弩手列陣方畢，陳家軍的銀色一字長蛇從中斷開，轉成兩隊往南北，分別和種家軍、楊家軍會合。只餘陳青和數十親衛傳令官在槍牌手和神臂弩營之前。

不遠處翻滾而來的西夏重騎漸漸減速，和潰敗逃去的夏軍融為一體，似乎在重整隊形，終於凝成厚重的烏雲，在一百步外弓箭不達之處緩緩停住。

大軍後退，並不是退，也是進。只是後軍轉前軍，前軍轉後軍。西夏重騎，從中軍而來，為的是止住突然被襲擊一片混亂的局勢，留出大軍重整列隊有序後退的時間。

十萬人馬，追擊二十五萬人馬，憑的是出其不意，一鼓作氣。

他早已不再是奮力拚殺為了活下去為了能回到汴京的陳青。他要的是勝利，更是己方傷亡最少的大勝仗。

身後的大趙兒郎們，和元初、太初四兄弟一樣，都是他的孩子。身後的五千神臂弩，是這兩年六郎和太初不斷改進和秘密趕工營造出來的，射程三百步外仍可入榆木半竿。今夜，頭一回要在這沙場上大顯神威。

陳青手中銀槍舉起，令旗隨之再度飛舞。

神臂弩上的三停箭如惡蛟入海，帶著厲嘯聲撲向百步以外的烏雲。

西夏軍中傳出驚駭欲絕的呼聲：「神臂弩——」他們攻城多日，從未發現趙軍竟然有這許多神臂弩。京兆府守城時，四面城牆加在一起也不超過千張神臂弩。

率領這斷後之軍的宥州嘉寧軍司司主當機立斷：「速速後退百步——」他陣中的藤牌手絕對無法抵擋神臂弩這麼近距離的兇猛攻勢。趙軍神臂弩射程遠達兩百四十步，兩百步外有藤牌手就好多了。

騎兵後退需調頭，後面還有跟著的藤牌手、弓箭手亦要後退。

進易退難，戰馬慘嘶聲中，雖知射程不達，為防止趙軍騎兵殺入，嘉寧軍司司主一聲號令，長弓上的箭依然如蝗群撲向前方三路趙軍以及眾軍之前的陳青。

十多面加長的步兵旁牌眨眼間合成一道屏風，插在陳青馬前。大多弓箭在八十步處無力墜地，少數弓箭堪堪抵達，插入了旁牌組成的屏風上，發出突突的聲音。陳青的親衛們持盾的手穩如泰山，這面屏風開始跟著陳青的手勢緩緩前移。

十萬趙軍，一同隨陳青緩緩壓向前，始終將前方的那片烏雲籠罩在三停箭的射程之內。神臂弩的威力在此寬闊無礙的平原上終於全然顯現，無停頓，無休止地屠殺著前方越退越快的夏軍。

嘉寧軍司司主心中被恐懼和憤怒籠罩著，手中金刀輕輕發抖，刀頭上的金環發出清脆的聲響，被淹沒在戰場上排山倒海的聲音裡。兩百五十步了，神臂弩依然如影隨形又如附骨之蛆，將他的重騎兵兒郎們籠罩在死亡的陰影裡。身後一片狼藉，倒地哀鳴的戰馬，垂死慘呼的軍士，橫七豎八的兵器和旗幟，隨手丟棄的火把燃燒著盔甲、毛髮和屍體，濃煙惡臭隨風飄散。他們還沒和陳青麾下最可怕的重騎軍遭遇，已經兵敗如山倒。

而遠方幾乎已經看不見的王旗，讓他有一種被遺棄的冰冷感受，即便很快就將和兩萬負責壓陣的弓箭手會合，他知道，在這等數量的神臂弩之下，除了退，還是只有退，一切反擊如此徒勞。身後的惡虎甚至有一種不急不緩的殘忍，沒有絲毫的急躁。

兩百八十步，見到己方依然無法逃脫連綿不絕呼嘯而來的三停箭箭雨，嘉寧軍司司主毅然舉起金刀，調轉馬頭下令：「衝殺迎戰——」

他金刀未落，瞳孔已收縮不已。正前方是不斷慢慢逼近的趙軍神臂弩大軍，兩側是疾馳追上的趙軍重騎，已在百步之內。

除了戰，只能戰。即便知道結果很有可能是慘烈的死亡，負責斷後的他，也不能任由陳青這隻猛虎追上退往鳳翔的大軍。

陳青看著前方返身衝回的幾千西夏重騎，舉手示意。

箭雨頃刻停了下來。兩側早已熱血沸騰的重騎軍策馬提速，呈合圍狀冒著箭雨殺向夏軍。神臂弩弩營的軍士們迅速按旗令往兩側退讓，五萬步兵大軍在王之純的帶領下，疾步如潮水般衝向前去。

這一戰，他們期盼已久。他們正在和戰神陳青在同一片土地上浴血奮戰，將西夏狗趕出永興軍路趕出秦鳳路趕出大趙！

鳳翔城外同樣殺聲震天，近百輛轒轀❶和木牛車橫在城牆下，護城壕上堆滿了工事軍士們鋪上的木板。近百輛攻城頭車的屏風牌插滿了箭矢或被守城的石塊砸得凹凸不平。

城內的百姓和義勇們也四處點火，不斷吶喊著：「陳家軍到了——城門已破——」近千守城的夏軍疲於奔命，騎兵不斷遭遇街巷中的絆馬索，步兵更不敢落單。

陳元初手中的令旗在火把下揮動起來，二十多輛四輪高架揚塵車已往城牆上頭撒揚了石灰塵土以及毒煙，得了旗令立刻緩緩後撤，跟著就有上百竹飛梯和雙杆飛梯緊緊靠在城牆上，密密麻麻的軍士趁著城頭守軍的混亂迅速爬上梯頂。

十多架高聳齊城頭的雙層雲梯靠上女牆，陳太初和種麟雙雙當先躍上城頭，銀槍金刀，立刻殺出一小片空地。身後軍士不斷衝了上來，往兩側的夏軍中殺去。

兩刻鐘後，鳳翔城的西城門緩緩打開，轒轀和木牛車下的趙軍蜂擁而上。

「收復鳳翔——收復鳳翔——」激昂人心的喊聲高亢入雲。

陳元初雙目中的兩團火焰更是熾烈。五臟六腑和四肢的劇痛令他的手腳不斷顫抖著，手中的令旗也不斷顫抖。

夜風輕輕拂過，城頭上新豎的大旗只是微微動了動，種麟大喝一聲，衝上去拔起大旗揮舞起來：「收復鳳翔——」

大旗上的「趙」在城頭飛舞起來。

多年後，史官們毫無異議一致認同，這個五月底的晦日，是趙夏兩國京兆府會戰的轉捩點，帶領趙軍大敗夏軍的，依然是大趙「軍神」陳青和他的兩個兒子。

自這夜開始，西夏孤軍深入、攻京兆府而不得的二十五萬大軍，在京兆府和鳳翔府之間，腹背受敵，綿延三百五十里路上，陸續埋屍四萬夏軍，遭俘兩萬七千餘人。當夜，西夏大長公主李穆桃率兩萬夏軍再度進犯秦州，陳元初、陳太初自鳳翔府岐山縣放棄合圍梁氏，回援秦州。李穆桃卻虛晃一槍一觸即退，反以七千輕騎急攻寶雞，自陳倉引西夏大軍邊退邊戰，退至熙州後方重整兵馬。

也正因此一戰，西夏朝廷上下大驚失色，文武官員紛紛上書。

西夏再次遞交停戰國書，李穆桃率使團從熙州出發，出使中京向大趙求和。

在這個決定了關中平原決戰勝利的一夜，大名府看起來卻十分太平。

九娘沒想到趙栩說的看星星，真的就是看星星。

盧君義看起來也是一夜未睡，親自提了一盞宮燈，引他們一行人進了花園，水榭裡微微燈光，

---

❶ 轒轀：古代攻城用的一種特殊戰車。其頂上和兩側皆有用木頭和生牛皮構成的堅固屏蔽，以保護攻城士卒不為弓箭和滾木檑石所傷。

臨水蕩漾，成墨、惜蘭帶著小黃門和侍衛們守在水榭的庭院周圍。

九娘進了水榭，四面的湘妃竹簾早已高高捲起，輕紗在夜風中如蝶翼般時而飛起，時而停歇，裡面隨意擺放了好些籐床和引枕。

盧君義卻不多話，躬身一禮，自提著燈去了。

趙栩懶懶地躺了下去，看著站在欄杆邊的九娘笑道：「星河耿耿漏綿綿，阿妧今夜為何長夜漫漫無睡意？」

九娘臉上一熱，索性在欄杆邊的美人靠上坐了：「來的是沈嵐的人嗎？章大哥在審問？」

「叔夜說來的也是一個侏儒，功夫甚好，若不是高似在暗處，還不能輕易生擒下來。」趙栩閒閒地將手中紈扇在籐床上敲了敲：「我答了你的話，你也該老老實實答我的問話才對吧？」他耳力極佳，在廊下大半夜，默默聽著裡間的人兒輾轉反側，十分擔心自己一時情熱，嚇壞了她，加深了她心底對親近之事的懼意，不如索性挑明了，也好知道該如何解決。

九娘默然了片刻，仰起頭看那星空：「想起些往事和故人，想起了以往的自己——」她轉過頭，看著一臉專注的趙栩，柔聲道：「還想到了六郎你。」

似乎有什麼輕輕柔柔地撓過趙栩的心頭，有點麻有點酥，甚是奇特。

這次從六哥變成六郎，趙栩臉熱心跳起來。她輾轉反側間想著自己，會想些什麼？

九娘看回那滿空星河光破碎，微微笑了起來：「如果沒有六郎你，阿妧不知道自己如今會在哪裡，興許早已化作一顆星子。」

趙栩手中的紈扇輕輕垂落在籐床上，一顆心被那柔情話語擰了起來，能絞出水。

九娘有些悵然，想了想又釋然道：「若不是你，我恐怕總對自己有些心結，不甚滿意。」

趙栩想了想，笑了起來。

「你笑什麼？」九娘無奈道。

「無論男女，在世上靠的不是才，就是貌。」趙栩笑道：「以我看，世人其實更愛後者，故恃美行兇者眾。我家阿妧，明明靠美貌就能過得很好，偏偏還要讀萬卷書。讀了萬卷書倒也罷了，還要洞察世情心懷國事。哪裡叫不甚滿意？明明是你對自己甚不滿意才對。」

九娘聽著他的話十分逗趣，也笑了起來：「我還不是認識了你們幾個，才迫不得已近朱者赤的。不然只靠那三分姿色——」

看著趙栩直起身子，九娘趕緊掩了嘴搖頭道：「我錯了，都怪——你？」

趙栩略一回味，失笑道：「都怪我，都怪我。」

外頭一盞燈籠在遠處極快地靠近，轉眼上了曲橋。

「那侏儒已順利『逃脫』。」章叔夜拱了拱手稟報道。

九娘一緊張，站起身來。

趙栩笑道：「蔣幹盜書，那『書』可給他盜回去了？」

「殿下和張理少的『信』及往真定府的路線圖都被他帶走了。」章叔夜笑道。

三人相視一笑。做賊才會心虛，沈嵐方寸已亂，明夜鴻門宴且看誰將圖窮匕見。

# 第二百六十三章

大名府的府衙從早間開始，就人進人出極為忙碌。因翌日休沐，沈嵐一整天都在前衙處置公務。府衙的後院裡，住著沈嵐的家眷。布置得極樸素的廳堂裡，妻憑夫貴的沈夫人程氏，正在輕聲安慰自己的表弟媳孫氏。

「男子在外行走，難免拈花惹草。左右只不過是個妓子，你何須鬧得這麼難看。三郎可有信回來？」程氏微微皺起眉頭，好言好語地勸道。

因黎陽倉的事，沈嵐囑咐她讓堂弟程威躲事，結果才得知因家中妻妾不和，程威託辭押船，帶著小妾跑去江南好幾天了。程威早些年辦事情倒也老實，有了錢後變得輕浮浪蕩，被沈嵐訓過好幾次，若不是押糧茲事體大，信不過外人，她又何須費神來理他這後宅的糊塗帳。

孫氏腫著眼泡，哭道：「姊姊不知道那個狐媚妓子的厲害，三郎這些年捧過多少妓子，金山銀山都花了，奴也不曾說過什麼。偏偏去年抬了這一個狐狸精回來，成日裡不得太平。一個妓子，無非貪圖些金銀首飾綾羅綢緞罷了，哪成想這害人的，又要田產又要鋪子，還將主意打到家裡那幾條船上——」

程氏一怔，聲音冷了幾分：「她如何知曉船的事情？」

「三郎對著她，恨不得五臟六腑都挖出來給她——」孫氏委屈地道。

「胡鬧！」程氏氣得不行，略加思忖後壓低了聲音道：「你派人去送口信，告訴他黎陽倉出事了，讓他去福建躲上兩三個月。還有，速速暗中把那妾侍處置了，這等得隴望蜀貪心不足的妓子，只會惹禍上身。就說是郎君的意思，他若不辦，日後這船的事他就不用管了。」

孫氏嚇得魂不附體，半晌才喃喃道：「姊姊，三郎這些年沒有功勞也有苦勞，還請姊姊替三郎在姊夫前面求個情。那妓子的事，姊姊只管放心——」

程氏已無心聽她絮叨，端起茶盞送客，心裡惴惴不安。想起早間丈夫一夜未睡回到房中的神情，她決定先壓一壓此事。程威人在江南，也算是躲了出去，待送走燕王殿下這尊菩薩再說也不遲。而那船隊車馬行，大多是四川程氏家各大商號的，既然兩家認了遠親，便也和蘇相、孟家脫不開干係。如此想著，程氏的心裡又安定了不少。

待到了寅正時分，大名府城門外終於迎來了自封丘而來的燕王殿下親王儀仗，旌旗招展，淨道鑼鼓遠遠傳來，士庶一概避讓在道旁，見那兩千禁軍鐵甲和槍戟在日光下閃閃發亮，便有許多人下跪叩首。

大名府一眾官吏五六十人身著公服恭立城門之外，已經等了一個時辰，個個滿身滿頭大汗，不少人懷疑那使團的傳令官特意早報了一個時辰，興許是燕王殿下有意賞他們大名府官員一個下馬威。

沈嵐心中暗驚，素聞燕王行軍疾如電，名不虛傳。他昨日細心察覺到盧家那位「燕王」並非真正的燕王後，才派阮十九夜探盧家故意失手遭擒，可惜仍未見到真正的趙栩，但也遇到了暗藏的幾大高手，憑此斷定了趙栩必定已經藏在盧家。所幸阮十九憑縮骨功逃出來時，帶出來了一些信件和輿圖，足以證明黎陽倉一案並無什麼要命的證據落在趙栩手中。因此趙栩才會派人假扮，虛虛實實意圖亂了自己的陣腳。

想到趙栩竟然想將「怠慢不迎親王儀仗」的罪名扣在自己身上，沈嵐心裡暗暗冷笑了幾聲，郡王說這位燕王看似尊貴無瑕，實則無賴之極行事不擇手段，果然如此，這等行徑十足是孩童撒潑，倒的確是十八歲的小兒做得出來的。

「下官恭迎燕王殿下，殿下萬福金安——」

「殿下此時應已在大名府府衙陪監察御史辦案。沈府君還請免禮，無需客氣。」出使契丹的使團副使跳下馬來，扶起沈嵐，笑眯眯地輕聲道：「這馬車上其實空無一人。路上倒有兩撥不長眼的刺客，已被擒住，正要帶到府衙請殿下親自審問。」

沈嵐腦袋嗡的一聲，日頭太毒，他有點暈眩。虛虛實實，真真假假，他這是被趙栩繞到哪裡了？

大名府府衙此時早已在趙栩的掌控之下。府衙大堂森嚴，皂役肅立。留在府衙裡的十多個文職官員被「請」至堂下聽案。京中大理寺詳斷官和監察御史忠義子孟叔常各自設案於左右，高堂的長案上，供著尚方寶劍。

趙栩的輪椅靜靜停在上首。輪椅右側的章叔夜身穿五品上騎都尉官服，一手按著刀柄，雙目如電掃視著堂下。輪椅左側的九娘身穿圓領窄袖長袍，圍紫底黑花護腰，束金紅兩色腰帶，梳著雙垂髻，作宮中司寶女史一貫的男裝打扮，雙手捧銀盤，上有二府敕令、蘇瞻的堂帖子以及趙栩的親王印寶。

程氏強作鎮定地看著眼前輪椅上宛如清泉的翩翩佳公子，明明只穿了一身玄色道服，意態悠閒，整個人卻似一把出鞘的絕世名劍，壓得她禁不住輕輕顫抖起來。程威竟然早就落在了燕王手上，郡王和他們竟然都一無所知。

一旁癱軟在地上的程威看著自己隨身帶在船上的厚厚幾沓子帳冊，朝孟建跪爬了幾步：「表姊夫——」

孟建「啪」一聲，手中的臥龍驚堂木拍在案上：「亂認官親，罪加一等，來人，帶證人胡氏上堂——」

一個嬌怯怯軟糯糯的美貌年輕婦人被兩個胥吏押了上來，跪伏於堂下，顫聲將她自己隨程威在黎陽倉運糧，結交戶曹官員及家眷的事交待得一清二楚，連程威每個月送入大名府沈夫人房裡的財物都抖落得一乾二淨。她語帶驚慌，梨花帶雨，一雙水盈盈大眼卻不自覺地看向堂上的趙栩，我見猶憐，十分楚楚動人。

明知這個婦人是趙栩的手下安排的，九娘每每見到她那秋波偶爾飄過趙栩身上，就不由得呼吸一窒，竟有些想伸手去拍一拍趙栩身上被她盯過的地方，轉念間她又有些慚愧，自嘲這等心思未免太過幼稚可笑，趕緊收斂心神、專注聽大理寺詳斷官審案。

趙栩接過成墨遞上的茶盞喝了一口，這府衙裡的白毫銀針倒也不俗。他擱下茶盞，不動聲色地從九娘手中的銀盤上取過二府敕令，寬袖掩蓋之下，修長手指輕輕蹭過九娘的手，看了九娘一眼，桃花眼中含著幾分揶揄，待隨手放回敕令後，他不動聲色地撣了撣身上的道服。

在這眾目睽睽肅然森嚴的公堂之上，九娘耳根一陣發燙，有些無地自容，只斂神垂目看著手中的敕令。

胡氏畫押後被帶了下去。程威抖如篩糠，供認不諱。程氏看到再被押上堂的一人，眼前一黑，竟是一早奉沈嵐之命趕往汴京的阮十九。

身中高似兩掌的阮十九奄奄一息，懷裡還有從盧家盜取的信件和輿圖。最要命的，那信件中有一封是沈嵐寫給阮玉郎的。

孟建早已對趙栩佩服得五體投地，他今晨才全然明白，原來自封丘開始，突襲黎陽倉，故意放任鶴壁官員前來報信，京中用九娘為餌設置計中計，引阮玉郎人彀，將阮玉郎拖在開封，都是趙栩一早安排好的。唯一的意外就是九娘執意一路跟隨而來，使趙栩多了自己這個監察御史可用，也少了他的後顧之憂。一路上虛虛實實，將沈嵐引出府衙，穩住河北東路的各軍，令他們不敢妄動。沒有證據就製造證據，送證據上門，現今不說盜糧一案，只阮十九這個刺客和他身上盜竊的信件輿圖，就足以拿下沈嵐這個一方大員。

殿下實在英明神武，而自己這個監察御史，當然也居功至偉。

進了六月才幾天，河北東路官場劇變，震驚大趙朝野。大名府權知府沈嵐多年以來勾結謀逆重犯壽春郡王趙玨，盜運黎陽倉米糧百萬石，更販賣謀利以作謀反軍餉，且多次行刺燕王殿下，企圖阻止中京四國和談。河北東路各軍因此入獄的團練使指揮使十餘人。

皇榜傳至秦州時，陳青正在羽子坑魏家探望病榻上的穆辛夷。陳元初四兄弟多年來難得齊聚一堂，在外間和蘇昉一起陪著魏老大夫老兩口說話。

穆辛夷小臉蒼白，卻十分高興：「陳伯伯，元初大哥的毒解了嗎？」

陳青點了點頭：「多謝小魚特地來送藥，元初的毒已經解了，再過一二十天，餘毒便能全清。倒是你受委屈了。」

穆辛夷笑了起來，胸口一抽疼得她齜牙咧嘴：「解藥是我阿姊讓我送來的。還請伯伯和我阿姊算帳的時候能將功折罪一些。」

她半路威逼衛慕家的部曲改弦易轍直奔秦州，卻在城外被守城軍士拿下。因拚命護著藥匣子受了好幾處外傷，虧得她咬牙忍著，直喊著是給陳元初送解藥的，又報出了魏老大夫的名號，才被押到州衙裡看守起來。誰料到李穆桃跟著佯裝攻城，一眾人等忙著守城，竟把她忘了。直至陳元初、陳太初殺回秦州，才有人想起來還有這麼個女子被關在州衙大牢裡。

陳太初找到她時，穆辛夷已經餓暈了兩日，猶自抱著藥匣子不放手。

陳青凝視著這個多年不見的鄰家小娘子，微微歎了口氣：「兩國交戰，各為其主而已。你阿姊顧念舊情，盜出解藥，又暗中護住我丈人丈母，保住了元初的性命，也算有仁有義，何談算帳二字？」

「可是阿姊不得已為了我冒充元初大哥，害得伯伯和嬸嬸受了許多委屈，陳家聲名也險些毀於一旦——」穆辛夷內疚地低聲道。

陳青淡淡道：「天下有誰能給我陳家人受委屈？是非曲直，自有公斷，縱然京城裡那許多人以為元初投敵陳家叛國，卻仍有許多百姓心中敞亮。糊塗人無論何時都只會做糊塗事。這秦州、關中數百萬軍民，你可見過有誰毀過我陳家聲名？」

穆辛夷眨巴著雙眼，仔細琢磨著陳青的神情，見他面容無波，言辭淡然，確實沒有怪罪李穆桃的意思，心裡高興得很，小心翼翼地問：「聽說元初大哥和太初要去中京，能帶上我一同去嗎？我想去見我阿姊。」

「我們明日就出發，你還是留在我外翁這裡養傷吧。」陳太初跨入房裡，手上端了一碗山藥馬肉湯。大戰之後，夏軍戰馬死傷無數，大多未壞掉的馬屍都被各城清理戰場的軍民運回城中做了口糧。

穆辛夷在牢中餓了好幾日，到了魏家因療傷又吃得很清淡，聞到肉湯味，禁不住囫圇咽了一下口水。她瞟到陳太初身後的陳元初靠在門框上，雙手抱臂，黝黑的眸色深沉，正冷冷地看著自己，大約聽見了方才自己和陳青的說話，趕緊努力擠出一個和善的笑容來：「我的傷輕得很，不礙事——」

陳青卻覺得應該將她送還給李穆桃，一抬手將她扶著坐了起來，拎過旁邊的矮几擱在她面前：「若是傷口不疼了，你明日便隨元初、太初去中京。」他轉頭看了看陳元初：「你們將她交給李穆桃，不得尋釁，過去的事就此揭過。」

陳青索性當著三個年輕人將話說開來：「當年小魚的娘親不惜叛逃出蘭州，救了我一命。太初無心之過又害得小魚受了重傷。我陳家人恩怨分明，以往種種，就此了結。」他深深看向穆辛夷：「無論你穆家，還是你姊姊李氏，待中京事畢，與我陳家便是陌路，再無情誼，亦無仇怨。他日若沙場得見，元初他們絕不會手下留情。即便兩國交好，亦就此相忘於江湖。小魚，你可明白我的意思？」

穆辛夷捧著溫熱的湯碗，默然了片刻，忽地抬起頭來：「小魚明白陳伯伯的意思。」

陳青鬆了一口氣。太初的性子看似青山不動，實則是暗河洶湧，極易被心魔所困，如今既想起了往事，就不能再被穆辛夷糾纏，徒增煩惱。

穆辛夷忽地對著陳太初露出燦爛的笑顏：「可我是不會忘了太初你的。阿姊說等以後不打仗了，我以後可以搬回羽子坑來住。太初你要是沒忘記我，就每年在汴京給我做一個這樣的小魚寄來秦州好不好？」她從頸中拉出那隻小魚，示意道。

陳青和陳元初都一怔。榻上的少女病容未退，笑靨如花。她不同於聰慧靈動識大體的孟妧，也不同於品行高潔不願成為他人負累的蘇昕，她無所顧忌勇往直前，這世上沒有任何人也沒有任何事能令她退縮。陳青方想開口，卻想到當年冰雪天裡捧著酒罈到處喊他名字的少女，也是這樣含著淚卻笑如豔陽，他暗歎一聲，那兩句措辭嚴厲的話竟未說出口。陳元初也看著穆辛夷，卻想到了趙栩。太初會輸給趙栩，也是因為趙栩和穆辛夷是一樣的人吧，他們都跟一團火似的，永不熄滅生機勃勃，就算不能帶著對方一同燃燒，也會在對方心裡留下火種，瞬間便可燎原。

「好。」陳太初靜靜看著穆辛夷片刻，露出了溫和的笑容，正如穆辛夷似乎天生就懂得他，他也無需多言就能明白她的意思。生死不可測，福禍不可料，她解開他的沉屙舊疾，還要替他的心鋪就坦蕩通途。她的勇，他遠不及。

不忘其所始，不求其所終。她心無垢，他欲坐忘。她要的不忘，正是他要的離形去知，同於大通。

穆辛夷笑得更是開心。陳太初柔聲道：「我定會每年給你刻一個小魚。快吃吧，涼了會腥氣。」「萬一，萬一我不小心把太初你忘記了，你就難過十天，十天足夠了。記住哦。」穆辛夷從碗裡抬起晶瑩的雙眼，旁若無人地注視著陳太初，唇角微微勾起。她的有生之年，並不知還剩下幾日、幾月、幾年。可她一心要做他的春風，可聞不可見，能重複能輕，拂過他心底所有細不可見的縫隙，他若入世，她要他平安喜樂。他若入道，她助他道心無塵。

# 第二百六十四章

六月二十四，是州西灌口二郎神的誕辰，民間說起來漫天神佛是一家，獻送不可少。因京兆府大捷，百姓們紛紛放下了夏軍入侵的那點兒擔憂和害怕，興高采烈地獻送去。大名府也不例外，進了六月裡，眼見著府君沈嵐突然倒臺，那巷陌雜賣卻不曾停。

九娘身穿青色直裰，跟著方紹樸從藥鋪裡出來，見街旁巷口處處都在賣大小米水飯、炙肉、萵苣筍等時物，還有各色瓜果，鮮豔誘人得很。她小心翼翼地回頭望了望，見高似頭戴竹笠就在身後不遠處，便停下腳來。陪著他們的盧君義笑道：「九郎可是想買些吃食果子？」

方紹樸已拿起一個南京金桃，在衣襟上擦了兩擦啃了一口，果然汁甜肉美。九娘看見他這惡形惡狀的樣子，忍著笑吩咐惜蘭取出半貫錢，細細選了些義塘甜瓜、衢州白桃，還有那水靈靈的水鵝梨、金杏和小瑤李子，又見到鮮嫩的紅菱也忍不住買了一把。付完錢，就見方紹樸殷勤地端著兩碗冰雪涼水荔枝膏過來，遞給她一碗：「我付過錢了，吃上一碗，歇一歇，熱死我了。」

賣紅菱的老婆婆笑著拿出兩個小杌子：「來來來，兩位郎君坐在這裡吃就是，我讓三丫給你們剝些嫩菱角。」

盧君義搖著摺扇笑道：「方大夫倒是個會吃的。」還很會拍馬屁。

方紹樸倒也坦白：「大官人不知道，我是存心獻殷勤，指望九郎今日下廚時能讓我多嘗幾口她親手做的菜。」

「哦？今日九郎要親自下廚？」盧君義揚眉奇道。他行走江湖多年，早從孟建口中知道九娘的身份，卻想不到世家閨秀竟會親自下廚做菜，便是他家中娘子，說是下廚也不過是按照祖傳的幾個羹湯方子指點廚娘一番。

九娘笑道：「可巧今日也是高護衛的生辰，他立了功又受了傷，便想著夜裡在後院給他置一桌小菜賀一賀。盧大官人若得閒，不如也來湊個熱鬧。」她前兩日從方紹樸口中得知高似追捕阮十九時遭遇了阮小五，硬受了阮小五兩劍，才將阮十九生擒回來，否則阮十九必遭阮小五滅口。又見他帶著傷，依然連續幾夜徹夜不眠，守在趙栩院子中。這才想借生日為高似置辦一桌酒席，安定他的心，也請他略放鬆些，畢竟此行漫漫路途遙遠，他如此用力過猛，並非上策。

盧君義笑道：「多謝九郎盛情，求之不得。我正要給郎君送請帖，二十四那日我家裡請了戲班子和雜劇，自己家裡人熱鬧熱鬧，若是你們還未離城，還請務必賞光來吃酒。」

方紹樸連連搖頭：「大官人客氣了，可惜我們過兩天就要走了。」

盧君義也不驚訝，笑道：「青山常在，綠水長流，日後方大夫來大名府，記得找盧某就是。」

這時一旁結伴路過的七八個士紳走了上來，拱手和盧君義行禮問好。惜蘭和幾個隨行禁軍不動聲色地將方紹樸和九娘擋了起來。

九娘舀了一勺荔枝膏放入口中，十分清甜冰潤，耳中聽那幾個士紳議論紛紛。有素日仰慕愛戴沈嵐的再為舊日府君辯解幾句，奈何抵不過神祇般的燕王殿下的美譽。有兩個嗓門大的在這路上就喊了起來：「沈嵐竟派人刺殺殿下，只這一條就罪無可赦。你們被他迷惑了——」

盧君義笑道：「莫議政事，莫議政事，二十四日保神觀的頭爐香聽說被錢大官人定了，恭喜恭喜。」又說了幾句遂散了。

眾人走走停停，回到府衙。高似等人一路留意，卻沒遇到任何可疑之人。

成墨在二門處已等了大半個時辰，見到九娘趕緊迎了上來，低聲道：「娘子安好，京裡中書省和尚書省都來了人，正和殿下在書房裡說話。外頭熱得很，殿下擔心娘子出去這麼久會中了暑熱。娘子可有無什麼不舒服？」

九娘笑道：「無事，外頭甚熱鬧，我很好，替我謝謝六哥。六哥可用過午膳了？」

「殿下今日不回後院用膳，特意讓廚下給娘子備了綠豆涼水，讓小人轉告娘子少吃一些冰食。」成墨聲音沉穩，臉上掛著溫和的笑意。

九娘一怔，想到自己的小日子再過幾天就要到了，不由得面紅耳赤起來，只嗯了一聲，卻見方紹樸一個激靈轉過身來朝自己打了個手勢，示意那碗荔枝膏千萬別說漏了嘴。

見成墨回去覆話了，方紹樸拎起手中的藥包鬆了一口氣：「放心，你的藥我早備好了，方子還是殿下親自過目的。明日開始吃上幾天，保管你不再腹痛。」話未說完，見九娘已毫不理睬匆匆而去，只留給了自己一個背脊，方紹樸一愣，看了看手中的大包小包，搖了搖頭：「看來殿下這殷勤獻得不高明。」

趙栩在大名府徹查沈嵐案，接手了一應政務，天天五更就開始整頓吏治和軍事。忙到午後，匆匆和中書省、尚書省以及大理寺的幾個官吏一起用了膳，在一應文書上做了批示。待京中官員拜別後，他又和章叔夜細細商討各路情報，眼見大名府天翻地覆，阮玉郎卻銷聲匿跡毫無動靜，不由得更加警惕，設想了種種可能。

直忙到傍晚時分，想起一整日都沒見到九娘，趙栩剛剛蹙眉要問，成墨上前兩步低聲道：「今日可巧是高護衛的生辰，娘子在後院置了一席。盧大官人也在——」

高似的生日？趙栩眉頭舒展開，不動聲色地擺了擺手。成墨退了出去，章叔夜輕笑道：「他這些天因擔心有刺客來襲，夜裡幾乎都沒睡過。」

趙栩提起筆，要給耶律奧野寫封信，聞言略點了點頭：「他身上有傷，讓他今夜不用守了。」

章叔夜應了一聲正要退出去，趙栩又抬起頭來：「算了，我同他說就是。」

案上那留待飛奴傳送的細細長條宣紙，久久未曾被著墨。

後院宴息廳裡，方紹樸看著桌上的碗碟，咽了咽口水，看看門外：「殿下怎麼還不來？」

孟建看了眼鐵塔般靜坐著的高似，笑道：「不急不急，天熱，菜涼了才好吃。」

大名府作為陪都，市井繁榮物產豐富，和東京汴梁不相上下。方紹樸昨日就發現九娘在廚下忙碌，已經圍著她轉悠了好幾回，親眼見九娘做了酒蟹、薑蝦。今日更見她做了那聞著打噴嚏香得要人命的蔥潑兔，卻只能眼巴巴地看著門口。好不容易等到趙栩來了，眾人便起身見禮。

趙栩擺手讓眾人不必拘禮，各自入席。盧君義十分豪爽，席間頻頻勸酒。高似倒也難得有了幾分笑意，不顧身上的劍傷，仰首暢飲了幾盅。

方紹樸只管悶頭大嚼，吃了七分飽才想起來：「高護衛，你外傷未癒，不宜飲酒。」

高似點了點頭，起身對九娘行了一禮：「某最後這杯卻不能少。多謝了。」

九娘起身舉杯道：「高大哥請——」

趙栩見九娘已喝了好幾盅，玉面飛霞，眼睛越喝越亮，也不忍令她掃興，暗中讓惜蘭將九娘面前的換成了果酒，自己也和盧君義、孟建兩人喝了幾盅。這一路以來，奔波不說，人人都繃著一根弦不敢放鬆，如今大名府這根毒刺已拔，連章叔夜都忍不住換了大碗，痛痛快快地喝了許多。

直到月上樹梢時，眾人方盡興而散。

九娘吩咐惜蘭，將白天在成衣鋪子裡買的兩件外衫和兩雙靴子取了出來，送給高似。高似捧著包袱一呆，想起十多年前在百家巷蘇家，王玞也總派人將府中的幕僚、護衛、先生的一應物事打點得十分妥貼，他的四季衣物從不需自己操心。

九娘微微福了一福：「還請高大哥好生養傷，多多歇息。多謝你這一路能幫了六哥這許多。來日方長，高大哥也要顧著自己一些。」

高似嘴唇翕了翕，手上用力捏緊了包袱，點了點頭：「我明白，你放心。」便轉身而去。

九娘看著他身影轉過垂花門，轉過頭來，卻見廊下趙栩正靜靜看著自己，身後的惜蘭不知所蹤。這小院子裡，只剩下他們兩個，空中一輪彎月清凝溫柔。

九娘走到趙栩身前，輕輕蹲下身：「六哥可怪我？」

趙栩伸手替她攏了攏有些鬆散的鬢角：「你替我收服了他，他辦事如此出力，我為何要怪你？」

月色朦朧，九娘凝視著趙栩深不見底的眼眸，輕聲問道：「你在想什麼，同我說說可好？」

趙栩靜默了片刻，目光越過九娘，看向空中那彎月，又隔了半晌，才苦笑道：「阿妧你知道的，我也知道。我只是當作不知道而已。」

九娘一震，心中湧上萬般疼惜和愛憐，伸手握住趙栩的手：「你娘——」可如果高似真的是在清明節後入宮對她做了什麼，陳素又怎會一無所知？

趙栩的手冰冷，卻有汗。

「娘決定出家修道前，都同我說了。」趙栩點了點頭：「她比我難受得多，她明明什麼也沒有做錯過，她什麼都不知道，可她沒法子，她睡不著，吃不下，惴惴不安，惶恐萬分，只有去瑤華宮她才覺得能安寧一些——」

九娘輕輕掩住了趙栩的嘴，搖了搖頭。俱往矣，莫再提，也無人會再提起。

趙栩輕輕握住她的手，將眉眼埋入她掌心。他究竟是誰，似乎已無解，他能不管不顧勇往直前，在此時此刻，卻不免有一時彷徨失措，還有那悲傷憤怒無奈交融在心底。

「阿妧——你可在意？」趙栩悶聲問道，他並不想問，卻又忍不住。

「我只在意你。」九娘柔聲道：「其他的，我都不管。你只是我孟妧心悅之人。」

趙栩的手握緊了她。

「你就是你自己，你是大趙燕王趙栩，你是大趙軍神陳青的外甥，你是大趙臣民認定的明主，你是先帝託付江山社稷重任之人。」九娘伸手將這一刻有些脆弱的趙栩摟入懷中：「至要緊的，是我們一定會變成自己想要成為的那個人。」

她想成為他的基石。

一痕月色掛簾櫳，竹影斜斜小院中。

至要緊的，是我們會變成自己想成為的那個人。

「阿妧。」

趙栩埋在九娘的肩窩裡呢喃了一句，果酒的香氣混合著九娘身上的淡香，有點甜有點膩。他的阿妧，這是他的阿妧。

「我在。」九娘輕輕拍了拍他的背，柔聲道，不問前塵，只看前路才對。她自己亦然。

「阿妧，阿妧。」趙栩的身子慢慢放鬆了下來，唇齒間輕溢出的呢喃更似歎息。他蹭了蹭九娘的頸窩，似乎找到了更舒服的角度，又埋了下去，不再移動。也許他今日放縱自己喝多了一些，也許他不想隱瞞阿妧任何一點自己的心思，也許他的確需要說與她聽。但折磨著他的那些恐慌懷疑憤怒悲傷，被他牢牢壓制著卻始終未曾消失的這些，此刻都在她溫柔馨香的擁抱中慢慢平息下去，淡然不見。他究竟是誰，不重要，他從哪裡來，也不重要。

耳側有絲絲的癢意，趙栩貼在耳邊的呢喃輕柔又滾燙。九娘身子一僵，雙手停在了趙栩背上，片刻後慢慢將他摟得更緊，輕歎道：「我在這裡，在。」

她心裡有說不出的滿足，若能撫慰到趙栩一分，她就有十分的歡喜。她聽到感覺到趙栩對她的依賴和需要，竟比她依賴他時更讓她踏實和歡喜，那種歡喜滿懷激盪，幾乎要溢出來。

九娘輕輕合上眼，和趙栩依靠在一起。

簷隙風來，流螢飄墮，苒苒還飛起。九娘半跪著的膝蓋一陣麻麻的痛，可她捨不得挪動。「腿麻了嗎？」趙栩抬起頭，不等九娘開口，伸手握住她纖腰，輕輕向上一提，扶她站了起來。

趙栩剛鬆手，九娘猛地起身，兩條腿針刺一般，身子一歪就往下倒。趙栩輕笑一聲，捉住她的腰，順手撈她入懷。

九娘被他抱著側坐在他腿上，急得撐著他的肩頭掙扎著要站起來：「你的傷——」

「無妨。都怪我沒留意。」趙栩反將她摟得更緊了些。他倒盼著阿妧恃美行兇，何時能折騰他一番，奈何只是妄想。但溫香軟玉滿懷，他沒喝醉也已經醉了七分，心中一蕩再蕩，蕩出千層浪。手中的腰肢極其纖細，卻充滿彈力。趙栩忽地想起她被阮玉郎抓作人質倒吊在身後時，配合自己劍招的那一下懸空騰身擰腰。他竟一直忘記誇她，她的細腰也厲害極了。

九娘再掙了兩下，驀然僵住不敢再動，騰地扭過頭去看向院子，面紅耳赤起來。好好的說說心事，怎麼又陷入這等境地……

「乖，別動。」趙栩卻將她又朝自己摟緊了一些，見她雖然彆扭得很，卻不再害怕得發抖，也不大力掙扎，心跳得更快了些，垂首看著眼前她輪廓秀麗勻稱的耳廓，立刻貼了上去，略有些苦惱地低聲央求起來：「好阿妧，君子還是小人，你選哪個？」

九娘耳中盡是他的氣息，趕緊別過頭躲開，那溫熱氣息卻撲在頸後，身上立刻起了雞皮疙瘩。她羞窘難當，雙臂卻也被他箍著動彈不得，聽到這句又好氣又好笑，索性轉頭瞪著趙栩：「我都——」

「不選」兩個字卻被趙栩毫不猶豫地一口吃了下去。無論動口還是動手，都如沙場作戰，機不可失，失不再來。

唇齒相依，氣息交纏。九娘慌亂地緊緊閉上眼，這是她夢見過的。可她還是害怕得很，羞恥窘迫令她只想蜷縮起來想離開想消失。他卻不再急切，輕輕地追逐著左右躲閃的她，堅定地捉住她含著她，舌尖撫慰著她的唇，極小心極溫柔，偶爾離開一瞬，又廝磨上來，卻不莽撞侵入她。

這是他的阿妧，智勇雙全、落落大方，偏偏在這上頭嬌氣得厲害。要哄著騙著寶貝著珍惜著，他甘之如飴。趙栩不知在腦中演習過多少回，鬥志滿滿，唇舌間越發極盡溫柔纏綿。甜甜的果酒從九娘腹中醺然上升，一切變得空蕩蕩的，只剩下和趙栩貼在一起的每一處，火燙滾熱又熨貼。她慌慌張張的心慢慢漂浮起來，不再害怕，無力招架無心抵抗，不再推拒，只想再靠近他一點，更安全一點。

趙栩感覺著懷裡的人僵硬著的身子慢慢柔軟下來倚靠上來，手臂收得更緊，恨不得將她揉進自己身子裡，細細密密地又吻了她片刻，微微睜開眼，見她情迷意亂中雙眼緊閉，臉頰滾燙，更加小意愛憐起來。耳中聽著她呼吸漸漸急促，忽然她一聲微不可聞的呻吟，破碎凌亂地落在他舌尖，令他血脈賁張，幾乎失控，強忍著離開她的唇，額頭相抵，趙栩深深吸了好幾口氣。

「明年回京，我們就成親。」趙栩在九娘依然緊閉著的眼上輕輕吻了吻：「阿妧？」

九娘茫然睜開眼：「嗯——六郎？」帶著鼻音被拖長了的三個字，旖旎入骨，妖嬈得跟飛舞的火花，把趙栩剛剛壓下去的火瞬間又燒了起來。

「乖，別說話，別動。」趙栩咬牙切齒遏制著自己：「明年，明年我們就成親。」

九娘一呆，慢慢回過些神來，他要自己別說話別動？

趙栩深深看進她雲靄蒸騰的眸中，輕歎道：「也別看我，阿妧，我只有右腿受了傷而已——」

被她這樣多看一眼，還能不化身禽獸，他趙六郎肯定成仙成聖了。

九娘立刻緊閉上眼，長睫輕顫，往外躲了一躲，又順從地靠回趙栩的胸口，輕輕點了點頭。

竹葉在夜風中輕輕蕩漾著。院子中地面上的影子，月色下也搖出千層浪。

# 第二百六十五章

三更梆子敲響的時候，九娘輕輕推開窗，往廊下張望了幾下。廊下空蕩蕩，趙栩送她回屋後說會去和高似說幾句話，不知他會說些什麼，現在可睡著了。

九娘回到籐床上繼續睜著眼。黑暗中窄室裡感官更加敏銳，屋內的漏刻已經停了一會。但她臉上還燒得滾燙，興許是果酒的後勁發出來了。九娘想到那句此時此夜難為情，捧著臉輕輕歎了一口氣。

屋頂傳來極輕的窸窣聲，像有老鼠或貓竄了過去。九娘剛要閉上眼，又立即翻身而起。

「噓——」惜蘭輕輕掩住她的嘴，替她披上長褙子。九娘一驚，看著她身後雙眸發亮的趙栩。他怎會在她屋裡？再一想自己裡頭只穿了肚兜和褻褲，趕緊背過身將褙子攏好。

九娘和惜蘭輕手輕腳走到窗前，碧紗朦朧，依稀見到兩個矮小的人影從廊下倒掛下來，落在地上，左右看了看，悄無聲息地往正屋門口潛去。

阮小五？九娘的心狂跳起來。搬進府衙後，趙栩就讓她和孟建、方紹樸一概睡在偏房裡。此時她院子的正屋裡睡著兩個侍女，是張子厚特地送來服侍她的。她卻不能讓她們白白送了性命。

九娘看向趙栩，趙栩朝她招招手，她躡手躡腳地走過去彎了腰想要說話，趙栩握住她的手輕聲道：「無事。」

十幾聲利箭破空之聲傳來，不少火箭落在府衙各處的屋頂和院子裡，火光四起。

惜蘭手持短劍，微微退開了兩步。

鑼鼓驟然喧天，章叔夜的聲音沉穩又響亮：「殿下有令，格殺勿論——擊殺刺客一人，賞百貫錢——」

禁軍們的呼喝聲四起。各院的房裡湧出許多軍士，持旁牌的去擋火箭；負責撲火的手提水桶，跑到前幾日搬入的大水缸旁開始舀水傳送，有條不紊。專人扛著的長梯紛紛架起，火還未蔓延開就很快撲滅了。潛入各院的黑衣人也陷入了長兵刃的包圍之中，想要逃脫，屋頂卻有數十人拿了好些漁網，只要有人躍起，那網就當頭兜下。

甕中捉鱉，守株待兔。

九娘輕輕捏了捏趙栩的手，深表欽佩。趙栩先前將兩千多禁軍分作人數不等的六班，她還不太明白。其中一千五百人分作三班，只負責警戒各院，各班輪流守四個時辰，夜裡的那班全部藏身於屋中。剩餘的人也分作三班，各自分工不同，為了應付火攻，在章叔夜特別隔開的院子裡不停地演習配合。原先府衙裡的守衛將士和衙役，全派在外院當值。

「阿妧——」一聲清嘯，由遠而近。兵刃碰撞聲不絕。

「別碰他的劍——撤網——」章叔夜厲聲喝道，大敵當前，聲音並不慌亂。

九娘頭皮一麻，阮玉郎！

趙栩握緊她的手，眉頭皺了起來。以他和章叔夜的推斷，阮玉郎受傷不輕，定不會親自前來，他在大名府轉暗為明，在他去真定府之前，就是刺殺他的最好時機。照理來的人應該是吃了敗仗不甘心的梁氏手下，還有忌憚高似的完顏亮手下。

阮玉郎寬袖鼓風，袖中那柄從九娘手中得來的劍矯若游龍，所到之處，金槍折斷，漁網破碎。他片刻間已掠過好幾處院子，破窗而入，破瓦而出，無人可擋。

「阿妧——夫君尋你來了，還不出來？」阮玉郎見章叔夜領重兵守在左邊不遠處的院子裡，還有禁軍趕往那裡，而高似就在前頭院子中抱刀而立，心念急轉下笑得更加粲然，身影急轉，直撲向高似所在處。聽小五說這小狐狸連著幾日天天上街買東買西，仗著有高似想誘出他來，他便遂了她的意又如何？一枚銅錢和高似就想擋住他，趙栩也太小看他阮玉郎了。他偏偏不去殺趙栩，卻要從他手裡奪走九娘。

阮小五和阮十三陷在禁軍長槍密林中，上頭有網，前頭有高似，見郎君幾劍就破了上面的漁網陣，大喜，騰身而起，點在長槍的槍尖上，猱身而上，兩柄軟劍，直奔高似胸口。

阮玉郎解了阮小五和阮十三的圍，見高似被他二人纏住，卻不落地，反在屋頂如鬼魅般轉了一圈，腳下一沉，破瓦而入。

「小狐狸叫我好找——」阮玉郎笑吟吟間已斷了惜蘭手中的劍，一肘撞在惜蘭肩上，惜蘭倒退了三步，手中斷劍提不起來。

紙帳歪斜著擋住了半邊籐床，蜷成一團的絲被微微在抖動，黑夜裡依稀可見有如雲秀髮露在外頭。聽到惜蘭痛呼，九娘拉下被子怒道：「不許你傷她——」

阮玉郎笑道：「你依了我，我自然也就依你。」見她小臉又驚又怒臉頰酡紅，雙目盈盈如秋水，顯然方才睡醒，像極了他夜探聽香閣那次見到的香豔情景，心中一蕩，伸手就要將她連被挾裹起來。

九娘卻不退讓，直起上半身怒視著他，頸中抹胸的繩結在鎖骨上勒緊了一些。阮玉郎目光落在她有些紅腫的唇上，眸色深沉陰暗。

嗤的一聲，絲被破開，劍光暴漲。

阮玉郎措不及防避無可避，勉力側過身子，劍光比閃電還快沒入了他右胸。跟著金鐵交加之聲不斷，火光四濺，阮玉郎右胸經脈，先被銅錢所傷，再被他強行封閉，此時中了趙栩一劍，血氣翻湧，舊傷猛然迸發，手中短劍被擊落在籐床前的腳踏上。他倏地後退，腳尖輕點，往方才落下來的屋頂洞口衝了上去。

趙栩小兒竟然藏身在她被中——想到兩人肌膚相接，還有九娘唇上的紅腫，阮玉郎心中萬蟻噬咬，比將計就計依然中計還要難受萬分。

一出屋頂，又是一張網當頭罩下，阮玉郎冷哼了一聲，身子壓低，竟從烏金網底如游魚般竄了出來。

高似一聲長嘯，刀光大盛，阮十三和阮小五再也擋不住他。匹練般的烏光自廊下倒捲而上，橫在阮玉郎去路。

阮玉郎一個擰身，右胸劇痛，寬袖鼓起，隔在刀光上，帛裂之聲響起。

「郎君——」一道人影擋在他身上，悶哼了一聲。

「十三。」阮玉郎輕歎一聲，一掌拍在阮十三胸口，借力飛身而退。阮十三拚力轉身，又擋住了高似一掌，心脈寸斷，卻死死抱住了高似的一隻胳膊，臉上露出了古怪的笑意。

章叔夜鎮靜自若地指揮著親衛和禁軍們，將衝入趙栩院子裡的幾十個刺客分割成幾堆，自己飛身上了屋頂，見阮玉郎已往東北角遁去，舒出了一口氣，冷冷地看向院子中：「格殺勿論——」

惜蘭在屋外輕聲稟報：「阮玉郎和阮小五逃了，章將軍還在剿滅刺客，娘子院子裡的刺客皆已伏誅。」

籐床上的九娘一動也不敢動，方才驚心動魄之間刺傷了阮玉郎，趙栩不知道是力竭還是毒傷發作，一頭栽倒，壓在她身上，連手裡的劍都握不住了，似乎一直在調息。

「六哥，你能動嗎？」九娘輕輕抬了抬手，碰了碰趙栩的腰。

趙栩星眸微張，在她肩窩裡悶聲道：「阿妧你親親我，我便能動了——」屋外有物體被拖動的聲音，也有兵器收走碰撞的聲音，廊下惜蘭似乎在和成墨說話，不遠處還有章叔夜的呼喝聲，軍士的吶喊聲，箭矢破空聲。

九娘卻什麼也聽不到，世界只剩下一張籐床這麼大，耳邊也只剩下趙栩一呼一吸之間送入的熱和癢，不停地鑽入她腦中，把她攪成一團糨糊，熱得咕嚕咕嚕冒著泡。

她一動也不敢動，甚至懷疑是她聽錯了。手心裡全是汗，方才生死關頭的恐懼和緊張被一隻無形的大手硬生生推上了更高的懸崖，成了另一種恐懼和緊張，悉數壓縮在這小小一張籐床裡，肆虐狂暴地席捲了她全身，沖刷得她每一處都更敏感，甚至連被趙栩的臉壓著的長髮末梢也在發麻發疼，被他壓著的胸脯更疼。

她還是一動也不敢動，他也一動也沒動，但壓在她腿上的有什麼在變硬，脹大，滾燙。全身感官被羞恥揮舞著長鞭趕到了一處，倏地炸了開來。和前兩次一觸即逃不同，那硬物在兩具緊貼著的軀體之間肆無忌憚地膨脹，她被迫感受著可怕的形狀和熱度，一種時間被無限拉長的恐怖感籠罩住她，使得每一分每一厘的擠壓和迫近都變得無休止地漫長，滲入到她每一個毛孔，猶如凌遲之苦。

九娘頭皮發麻，顫慄從腳趾蔓延到尾椎到手指。

「阿妧——」趙栩抑不住情動，她沒親他就已經動了，他控制不住，壓根也沒想控制，方才在阮玉郎逃走時真是少說了一句多謝。眼下比他謀劃的還要如意。扔下劍後他體內就湧起蓬勃的情欲，將生死一線時的狠厲殺意一掃而空，極度空虛，極需發洩。

感覺到九娘身子僵硬渾身戰慄，趙栩在進和退之間猶豫了幾息，貼著九娘耳邊試探著又呢喃了一聲：「阿妧乖，你親親我，我就有力氣起來。」不起來就要出事，他怕傷了她。

原來她沒聽錯。他這是撒嬌？是要脅？還是索取？反正是個不要臉的壞東西。明明看起來瘦削，卻跟山似的壓得她喘氣都費力。九娘拚命想著這些有的沒的，好分神不再留意被他頂著的那處。

「疼，我疼得厲害。」聲音委屈又無賴。

趙栩說的是實話，他硬得發疼，快活得發疼，身上的劍傷卻一點也不疼。

九娘的手指張開又蜷起，無意識地捏緊了手邊破裂開的絲被，心中一軟，身子也軟了下來，他定是也受傷了才疼得動不了。

九娘輕輕側過頭，兩人鼻尖相碰，一陣涼意。趙栩鼻尖上都是汗，黑夜裡眸子閃著幽幽的光，一念間九娘覺得他看起來有些可憐又有些可怕。

看著九娘抬起下巴，趙栩不依地蹭了蹭她的臉頰嘶聲抗議道：「不要額頭。」

九娘一頓，努起雙唇親了親他的臉，輕聲問：「你哪裡受傷了？」

與其抗議「不要臉」，不如直接下嘴。趙栩臉一偏，順勢含住九娘的唇，輕吮慢舔起來，右手固定住她的後腦，不讓她逃離。

九娘嚶嚀了一聲，醒悟過來自己怕是被他哄了，羞惱之下雙手頂住趙栩的肩膀將他往後推，好不容易用力推開趙栩三分，力一竭，手一鬆，趙栩又砰地跌了下來，悶哼了一聲。他壓在九娘身上，身子扭了兩扭，似乎完全使不上力，發出「嘶」的一聲痛呼。

「對不住——」趙栩呻吟了一聲。

九娘不敢再推他，他這一跌，原先壓迫在腿上的羞人之物趁勢頂在她腿心處，還輕微跳動了兩下，又大了一些。九娘退無可退，腦中一片空白，前世那種被劈開的疼痛襲來，她渾身顫慄，羞懼交加，混亂中唯一的念頭卻是絕對不行，頂著自己的那個實在太大了，她會疼死。

「走開。」

九娘閉著眼咬著牙哀求道，嬌弱無力的聲音在趙栩耳中卻成了邀約。他得寸進尺，輕輕舔了舔近在唇邊的圓潤耳珠，將之含入口中，被他壓著的小人兒抖得更加厲害起來。

趙栩吃不准方紹樸在天聖銅人上標出來的那些穴道在九娘身上管不管用，心隨意動，左手握住了九娘的細腰，沿著腰側輕輕上下摩挲起來，火熱的掌心堅定地貼著，手指輕柔劃過軟膩滑溜的肌膚，探到她後腰的志室穴處輕輕按了兩按，身下的小人兒觸電一樣抖了一抖，難捱地微微弓起了身子想躲開。她身子一弓，頂得趙栩那裡更脹痛，脊椎尾被電得一麻，他深深吸了口氣，咬了那耳珠一口，轉頭覆住她不自覺微微張開喘氣的唇，輾轉吮吸間又將她壓了下去。手指所到之處，卻摸到她後腰凹下去一個小小的窩窩，實在可愛，忍不住大力摩挲起來，將她更緊地貼向自己。

九娘眼前直冒金星，被趙栩唇舌手指掃過的地方，又酥又麻，冒出了火星，叫囂著什麼，甚至蓋過了憂懼羞窘，她想躲開，卻被他壓得更嚴實拉得更靠近。

「殿下——殿下？可要下官進來幫忙？」

門外傳來方紹樸關切的聲音。

趙栩一僵，從牙縫裡逼出兩個字來：「無需——」

「九娘？九娘你沒事吧？」孟建的聲音有些小心翼翼：「外間只有我和方大夫，你別怕——」

九娘的手無力地蓋住了緋紅的臉，所有的感覺忽然化作委屈。被他恣意折騰的委屈，被他哄騙了的委屈，被他嚇到的委屈，還有被外頭的人窺視了的委屈。

隱隱也有那極其霸道地席捲了她全身的火驟然遠離身體而去的委屈。

「都怪你——」九娘見趙栩還壓在自己身上頂著自己不放，輕聲抽泣道：「走開。」

趙栩輕輕拉下她的手，在她掌心裡吻了一吻，將她的手貼在自己臉上，又輕輕吻去她眼角的淚：「都怪我，不哭，阿妧——」

都怪外頭那兩個不長眼的，阿妧原本在男女之事上就極嬌氣，這樣一來肯定羞惱得很。

「殿下？殿下？」不長眼的方紹樸真有點急了。

趙栩手輕輕一撐，翻到九娘外側，坐了起來，拿起裂成幾條的絲被，把她細細從上到下都裹了起來，撿起腳踏上九娘那柄短劍，又將遮了半邊床的紙帳提上籐床，橫在中間，輕輕靠在九娘身上，把她擋得密不透風。

九娘驚呼了一聲，看到趙栩確實受了傷，自左肩至左胸，一道劍傷正在滲血。想到先前自己就推在他肩頭，沒發覺他受傷，還錯以為他謊稱受傷，借機賣可憐好輕薄自己，心裡的委屈少了許多，心疼卻多了不少。

趙栩和她一樣依然面紅耳赤，將她的秀髮也攏進絲被，親了親她還有點濕潤的眼角：「我沒事。」又取過那柄短劍放入她枕下：「好了，完璧歸趙。」

想到這四個字放在她和他身上還有另一層意思，趙栩的臉上更熱了，忍不住又親了親她的額頭。

「成墨——」趙栩平息了片刻，才沉聲喊道。

外頭眾人都吁出一口氣來。

成墨眼觀鼻鼻觀心地小步跑了進來，將趙栩背了起來，換了惜蘭進來。

# 第二百六十六章

原西京少尹劉紳，因事態緊急，來不及攜帶家眷，匆匆趕到了大名府，拜見燕王趙栩，順利接任權知府事一職。跟著不兩日，各地調派的官員均已到位，黎陽倉的處置文書也已有都進奏院通過皇榜和邸報公布於天下。

諸事皆宜，大名府文武官員一早恭恭敬敬將燕王車駕送出城外。不少大名府原來的官吏都鬆了一口氣，終於送走了這尊活菩薩，該八百里外的河間府官員頭疼了。

燕王出使的儀仗浩浩蕩蕩在官道上前行時，趙栩已帶著九娘等人從館陶準備前往臨清。

自從那夜之後，九娘只當什麼也沒發生過，卻不肯再和趙栩獨處，每日親自下廚，消夏的湯水也不斷，但早間貼身服侍起身和晚間安置就寢通通皆無。但凡趙栩喊成墨去請她說話，她總不許惜蘭離開左右，政事照談閒話照說，也有說有笑。孟建手頭無事，時不時跟在九娘身後來探視趙栩的傷勢。趙栩就跟做賊一樣，既心虛，又惦念，奈何九娘防賊也防得嚴。這些日子他連個私下陳情的機會都無。

馬車車廂裡，識時務者為俊傑的方紹樸默默盤膝打坐著，眼觀鼻，鼻觀心，氣守丹田，內照，照什麼來著——

「方紹樸。」

「殿——殿下。」方紹樸趕緊調整姿勢，端正跪坐起來：「殿下，彭祖仙師有云：忿怒不解傷人，汲汲所願傷人，陰陽不順傷人。男女相成，尤天地相生也，所以神氣導養，使人不失其和。殿下年過二八，精滿氣足，實乃好事——」

趙栩冷冷地打斷他：「你背了幾遍了？倒不口吃？」

「不——不多不多，二——二十三遍。」方紹樸十分誠懇，雖然身份地位相差甚遠，但這男兒郎誰不曾有過這些難以啟齒的事？他年長了殿下許多，殿下這般自律，他也該寬慰引導他。

方紹樸咳了兩聲，鼓足勇氣道：「春主生、夏主長、秋主收、冬主藏，這夏日炎炎，殿下晨間精滿自溢是好事。夜裡殿下若是難受得厲害，不妨用下官所給的穴位指南用手紓解出來，只在九娘子屋外看，定然是不管用的——」

趙栩險些跳了起來，太陽穴氣得別別跳：「夠了！」

「對對對，用手就夠了——」方紹樸一喜，抬頭見趙栩臉色鐵青，趕緊低頭喃喃道：「不——不夠？」

「你去前頭車上，把她換過來。」趙栩沉聲道。

方紹樸一愣，歎了口氣：「下——下官無能，這幾日殿下讓下官去說的，下官都說過了。九娘子畏殿下如虎——」他偷偷瞄了英明神武的燕王殿下那不可言述之處，又咳了兩聲：「恕下官直言，殿下操——操之過急，只怕嚇壞了她。」

趙栩的臉色陰沉如鍋底，狠狠瞪著方紹樸。他怎麼會嚇壞了阿妧，明明是他們不長眼，才惹她羞惱之極的。

「下官有一計——計獻上——」方紹樸殷勤地躬了躬身子。對不住九娘了，奈何他想了好幾天，九娘不給殿下揩油，殿下就身心不爽。殿下不爽，他們就跟著都沒好日子過，吃不上好的，喝不著冰的，還要隨時受氣，待在他身邊就喘不過氣來。

趙栩正要狠狠地斥責方紹樸，聞言倒停了下來：「說。」

方紹樸從袖中取出一卷紙，雙手遞上，這番話他也背了好幾遍，還請章叔夜指點過一二，應該不會錯：「下官嘗聞見多——多不怪，故作此畫，以醫載道。九娘子博覽群書，若能多看幾遍，自然就不會被驚嚇到。」

「你還會畫畫？」趙栩蹙眉接過那卷紙，展了開來，腦中嗡的一聲，勃然大怒，若不是知道方紹樸此人心思極簡，只怕立時就將他斃於掌下。

方紹樸額頭一疼，那卷紙已被趙栩丟了回來。

「今日陽光甚好，方醫官既然說夏主長，你還是出去騎馬再長長心罷。」趙栩陰森森地道。

那卷紙半卷半舒展，上頭畫著男子胯下之物，醜陋猙獰得很，一旁標註著各部位名稱、俗稱和道家之稱呼，又有穴道講解，更有密密麻麻小字列出會生哪些病。以醫載道他真是費了好些苦心，也只有九娘子那樣愛讀書又疏闊大方的女子才能領會他的苦心。何況他可是根據自己目測來的大小描繪，已覺得極其雄偉壯觀，殿下為何還這般生氣……

方紹樸將那卷紙收了放回袖中，掀開車簾，日頭明晃晃的耀得他眼花。他轉過頭躬下身子輕聲納悶地問：「殿下是嫌下官畫小了還是細了還是——」

他屁股上已挨了趙栩一腳。

「滾！」

若沒有章叔夜一把托住，方紹樸肯定骨碌骨碌滾下馬車。

為小燕王殿下操碎了心的方醫官猶自喊道：「殿下——見怪不怪才能怪自敗——」

砰地一聲，馬車裡的一隻建窯茶盞在趙栩手裡被捏了個粉碎。這個不要臉的壞東西——什麼是怪？什麼叫怪自敗？

自館陶行至冀州阜城歇下時，趙栩收到陳太初飛奴傳書。九娘捧著那小小紙條看了又看。

「他們走得這麼快，二十就能到河間府。」九娘想到再過三天就能見到蘇昉和陳太初，十分高興。出門在外，雖有諸多不便，但又有許多在京中和翰林巷沒有的好處。

「六哥，從河間府去中京還有多遠？」九娘將紙條放到趙栩身前的案几上。

趙栩歪在羅漢榻上，順手取過一旁的輿圖攤了開來：「來，我指給你看。」有多遠他自然一清二楚，但沒有機會就要創造機會，好歹能親近不少。

九娘雙目盈盈泛波，似笑似嗔地落在趙栩剛剛拆了紗布不久的肩傷上，再看到他桃花眼中的委屈勁，又好氣又好笑。她心裡的羞惱早在看到他傷口時就煙消雲散，只是那夜後她才明白何為「少年情熱」，顯然兩人越親近趙栩就越難以自控，最糟糕的是她自己也不如想像中那般有定力，一經點火就有燎原之勢，這才刻意不和他獨處。

她說了幾次自己並沒有惱他，趙栩卻誤會成她在惱方紹樸，一路折騰得方紹樸蔫得不行。但她說自己也沒有惱方紹樸，趙栩就更不明白了。可要她清清楚楚說怕他情熱情動難以抵抗，她委實也說不出口，更怕這人厚著臉皮得意洋洋越發放肆。一路上看著趙栩委屈得不行，用方紹樸的話說：「殿下幽怨的小眼神委實顛倒眾生，即便被殿下責罵，也心甘情願，還能多吃幾碗飯。」

眼下看著趙栩這幽怨的小眼神，九娘禁不住側過身子盡力忍著笑。他是夠委屈的，原本早幾日就能到阜城的，恰逢她小日子，硬是一天才走兩三個時辰，只託辭要等陳太初一行人會合不著急，路上越發體貼小意。

趙栩見她只笑著卻不過來他身邊坐，急得撓心撓肺，偏偏惜蘭和成墨還在一旁伺候著，便苦笑著一撐羅漢榻，往旁邊移開了一些：「這般你可放心了？」

九娘上了腳踏，挨著案几坐了，歪頭瞥了趙栩一眼，輕笑道：「這般你可稱心了？」趙栩臉一熱，低聲道：「你說如何就如何。」

「那我既不許你做君子，也不許你做小人。」九娘眼角裡見他伸過手來，更低聲地嘀咕了一句。

案几下那隻悄悄伸出來想去牽九娘的手驟然停在半路。趙栩抬起手來，指背輕輕蹭了蹭下頜，悵然喟歎了一聲，聲音低不可聞：「阿妧，這世上男子，如果面對心愛的女子，沒有時時刻刻要親近的欲念，又能心愛到哪裡去？」

九娘如今自然是信了這句話的，方紹樸也以醫者身份極不委婉地提過多次，若不是孟建這位爹爹吹鬍子瞪眼睛制止，還不知要說得多麼露骨直白。她抬頭看了看一旁的惜蘭，微微點了點頭。惜蘭福了一福退到了屏風外去。成墨心裡高興得很，趕緊跟著惜蘭退了出去。

趙栩一怔，又一喜：「阿妧——？」這獨處來之不易，等她說完她想說的，他也有許多話要說。

九娘紅著臉轉身看著趙栩，鼓足勇氣道：「我並沒有惱你，只是怕你——情不自禁……」明明白日裡亮堂堂，她腦中卻浮現出黑夜裡灼燙到自己的恐怖之物，聲音都發顫起來，難以啟齒。

「那夜是我不好。」趙栩見她面紅耳赤身子都有些顫抖，心裡也慚愧得很，趕緊握住她的手：「阿妧你放心，我怎會那樣輕慢你？無論如何都會在成親以後再行夫妻之禮。」他目露懇求：「只是你莫要再冷落我。」

九娘鬆了口氣，至於成親以後，她也就自欺欺人先不管了，只顧眼前。她抽出手來：「那你便答應我，只做個正經君子。」

趙栩握了握拳，點頭道：「一言為定。」心裡卻想到方紹樸話糙理不糙，見多不怪也是條路，他的確不能操之過急，懸崖勒馬他必定能做到，卻也是極痛極苦的事。他正襟危坐，看向輿圖。

「我們從河間府先到契丹南京析津府，五百里路不到。」趙栩修長的手指沿著析津府向上：「耶律奧野在析津府等我們，再從析津府北上到大定府，應該還有九百里路。」

九娘見他從善如流，也心定了不少，想了想道：「那就算是一千五百里路的話，我們如今一天能走百里，半個月就能到中京？」

「不錯。今年七夕就要在中京過了。」趙栩想起那年七夕自己在州西瓦子給九娘插上牡丹釵的情景，輕歎了一聲。斗轉星移人事皆非，兜兜轉轉悲歡離合，那枝牡丹釵卻還在自己手裡，未到她鬢邊，看來要留待成親前再插釵了。

說到七夕，九娘靜了一靜，側過身子道：「六哥？」

這一瞬間兩人心意相通，默默看著彼此，漸漸露出笑容。

「對不住。」九娘誠心誠意。

趙栩好不容易壓下將她摟入懷中的念頭，揶揄道：「三送三退，我和那牡丹釵都真的好生可憐。」

九娘想了想：「那我也送你一樣什麼，你也退還三次給我？」

趙栩笑道：「不妥，不如你送我三樣好東西，我收三次。」

「好。」九娘爽快應了，想起一事來，點了點輿圖上的大定府，問道：「六哥，你說契丹丟了上京，東京道也都被女真所占，卻遷都到離黃龍府這麼近的大定府，豈不依然十分危險？為何不遷都西京或南京？」

趙栩反問道：「阿妧可知道南京析津府因何會成為契丹陪都？」

九娘思索了片刻：「富庶之地的原由？析津府原來是燕京，燕雲十六州向來農耕富足，商賈雲集，不然大趙也不會為了燕雲十六州和契丹打了二十五年的仗。」

趙栩長歎一聲：「不錯，自德宗以來，歷代大趙給契丹的錢銀絹帛，都在析津府交易，契丹最大的榷場也在那裡。我和太初曾偷偷去過一次，《契丹國志》所載無誤：大內壯麗，城北有市，陸海百貨，聚於其中。繁華不遜於我大趙東京。只要析津府還在，契丹國庫就還能勉強維繫。因此遷都中京，實屬無奈之舉。」

「契丹是為了保住南京不被女真人奪走？」九娘恍然大悟。

「不錯。」趙栩在輿圖上了畫了一個圈：「這些地方，依然還是契丹所有，有草有馬有人有錢。何況女真攻下上京的手段和攻下秦州如出一轍。七八年前高似就有不少手下潛伏在上京做奸細，收買了許多軍士、潑皮無賴，因此才能一舉得手。但若要一個個城池拿下來，女真定然要付出大代價。北方九月入冬，更不利於騎兵作戰。」

見趙栩這麼耐心講解局勢分析給自己聽，九娘更加安心，兩人細細商議起和耶律奥野見面後的安排來。

離河間府尚有三百多里路，陳元初、陳太初一行人輕裝簡行，投宿在博野的正店中。他們帶著蘇昉和穆辛夷，兩千五百里路行了十多天，趕得並不急，每日卯時出發，黃昏前就歇息下來。

穆辛夷照常去市集裡買了些瓜果，送到陳元初、陳太初、蘇昉的房裡，笑嘻嘻說了今晚會吃些什麼，又樂呵呵地給他們看她在市集上買的玩意，有意思的玩意被她說得有趣生動，就是普通玩意，她也能將那賣的人說出有趣的事來。陳太初和蘇昉倒聽得津津有味。

陳元初的傷勢漸漸復原，他一路冷眼看穆辛夷，慢慢也沒了起初的敵意。無論住在他們屬下經營的正店、腳店甚至貨行，還是投宿在小鄉村農家裡，穆辛夷都泰然處之，既不多嘴打聽，也不嫌棄鄙陋。聽他和太初、蘇昉三人說話，她也並非不懂世事不通文墨之人，偶有妙語，讓蘇昉都十分訝異。

蘇昉說起穆辛夷，是個通透的女子，至純至淨，無關風月，無關家國。無關風月？陳元初不這麼以為，瞎子都看得出穆辛夷滿心滿眼只有太初。可蘇昉卻堅持說她的滿心滿眼都是太初依然無關風月。

為何傻了十幾年的她，會一直惦記著太初？陳元初想不明白。為何在李穆桃身邊長大的穆辛夷，性子完全和李穆桃不同，陳元初更不明白。他偶爾會想起那個劍眉星目面無表情的女子，說不清是恨還是不恨，是惦念還是不念。

穆辛夷口中的她，卻是在沒藏皇后的鴆酒下逃生毀了嗓子的公主，是協助梁氏滅了沒藏氏全族的公主，是為報母仇不惜借他陳元初之手殺死生父的公主。而在太初的口中，她又是要和梁氏爭權奪利的長公主，是能威震西夏十二軍司的軍中神祇。

那個羽子坑倔強不服輸和自己廝打在一起的女子，那個在柳林裡笑著喊自己名字拿柳條輕輕撓他腰間的女子，原來早已不在這世間，他卻一直不能忘。

情之可笑，莫過於此。

穆辛夷笑著把一個黃胖小娘子拿了起來：「太初，你們一直說起孟家的九娘，等見了她，我送這個給她，好不好？」

陳太初和蘇昉才想起他們每日給趙栩的信裡從來沒提起過穆辛夷。

蘇昉拿起那個粗陋的黃胖，看上去和當年九娘要送給他的黃胖有天淵之別，只有泥捏成的衣裳模樣，大大的頭大大的眼，看起來有些憨厚，但實在太不起眼，比起汴京街巷裡賣的還要簡陋許多。

穆辛夷的大眼清澈見底，笑盈盈地帶著期待。不知道是期待這份禮被他和陳太初待見，還是期待見到他們口中的九娘。

陳太初接過蘇昉手裡的黃胖，仔細看了看，笑道：「挺好，阿妧最喜歡黃胖了。」

穆辛夷手指點在黃胖頭上那朵大花上：「這是胡瓜花，做這個的其實是那貨郎的兒子，他今年才九歲，黃胖頭上戴的都是他家裡蔬菜瓜果的花。你看，這個是蜜蜂——」

陳太初看著她手指點的那個凸起的小泥塊疙瘩，失笑道：「蜜蜂？是那孩子說的還是小魚說的？」

穆辛夷哈哈笑，又取出一個黃胖娘子：「太初，這個是送給你娘的。」她笑著舉起黃胖：「你們閉一閉眼睛好不好，還有更好玩的。」

陳太初笑了起來，依言閉上眼睛。蘇昉搖了搖頭也閉上了眼。

陳元初抱臂冷哼了一聲，眼睛沒閉，身子卻側了過去。

「好了。」穆辛夷笑道。

陳太初和蘇昉定睛一看，穆辛夷從手中黃胖娘子裡竟又取出一個很小的黃胖小嬰孩。

「咦？」兩人奇道。

「做黃胖的那個孩子說，這個是他的娘親，這個是他的妹妹。妹妹是從娘親肚子裡出來的，所以他就做了這個。」穆辛夷給他們演示了一遍，笑眯眯地遞給陳太初：「願你娘平平安安生一個妹妹，太初的妹妹肯定是天底下最好看的小娘子。」

陳太初接過黃胖，笑著點點頭：「謝謝小魚。」爹娘都覺得這次會生個妹妹，他也覺得，不過又初、再初出生前他們也都覺得一定會是個妹妹，若再生一個弟弟，恐怕爹娘該取「不初」了。

看著穆辛夷高高興興地離開，陳元初冷哼了一聲：「無事獻殷勤，就會討好人，」手下卻拿起那母女黃胖，琢磨起為何放在裡面的小黃胖不會掉出來。

陳太初指了指下面的印記：「這裡轉一下，就卡住了。那孩子倒有機關營造的天分。」

蘇昉歎道：「小魚真是有心。」她所言所行，並不刻意，卻總讓人熨貼。陳元初和陳太初最掛念的就是京中的娘親和十月裡要出生的妹妹或弟弟。他們不曾提起，她卻十分清楚，或許她確實天生就懂陳太初的心。

「不安好心。」陳元初將黃胖重重放下，看了太初一眼：「你別上心。」

陳太初將黃胖珍重收好，轉身坐了下來，抬腕將穆辛夷送來的一盤西瓜推給陳元初：「忘記告訴你了，秦州城破那日，外婆在家裡的井裡頭給你留了個西瓜。後來小魚替你吃了一半。」想到那天她拚命吃瓜、要他打水還有赤著腳用力踩水的模樣，陳太初唇角勾了起來：「這裡的瓜不如秦州的好，但也吃得。」

陳元初垂眸看著盤裡紅瓤黑子綠油皮的西瓜，切成三角形，疊得十分整齊。他伸手拿起一片，放入口中，水分尚可，香甜不及。

「中原的瓜的確比不上西陲的。」蘇昉伸手也取了一片，斯文地吃了起來：「我們可要把小魚的事告訴六郎和九娘？」

陳元初拿起第二塊西瓜，悶悶地嗯了一聲。

陳太初溫和地看著兄長很快又拿起了第三塊西瓜，站起身笑道：「我這就去寫信。」

他走到院子裡，見穆辛夷正站在一個大水缸前面，低頭往裡面看著什麼。

「你在看什麼？」陳太初走到她身邊，探頭望了望，大水缸裡只有缸底有淺淺一層水，兩隻烏龜的龜殼乾得厲害。

穆辛夷轉過頭：「原來這裡面養著兩隻龜呢。記得你說起過，寬之和九娘也養了烏龜對嗎？」

陳太初一怔，點了點頭，他似乎真的說起過。一路上，他和蘇昉常會說起阿妧和六郎。是大哥先提起的，他也許是故意要她知難而退，又或是要她明白從此陌路才最好。大哥擔心什麼，他很清楚。只是他說不清楚他和小魚之間的牽絆。大哥提什麼，他如實敘述，從秦鳳路走到永興軍路，他和蘇昉幾乎把他們幾個從幼時相識到端午前汴京道別的一樁樁梳理回憶了一遍。小魚聽得津津有味，她喜歡阿妧，喜歡得毫不掩飾。

「寬之說，那兩隻烏龜一個叫阿團，一個叫阿圓。」穆辛夷若有所思：「太初，雖然我還沒見到九娘，可我覺得九娘像是特地來找寬之的，就像我找你和你來找我一樣。」

陳太初看著她含笑的雙眼慢慢又彎成了月牙，兩眼間的鼻樑之上皺起了三條小細紋。她所說的，從來沒有言下之意，她說的就是她的真意。她沒有說阿妧是來找六郎的。

阿妧對寬之確實自幼就格外不同，他們之間也確實沒有一絲一毫的男女之情。陳太初突然想起那年七夕之夜的街頭，他和六郎都沒能認出長大後的阿妧，只有蘇昉認了出來。若沒有極深的牽絆，又作何解釋？穆辛夷一眼能認出他來，蘇昉能認出阿妧——陳太初輕歎了一聲，點了點頭：

「也許你說得沒錯。」

他低頭看著那兩隻龜，正拚命在往水裡鑽，那水始終蓋不過龜殼，不時張大了嘴，卻什麼吃食也沒有。

「其實我對阿妧知之甚少。」陳太初溫和地笑道：「既不如六郎懂她所需，也不如寬之知她所懼。」即便是蘇昉口中的九娘，也和他心裡的不太一樣。

穆辛夷轉身找了一個瓢，去另一個水缸裡舀了水，慢慢澆在兩隻龜身上，水花輕濺，烏龜奮力划起四條小短腿。她將瓢給了陳太初：「我眼裡的阿妧和元初大哥眼裡的阿妧肯定不一樣。我眼裡的太初和別人眼裡的太初也肯定不一樣。可阿妧依然是阿妧，太初依然是太初。無論阿妧和太初變成什麼樣，我都不在意。我如止水，自然可以照見你們。」

陳太初看著手中的空瓢：「不錯，人莫鑑於流水而鑑於止水，唯止能止眾止。」他疾步去舀了一瓢水，慢慢傾入缸中，見穆辛夷不知從哪裡挖了點小蟲放了進去，水渾濁了片刻，慢慢又變得清晰。兩隻烏龜可以游動了，又伸著脖子往水面上探。穆辛夷跑去旁邊找了兩塊扁石頭，笑著吐了吐舌頭：「太初，你抓住我，別讓我栽進水缸裡。」

陳太初笑著伸手握住她的肩頭：「好，仔細別碰到傷口。」
穆辛夷探身下去，撥弄了一會：「太初，拉我起來——」她有點頭暈了。
陳太初手上用力將她拉了起來，再看缸裡，見穆辛夷用兩塊扁石頭搭在一起，一隻烏龜已經爬在上頭，一動也不動。
「這下牠們舒服了，游水也行，曬太陽也行，你看，我這兩塊石頭下面還有留了空，像個水裡的山洞，牠們可以躲在裡頭曬不著太陽。」穆辛夷扶著水缸邊，眼前的金星漸漸沒了，她開心地朝陳太初揮揮手，指了指旁邊的水瓢。
陳太初認真看了看那水缸裡頭，笑了：「牠們遇到你，真是造化。你以後回了羽子坑，也養兩隻烏龜可好？」他舀了一瓢水給她洗手。水沖在她薄薄纖細的手掌上，水花四濺，濺到了他的直裰上，跟煙花似的，只是要逗留上不少時候。
「好。」穆辛夷眉眼彎彎。
蘇昉說得不錯，小魚真是有心。
河間府，置高陽關路安撫使，統瀛莫雄貝冀滄、永靜保定乾寧信安一十州軍。作為大趙通往契丹南京析津府的必經之路，歷來備受朝廷重視。
元旭匹帛鋪靠著河間府的府衙後街，趙栩等人午後方一抵達，便拆開了飛奴昨日送到的陳太初來信，半張紙說的都是穆辛夷的來歷和淵源。

「穆辛夷，是李穆桃的妹妹，太初一家的故舊，傻了十幾年突然好了——」九娘捧著信，一顆心別別跳：「小名既叫小魚，也叫阿辛——」小魚？她有印象，表嬸曾經提過，太初回汴京後買的第一匹小馬就叫「小魚」。

九娘從字裡行間讀得出太初對穆辛夷的維護，她這一剎那間有個奇思異想，可惜不知道穆辛夷的生辰，因無從印證，急得額頭也冒出了細汗。

趙栩放下其他信件，手中紈扇敲了敲她手中的信：「有穆辛夷在太初身邊，倒不難揣測李穆桃的用意。如此一來，我們又多了三分助力。」

九娘也想到李穆桃定然知道穆辛夷隨陳太初他們往中京來，她的態度已經擺得很清楚。

「今晚他們就到了。」趙栩看著九娘神色古怪，忽地輕聲道：「阿妧，穆辛夷千好萬好，也不適合太初。」阿妧對太初，總有不少歉意。

九娘抬頭看了他一眼，淺淺笑道：「當初人人都說殿下齊大非偶，不是阿妧能妄想的，也極不適合呢。」

趙栩一愣，抬手取了一旁的筆：「都有哪些人說了？我先記下來，回京後再一一找他們算帳。」

九娘墨玉般的眸子轉了兩轉，走到他身邊：「阿昉表哥、我六姊，連我姨娘也說過——」

趙栩的筆停在半空中。

「六哥，為何不寫？」九娘抿唇笑了起來。

趙栩幽怨地看了她一眼：「這三個人我一個也得罪不起吧？」他長歎一聲：「你見也沒見過這

個小魚，就這般維護她。真是——」

九娘瞪著眼見他落筆寫了穆辛夷三個字：「六哥你可真是——」

趙栩擱下筆，桃花眼眯了起來：「厚顏無恥之極？正是在下。」

外間成墨的聲音有些急切：「殿下——章將軍有急事稟報。」

片刻後，趙栩默默放下了京中張子厚的來信，垂首輕聲道：「皇太叔翁昨日突然薨了。」他胸口微微起伏著，手指關節發白。

九娘輕輕握住他的手，半晌才說出一句：「六哥，請節哀。」

六月十九，定王殿下薨，經御醫院院使和眾醫官確定，定王殿下走得十分安詳，無病無痛。短短一個春夏，大趙連續失去了一位皇帝，兩位親王。

# 第二百六十七章

皇城都堂內的官員陸陸續續都散了。張子厚進來的時候見蘇瞻還在和趙昇說話，便坐到一邊喝茶。他每日早晚發兩次信給燕王，每日也能收到一次回信，但並無九娘的消息。阮玉郎大名府行刺也未能討到半點好處，想來有殿下悉心守護，她定然無恙。

趙昇臨走時笑嘻嘻打趣張子厚：「沒想到你與和重昔日同窗，今朝竟然也算是親戚了。甚好甚好。」

張子厚擰眉瞥了趙昇一樣，冷笑了一聲。趙昇摸摸自己的鬍子，搖搖頭走了。

蘇瞻和顏悅色地道：「子厚，家母很感激你替家姊保住蕊珠的性命，你何時得空，還請來我家中一敘。」

張子厚知道他將張蕊珠接回了百家巷蘇府，微微抬了抬眼皮：「嫁出去的女兒，潑出去的水，她自甘去做吳王侍妾，張某早當沒養這個女兒。蘇相無需放在心上。只是大宗正司萬萬不能交到吳王手裡。還請蘇相別被外甥女的眼淚給哭得心軟了。」

蘇瞻放下手中的文書，歎了口氣：「我尚不至於糊塗至斯，蕊珠她所託非人，偏偏一往情深。吳王守陵清苦，她若不為夫君求情，豈不令人心寒？明日定王殿下大殮，宗正寺和禮部已經上書請娘娘決策，眼下知大宗正司事一職，依照慣例，當由先帝同胞弟弟岐王擔當，因太皇太后一事，娘娘恐難放心。另一位按輩分也當得此任，宗室中呼聲頗高，乃先兆王的長子余杭郡王。」

張子厚皺起眉頭：「是自請去西京，三辭承襲兆王封號的那位？」

蘇瞻點了點頭：「不錯，余杭郡王在西京素來剛直不阿，對宗室子弟管束甚嚴，這幾年科舉，西京宗室倒有五人入了二甲，雖不能出仕，也得到許多民眾稱讚。」

「知大宗正司事這個位子舉足輕重，卻非二府可推舉任命，乃娘娘和陛下的家事。」張子厚皺起眉頭，燕王在即位登基前是最合適此位的，卻已經行監國攝政事……

蘇瞻也明白他的意思：「我看娘娘恐怕寧可選余杭郡王，也不會選岐王。」

張子厚默然了片刻：「知道了，我自會派人去西京摸底。殿下有信來，你家大郎今晚就會抵達河間府。」

蘇瞻微笑著吁出一口氣，站起身來：「有勞子厚費心了。太初也日日有信給他母親，我今早也知道了。」阿昉突然西去秦州，一改初心願意輔佐燕王，許是阿玞和阿昕在天有靈，令他釋懷了。如今自己重回相位，又有燕王支持，家中阿昉出仕無憂，三娘的遺孤又得以尋回，可謂是峰迴路轉柳暗花明。

都堂內寂靜下來，侍候的人也不敢入內打擾，張子厚手中的茶很快冷了。他這些日子不太願意回府，似乎在宮裡在衙裡忙忙碌碌，就能不再想起。他親手把她送到了殿下身邊，前塵舊事理當了結。但偌大的府中，連分神的絲竹舞樂都沒有了，冷清到處處都會想起。

夜來攜手夢同遊，晨起盈巾淚莫收。

宮牆深深，鴿群環繞。六娘跟著孫尚宮從隆佑殿寢殿出來，日光透過葳蕤樹蔭，碎碎落在院子裡，廊下的幾十隻鳥籠裡的珍稀靈鳥也被熱得沒了聲音。

迎面張尚宮領著一位老婦人進來，六娘一呆，脫口而出：「錢婆婆？」

張尚宮笑道：「阿嬋，這位雖在你孟家住了幾十年，卻一直都是司天監的司天臺臺事。如今奉娘娘旨意回宮來，日後也能參見了。」

錢婆婆的背依然佝僂著，聞言抬頭對六娘笑了笑：「六娘子安好。」不卑不亢，不親不疏。

六娘心中驚疑不定，趕緊福了一福：「錢臺事安好。」太皇太后前些時略有好轉，雖不能如常說話，也不能起身，卻已能說上幾個字。這位錢婆婆在定王殿下薨了以後突然入宮來，又是為了什麼？

錢婆婆垂首跟著張尚宮進了隆佑殿，寢殿裡依然還是素幔低垂，新換的冰盆上縈繞著絲絲白氣，從外入內一陣涼意。屏風後的太皇太后剛擦洗過身子換過小衣，醫女們正在為她按摩雙腿。

「臣錢微叩見太皇太后，娘娘萬福金安。」錢婆婆在腳踏前俯身跪倒，行了叩拜大禮。

太皇太后的手指略略抬了抬。張尚宮趕緊上前扶了錢婆婆起身，旁邊宮女已搬了繡墩放在了腳踏前頭。眾醫女、宮女輕手輕腳退了出去。

「ト——ト卦。」太皇太后嘶啞的聲音似乎用盡了全身的力氣，渾濁的眼珠死死盯著錢婆婆。賀敏的妻子溫氏兩次遞摺子要入宮來請安，都被五娘以她需要靜養為由拒了，她才明白過來趙栩小兒騙了她，他那般陰險狠毒，自然是為了氣死她，她怎麼也不能讓這等居心叵測的孽種得逞。

錢婆婆神態安詳，躬身道：「臣先前在孟家和阮玉郎一戰，失了一枚銅錢。請娘娘恕罪，臣無器可用。」

太皇太后胸口起伏了片刻：「六？」

錢婆婆默然了片刻後道：「臣最後一次看，她的命格未有變化。」

太皇太后呼出一口濁氣，又喘息了片刻，抬了抬兩根手指。張尚宮低聲請示：「娘娘是要宣召岐王殿下入宮？」

那手指費力地點了點。

張尚宮行禮退了出去。錢婆婆的目光投在太皇太后的面容上，輕歎了一聲：「臣身受光獻太后大恩，理應為娘娘分憂。但臣屢觀天象，紫微北移，七殺、破軍環繞。娘娘還請順應天數。」

「天？」太皇太后的手指顫抖起來。

暮色四合，陳太初一行人終於抵達了河間府。

元旭匹帛鋪的後院偏廳裡，席面早已備妥。九娘在院子裡來回踱步，聽到外面章叔夜難掩激動的聲音，立刻提裙往垂花門外跑去。廊下一直注視著她的趙栩無奈地歎了口氣，又搖了搖頭。做阿妧放在心上掛念不已的表哥，還是她日後白首到老的夫君，根本不用選。當年三個表哥，終究是他這個隔得最遠的撈到了月。

陳太初和蘇昉笑吟吟地看著垂花門裡乳燕一般輕盈飛出的少女，異口同聲道：「阿妧——」

九娘站定了細細打量著他們四人，輕輕福了一福：「你們看起來都很好。」

蘇昉笑道：「阿妧為何瘦了？」

九娘見他人黑了不少，下頷一片青黑色鬍茬，心疼不已：「我又長高了，看起來自然瘦了。」

她目光投向陳太初身旁的穆辛夷：「太初表哥，這位定是穆姊姊了？」

陳太初笑著點了點頭，阿妧的確又長高了一點，氣色也佳，看起來六郎把她照顧得很好。

穆辛夷眉眼彎彎：「世上原來真的有這麼好看的女子。我是穆辛夷，你喚我名字就好。」

眾人和趙栩敘舊後，魚貫入席，又各自說了些信上未曾寫到的事，細枝末節紛雜瑣碎，喝完茶後才齊聚趙栩屋內商議。得知定王殿下薨了，陳元初皺起眉：「會不會和阮玉郎有關？如今你不在京中，趙棣有無機會翻身？」

一時屋內靜了下來。

趙栩將岐王和余杭郡王的事說了：「南京、西京和東京三處的宗室雖有七千人，多為庸庸碌碌之輩，只怕難以選出取代這二人的。」

陳太初在心中過了一遍宗室諸位親王、郡王，也皺起了眉頭：「可有人提起趙棣？」

「禮部有人提了，娘娘留中不發。」趙栩看了蘇昉一眼：「張蕊珠是你姑姑的遺孤，已經被蘇相從翟義接回了百家巷。禮部也有人因此彈劾你爹爹。」

蘇昉和九娘都一怔。蘇昉略一思忖：「我爹爹既然接了她回百家巷，就絕不會允許吳王回京。六郎毋需擔憂。」

九娘柔聲道：「娘娘和太皇太后兩宮不和，定然偏向余杭郡王。如若定王殿下仙逝和阮玉郎有關，他定然和余杭郡王素有關聯。六哥需請娘娘選岐王才是。太皇太后為了先帝及賢名，從來不親近另外兩個兒子，岐王未必會和太皇太后站在一起。」

陳元初撫掌道：「阿妧言之有理。」

趙栩喚成墨將輿圖取了出來，和陳元初、陳太初商議借兵後出征西夏的路線。九娘和蘇昉先退了出來。惜蘭已帶人在院子中的大樹下放置了三四張籐床，井裡湃好的瓜果都擺在了案几上，熏蚊蟲的藥草冉冉飄香。

九娘走到樹下，穆辛夷從籐床上翻身而起：「九娘？」

「多謝你送給我的黃胖。」九娘靠著她坐了，牽起她的手：「你幾時過生日？我會一點針線，想自己做個香包送給你。」

穆辛夷側頭想了想：「我是九月初六生日，先謝謝你了。」

九娘一呆：「九月初六——。」她心裡發酸，生辰對不上，這個阿辛不是阿昕。

蘇昉剝了一些荔枝，將小碗放到九娘手裡：「九月裡小魚應該回西夏了。我們也差不多要回京了。」

穆辛夷笑了起來：「等不打仗了，你們來西夏玩好不好？我帶你們去騎駱駝。」

想到趙栩他們正在商議征伐西夏之事，九娘看著穆辛夷全無雜質的雙眸，心中有一點難過，輕輕點了點頭：「好。」

穆辛夷認真地道：「我知道燕王和太初想要攻打我們西夏。」

蘇昉和九娘都一驚。

穆辛夷抬頭看著夜空：「我阿姊和我都是在秦州長大的，阿姊不想和大趙為敵。九娘你說有什麼法子能不打仗嗎？」

「你姊姊興平長公主若能取代梁太后，歸還熙州，誠心和談，自然就能令雙方百姓免遭兵災。」九娘道：「要知道大趙百年來從未主動侵犯過鄰里，即便和契丹為了收復燕雲而戰，最終還是用錢帛消弭兵禍。這次和談也是大趙發起的，六哥他身中劇毒不良於行，依然千里奔波，為的也是天下百姓少受苦。就算最終談不攏真的要打，也是為了以戰止戰。」

穆辛夷低頭喃喃道：「以戰止戰？」

九娘握住她的手：「不到萬不得已，誰願見生靈塗炭？我大趙子民是人，契丹和西夏的子民也是人。你既有惻隱之心，為何不勸說長公主取而代之？兩國交好，百姓安寧，功在當代。」

「可是我阿姊眼下還打不過梁太后。」穆辛夷想起李穆桃和衛慕元熹的商議，搖了搖頭無奈地道。

蘇昉笑道：「若加上大趙和契丹都支持長公主，你阿姊可有勝算？」

穆辛夷眼睛一亮：「其實我也想過這個，可是怕元初大哥和燕王不肯。」

九娘奇道：「太初呢？」

穆辛夷突然笑了開來，大聲喊道：「太初——」

章叔夜推著趙栩的輪椅，陳元初和陳太初在低聲說著什麼，往樹下走來。

待三人坐定，蘇昉將方才的話說了，看向趙栩。

趙栩面無表情地看向穆辛夷：「你姊姊的野心就比梁氏小嗎？她冒充元初，陷陳家於不義，何以取信於我？與其養一頭狼，還不如掃平西域，一概併入我大趙版圖，方是一勞永逸之計。你就算到了中京告訴李穆桃此事，又能如何？」

穆辛夷眨眨眼，搖了搖頭，有點喪氣：「不能如何。可我阿姊不是狼——」

「狼子野心你懂嗎？」趙栩冷笑道：「你的心機也不淺，和李穆桃一唱一和一軟一硬，挾了送藥的恩義，就想借刀殺人，這算盤倒也打得不錯。」

穆辛夷愣了愣，忽然笑了起來：「你想殺我對不對？」

趙栩唇角微勾：「我確有此意。」

「六郎——」

「六哥——」

陳太初皺起眉頭和九娘同時出聲。陳元初老神在在地繼續剝著荔枝，蘇昉卻頗有興味地看著毫無懼色的穆辛夷。

# 第二百六十八章

穆辛夷看著趙栩搖了搖頭：「前兩段話是你自己的想法，你不信我阿姊，我也沒法子。可你想殺我，卻是因為你很生氣，便遷怒於我，偏偏想殺又不能殺也殺不了我，倒像在發小孩子脾氣。我不和你計較。」

趙栩抿唇不語，目光更加冰冷。

穆辛夷側頭看了看九娘：「原來燕王殿下不可怕，還挺好玩的。怪不得你會喜歡他。」她一路聽了許多關於他們幾個的事。太初每次說到九娘，特別溫柔，像輕雲像春風像細雨。原來她的太初心裡裝的不是那個逝去的阿昕，而是這個陪在六郎身邊的九娘。見到她，看得更清楚，這個朝露一樣的少女，看太初和蘇昉的眼神是水，有柔情有關懷有喜悅和欣慰，可她看著燕王時，眼裡只有光。

有些事，只有能做到輕鬆提起如常面對後，才能真正放下。

眾人都一滯，氛圍被穆辛夷一句話帶歪了，變得怪怪的。蘇昉咳了一聲，以手握拳抵唇忍笑。陳太初看了一眼九娘，低頭拿起幾顆荔枝，粗粗的荔枝皮上布滿細細的小疙瘩，壓在指腹上，肌膚有凹下去的感覺，還能感覺到那粗糲外皮內的多汁軟肉。

九娘頓了頓，看著趙栩柔聲道：「不錯。我心悅六郎，此生不移。」

趙栩的心咚咚狂跳起來。除了在阮玉郎面前，這是阿妧頭一回當著這許多人的面坦承愛意，尤其是在太初的面前。也許阿妧記得他和太初有過的約定，特意坦蕩說出口。但是，好吧，趙栩在心底默默將穆辛夷從那要算帳的名單裡劃掉了。

陳太初手中的荔枝殼破了開來，雪白的果肉險些跳了出來，指腹有一絲黏意。他伸手將荔枝放入穆辛夷手中，含笑看了穆辛夷一眼，才對著九娘笑道：「六郎待你之心，恐怕三生也不會移。若他敢惹你不高興，阿妧儘管告訴我。我不幫親不幫理，只幫你。」

趙栩手中紈扇啪啪敲在輪椅扶手上，失笑道：「太初——當著我的面你就叛變，很不妥吧？」

九娘笑道：「極妥極妥，六哥你待如何？」

蘇昉撫掌大笑起來：「阿妧，記得還有我這個表哥也等著你。不過我猜恐怕會是六郎來訴委屈。一張嘴能氣死人的趙六郎好像總被阿妧氣得要死，動手嘛，也打不過，萬一阿妧碰到磕到了，還要費心思送藥。」

九娘不禁噗嗤笑出聲來。穆辛夷口中鼓鼓地塞了兩顆荔枝肉，眉眼彎彎地嘟囔著：「太初說你兒時曾被燕王綁得像只小粽子，九娘你可記得把他綁回來，好好大肆行兇快意報仇。」

眾人大笑起來。

趙栩唇邊的笑意一凝，剛要將穆辛夷三個字再放回那單子上，腦中卻一閃而過自己被阿妧綁在床上任憑她恃美行兇的畫面。看在「行兇」二字上，算了，不和她計較。他臉上不自覺地笑開了花。

陳元初手中的果核噗噗擲在了趙栩的額頭上，沒好氣地道：「算你贏，也不用笑得這麼得意吧。」他側身避過趙栩手中劈來的紈扇，順勢倒在了籐床上，長歎了一聲，仰望著星空，忽地開口吟唱起來：「蒹葭蒼蒼，白露為霜。所謂伊人，在水一方，溯洄從之，道阻且長。溯游從之，宛在水中央——」歌聲餘音嫋嫋，卻再無下文。

入耳淡無味，愜心潛有情。陳元初短短幾句，卻有一股斷腸柔情掩在金戈鐵馬之下。眾人不由得細細回味著，各生惆悵。他唱的不知道是六郎，還是太初，抑或是他自己。

「鴥彼晨風，鬱彼北林。未見君子，憂心欽欽。如何如何，忘我實多！」穆辛夷朗聲接著唱了一段，手掌合著韻敲在籐床上。詞句幽怨，她的聲音卻似九天之外而來，不帶煙火氣，頗有曲終人不見，江上數峰青的感覺。

陳太初凝視著穆辛夷，夜色裡她注視著自己的一雙眸子依舊晶瑩透亮。她又渡了他一程。他雖然漸漸放下，卻仍擔心這一段路有些難走，不經意間已在笑聲中遠去，原來放下也不難。

「難聽——」陳元初靜默了一息，忽地抬起手來，手中的果核擲向穆辛夷的額頭。

陳太初一伸手，將那果核捏在指間，輕笑道：「大哥唱得好，小魚也唱得好聽。就是還缺些好酒配。」

陳元初一骨碌翻身起來，喊道：「成墨，快拿十罈酒來，要最好的燒酒——」

河漢微茫月漸低，風聲正在庭院西。後院裡時而傳出大笑聲，時而傳出嬉鬧聲，偶爾還有舞劍的劍光破空之聲影。

蘇昉喝了一整罈酒，興致所起，擊床高唱道：「終南何有？有條有梅。君子至止，錦衣狐裘。顏如渥丹，其君也哉！終南何有？有紀有堂。君子至止，黻衣繡裳。佩玉將將，壽考不忘！」

陳元初抱著酒罈上了那棵大槐樹，一陣酒雨撒下，沒聽見意料中的驚呼之聲，卻聽穆辛夷哈哈大笑著喊：「再來再來，要大雨，潑下來的才好。」

趙栩趕緊喊：「阿妧，到我這裡來，別被酒淋濕了。」

九娘笑：「我沒事。」她忙著去奪蘇昉手中的酒，阿昉酒量極淺，兒時就著他爹爹的酒盅抿過一口，就高聲唱了半日歌，滿院子撒歡跑個不停。

蘇昉躲過她的手，又扯著她的袖子喊了一聲：「阿妧——你，你跟我娘說，我——我好了，讓她放、放心——」砰地一聲，竟倒在了籐床上，兩頰紅騰騰，鳳眼濕潤潤，羽睫還努力顫了幾下，終於無力地閉了起來，唇邊還帶著笑。

九娘心裡軟得一塌糊塗，取出帕子輕輕替蘇昉擦了擦臉上的汗，將袖子從他掌心裡抽出來，卻摸到他掌心裡厚厚一層繭子，和寫字寫出來的繭子不在一個位置。他從汴京去秦州，又從秦州來河間府，想必這些應該是韁繩磨出來的。阿昉終於釋懷了。

陳太初無奈地將外衫除下，在穆辛夷頭上接了一大捧酒：「大哥快下來，你的傷還沒好透。」卻不防穆辛夷兩手從下頭大力一揮，那捧酒飛濺了陳太初一頭一臉。陳太初哭笑不得，七分酒意三分暢快湧上頭，一反手將外衫蒙在了穆辛夷頭上：「讓你調皮。」

穆辛夷死死揪住陳太初的衣襟喊了起來：「啊——別蒙住我——」

陳太初手中外衫豁然撕裂開，見眼前的大眼濕漉漉的滿是驚慌，不由得搖頭歎了口氣，揉揉她濕淋淋的髮髻：「不怕不怕，是我不好。」

當頭一道酒泉將兩人澆了個透心涼，樹上樹下的人都笑得不行。

角落月色不到之處的黑暗裡，高似的手從刀柄上慢慢鬆了下來。大概只有在他們面前，趙栩才不再是殺伐決斷的六皇子，不再是背負著重擔艱難前行的一國攝政親王。他只是個十八歲的少年郎，有他最親的兄弟，最愛的女子，最好的臣屬。阿玞妹子說得沒錯，他來得及，就這麼看著趙栩，守著他，他會替陳素守著他。

京中的皇榜很快傳到各地。新的知大宗正司事，由岐王出任，岐王領西京留守一職，作爲彌補，余杭郡王承襲他父親的兆王親王封號，舉家從西京遷回原兆王府，掌管宗室子弟讀書一事。

官員百姓所不知的，是大內禁中宿衛由孟在親自調整，瑤華宮因易走水遭廢棄，在內清修的陳素悄然被移入向太后的慈寧殿偏殿，為定王和大趙江山祈福。

定王大殮之日，京中再次一片雪白，文武官員路祭不斷。河間府的元旭匹帛鋪也掛了白，折了祭壇，趙栩領著眾人行祭拜大禮。不管張子厚最終查探出什麼結果，趙栩認定了是阮玉郎所爲，不死不休的仇，又添一筆恨。

又過了三天，趙栩、九娘一行人在河間府會合了一路趕來的使團，浩浩蕩蕩去往府衙。河間府的權知府事趕緊騰出府衙，又忙著安頓隨行禁軍。河間府瀛海軍節度使兩次前來拜見，驚聞使團一路竟遇到了十幾起刺殺後，立刻調派了順安軍數千人，將府衙守得水泄不通。

陳太初和章叔夜一道前往各營犒軍慰勞，禁軍各營的將士早聽聞了京兆府大捷中陳家兒郎的英勇事跡，見到陳太初，士氣大振，歡呼聲幾條街外清晰可聞。幾日後在順安軍五千步兵的護送下，大趙使團順利直達契丹邊境，當日進入南京析津府。

析津府絲毫沒有大戰臨頭的壓抑氛圍，城門外耶律奧野一身銀白騎裝，身後的南京留守趙延壽一身官服，熱得滿頭大汗，一臉不快。一眾官員及駐析津府的大趙使者分兩列翹首以待。

車駕緩緩停下，兩個小黃門爬上車轅打起車簾。趙栩端坐車中，頭戴青羅為表的十六梁遠遊冠，冠上插玉笄，身穿絳羅團龍親王禮服，腰繫通犀金玉帶。他目光清掃，神情淡淡，遠望似天上仙人降臨凡間。迎接的官員們都忘了禮節，只顧盯著那傾國容顏，神為之奪。被差人與軍士隔開的南京城士庶百姓均屏息凝神，大氣都不敢喘一聲。

「燕王殿下萬福康安！」駐析津府的大趙使者上前幾步倒頭拜了下去。

「平身。」趙栩嘴角露出一絲笑意。

城門口驟然靜了一靜，忽然爆發出許多人興奮不已的呼聲：「燕王殿下萬福康安！」氣勢驚人。

身穿司寶女官男裝官服的九娘忍不住輕輕噫了一聲：「奇怪，析津府的百姓竟然都穿著漢服說漢話？」

「燕雲本就是漢人聚居之地。析津府成為契丹陪都南京後，如今已有三十萬民眾，依然是漢人居多，契丹人並不多。奚族、渤海族、女真、西夏各族都有人長居此地，多已被漢人同化。析津府和汴京一樣，商貿繁華，萬國齊集，回鶻、高麗、大食各國的人甚至昆侖奴也頗多。」趙栩低聲解釋。

耶律奧野策馬靠近車駕，在馬上抱拳笑道：「別來無恙，殿下。」

# 第二百六十九章

趙栩抱拳回禮：「公主別來無恙。」

兩人敘了兩句，南京留守趙延壽過來給趙栩見禮，笑道：「殿下一路隨行的將士人數眾多，城中恐怕無法安置——」他為難地看向耶律奧野。

趙栩目光掃過趙延壽，看向耶律奧野：「客隨主便，公主按例處置就好。一應用糧，只管和我大趙結算便是。」

耶律奧野淡然道：「倒是勞煩趙留守費心了。」她轉向趙栩道：「殿下還請勿介懷，按例只能帶五百人隨行入城，餘下將士我已在延芳淀作了安排，還請永平館的趙使陪同前往。」

永平館乃契丹在南京接待趙使的驛館，位於眼前的南城迎春門外。那常駐南京的使者聞言到趙栩車駕前躬身聽了幾句話，到耶律奧野面前行禮道：「有勞公主殿下思慮周詳，不勝感激。下官將隨同前往延芳淀。」

趙延壽一驚：「殿下，延芳淀乃陛下納涼遊獵之所——」

耶律奧野唇角勾了起來：「正是陛下恩准的，趙留守是不信我？」

趙延壽躬身拱手道：「下官不敢，請殿下恕罪。」

耶律奧野目光越過他的無簷紗帽落在後頭的析津府官吏身上：「不知者不罪，趙留守何罪之有？」

趙栩見趙延壽身穿紫窄袍，額首綴金花，紗冠上結紫帶，端的是契丹官場上的風流人物，這位南京留守他也有所耳聞，是極會攬錢的主，也曾被彈劾過幾次，奈何他身後站著的是蕭氏一族，八年來在南京留守一位上穩如泰山。按理他和深受蕭氏看重的耶律奧野應頗有默契，更何況自己為解契丹之國難而來，即便他不知感激，也不至於臨到入城前來為難自己。想到這裡，趙栩看趙延壽的眼神又多了幾分意味。

成墨下了車轅，匆匆往前頭通報章叔夜。

章叔夜從懷中取出三面令旗，親自飛身站於馬鞍之上打出旗號。各營副將即刻策馬上來聽令。城門口的百姓見他身手俐落，動作瀟灑，都大聲喝起彩來。

趙延壽的表情一僵，抬眼看了看耶律奧野，見她面帶微笑頗有讚賞之意，便也擺出了一個笑容：「燕王殿下麾下果然身手不凡。」

不到一刻鐘，兩千多禁軍中迅速跑出來五百多精兵，列陣於趙栩車駕之後，各營之間除了腳步聲，竟無任何雜音。軍士之間極快地填補空缺調換位置，堪稱行雲流水一般。那圍觀的百姓們五十年來未經戰事，頭一回見到趙軍如此軍容，不禁又喝了一聲彩。

使團一行在城門口分道而行，趙栩帶著五百精兵，隨耶律奧野入了析津府南城城門，往城北契丹皇城而去。

析津府樓壁四十尺，城壕寬且深，九百一十座敵樓密布四方八城門，易守難攻。入城以後，一行人除了趙栩、陳太初，餘人皆從未來過，一路格外留意。九娘也隔著車簾細細觀察。

趙栩見九娘的臉都快貼在了車簾上，一副孩童好奇的可愛模樣，眉梢眼角忍不住露出笑意。他這幾年鑽研頗深，想到那日芙蓉池邊聽九娘娓娓道來契丹之事，索性挪近了她一些，輕聲道：「這析津府頗似舊日長安城，居民棋布，巷端直。城內分左街右街，劃分為二十六坊，各坊都有獨立的圍牆和坊門，門上刻有坊名。看──那邊是銅馬坊。」趙栩趁著伸手示意，離九娘又靠近了一些，心裡再三提醒自己徐徐圖之徐徐圖之。這幾日人多眼雜，他實在沒有機會能和她單獨相處，尤其那個穆辛夷，像麥芽糖似的纏著阿妧不放，成日說個沒完沒了。

九娘見他突然靠自己這麼近，雖知他不會再有什麼異軍突起的羞人之事，但被他氣息籠罩著，心依然跳快了許多。自從那夜匹帛鋪後院裡她當眾袒露心聲後，和趙栩之間似乎又多出了一些什麼。原以為兩人之間已是極好了，誰料竟然還能好上加好。

趙栩看了她一眼，笑意更濃：「我在說正經事，阿妧卻想歪了，我可也要歪了。」她不知道自己瀲灩雙眸含情脈脈的殺傷力，便是南京城的城牆也會像豆腐般被穿透，何況他蠢蠢欲動的心？

九娘退後了一些，正襟危坐，理了理窄袖，笑道：「我哪裡歪了？正得很呢。還請六哥繼續說正經事。」

趙栩咳了兩聲：「還記得你說過契丹人從壽昌帝到平民篤信佛教嗎？確實如此，南京城的佛寺眾多。你看那邊有好幾座佛塔。」

九娘瞥了他一眼。趙栩摸了摸下頜，無奈地退開了一些。九娘這才又靠近了車簾，見市井繁華更勝大名府，不由得悵然感歎起來：「此地明明是漢人居多，卻被異族統治了近六十年——」最令人惆悵的是契丹人統治得也不比大趙差，看沿路行人的衣著光鮮神色從容，堪與汴京相比。

趙栩眸色也深沉起來：「契丹人很聰明，他們雖然以國制治契丹，卻以漢制待漢人。昔日太宗攻至幽州，百姓尚夾道歡迎，如今他們雖是漢人，卻未必願意回歸大趙了。」

想到昨日蘇昉所言，九娘歎道：「自古以來，百姓所圖，無非是吃飽穿暖養家活口而已。此地千年來城頭變幻大王旗也是常事。因此他們雖是漢人，只怕國家歸屬之心甚弱。阿昉表哥說的春風化雨般的同化漢化趙化，不知道在燕雲一帶還能否有用。」若民心無歸順之意，談何收復？

趙栩挪了挪身子：「寬之所言之計甚好甚全，但四川對吐蕃可用，成都府路和梓州路對大理可用，秦州也可對羌族用，哪怕是汴京，亦可對倭國和高麗用。唯獨對西夏、契丹、女真這類遊牧異族難以見效。」

九娘一怔：「你這幾日在寬之面前明明並無異議大加讚賞，為何又如此定論？」

趙栩有些訕訕然：「其實這話我在田莊當眾提過，不過是從用兵角度說的。當時寬之和我敘同輩禮，他又不願出仕，無需顧忌太多。但如今寬之為了我遠赴契丹，有輔佐之意，我當以國士之禮相待。他秉性寬柔，不願窮兵黷武，但經過此番歷練，自當有所改變。我若先說出口，反倒不美。」

「六哥——多謝。」九娘膝行靠近了趙栩，一把抓住他的手，誠意感謝他這般在意蘇昉的感受。

趙栩受寵若驚，哪裡肯放開她的小手，隨即問道：「對了，阿妧，你看那趙延壽是何用意？」

九娘想了想，也沒有抽出手來：「他和公主殿下不和，這是其一。他反對和談，這是其二。阿妧覺得他對大趙或許深有敵意。畢竟三年前吳王前來促成女真休戰接回崇王時，有提出索回十六州之中的瀛州、莫州、涿州。涿州更是析津府的南大門。」

「你覺得他擔心我此番前來會再次索取城池？」趙栩若有所思，手指輕輕摩挲著九娘的掌心。

九娘掙脫出他的手掌，從側櫃中取出茶盞茶瓶，給趙栩倒了一盞茶：「六哥是擔憂契丹內部權力紛爭，甚至可能和阮玉郎有關？阮玉郎的手能伸到這麼長嗎？」

趙栩接過茶盞抿了一口：「阮玉郎能在契丹救回趙瑜，保住他幾十年的平安，可見他的手已經伸得很長。趙瑜能站到壽昌帝的面前，全憑在詩文繪畫琴棋上深得聖寵，若身後無人，他這些才能從何而來？阮玉郎能掌控福建一帶的海運和西北一帶的榷場，他幾十年的布局應該不會漏了契丹，尤其是析津府。不然他如何能認得出高似？又如何得知高似的身世和目的？」

九娘柔聲道：「六哥為何不親自問一問高似他和阮玉郎之間的種種？高似一樣也謀算了幾十年，對契丹想必瞭若指掌，他不善言辭，需要有問才有答——」

趙栩手中的茶盞輕輕顫了一下，目光投在搖晃不穩的茶水上。

「阿妧所言極是，是我意氣用事了。」趙栩點了點頭。

眾人浩浩蕩蕩，自拱辰門入南京皇城，一應馬車皆有官吏安置。趙栩坐於肩輿之上，身邊是摘了斗笠的陳太初和高似，章叔夜、九娘緊隨其後。陳元初和孟建帶著方紹樸、穆辛夷等人殿後。耶律奧野早從趙栩信中得知陳太初等人同來，並不吃驚，親切地對他們點了點頭，領著眾人往元和殿而行。

眾人抵達元和殿，卻聽內侍高唱了起來：「趙國燕王殿下駕到——」

趙延壽等南京群臣一驚，趙栩也側目看向耶律奧野。

耶律奧野淡然道：「我皇兄極感激殿下千里迢迢施以援手，特請示了皇耶耶，從中京趕來相迎。因事關重大，故無人知曉，還請殿下諒解奧野不告之罪。」

契丹皇太孫耶律延熹？

趙栩笑道：「多謝皇太孫殿下厚愛，六郎不良於行，恐有失禮數，怠慢了殿下。」他心裡卻又沉了一沉，看來契丹皇室紛爭也十分厲害，朝廷從上京遷都中京，正是政務最繁忙之際。壽昌帝年近八十，皇太孫理政名正言順。若不是情勢實在不利，耶律延熹怎可能悄然來南京和自己見面。而壽昌帝的態度更令人難以捉摸，若支持孫兒，理當以太孫儀仗出行，若不支持，耶律延熹也不可能順利抵達，還徵用延芳淀安置自己的隨軍將士。

「久慕汴京六郎美名，今日一見，果然名不虛傳，延熹不枉此生，善哉善哉。」儒雅的聲音含著笑，一口流利的大趙官話，格外清晰。

耶律延熹身穿綠花窄袍的契丹盤裹，頭戴玄色紗冠，唇上蓄了短鬚，五官堪稱秀麗卻略帶病容，幾步走到趙栩輪椅前，笑著拱手行了一禮，卻是平輩之禮。

「皇太孫殿下千歲千歲千千歲——」眾人趕緊行禮問安，不免也驚訝於這位太孫殿下無視禮儀流程，就這麼跑了出來迎接趙栩。

趙延壽等群臣從地上起身，心中暗暗叫苦。皇太孫悄聲無息進了南京，到了皇城，他們竟一無所知。究竟中京朝廷是不滿他們，還是不信任他們？

（未完待續）

story 059

汴京春深 卷六 共劫難

**作者**　小麥｜**策劃暨編輯**　有方文化｜**總編輯**　余宜芳｜**主編**　李宜芬｜**特約編輯**　沈維君｜**編輯協力**　謝翠鈺｜**企劃**　鄭家謙｜**封面設計 & 繪圖**　劉慧芬｜**內頁排版**　薛美惠｜**董事長**　趙政岷｜**出版者**　時報文化出版企業股份有限公司　**地址** 108019 台北市和平西路三段二四〇號七樓　發行專線—（02）23066842　讀者服務專線—0800231705（02）23047103　讀者服務傳真—（02）23046858　郵撥—一九三四四七二四時報文化出版公司　信箱—一〇八九九台北華江橋郵局第九九信箱　時報悅讀網 http://www.readingtimes.com.tw　法律顧問—理律法律事務所　陳長文律師、李念祖律師｜**印刷**　勁達印刷有限公司——初版一刷 2023 年 7 月 14 日｜**定價**　新台幣 380 元｜缺頁或破損的書，請寄回更換

時報文化出版公司成立於一九七五年，一九九九年股票上櫃公開發行，
二〇〇八年脫離中時集團非屬旺中，
以「尊重智慧與創意的文化事業」為信念。

有方文化

汴京春深 . 卷六 , 共劫難 / 小麥作 . -- 初版 . -- 臺北市 : 時報文化出版企業股份有限公司 , 2023.07

面 ;　公分 . -- (story ; 59)

ISBN 978-626-374-013-6（平裝）

857.7　　112009490

ISBN：978-626-374-013-6
Printed in Taiwan